MINGUOWUXIAXIAOSHUO
DIANCANGWENKU

民国武侠小说典藏文库

张个侬卷

石破天惊录

第一部

张个侬 著

中国文史出版社

自　序

初予应书肆主人之请，为撰各种说部，中尤以侠义小说为最夥，以是外界不察，竟有谓不佞为专擅武侠小说者，甚或借誉为毁，弦外之音，谓不佞除武侠小说书无他长，皮相之谈，可发一噱。然自是说传播后，不佞之鬻文生涯遂致局于侠情说部一项，而他类作品则日以少矣，此予今日为本书作序，所以感慨系之，有不能自已于言者也。

溯论本书之作，远在三数年前，时正武侠说部最风行之际，亦不佞俯笔演叙小说最繁忙之秋也。彼时之出版长篇小说者，类多以逐集依次出书为恒，盖为经济资金并稍节读者之购买力也，故尔时小说，每多如神龙之有首无尾，而读者不察，竟致诟谇作者，以为作者故意刁难，实则不知作者受委于书肆之人，不得不尔，非好作不结束之说部为饵，以招读者之不良回应也。读者弗知，加以诽责，不其冤乎？斯又不佞今日为本书作序，所尤不能已于言而顾读者一省察者也。

斯书所述，为明季末叶时事，借径史实，摭拾传闻，汇辑以为演叙之对象，都百回，五十余万言，费时几半载，全稿始克杀青。中因排校延搁颇久，遂致愆期，延至最今，方克竣事，是诚非不佞始料所及，抑亦非发行者所愿欲也。其中经过可谓小历沧桑，是时言之，徒增叹惋。不佞雅不愿言，然尤不得不略志一言以自识其过去之鸿雪。

兹当全书付刊之时，百感交萦，用特略识其十一，借以志慨，并即拉杂书之，弁诸书首。

中华民国二十二年十一月二十六日

丹徒张个侬识于上海寰球书画公司

目　　录

卷首

楔　　子

苛政猛于虎，壮士气如虹。
义声播闾里，侠行折王公。
家贫始着孝，国乱乃见忠。
粤载徒兴喟，空余此雄风。

这八句五言俚语，仍是编书的闲稽载籍，鉴于历史上列代的兴灭治乱，有感而作。尤其对于所谓侠客义士、忠臣孝子等一班人，深志感慨。这话怎么讲呢？就是说，假使不是政纲失常，有猛甚于虎的苛政，绝对显不出那吐气如长虹的壮士来。因为天下的事，总是由于反正相比而形成其是非，假使闾里之间没有土豪劣绅等一班害民的蟊贼，焉能显得出那义士的义来呢？假使朝廷上没有植党营私、危害国家的王公，何致激引出那大侠的力折呢？比如平常富有之家，奉养父母，毫不费力，当然别人看不出他的孝来，那贫寒之士，以劳苦得来的血汗之资奉养父母，人家见了，定必啧啧称羡，异口同声地赞叹，称他为现代孝子。又比如国运太平，君明臣良，像舜有乱臣十人，寻常人绝对不知他们都是忠臣，必须至那乱世，君昏臣庸，在这庸臣中特然显出几位庸中佼佼来，谏昏君之过，斥奸臣之非，于是才有人识得，这几人乃是大大的忠臣。所以编书的闲观历史上所载的过去陈迹，吊古悲今，不由要兴无穷之叹了，因为古往今来的善恶是非，皆是由于反正相比所形成之故。老子才有那“圣人不死，大盗不止”的愤语。

记得班孟坚序《游侠列传》有几句说话，大意是说天下有道，礼乐征伐，自天子出，及至天下无道，礼乐征伐方才由诸侯僭越代行。至于侠客以匹夫窃国家生杀之权，其行为实不轨于正义，未入于道德。如侠客所为，殊有不取的意思，但是话虽这般讲，究竟仍不外乎上述因家贫始能见孝、因国乱乃克见忠的话头。

编书的处今日危乱之世，真所谓满目疮痍，遍地荆棘，比往古所称为苛政猛于虎的时世，又当加甚至不知几许倍，故此编书的心有所感，便如骨鲠在喉，不得不以一吐为快。于是遂借着明代末叶天启年间的故事，编成这部石破天惊评语来，无非以古惩今，借他人酒杯消自己胸中的块垒罢了。所谓言者无罪，闻者足戒，稗官之责，不过如斯。

要知编书的在这部书中究竟所记叙的是些什么故事，万绪千端，编书的一时也诉说不清。毕竟其详如何，还请看官们展开尊目，往下文瞧吧。

正是：

姑借前朝兴替事，编将忠孝侠义书。

第一回

溽暑困人长街欣解后
茶寮茗话隐语泄玄机

有一天，正当夏令，炎帝肆虐，火伞高张，从朝至午，天空中一望无际的都是蓝色，霄汉间一片杂云也没有。热得下界的人们无不牛喘着嘘气，挥汗如雨，摇扇取凉，异口同声地不住嚷热，齐说："倘照这样久热下去，或不下雨，恐怕不仅河涸土裂，田禾尽枯，但就这时疫流行而论，怕不将世间所有的人畜完全被赤帝收拾了去吗？唉！这真叫作'人有难星天降灾'，古人说的话，一点儿也不错啊。"

当这时候，江南清江府淮安县南门大街上，从两头各来了一个少年汉子。一个由南往北的，年二十七八，生得身材矮小，净白面皮，文生打扮，头戴一顶元色实纱的文生巾，身穿一件雪白官纱的绸子大衫，内衬一套白夏布短衫裤，足蹬白袜，和一双元色贡缎的薄底跑鞋，右手里拿着把白纸折扇，举向朝上，遮着太阳，左手提着一方雪白纺绸手帕，时不住地揩拭额颊面门上的汗珠。一个由北往南的，年二十三四，生得身材高大，面皮虽非黧黑，却因逐日被那火一般的日光晒着，竟致和身毒国人民的尊范相似，成了个黝黑的面庞；身上衣着是一个做小本生意的经纪小民模样，头上戴一顶凉笠，覆在额上，身穿一套老蓝色粗夏布衫裤，那短褂儿的两个肩

---

* 为尊重原作考虑，本书中的史实讹误不作改动。

头都已破裂，在补丁上打着补丁，从那补丁的脱线裂缝和敞里、胸处露出他肩头上的白肉来；两只足管儿都高高地卷起，直卷至膝盖上面，露出下半截腿来；赤足穿着双透凉的草鞋，左手提着只木桶，桶内贮着大半桶都是白米烧成的粥，右手提着个篾篮，篮内半边放着碗筷等物，半边放着些大饼、油条、馒首饽饽之类的食品，冒着太阳，急匆匆地边走边嚷唤着：“卖白糖、绿豆粥、油炸桧、大馒首……”

这两人对面行至一家茶坊门口，恰好彼此遇个正着。两下会见，忽然都伫足立定，满面堆笑地互相点首问好。

那矮子道：“老兄弟，好久不见了，俺今日正因有一件事想起了你，要到你府上去拜望你，顺便给老伯母请安。恰好在此地已经遇着，真是再好再巧也没有了。”说到此，抬头向上一望，即说：“老兄弟，真巧得紧，这里正是品泉楼茶坊，便请借步，同往里面去坐一会儿，喝茶叙谈如何？”说罢，即伸手将那长大个子向内让，并道：“这会儿时候还早呢，码头上小工和船家舟子谁肯冒着暑热在这炎毒的太阳下面上下货物干生活？谁不躲在河岸上大树下面阴凉的地方睡中觉或打瞌睡充盹？又兼才吃下昼饭去还未多时，哪会就饿呢？你纵然巴结，冒着太阳跑了去，但是太早了，他们既贪凉爽，在风头里打盹，肚又不饿，谁肯破费，就老早地作成你呢？还不如在此地喝上两碗茶，消消渴，解解暑，待至日影西斜，夕阳将要衔山的时候，你再赶了去，怕不将你这一提桶、一竹篮的东西抢买分干净吗？一般总售卖完了就是了，何苦这般太辛劳呢？”

长大汉子叹道：“尊论虽有理，可是俺的愚意，因为老母在堂，每天总要多脱卖些货物，多挣得几个钱，趁着目下她老人家还在，可以多孝敬她老人家些，所以俺才每天都还是老早地就出来赶早市。幸喜天可怜见，俺每天午后，总能至少卖两桶粥、两篮油条大饼，不过多辛苦两条腿，多跑两次来回罢了，生意却比别人多做，利子亦比别人多获。这是俺的历来经验，你老兄当然是不能知道的了。”

那书生闻言，不禁有感，亦喟然太息道："老兄弟，你能养母尽孝，在现今的薄俗中，甚可称作人中之佼佼、铁中之铮铮了。俺本来有事想去找你，此刻既和你遇见，乃是巧事，岂可当面错过？但又怕误了你的买卖，违反了你的孝意，这题目可就太大了。现在这样吧，你我可就在这茶坊后轩子雅座里休息片时，畅谈一会儿，所有贤弟手中的这一桶和一篮东西，都算作被俺一人独买了的，该多少钱统由俺算给你，作为你的朋友，不认你我有兄弟义气，就此请走。"

那大个儿闻言，即说："六爷的言太重了，叫俺如何担当得起呢？不过大哥既体谅俺，已如此仁至义尽地吩咐了，所谓恭敬不如从命，俺如固执不依从，反显得不恭敬了。好，就遵六爷的示吧！"

那书生大喜，即伸手从大个儿手内接了那木桶过来提着，口中说："老兄弟随俺来吧，劣兄有僭了！"边说边已自顾自先转身走向茶坊门内。

大个儿屈臂弯肘提着竹篮把儿，相随在后，两人先后一径走进茶坊后进一所窗明几净、铺陈雅洁、清幽高敞的轩子里，拣了副临窗的座头。茶博士过来奉递手巾："请问二位爷，用什么茶？"

那书生回说："泡两壶上好的新龙井来。"边说边放下手中木桶、白纸折扇和绸手帕，解纽扣脱去长衣。茶博士赶着取去，挂在一旁庭柱上钉的衣钩上。

那黑大个儿亦将木桶、竹篮安放在一旁两张椅子上，两人才同时接过茶博士奉递的雪白清洁新手巾，边擦手脸，边对面坐在椅上。别看那大个儿的手面皮肤虽然糙黑，但是却很洁净。茶博士初时递手巾给他，乃系因两位客人同来，理应一例看待，不能显分高下，所以只得咬紧牙齿勉强地将条簇新洁白的手巾递给他擦手脸，及见他擦罢面上黄豆般大的汗珠儿和手臂胸膊各处的汗液，那条新手巾却并未染上污痕颜色，不由暗说一句侥幸，才将胸中的满腔厌恶思想打消成为乌有，口中应着是字，接着便提高嗓子将"两壶新龙井茶”嚷唤了下去。转身去不一会儿，即已将两壶清茶端将过来，给两位各倒满了一杯，方才走去，转身又打了两把手巾，递送给二位拭汗。

这品泉楼茶坊的后进轩子乃是雅堂，定例每人一壶，每壶大钱二十文，手巾钱小账随客赏赐，价比前庭普通座位贵双倍以上，所以轩子内茶客甚稀，来者且都是衣冠齐整的人，从无赤足穿短衣的人亦列坐其间。这会儿居然有这么一位衣服华好、书生模样的斯文人，和一位做小本生意的黑炭般大汉同坐品茗，怎得不惹人注目呢？因此轩子内所有的茶客便都不约而同时不住地齐将目光直注射到他俩的座上来，显露出大家诧异的心理和神情来。

只见那黑大个子取下头上的凉笠，放在桌上，向茶博士借过把芭蕉扇子扇风取凉。那书生亦手不停挥地摇动白纸折扇，并时以手帕拭额角鼻际的汗珠儿，对大个儿道：“老兄弟，俺真佩服你，在这暑热的大伏天里，冒着太阳，挥着汗雨，干这小本营生，委实不易。俺常说，使阖天下的人大家都以你老兄弟做这辛苦勤劳小本买卖的精神去干非常之功，立非常之业，日后定必能够有志者事竟成，绝不致不克达到目的。”又太息道：“但论你老兄弟奉养老母的这一片孝心，亦可惊天地而泣鬼神了。俺在众会友中，平时最敬爱钦佩的就是你老兄弟的人格高尚、孝思纯笃。古人说得好：‘求忠臣当于孝子之门。’俺料将来众家会友，能配称得起‘忠臣孝子’四字的，除去你老兄弟而外，俺看简直别无他人呢。休说别个，就但讲俺自己，如要俺也像你一般干这小本营生，博蝇头微利，奉养老母，便学一天样儿也不成，何况成年累月每日都是如此呢？像老兄弟这样苦心年、劳筋骨的辛勤勾当，首先由俺说起便办不到，何况别个呢？唉！看人挑担不吃力，上得己肩方知重，老兄弟，你这终朝每日的小本营生，委实真不容易啊！”

大个儿被他赞着，不禁很兴奋地显露出惶愧神情，表示逊谦道：“六爷太过奖了，其实俺逐日地工作，亦没什么稀罕，这不过是习惯成自然罢了。回忆先父在日，俺何尝不亦是娇生惯养、爱同珍宝呢？休说是赤足穿草鞋、敞胸露怀地打赤膊从来不曾有过，就是脱去长衣，偶然穿回短打亦是很难得的事啊。到了目今，可就大相径庭了，这真所谓此一时，彼一时，正应了俗语所言‘到哪山，砍哪柴，到得苦中慢慢挨’的话头，也真叫作没法罢了。六爷别拿俺打哈哈，俺不过比一班现在所谓读书种子或上等人的较能亲其亲、长其长罢了，哪里配称作孝思纯笃呢？”说到此，忽然敛住，转口问道：“六爷今儿穿戴得这么衣冠齐整的，冒着炎毒的太阳，往哪儿去的？有何贵干呢？”

书生见问，亦转口道：“唉！俺正为此事，所以才在门首迎住了你，邀你进来喝茶，和你谈话。不料却因咱得你一句‘多卖一桶粥、一篮油炸桧大饼，好多挣几个钱奉敬老母’的话，打动了俺的慷慨，竟致将要和你说的话反而打断话头，一岔开忘却了。俺前尝说，俺们之爷太会忘事，不料今儿却竟轮到自己身上来了，这不是笑话吗？”

大个儿又问道：“六爷特地将俺唤住，不知究因何事，有何吩咐呢？”边说边倾茶在书生面前的茶杯里，让六爷用茶。

书生称谢，将茶一口喝干，一面亦照样回敬了大个子一杯茶，举目四顾了一会儿，才低头说道：“老兄弟，你难道每日在砖头上做买卖，连这件极大的事情亦不知道吗？”

大个子竖起大拇指道：“莫非为了这厮，现在奉命下江南来采办花石，就将要到俺们淮安这个砖头的一件事吗？俺每天都在砖头上做买卖，岂有不知之理呢？”

那书生亦竖起大拇指，点头应道：“正是呢，为了这个王八，忽然大动游兴地要到俺们南方来盘桓乱子，却借着采办花石专事做幌子，沿途招摇。这风声传布后，俺们在各省的会友们得了信息，认为机不可失，所以都想趁此机会，干一番惊人事业。叵奈那厮极其玲珑狡猾，所带的随身护卫人员极其武勇众多，又因此番他在泰山玉帝观内被俺们在山东省内的各位会友们使用三昧真将他唬吓了，以致弄成打草惊蛇，他竟用八百里加紧文书，使流星快马，驰告沿途各地一切威武窑子，留意检查行旅，认真严防。现在据本地各威武窑子所派出去探马回报，那厮不日就将到此地，现已到山东省边界，就将启程入俺们江南省地界了，所以本地呵奉他的各界人士都正在那里忙着预备通复他的事件。俺们大会首和各位传头等有职事的会友，奉教主的法旨，特在尚三爷家内开紧急会议，预备乘那厮到此地时，即给他个猝不及防，城乡各地都言于黑夜间，大家以举三昧真为号，四面八方同时并起，斩杀那厮，即日祭旗举义。俺今日即为此事，才特意借别事放一天学，赶到尚三爷家中与会。老兄弟，俺因此事体大，断非鲁莽灭裂所能成事，遂对各位会首、大小传头等人发言，请大家从长计议，宜取慎重态度，免再蹈玉帝观的覆辙。大众见俺的话说得太懦弱，认俺为没种，做事太不彻底，遂对俺大施攻讦，几乎使俺无地自容。末后经俺再四申明，适才所言完全暗助那厮，大家纷呶始息。俺因所发表的这个持重主意不见容于大众，心中怏怏，若有所失，故此俺才想起老兄弟你来，拟找你细谈此事，吐一吐俺胸中的不平之气。因为你老兄弟在各位会友之中比较任何人的头脑都清楚灵敏些，俺们大会首又极听你的话，真有说一不二的效验，故此俺想将愚见告诉你，请你斟酌判断判断看，如以为然，就请速去转告大会首，将这种冒险的计划打消了。不期适巧在此地遇见你，所以才将你邀进这茶寮里来。老兄弟，你看俺的意见究竟错不错呢?”

说至此，忽又转口问道：“老兄弟，俺今日会见着你，却又想起一件事来了。近来每次拈香，总未见你来参与，俺起初还以为你是病着，迨至事后调查，才知你每日都安然无恙地到码头上去做买卖，并无一回害过病，难道你老兄弟竟连通书上注明的朔望都忘记了吗?如果不是忘记的，为何已有连次不到呢?”

那大个子叹道：“六爷，你问俺近来因何屡次不到吗？这并非俺忽然灰心中途变志，实因俺对俺教内各位会首、传头的办事太觉颟顸，所以最近几次拈香，俺都未到的。无非怕看见了他们所做的事，心中此外并无别的意见啊。但讲一件小事，即可以推想及于其他，提说起此事来，六爷当日也在场，亲目所睹，当可知并非俺随意捏造诬蔑各位大爷。

“在数月前，俺们不是在会首家里举行一回盛大的入会式典礼吗？据俺们教中的规矩，无论何色人等，都可以加入，并不计较什么身家。不料那天会首传道，忽然对于扫青生、天平生、跳板生等行业出身的人都挑剔起来，一齐不许入会，对于为非作歹的黑帮、白帮中人向为俺们教中所鄙视的，反而都许其入会，这岂不是异数吗？那天举行入会式时，竟有好几位新入会的教友都是些来历不大明白的人物。据俺所知，就中有两个是白帮中人，一个是黑帮中人，照他们这班人的平时行为，在未发誓以前，本无入教资格，就讲道照闻香教主所规定的条款，命令他们出会，才是道理了。哪知大会首竟不曾详加审查，贸然许他们滥竽其间，并且为时不久，竟有升转他们做大小传头等各头目的，这岂不是应了句俗语，叫作‘回子吃猪肉，自坏教门’吗？六爷请想，如照这样办事颟顸下去，将来岂不定要到成事不足，败事有余的地步吗？俺因目睹此事，曾向各会首进言劝谏，不料都碰了一鼻子灰，这才自知俺的个人力量有限，虽具挽救之心，实乏挽救之力，故此不得已才作退一步的消极办法。自此以后，每逢朔望，俺均不到会，以促各位会首的觉悟。

“讲到六爷适才所说的这件事，的确不是鲁莽可以成功的。上回玉帝观给他的冷不防尚且不能得手，何况现在那厮已从各处增调了许多武勇冠世的好汉来充随员，随身侍卫保护周密，仅凭着俺们本地的少数乌合之众，焉能成得大事呢？纵或能一时行除侥幸，得能达到目的，但亦绝对不能持久。何况俺们新召集的那班新教友志行不坚，进道未久，来历不明，本来极难靠得住的，临事召集，又焉能靠得住呢？六爷，你的地位不比得俺，尽可以将这层意思对当家布道管事等各位大会首、传头直言进谏，如果他们能见信，那固然很好，万一他们都固执己见，无可挽回，六爷亦只好火速另打别的算计，最好能纠合同志，于各位会首、传头等照计发动后，在那危急存亡、间不容发的当儿，援救他们出险，保存教中的一部分实力，将来仍好图谋直举，岂不很好吗？六爷如来托俺，俺自知人微言轻，纵或去说，亦属徒费口舌啊！”

他二人只管对坐品茗，低言悄语地相与密谈，却不道因轩子内茶客们都注意他俩之故，他俩密谈的说话早被座位距离他俩较近的一张桌上四面围坐着的四个汉子留神窃听了，得了详细。当时，四人彼此互相皱眉眨眼，以目示意，便首由一人立起身来像做如厕的样子，走往轩子后面小便池边去，另一个业已会意，即照随着亦离座走往后面去。两人立在小便池边，解了裤子撒溺，回头望了望，见无别人跟来，遂由首先走出的一个悄悄地道：“巫大哥，你可认识这说话的两个在教的人吗？他们俩打着隐语所说的话非常可骇，将来如果当真地做出来，这干系可不是都在你我身上吗？常言道得好：‘先下手为强，后下手遭殃。’眼见他俩正在这里喝茶休息，别无党羽在此，这正是天叫你我立功，亦是九千岁的洪福齐天，所以他俩才天诱其衷，不期然而自然地在这茶寮内互相交谈起来。机会不可当面错过，你且在此偕同周、吴两位暗暗监视他俩，别被他俩兔脱逃跑，俺自回衙去传齐伙伴，同到这里来拿人，料想他俩便插翅亦飞不上天去。”

姓巫的道：“这两个人在本街上颇多有人认识，那黑炭鬼长大个子是个著名的孝子，姓李名志远，外号人称赛李逵。那矮小的瘦怯条子姓井名元德，外号人称小吴用。段大哥火速就回衙去带同通班捕快伙计们人等赶来拿人，深恐时候晚了，被他俩觉察，兔脱逃跑，可就应了他俩方才的说话，叫作‘打草惊蛇’，那时这乱子可就闯得大了。”

段捕依言应诺，撒完溺，边塞裤子边往外走，身上只穿着一身短衣，也不回进轩子去穿长衣戴帽子，即已悄悄走出品泉楼，急匆匆地奔回淮安县衙门，立刻传齐通班捕快，各执兵器，一窝蜂也似的飞奔到品泉楼后进轩子里。早由两名捕快抢步至井、李二人面前，哗啦各抖开一条铁链，向二人头颈内便套。

不知二人究竟被擒否，请待下回再写。

评曰：

一部大书以闲闲而起，此所谓大风起于萍水也，而不知其实隐寓数义焉。所以言夏月者，葵向日，喻对世人献曝也，炎暑困人，所以喻苛政也。

《水浒传》首先一孝子王进，本书亦写出一孝子李志远，其取径盖略相同。

井、李二人茗话，看为闲文，而不知井则暗示反正，李则为其所卖耳，使非遇贤有司，李其危矣。

书名曰《侠影忠魂》（原名），本回井元德所言事，已足令读者骇诧矣，矧后事綦夥欤，然则书名信不诬也。

第二回

赌上买下情足动人
李僵桃代身能役鬼

话说读者阅罢上文，对于李、井二人问答时所用之江湖术语，或有所未明，未免堕入五里雾中。现在且先行交代一下，井元德称为老兄弟，这“老”字，若就字而论，当然是指年尊者，但就方言论，“老”字却应别解为最小之义，称呼为老兄弟，就是称他为最小的小兄弟。因为李在当时淮安地方的白莲教里，地位乃是小传头（头目名称之一，为该教首领之最末位），所以井称李为老兄弟。至于李称井为六爷者，即因井在同教所结盟之把兄弟中排行为第六，而于井氏族中的排行亦是第六。当时世风最尊敬有功名之人，并已进过学，所以称之为六爷，会首、传头等都是白莲会头目名称，“扫青生”是剃头匠，“天平生”是抬轿的轿夫，“跳板生”是唱戏的戏子，“黑帮”是专做窃盗小偷的人和沿门乞食者之团体总称，这班人又名称为江湖团，“白帮”就是拐骗党，即上海所称为白蚂蚁者也。三昧真是歇后语，指火，闻香教主系明末首创白莲教之人，后文自有交代。解释既毕，书接前文。

却说那四个在轩子内品茗的巫、周、吴、段四姓，乃系府县两署的捕头，因在隔座所得井、李两人的说话，知道他俩是厕身在白莲会里的朋友，所谈的事乃是讲的最近火焚玉帝观的话和讲论，不日九千岁驾到，凡在会里的人现已接有密令，届时起事，这消息幸亏泄露得早，若官厅得信迟了，那时九千岁爷的大驾已到，这乱子又不闹得太大吗？所以段、巫二人闻言即先后起身离座假作小解，便在厕所里商议定了，由巫捕头回进轩子内，约了那坐着未动身的周、吴两捕头同在一旁，严密地监视井、李两位，以防他俩先行脱逃，一面由段捕头奔回衙门，传齐通班捕快人等，各执兵器等项，流水价蜂拥般直奔进茶坊后进的轩子里来，捉拿井、李二位。

巫捕头同着周、吴两位在轩子里，眼巴巴地看见段捕头率领通班捕快，吆喝着抢进轩子内来，他三人早已振起精神，起身离座，径奔到井、李二位身旁。周捕头捉住李志远的双手，反缚在背后，巫捕头捉住井元德，亦反缚了他的两臂在后头，同时吴捕头已伸手将庭柱上挂着的衣衫拿在手内，并令伙计们将那旁椅上的木桶竹篮、桌上的凉笠、文生巾分别拿着，段捕头喝令一声动手，早有两名捕快各将铁链子哗啦啦一声抖开，急向二人的头颈内便套，口中嚷说：“朋友，是好汉子就该放值价些，别假装佯糊，反讨苦吃。”

井、李二位此时做梦也不曾想到会有这场横祸，即问：“列位上差，锁拿俺们究因何事？”

周、吴、巫、段四人齐声冷笑道：“你俩自己做的事，还假惺惺地问原因做什么？你们才在这里打着隐语说的些什么话，难道一转眼间，你们已经都忘记了吗？别多延时候了，俺们要去交差，你们也该去上书房了（隐语称监牢为书房，入狱为上书房）。”

二人闻言大惊，才知适才所说的事，机关已完全破露了。事到其间，还有何法可以挽救呢？只得硬硬头皮，昂然笑道：“既你已识破了俺们的机密，要请俺们去上书房，俺们就跟随你们往威武窑子内去走遭，成全你们这班功狗，亦未为不可呢！”于是即被周、吴、巫、段四名捕头，巫领手下通班捕快，吆喝着将井、李二位上了刑具，从轩子里簇拥出茶坊门外，一径前往淮安县衙门而来。沿途早有教中的人看见了，便火速赶往各会首、传头家中去送信。

当地会中的各大小头目闻讯，急急又召集会议，筹商应付之策。

当有一位新入会的本地人，姓山名永荣，外号人称冰天虎，原是当地的盐枭出身，自幼习练枪棒，武勇冠群，膂力过人，胆气甚豪，当时见大家聚议，无有什么决定办法，遂忍不住羼道："各位教友，现在既是井、李二位有难，被擒在淮安县衙门里，休说凭着俺们众兄弟的力量可以立刻将他俩从书房里救出来，就是但凭俺兄弟一人的末技，援救他俩出险，亦未尝不能。这并非俺兄弟夸口，当日俺在下邳县，因犯事俺下在大禁里，禁子狱卒们防范非常周密，但在半夜里终被俺拉断了铁索，击下了铐镣，越狱逃跑。井、李二位据闻亦曾练过把式，而且武艺很好，不知他俩因何竟如此毫无抵抗地被捕入狱。假使俺们现在就去劫牢，里应外合，保可立刻使他俩转危为安。"

话才说完，早有一个管事大传头夏永福接口道："贤弟的话虽然不错，但是有一层，俺们现在正预备趁官民人等迎接奸阉的时候动手行刺，或于晚间各地同时放火，烧杀一个玉石不分。如果为了他俩的事就大动干戈，那奸阉到此，岂不格外严防吗？俺们的计策便等于画饼充饥了。他俩所以都毫不抵抗地束手就擒，或者亦即因此，亦未可知呢。"

接着，有一个当家大传头也道："无论有天般大的事，只要有地般大的身，马上便可以大事化为无事。依俺愚见，现在可就差派一两位会友，多携银钱，前往县衙去上下打点，哨探消息，再往大禁里去探望井、李两位，询问详细。对于禁子狱卒们，当然亦尽量地多破费些，他俩在里面，便可以不致吃苦。守问明二人的犯事情形后，再定办法也不为晚。井老六是有名的小吴用，平时别人想不出主意来的，他只要瞑目一思便得。现在事情犯在他自己身上，想情他定必有好主意，但不知哪两位兄弟肯去走遭？"

这当家大传头名唤尚省斋，外号人称清淮及时雨，在会中极得众人信仰。当时他的这几句话说出口后，大家都因未知井、李二人所犯的案情，不敢贸然前往，自投陷阱，只有飞天虎永荣，凭着武艺胆大，独自挺身而出，应称："俺姓山的愿往走遭，但不知尚三爷有何吩咐？"

尚省斋见只有他一人肯去，余人均露着恐慌和观望的神态，不由心中一动，感觉兄弟们真能有义气的极少，禁不住喟然长叹，即说："山兄弟，只你一人够得上兄弟义气、朋友交情，俺心中十分拜服。不过只有你一人前往，万一倘或发生什么事故，连通音气的人都没有，这又怎么办呢？"说到此，略停一停，才又说道："现在这样吧，各位仁兄贤弟既都不作声，就是俺尚老三陪了山贤弟同去吧！各位如无要事，便请在此稍等，听候俺俩回来后的消息。倘有别项要紧事情，便请先行回府，明儿再来听信，免得误了各位自己的事情。"说罢，又对山永荣道："山贤弟，俺和你就此前往吧！"

山永荣道："很好，要去，俺们就趁早去。"

尚老三即去开箱柜，取银子，穿上一领白夏布长衫，即同着山永荣径往淮安知县衙门。他俩一个是本地占码头的英雄，一个是清淮一带贩运私盐的首领，当地各文武大小衙门的人员相识颇多，平时亦有往来，所以二人到得知县衙门，向门差和别个差人捕快一打听，即已得知井、李二人所犯的案情乃是大逆不道、图谋不轨的大罪，并探知二人是因在南门大街品泉楼茶坊后进雅座内谈论会内的一切事务，被清江府衙门的周、吴两捕快头目及县衙巫、段两位捕快头目，因相约同往南门一带去办案，在品泉楼茶坊内歇足相会，恰巧听了个明明白白，遂由段头儿跑回衙门来，传齐弟兄，前往将二人捉住。因知县往知府衙门内有事，所以尚未过堂审过口供。现在二人正被押在待质所里呢。

尚省斋和山永荣二人听罢，即往待质所去张望井、李二人，凭着他俩平时和衙门内人的往来交情，这时又花费了些白花花的银子，当然得能通行无阻，径到里面去和井、李二人厮见。询问原委，才知二人所以毫不抗拒、即便就擒的原因，恐事情闹大，影响到将来行刺起义的大计，更恐捕快们因为捉拿二人自己不着，转身就去捉拿家族人口，致使家族男女老幼人口受惊，所以才束手就擒。凭仗着各人自身的能为，越狱脱逃简直不成什么问题的。井、李二人的此番动作，正应了句“艺高人胆大”的俗语呢。

当时四人两下交谈了一会儿后，井元德忽然心中一动，对尚省斋道：“三哥，常言‘有钱能使鬼推磨’，现在俺俩被擒在此，假使停会儿挺刑不招，徒使皮肉受苦，先吃眼前亏，实有些犯不着。倘如胡乱招案，案情重大，说不定连夜就得过府堂，转解至漕运总督衙门审问，亦未可知。万一他们胆大心细，情愿大家担受些处分，录取口供后，即便使出先斩后奏的狠毒手段来，将俺们就地正法了，使俺们措手不及，俺俩岂非是白死吗？所以俺们现在应该取先事预防的办法，免得临渴掘井。三哥回去，赶紧设法和各位花费几两银子，贿买两名替死鬼出来，半夜里来将俺俩调换了出去，这是最最紧要的事。万一三哥等列位不能以迅疾灵腕的手段将俺俩救了出去，俺俩待到临时危急的当儿，亦只好铤而走险，所谓火烧眉毛，只好转顾目前。那时俺俩或做出冒险的勾当来，影响及于大局，列位哥弟可莫怪因俺俩小不忍乱了大谋。”

又道：“三哥，便有件紧要之事，俺家中的男女老幼人口都居在乡间，离城较远，谅或一时还不致要紧。李兄弟的令堂老太太就住在城里，地方很近，她老人家每日倚门间地盼望儿子回家，习以为常。今日此刻，如已得知李兄弟忽然被擒的消息，定必大惊失措。年迈之人受不起惊吓，又当这夏日炎暑热酷天气，万一发生出什么岔枝来，这事情可不就弄大了吗？更恐这班吃公门饭的走狗，他们得知李老伯母的居址，定必前往危词恫吓，从棺材里伸出手来，吓诈要钱。老人家如何受得起他们这班浑蛋的骚扰蹂躏？所以，俺请三哥回去赶速分派两起人前往李兄弟家中和俺舍间去，将李老伯母和俺的家属人口立刻迁往护送到一所安全地点去暂时居住，守俺俩出来团聚时，再作道理。时间急促，三哥和这位山兄弟赶紧回去，迅疾办事吧，千万不可迟误，要紧要紧，拜托拜托！”

说话间，勾引起李志远的心事，禁不住两泪交流，泣下沾襟，望着二人连连唱喏。慌得二人还揖不迭，口称："二位放心，俺俩回去自当照办，就此告辞。"说罢，二人即和井、李作别。

出得待质所，飞速赶回家去。依着井元德的话，分头进行，调兵遣将，果然财能通神，重赏之下，必有勇夫。尚省斋当众一悬赏，并说："日后万一果遭不幸，所有遗族人口定必格外另眼看待，按月津贴。"

尚老三的这番话出口后，果然即有两个贫苦不过的会友，私下一商量，决计去冒一回险，当即鼓着勇气，自愿前往做井、李二人的替身。根本问题既已解决，余事当然迎刃而解，于是即于当日晚间，趁着知县尚未回衙过堂审问二人之时，即利用金钱势力，贿上买下，在班房里将两个替身调换了。井、李两位当由井元德教二人的口供，只认为从闲人口中听得有泰山玉帝观被火焚的一件事，并不知其内容究竟是怎么回事，无非学着道听途说，在茶坊内闲谈中讲起罢了。一口咬定如此供词，纵或皮肉受点儿苦，不致判处死刑的，对于白莲会中的事，务须推得干干净净，完全供称不知，切勿游移其词，此乃最为要紧的事。

叮嘱毕后，才同着李志远告别了班房内各马步快手，及看守待质所的差役们，匆匆出衙，会着尚、山两人，同到尚省斋的家中，和各会首、传头等相会。大家给井、李二人道惊。二人回言给各人道谢后，井元德忽然想起，急对尚老三道："哎呀，三哥，不妥，不妥!"

尚省斋闻言着惊，忙问："何事不妥?"

井元德道："那两个替身进会未久，道行未深，他俩的经验尚欠，钳子不快（钳子即口，不快，言钝也，钝即口齿不老练意），怎经得那县官的威吓欺骗？万一他俩将所有的计划像张松献地图般地完全招承，和盘托出来，岂不是糟透了吗？现在俺们大家且慢安闲自在地稳坐着叙话，赶快未雨绸缪，连夜速即迁居，以防他俩被知县骗出了真供，那时俺们大众可不是要死?"

大家被他一言提醒，不由各吃一惊。尚省斋素知老六是个著名的小吴用，向能料事如神，遂即依言请各弟兄帮忙，连夜收拾细软，将一切贵重值钱之物暂时移在邻近一家会友的家内去存放，所有关于谋划的一切重要文件，统交付井元德带回去保管着，并令那原先奉命去往井家送信知道井氏全家人口，现在暂时移居的新址的人，和那接送李老太太前往安全地点去居住的原人，分别引导井、李两位各自回去团聚。众兄弟此时都因听得井元德的话，心中各自怀着鬼胎，大家都有危邦不入、乱邦不居的意思。只因在场子上，马上就走，显见得看人睡冷铺，太无义气，所以才不好意思动脚。及见井、李二人走了，大家这才陆续着起身告别，匆匆径去。

尚省斋见大众已走，遂将前门用大闩杠起，又上了锁，把灯一齐吹熄了，用短梯靠在后院墙边，爬上墙头，使足将竹梯踢倒了，即从那墙头上跳将下去，绕着大巷内甬道走往前面大街上去。刚走不多路，猛见前面有一大队公差捕快，打着灯笼，各拿刀枪棍棒等兵器，簇拥着两名犯人，远远地迎面走来。尚老三目光极锐，早已看见那大灯笼上的红字是"淮安县知县正堂"七字，两名犯人非是别个，正是去给井、李二人当替身的两个会友。不由大惊。恰幸街旁有狭窄的小巷，遂急将身躯走进巷口内去暂避，一边心中佩服井老六的见解果然比别个不同，幸亏大家都早一脚走散了，不然，岂不都像瓮中捉鳖般被这班鹰犬一网打尽吗？真个好险啊。

究竟那班差人押两名替身往哪里去，请待下回再写。

评曰：

本回行解隐语无一字无稽考，诚非老于世事、熟悉江湖者，所不能言也。小吴用机警善料事，讵竟于茶寮中畅言秘密者，善读书者，当已早知其伪者，尚省斋疑之，不愧"精细"二字。初写众人不敢往探，末写众人闻井言，而各怀鬼胎者。

第三回

夜行僻道毙犬止龙吠
宵征径途劝友息纷争

话说尚省斋走入小狭巷口内，深恐在外边时已被差役等迎面看见，故此一入巷口，即提轻足步，飞速前奔。他原系淮安城人，街巷路径，自幼即已走惯熟，所以非常熟悉。这条小巷唤作留余巷，虽然甚为狭窄，但却是条通路，并非死巷子。他平时由家中出来，往城头上去望远景、练呼吸、学爬高、跑脚步，总是打从这条留余巷小径抄近绕往城头上去。因为这小巷尽头便是淮安南门城脚跟，乃他所素悉的，维时他飞步疾行，箭驶价向前狂奔。

是日正当六月初四，月亮一现即已没有了，这巷内两面的房屋都砌着极高的风火墙，夏令夜间，虽然星火灿烂，怎奈因巷窄垣高的缘故，将熹微的星光被遮住了。故此他这时向前跑去，完全凭着路熟，黑地里并分辨不出道途高低来，又兼在慌促之际，满腹怀着心事。正在佩服小吴用井元德有先见之明，猛不防一脚正踏在一块西瓜皮上，人往前跑，身体本就有些朝前倾欹，凑巧足下被那西瓜皮一滑，不禁有些头重脚轻，立身不稳。却正巧踹在一头周身全黑、无一根杂毛的狮种小哈巴狗的后腿爪及尾巴上。那黑狮子狗被这一脚踹着，忽然惊醒，又护着痛，头即向着尚省斋汪汪汪一阵狂吠，最后竟呼的一声追上尚三爷的后身，跳跃起身形，直立起来，伸两只前爪，搭住尚三爷的白夏布大衫儿，张口在尚三爷的背心腰眼里呜呜呜乱咬。

尚省斋脚踹西瓜皮，身体打踉跄时，心中本已吃惊，偏又误踹在狗尾巴后腿弯及脚爪上，被那狗汪汪乱吠，心中更加惊急，再被这狗追上来，搭住衣衫，张口啮咬，这一惊愈加非同小可，性急慌忙，哪还再顾得一切？急回过头来，顺手一拳打去。那小黑狗的后爪被踏伤，直立起来，本已震痛，再被这一拳打下，哪还能立得住呢？只得将搭住衣衫的两只前爪放松，跃身往后逃跑，边逃边回头望着尚三爷，又是一阵汪汪，不住声地狂吠。

尚老三至此恨极了，心中一急，索性立定了脚，咬牙发恨，拟等那黑犬再扑到面前来，即将它打死了，以出胸中恶气。偏那犬性甚狡，它见尚三爷立身不动，亦即立住不动，只一味地向着尚三爷不住声地汪汪吠叫，同时因这黑犬尽管乱吠，引得左近各家的看宅犬和无主家的野狗都同声相应，一片声齐汪汪，混吠起来。

尚省斋闻得百犬吠声，深恐那起办案的差役人等往自己家中去尝了闭门羹，打从原路走回，由此留余巷口走过，听得犬吠声大作，陡启疑窦，随声跟踪寻找，岂非多生麻烦？忖念这头黑犬，左近只有这一头是西洋种的小黑哈巴狗，乃平日俺所素识的，此刻势难久立，倘日后空闲时，得能再遇见它，定必将它揍死，以雪此恨，也不为晚，岂必定在此时等候它扑来，马上就揍死它呢？想罢，遂即转身往前疾行。哪知才一转身移步，那黑犬便又狂吠着追来，仍照前样跃身直立，呜呜乱啮他的后身，激引得尚三爷的无明火起，不禁咬牙切齿地发恨，灵机陡地一动，遂不伸拳回头往下再打，却使劲儿将身体一摇，尽力像拨浪鼓也似的往两边摇摆，震撼那头黑狮子狗咬牙搭衣不牢，呼的一声，被震荡得摔跌在地。尚三爷顺势转身，使足了气力，对准了黑犬，就地一脚尖踢去，不偏不斜，恰巧正踢中在黑犬的额头上。

论到尚省斋的武功，虽不能算作十分高明，但究非寻常之辈仅仅略练过些微把式者可比。是时又正值在气愤头上，那股气力竟不知陡从何来，这一脚不打紧，竟把那头小黑狮子狗直踢出丈外远近去。犬身被撞在一堵墙脚跟上，方才停住，但却又被回力反撞跌回数步来。当因尚爷使力过猛，黑犬被这一脚尖踢着，竟致踢破了脑盖骨，将脑浆迸裂了，直流溅出来，犬身被墙脚跟这一撞，撞折断了腹中的食肠，可怜只见它凄声汪汪汪地哀叫了几声，便已死在它主家的后门外面碎砖石铺砌的地上，渐渐声嘶力竭，不再吠叫和动弹了。

因这黑犬的吠声汪汪吠叫个不休，且又引得四下里群犬吠声应和，早已将它的主人从黑甜乡里把好梦惊回，睁开蒙眬着的一双睡眼，欠伸着懒腰，引手约略拭了两下，便趿鞋下床，敲石点起烛火来，意欲开后门出外查看有无什么事故，顺便即将它呼唤进门内来，免得它半夜三更老在门外狂吠乱叫，把左邻右舍人家的睡梦惊醒。暑天全仗半夜清凉得能安息，如被这畜生吵得夜不成寐，岂不讨人家厌恶？边寻思边手掌烛火，走向后侧边门来，刚走到后门临近处，陡听得那狗被人脚踢着，直撞在墙脚跟上，跌在门外地下，和那哀楚凄厉的临终大嗓子吠声，就地颤动、犬身瑟缩的声响，几乎听得毛骨俱悚，不禁大吃一惊，急忙抢步上前，拔去门闩，呀的一声，开直了后门，走出用烛光朝地下一照，不由惊诧道："咦！这是哪来的大胆毛贼，竟有恁般狠心，忍将俺家这头外洋种的狮形小哈巴狗踢死了，这还了得吗？此真所谓是可忍孰不可忍了！谅情那毛贼定还逃走不远，待俺追将上去，抓住了他，捉送到官署里去重办，并先给俺恶狠狠地揍他一顿，揍他个半死，给俺这头爱犬报仇，方才雪得此犬死后之恨呢！"边自语着，边已回转头面去，大声嚷唤，将家中人等齐都唤起，一迭连声地嚷着有贼，并嗔怪大家睡眠太不醒觉："怎么狗叫了这么许多时光，还不曾惊醒？直等到狗已被贼人揍死了，兀自大家安眠未醒。"边叽咕着，边又吩咐家人："留心火烛门户，待俺自往后门外去追寻贼踪，抓住他给俺们黑狗报仇，送官究办。"说罢，将手中掌着的烛台放下，俯身将脚上趿的鞋子拔紧，束好裤带，随手即拿了那根杠后门的枣木门闩，权当作了齐眉短棍，赤膊裸露着上半截身体，迈步往城脚跟去的巷口那一头飞也似的追赶将去。

是时，尚省斋虽因摔跌了黑犬，并已将它一脚踢死，心中稍定，但因使劲摇摆身体，夏布大衫被犬齿咬得紧紧之故，致被啮破了两个洞孔，当摔犬跌下地时，竟哧的一声响亮，把一件长衫扯破，裂了很长的两条破缝，故虽将黑犬踢死，出了胸中这口恶气，但究觉一件簇崭新的大褂儿被裂毁了，心中不免惋惜。又见那黑犬被踢死时的一种哀凄情状，陡生不忍之心，因这两事一凑，致一时呆立在巷内发愣。如非那家后门缝内射出火光来，并听得拔闩开门和那犬主人的咕噜自语声息时，还要多呆许多时刻不马上就走呢。当被那犬主人开门出外照看的火光并人声惊觉了后，忙即拔步疾往通城根儿的一头巷口便行，只因适才是脚下太慌促大意，误踏西瓜皮，才致滑足误踹及黑犬后腿尾巴，弄出这番周折，故这时他的足步虽尽量地放快疾行，但却不敢再如前时的漫不经意了。因这一小心，那足步的速度遂无形中比前略慢了些，同时那犬主人挟着一团愤怒，恨不得一步跨出巷口，马上就把踢死他家爱犬之人抓住，给黑犬出气报仇，故双足不禁举步如飞，竟同风驰电掣般地袭出巷口来。

尚老三刚跑出巷口，猛听得背后有脚步声响，急如奔马般追来，吃了一惊，忙沿城根儿转弯前奔。扭头回顾，只见那黑犬的主子已追逐着将到身后，皆因尚省斋穿的是白夏布大衫，故虽在黑夜里亦能看得清晰，只听得那人口喝：“好个胆大的毛贼，你有多大本领，竟敢到俺太岁头上来动土，想掘壁洞，撬耳门，做鼠窃狗偷的卑鄙勾当！你打量白大爷府上，亦如寻常百姓人家可以容易使你如愿到手？却不防俺白府的看家犬觉察着了，狂吠报警，遂致你这毛贼欲偷无从下手，招惹得恨极了，竟忍心恶意地使出毒辣手段来，把你白大爷的爱犬打死了。哼哼，你这厮既在黑道内充当着偷鸡摸狗的小黑，难道你这奴才既照子不明，不认识你白大爷的府第，岂竟连顺风也都不灵，未曾听得你白大爷的威名吗？（隐语名小窃为小黑，窃盗统称，有江湖八黑之谓。据老于江湖者言，测字卖卜者，曩日名为戳小黑，后因与江湖八黑之小黑一流相混淆，故特更改称谓，以免相犯云。又按：黑窃称目曰照子，耳曰顺风。）亏你还在夜行的一行中混迹呢，岂竟连一个入国问俗的训条也不曾明了吗？好小子，别推聋装哑，梦想逃跑得了，好生放值价些，留下你的脑瓜子来，免得你白大爷动手，那算是你自己漂亮。你白大爷有好生之德，或许还能宽恩，赏赐你一具完整的尸身，倘你再不站着，仍往前跑，定要给你白大爷赶上了，那时你可就后悔无及了。俺估量你自己断无这么大胆子敢上门来寻死，必系倚仗着谁的势，听受谁的挑唆，才敢来和你白大爷犯上一犯。”边说骂着，边快步赶着。至此，略停得一停，随又转口笑道：“哈哈，你这厮还敢倔强，不把你的两条狗腿站住吗？莫非你自恃其能，曾在何人面前夸下海口，特意来戏侮你白大爷吗？那你可真正应了两句俗语，叫作‘天堂有路你不走，地狱无门闯进来’了！好小子，你待往哪里走呢？”

尚省斋在前飞跑，回顾见来人愈追愈近，只听他满口狂言，把自己当作了小黑，不禁又气又好笑。且听他说话口音，完全操着本地方言，自称白大爷，陡然想起道，这厮莫非就是本地有名的什么镇山太岁白某吗？暗忖，如不是他，出言绝无若是狂妄。如正是他，彼此是同在江湖上混世的人，谅应讲江湖义气、朋友交情，不该这般开言闭口地恶骂。因思不如站住，和他说明了，看他如何对待。他如竟毫不讲交情，料之，想他单身独自地来和自己为难，在这僻道城根儿上，谅亦难讨得便宜去。因这一想，遂将身体立定，回身对来人低喝道：“你说话的声口，语语自夸，竟似长有三颗脑袋、六条臂膊似的，真是好大口气！难道俺站住了，怕被你一口生吞下肚去不成？不过俺不欲多事，所以才由你在后大呼小叫地吆喝着追赶，姑且放点儿交情给你，不和你一般见识罢了。岂料你竟小题大做，把芝麻般大的小事当作了一件大事，岂非怪极了吗？常言道得好：

‘怪人不知礼，知礼不怪人。’你怪俺不认识你的府第，不知道你的大名，那么你怎么竟连俺尚某亦不认识呢？这可不是太不恕道了吗？”

说话间，那人业已追赶到了面前，闻言便亦立定，姑忍怒意，朝着尚省斋仔细打量了一番，忽然转怒为喜，变更语气道：“据你所言，莫非就是人称清淮及时雨的尚省斋三爷吗？”

尚省斋应声道：“岂敢！小可是尚三，尊驾可就是人称镇山太岁的白大爷吗？”

那人应道：“然也。”

尚省斋忙接着赔笑道：“久慕鸿名，无缘未得拜会，却不料尊府就近在咫尺。适因有事偶经尊府门外，致误踹在尊府的这头黑犬身上，竟因之惊搅白爷阖府不安，实深抱歉，当请白爷当面恕罪，勿责鲁莽为幸。讲到这头黑犬，实系小弟一时失察误踹，却不防被它从后追上来下口，把大衫咬扯碎裂了，还在其次，小弟且被它唬得一身冷汗，当因这一惊慌迫间，一时失脚，万不料竟致将它踢死了，劳动白爷追来，向小弟兴问罪之师。小弟情甘认错，但是应请白爷原谅的，这并非尚某故杀，实系误伤。常言：‘死者不可复生。’小弟现虽认错，但究不能使白爷心中释然无憾。现在俺想请白爷稍宽假小弟些时日，容小弟徐徐打听，俟探得何处有与这头小黑犬的形质相同的狮种小狗时，定必设法买来，专诚奉送到府，以补此犬之缺。倘白爷自己打听得何处有类此之犬时，令人关照了尚某，尚某定必亦如约设法买来奉送，或白爷自己设法买到，该价若干，尚某准即如数奉赵，绝不有误。至于俺的衣衫被啮碎裂，那只好算是俺咎由自取，与人无尤。此刻天已不早，小弟还须有事，不便久稽，有扰白爷的清睡，尚某即此告辞，改日再当登门负荆，请白爷即回府去安息吧！”说罢，拱手作别。

原来，这白太岁乃系当地著名的一个土豪，恃仗着两个臂膂力过人，并练过几路拳棒，专一为非作歹，欺压良善，召聚党羽，开堂收徒，以致手下徒党日益众多，其势日盛，所作为的事遂更不堪问。和尚省斋虽同处在一地，却因彼此行为不同，人格互异，正是冰炭不能同炉，因之两下并未通过闻问，只不过互相知名罢了。这时尚省斋踢死了黑犬，因为心中有事，诚恐被他绊住了稽延时刻，所以当时经他从后追来，百般侮辱恶骂后，并不认真，反而强自遏抑，忍耐着满腔恶气，却反以善言解释，引咎认过，使他不好与自己为难。

那白太岁本系素知尚省斋之名望的，当未知踢死黑犬的人是谁以前，原疑心系哪里来的过路贼，既不曾来报门通相，正是有背他僭立的陋规，犯了他的大忌，且又偷上自家的门来，这正如存心来戏侮自己一样，更把自己心爱的这头纯黑无疵的小哈巴狗踢死了，尤觉其情可恶，所以气愤愤地紧紧追赶，百般辱骂，恨不得将他抓住了立刻揍死方消此恨。及见是尚省斋，并非是外来的行客，早将满腹的怒气消去了若干，又经尚省斋低头下气地赔小心，满口认错，便要再说什么难过话，亦说不出口，只得揉揉肚皮，把气闷在腹中，容后再图计较。当即逊让了两句："尚三爷言太重了，叫白某如何敢当？"随又问："深更半夜，尚三爷为何踽踽独行呢？不知有何贵干，竟致急匆匆地慌不择路，误把舍间的看家犬踹踏了，三爷可能略示一二吗？"

尚省斋因他为人素行不端，是时又急欲摆脱，哪有心绪和他攀谈？因说："别无他故，实因舍亲家内有紧急事情着人来招唤小弟，小弟因欲要抄近路，所以才由这留余巷小径前往，黑地里偶不经心，恰巧误踏在一块西瓜皮上，滑脚打了个踉跄。不料尊府的看家犬正横卧在巷内，如有白毛，或亦尚可不致误踹，偏又系全身黑色，无一根杂毛，犬身又小，仓促间哪能辨别呢？才致有此误会。现小弟亟须往舍亲家有事，不能奉陪多谈，且待改日白天再见畅叙吧，请勿见怪。"说罢，略拱拱手，便与白太岁作别，转身径向前行。

白太岁是时只得亦回身径去，走进巷口，边走边心中忖度，尚老三在本地的哥老会中极有声望名誉，且在白莲会内又充任着重要的职务，他的势力实并不在自己之下，平时他和自己虽未觌面，但他的品格，据闻要推为彼党的有数人物，所以极受党徒们的拥戴。以他的身份地位而论，断不至于忽然来和自己作对，今夜他来踢死俺家爱犬，他说无心，谅系实情，但他向来洁身自好，从不做什么夜行人的勾当，为何他偏又单身独自地出外夜呢？如说练习武艺吧，他如何又穿长衫，如说他出来做“翻高头”的巨案吧，他手下能人尽多，何至要亲自出马，且穿白色长衣，岂非大忌？观其形色仓皇，谅情必有甚虚心之事，且他说亲戚家中有事，特由此巷僻道抄近路前往，此言明系遁辞，后面靠城脚跟大半都是前门临街的屋宇，他由大街上来，岂有舍近求远，不走大门，反绕至后门，算作抄近之理的？更想到他虽与自己如风马牛不相及，可是他的手下与自己的手下，双方并非全无芥蒂，平时闻他自视甚高，对于俺白某素极轻视，这会儿他又何故甘拜下风，如此逊让认错呢？也许他是存心来犯自己，所以特地先来踢死俺的爱犬，去却一个耳目，随后他好大胆下手做事。他此刻所以肯认错退让的，或是光棍不吃眼前亏之意，亦未可知。否则，即是他的同党，忽然发生意外巨变，所以他急遽逃脱，怕俺缠住他脱身不得，所以用甘言诱俺。素闻他系个有心计的人，颇称谨慎细密，他如无紧急事变，何至形色仓皇到如此，竟致足踏西瓜皮滑足误踹在黑犬身上？如非快步逃跑，何致黑犬追吠不休，将其后身长衫咬裂扯脱？他如非虚心，又何必深恶犬吠，要揍死黑犬以去障碍呢？心中愈想愈疑，不由顿生落井下石之计。忖念本地的人物，现在除却他们的一帮外，只有自己的一帮了，且彼帮中的领袖，亦只有他一人，余人皆不足道，如趁此瞧出他的破绽来，乘机设法把他排除了，他的徒党正如蛇无头而不行，势必尽归于我，那时，俺便可以毫无忌惮地为所欲为。只要结交官吏，吹拍逢迎得法，便不忧不富贵逼人来呢。想到此，遂将身形扭转，复又大踏步急追出留余巷口，遥望着尚省斋追去。因尚三爷的白色长衣在黑地里颇还看得清楚，故目标不致认错，当即飞步疾追，边口中高呼："尚三爷且暂停贵步，俺还有话奉问呢！"

尚省斋正自往前行走，因腹中忖度着白某的为人，向系无事尚要起三尺浪的青皮流氓，今夜恰巧被俺踢死了他的爱犬，此真乃他敲竹杠的机会到了，焉肯轻轻放过呢？如自己不以软言和他谈判，也许他竟和俺使出那泼皮的本领来，硬说俺行窃踢死他家守户犬，揪扭着不肯放松，拖到官厅里去打官司。虽然俺亦有嘴舌，不怕他胡拉混吹地诬陷，可是俺正为回避那起公差才半夜出走的，怎好又自投到罗网里去呢？因这么腹中转念，脚步不免稍缓，故前行尚未大远，万不防白太岁会又重复追来。闻唤不由一惊，满心很不自在，皆因尚省斋此时正属犯事之际，心虚遂致多疑，来人又系这位有名的地痞太岁爷，自然格外猜疑他的来意不善了。但因念着"千错万错，来人不错的话头"，且适才极其客气，马上怎好反目呢？只得明知来者是鬼，即将他当作鬼看待，免得开罪于他，怀恨结怨，永留后患，所以闻唤先假作不闻，仍自前行，后因呼唤特急，恐夜静声音被人容易听得，反弄出事来，只得应声立住，回身请问白某有何见教。

白太岁追上道："尚三爷，你老休怪白某冒昧，太粗鲁得热心过度。俺只因记念着前人遗训，江湖义气，叫作'白莲、红花、青荷叶，三教由来共一宗'，您和俺的派别虽不同，但是探本穷源，究竟总属自家人，所以有事不妨实说，正所谓真人面前不说假，假人面前休露真。您老兄的大驾，当这半夜三更，披星戴月地匆促赶路，说令亲府上有要紧事情，此言实在令俺这下愚的人不解。因这沿城根儿一带俱是前面各街巷人家屋宇的后门，三爷既往令亲家去有事，如何不走近路，径进前门，怎么却反绕着狭巷僻道，远行到这荒野的小路上来呢？难道三爷系在这黑地里，挨家逐户地默数着找寻那位令亲府上的后门吗？"

尚省斋被这一问，正如直刺心窝，不由暗暗怒恨，嗔怪这厮竟认真地打破砂缸问到底，遂冷笑着没好气地回道："白爷这话说得好奇怪，你我初次觌面，俺犯得着要凭空地虚言遮塞，瞒哄你做什么呢？委实俺系往舍亲家中去有要紧事，不能耽延多谈，恕俺失陪，改日再见。"说毕，即转身自顾自地前行，连头也不回。

白太岁见他回言带怒，显露着不耐烦的样儿，不禁格外生疑。那腹部下面的两条腿便又紧紧地跟在尚三爷背后，移身前进，悄悄地亦步亦趋，尾随在后，意欲观其究竟何往。

尚省斋疾行了二三十步，回头一看，见有条黑影子随本人尾行不舍，不问已知是白某跟来，心恨这狗才竟恁般可恶，居然依依不舍地尾随前进。此时天尚未亮，城门未开，前面即将至南门城根儿的路尽处了，顺路行，应该拐弯走上前面南门大街，俺如这么走时，岂不成为绕转回头路，被这厮追上来问定了，无言可对吗？倘走至街上，不往回走，却应走往城阙下面，等候开城，这厮又必究问如何适才不走大街直道，反打从这曲巷僻道的城根儿绕着弯走呢？且已说过系往亲戚家中有要紧事情，怎好又随便立在某处走至何处呢？争奈此刻又不便敲门打户地往任何人家去惊动。心中因这一急，忽又回想到假使适才如不迎面遇见那一群"鹰爪"（术语，称捕快公人曰鹰爪），俺绝不会向南走。只因怕和他们走回衙门时，同走一方向的路线，齐往北行，所以才绕向南门出，好和他们收背道而驰之效。却不料偏偏遇见这个前世的冤家，真正是冤家巧逢对头人，这却怎么办呢？

尚老三因为心中忖度，那两足竟举步迟慢了许多。他足步一慢，恰巧被白太岁所追及了，以为已被自己看出了水落石出，心中好不快活，忍不住打着哈哈笑问道："尚三爷，您说往后城根儿令亲府上去有贵干，此地已到了城脚跟路尽头了，转弯出这条角道便又走上了大街了。黑夜深更，您别见气，并非俺好多话，您究竟因何才如此慌张失智地兜着循环圈子绕来回路呢？您才说的话，这可已被俺证实了，完全系托词，当面欺人了吧！"

尚省斋心中正自发急，见又被他追及，当面抢白嘲笑，忍不住怒从心上起，恶自胆边生，哪还能再顾得什么利害呢？便接口以恶声回报道："白大爷，俺深夜独自出来'踹线'（术语，称水陆道路，总名曰线，故行路曰踹线），当然是有件事情的，不然，俺又不傻不呆的，无端的跑出来干吗呢？想不到您老儿亦是托迹江湖在跳板上的朋友，好没来由，竟恁般地爱多管闲事，岂竟连一句'开口洋盘闭口相'的行话都不曾知道不成？这可不是奇极了吗？并非俺顶撞您老哥，老实说，就是俺无端地偶然高兴，独自出来逛逛夜景亦系俺个人的行动自由，与您白大爷无关的，又何劳您白大爷的驾，费您大爷的心，紧紧追随，苦苦垂问呢？像您老兄这样的举动，简直成做了洋不洋，相不相，比未进道的圈外马子还要麻烦可厌了。白爷请原谅些，休见怪，早回府去安息吧！"

白太岁料想不到他竟会前恭后倨，顿时立判成两人，当被这几句言辞相犯，简直同于"骂门"（术语，称开罪顶撞曰犯，恶言詈骂曰骂门），一股怒气哪还能再按捺得住？不禁亦报以恶声道："毕竟尚爷是哥老会的当家，有身份架子，所以说出话来究比别个不同，总算俺姓白的自取其辱，在你面前受训。只是有一层，俺那黑狮种哈巴狗，好端端的平白无故踢在您的脚下，起初您是说往令亲府上有要紧事，所以俺才看在同教的义气上，权且忍让。但因此俺才生疑，追上奉问，并跟来一观究竟，这并非俺好意苦苦相逼，实系心疼那头黑犬，果真您系因有要事，慌促才致误踹，情有可原，那就罢了。否则，您虽口称无意，实际上怎么能使人心服呢？现在果然被俺识破，您自称实系出来逛夜景，兜圈乘凉，并无一粒芝麻般大的小事，把俺家的爱犬故意踢死了。俺把您当朋友，您却当面欺人，俺白某究非三岁孩童，容易上当，您才说的那篇言辞真正多承你的好话，不敢接受，这个大空心汤团，白某可不吃的呢。姓尚的，俺劝你还是放漂亮些，显出你的光棍资格来，才是道理了。"

尚省斋大怒道：“亏你有这张厚脸皮，张口说得出看在同教的义气上的话来，你如果心中还有白莲会，就该早忏悔你的过失，不敢戴着假面具，鬼混在白莲会里，专事捣乱破坏，‘帮洋吃相’，做‘私卖梁山’的勾当了。适才你从留余巷追上俺来，开言就先‘骂门’挑衅，又强行干预俺的事，已经错极了，这会儿又拿鸡毛当令箭，用一条已死的‘看家’做文章，说什么不愿吃俺的空心汤团，叫俺放光棍漂亮些。哼哼！您待把俺怎样？俺如惧怯你的，俺这当家人传头的交椅便从此永远不坐，即日离去清淮一带，往别省别府去，隐姓埋名，永不回家见人……”

尚省斋怒气勃发的，语犹未完，早将那白太岁的毛豹脾气激得三尸神暴躁，七窍内生烟，恶狠狠地喝骂一声：“好小子，且待买下你的两条狗腿来，再问您别的。”说罢，喝声照打，便抡起手内那根枣木门闩，向尚老三横扫过来。尚省斋到此境地，正应了句“实逼处此，无可逃避”的成语，只得侧身躲闪，让过了门闩，一面抖擞精神，把平时所已勤习苦练的拳脚功夫使出全身解数来，徒手与白太岁的门闩相搏。两人在星光照耀下交手苦斗，正斗至酣时，忽然从城脚跟下，两人来时的原路上，疾如奔马般飞跑来一个矮小汉子，大呼：“两位住手，彼此同属一家，都是自己人，有话好讲，何苦在这黑地里拼命争胜呢？”

两人闻言，遂都喝一声住，各跃身跳出圈外，和那来的矮小汉子厮见。

未知来者是谁，请待下回续写。

评曰：

尚、白二人生平之优劣，本卷虽未为之叙明，然善读小说者，当已能于字里行间，心领而神会之矣，是曰以简约寓烦琐法，明乎此，然后可以悟纪事文体之作法。

白、尚二人因处一地，而又同居于首领地位，乃平时未谋一面，则其冰炭可知，是暗写法。

自首卷至此，不啻专为后文埋根线，故下回一入各侠义本传，情节即顿呈如火如荼之观，有若画龙者，夭矫直上青云之势，传曰：“欲树之茂者，必先深其根本。欲流之远者，必先浚其泉源。”盖即斯之谓也。

第四回

彳亍趑趄畏首畏尾
声名洋溢是师是徒

话说白、尚两人因言语冲突，交起手来。彼此才斗有三五个来回，忽然从那城脚跟下面，二人来时的原路上，迅如策电、疾若奔马般来了条矮小的黑影子，转瞬间已至他俩的面前，吆唤：“二位住手！自己人有话好说，何苦在这黑地里决斗呢?”因被来者这一呼喝，遂即依言住手，各喝一声，托地各跃身跳出圈子外去。同时来的那个身材矮小的汉子已奔到两人的中间，将他俩遮分作两起，和两人厮见一面，伸出两手，一手各挽住一人，开言笑道：“二位老兄，这真叫作‘大水冲了龙王庙，自家人不识自家人’了!”

又道：“本也难怪，你们两人平时虽各向慕已久，但因无事接洽之故，遂至双方无由会晤。倘如早日即由俺兄弟出面给你们两位拉场相见，彼此有了交情，又何至今日有此笑话发生呢? 罢了，二位老兄，千错万错，都怪俺兄弟不早给二位介绍的大错。现在二位究竟因何犯上这么一犯，俺兄弟两手各挽一位好友，半斤八两，毫无轻重，况兼人微言轻，亦不能给二位兄长判断曲直，只不过俺兄弟借着祖师爷的光荣、自己和二位平时的交情，斗胆冒昧着武断一句，请勿着恼。依俺愚见，所有二位适才的事，谁是谁非，尽可以不必再去追究。总而言之，叫作相骂无好言，相打无好拳，二位两下既已都骂过打过，自家人还定要再分是非曲直做什么呢? 大家此时已都说过笑过，可算此事就此全结，往后双方都不许再提，倘有谁先提及者，俺兄弟既已出来多这件事，定必多事到底。那时，必定亲往各处叩请各帮、各会、各党的前辈英雄和现在当家问事的各会友好汉，一齐出来仗义执言，凭公处断。依着俺们祖师爷的遗训，教主爷手订的罚则禁例等条项办理。现在当着俺兄弟的面，总算二位看在俺的薄面上，彼此各拉拉手，即刻叫开满天云雾，就此消散。”

二人于被他拉着手时，借着天空星光，早已看出来人非别，正是小吴用井元德。

尚省斋心中不由暗自惊讶，井六爷何以并不曾走回去，却躬在何处得能知道俺们两下争斗，赶来拉场子叫开呢？岂不奇怪吗？本拟询问时，因碍着姓白的在面前，怕又泄露机关，所以只得装作不理会。

那白太岁和尚省斋已较量过几个回合，自己拿门闩做兵器，使出少林寺的夜叉棍法来，满望能将尚老三摔上几个筋斗，哪知道来了三五个照面之后，尚省斋丝毫没有吃亏，反而自己觉得有些吃力起来，因此才得料知尚省斋的本领不弱，倘再斗下去，恐怕未必能讨便宜，所以趁着小吴用井元德来劝的势，得风便转，就此搭讪着，由井元德拉着他的那只被握着的手和另一手中拉着的尚省斋的手，双方凑在一处，让两下拉手叫开。

尚省斋心中虽怒，究竟此刻更深夜静，在这城脚跟僻道的尽头站着说话，深怕万一查夜的队伍巡查到来见着，岂非累赘麻烦？况且踏死黑犬，可算得衅自我开，其过在我，得人拉场，自然乐得乘此收篷，于是便和白太岁两下拉了拉手，各说了几句“俺兄弟来得鲁莽，望你哥哥高抬贵手，恕过俺兄弟左右”彼此通相交结的话头，算是了结了这件相争的事。

尚省斋便和白、井二人作别，只得移步顺路转弯，往南门街道上行去，白、井二人亦即回身走了。尚省斋走不多远，回头望了望，见并无人在后尾随，心中略定，遂缓步在那一头通大街一头通城根儿的巷内，踱了两个来回，消磨着光阴，等候天亮开城，一面轻移脚步，在巷内踱来踱去，一面寻思，井元德和镇山太岁相识，平时绝未听他说起过，不料今日处此风声紧急的时候，他本系惹祸的祸首，好容易才设法将他从待质所内调换出来，他就应该如金鱼脱钩，往别处去暂避风头才是。偏偏不然，他竟恁般好整以暇，并不曾出城门半步，且又赶着给两下拉场，莫非他住在白某人的家中不成？想至此，又想到镇山太岁的平时为人，往往帮洋吃相，欺侮家人，新近又彰明较著地拉破了面皮，实行倒反白莲会，私卖梁山，久已为各哥哥们所不齿，如非因他的本领了得时，早就被大家开劈了。井元德和他混在一起，除非他俩另有私交，否则姓白的平时所为，私卖梁山等事，井老六未见得毫无闻知，或竟两下通谋，亦未可知呢。忖度及此，遂疑心白天里井、李二人因在茶坊内失言被擒的事是井元德有意放龙破坏众弟兄的大谋。

尚省斋越疑越像，不由咬牙切齿地怒恨起来，决计以后对于井元德的言行须格外地注意，并暗中派人严密监视，只要密查出他和姓白的两下勾结背叛本教私卖梁山的真情，便可马上召集三老四少，当众宣布他的罪状，劈下他的头颅来，以免养痈遗患，日后反受他的大害。边想边仰视天空，只见东方云际已略现鱼肚白色，渐将至黎明昧爽之交了，同时耳边厢只听得鸡啼报晓的喔喔声四起，心中不由暗道，好了，天光将要大亮了，再熬着挨一会儿，守城的来开了城门，俺就可以出城了。

正在此时，猛听得这巷口大街上脚步声响大作，并听得一人道：“城门还未开呢，料想那厮逃跑不了，捉贼须擒王，俺们只要将那厮拿住，玉帝观放火行刺的一案立刻便可以破获了。记得日前上谕到此，说不论官绅军民人等，凡能破获此案，究出首从各犯的，官则升级，民则封官。众位弟兄们，大家快努力吧，切莫错过了那个大好的升官发财机会啊！”俗语说得好：“事不关心则已，关心则乱。”尚省斋听得巷外街上有人说出那几句话来，不由大吃一惊，明知来者这班人定系本城什么衙门里办案的差人捕快，深恐他们冲进巷来，看见了自己，不大稳便，所以脚下便不觉自然而然地急向城脚根下的那条抬道上轻轻飞步逃走。

刚走出巷口，在那城根儿路上走不到一箭远近，忽然从路旁一所茅厕内发出一个汉子的声音道：“三哥，您今儿怎起身得这么早？急匆匆地往哪儿去呢？”

尚省斋听那声音很熟，但因怕系差役们做伏路的奸细，见有行人，即胡乱冒叫一声，以试行人是否为尚某，故此虽然听见，却只作不听见，一理也不理，连头都不曾敢回。那足下的速度却因此格外的迅疾了，竟如溜了缰的马一般，往前奔去。

那人见尚省斋只管埋头往前飞奔，不理会自己，遂急将粪秽揩去，边束好裤子，边已走出厕所，一口气追上尚省斋，口嚷：“尚老三，怎么俺唤您，您连头也不回呢？难道嫌恶俺吗？”

尚省斋见有人追赶自己，不由得不回头观望。及至向那人一看时，不由转惧为喜，忍不住笑出声来道：“俺知是您，俺又何惧之有，要唬得如此狂奔呢？”说话间，已将足步立定，回身和那人剪拂相见（剪拂，系山东方言，即别地所云作揖是也），口中边问：“米大哥何日到此，几位同来，寓在何处？为何不到寒舍相叙？”

那人回揖问好，手指那茅厕对面一所高大房屋的院墙的后门说道：“劣兄就寓在这所高升客栈的后进上房里，同行的伴当共系五人，昨日黄昏之后，方才赶到此处，因为人多，不便惊扰尊府，又兼时候晚了，故此未曾到府访问。这会儿俺因听得鸡鸣，照例起来做功夫，不料腹中忽然疼痛，急欲出恭（亦为方言，即大便意），拿了张草纸由小二领到屋后院落里厕所内登坑。可巧那茅厕内已先有俩人蹲在那里，将地位占了去，俺因腹中咕噜作响，疼痛难受，亟须拉屎，遂由小二开了院墙后门，指示俺对面的茅厕，俺遂一脚跨进去。刚才拉了个痛快，忽听得有人奔跑的脚步声，抬头向外一看，恰巧见是您从面前跑过去，故此才高声呼唤。不料您竟一理也不理，反而格外跑得更快速了。俺不禁生疑，所以赶紧追出来，一则看清楚是否不曾看错了人，二则见您长衫背后扯裂了这么长的两条缝，您又行色仓皇，料定您必有什么意外的事，所以才格外要追上问明白。好歹俺下处即在面前，您身上这件大褂儿哪还能再穿在身上走路？不如就到俺下处里换了俺的长衫，顺便细谈细谈吧！”

尚省斋闻言大喜，即说：“很好，俺正因城门尚未开，街道上又静悄悄的，踽踽独行，易于惹人注目。且有许多要紧的体己话要和大哥细谈，就此大哥请先行，俺在后随。”于是那人便回身前行，引着尚省斋，同进高升客栈的院墙后门，顺手闩上，引到前面正屋上房内。那同行的四人尚未起身，有的已醒觉，有的还兀自呼呼地熟睡着呢。

尚省斋将身上大衫脱下，担在床栏杆上。姓米的唤小二进来打面水，泡好茶，请尚省斋擦脸喝茶，一面低问尚省斋适才因何疾行匆匆，形状狼狈。

尚省斋叹了口气，将隔日从朝至夜的一切经过低声悄语地详细告知那人。那人听罢，不由暴怒得跳起身来骂道：“白小子欺人太甚，待一会儿俺独自去寻他，和他见个高下，定必叫他低首认罪，写下一张伏辩给俺，要回了这个面子，使他永远不能在本地有面目见人。”又道：“老三，您即不说，俺亦要查问您的。据说那井小子贪享目前富贵，暗地里早已接受过奸阉的密令，专负调查各省在教弟兄的一切举动之责，密告各省的奸党文武官吏，设法破坏各省各地教中弟兄的举事计划。俺此来即是奉徐王正、副两位会首的密令，暗暗调查他的已往行为，先对付了他，然后再联合各地的众家弟兄，同心协力，对付那个假公济私的奸阉。现在据您所言，更参考各方的回禀，那井小子的一切举动果然有暗助奸阉、倒反本会的嫌疑，料他的狗命只在早晚，便当由俺了结他呢。”

书中交代，这姓米的名元章，号允文，乃山东菏泽县孝义集人。随他同来的四位都是他的得意徒弟，这四名弟子亦系孝义集人，和米元章不仅是师弟，且都兼着亲，论班辈大都是米元章的晚辈，第一个名巴山虎陶乐山，是米元章前妻陶氏娘家的堂房侄儿，第二个名跳涧虎邹吉羊，第三个名插翅虎邹吉瑞，这二人乃系同胞兄弟，是米元章姑父邹子仁的嫡孙，表兄邹绍仁的长、次两子，第四个名出洞虎程百川，是米元章姊夫程浩然的嫡亲侄儿。这四人在江湖上统称作“山东孝义四虎”，各从米元章练就一身绝艺，都具有万夫不当之勇。

那陶乐山生得身体高大，皮肤糙黑，所以另有两个外号，叫作镔铁塔和赛万弼。

那邹家弟兄俩都生得身材适中，面容俊秀，平时二人除去酷爱练武外，又兼喜舞文弄墨，对于吹弹乐器、唱昆曲秦腔京调等项，尤有独到之能，表演做作，格外能体贴戏情，惟妙惟肖，每年春秋两季，菏泽县城乡各市集村庄的民众，因为酬神谢天之故，届时总得迎神赛会，并在城隍、谷神等庙内建筑的现成戏台上，或是乡村空地上，临时搭盖戏台，往别地去邀请走码头、跑江湖班的戏班子到城乡各处来演戏酬神，借此地方上男女人士，好大家同乐一乐。人家因素知邹氏昆仲的能戏甚多，临时便都邀请他俩加入表演，唱做戏文，他弟兄俩因乡里亲故的情面难却，且又明知大家的意思，是欲他俩出来一显能耐，使那些江湖班的戏子惊讶佩服，不敢骄傲，更兼二人少年虚荣心盛，所以一经邀请，便都慨然允诺。那时，戏台上扮演武戏，使用真刀真枪打对子的尚不曾有，他俩却在戏台上开风气之先，每演武戏，都使用真刀真枪，表演出种种的危险姿态来，招惹得台下观众掌声雷动，彩声不绝。又因他二人长得俊，嗓子好的缘故，往往于文武老生老旦武生武旦的戏外，又串演小生花脸的戏，扮相妩媚俏丽，实可使台下观众大家都看得眼光缭乱，心旌摇荡，不克自主起来，故此江湖上又有人另给他弟兄俩各取了个绰号，哥哥叫作小明皇，弟弟叫作俏郎君。

那程百川呢，天生成一副钢筋铁骨，膂力过人，身体矮小，面色微红，形容憔悴，绝类病夫。为人极其精明强干，跟米元章练的内外各家功夫，诸如鳝骨功、轻身功、童子功、鹰爪功、金钟罩、铁布衫、红砂手、龟背功、壁虎功、蛤蟆气、铁头功等等，无不练得高出侪辈之上，虽不能夸为青出于蓝而胜于蓝，实亦可称与乃师并驾齐驱。人家因他面黄肌瘦，身体又极短小，颇类一个因先天不足而致发育不健全的童男子，那形容枯槁的模样儿，又颇类一个因害多年疾病而成为童子痨的人，故此当面恭维他，尊他一声三太子，背后讥讪，却又都唤他作三寸丁武大郎显魂、花果山孙行者转世。当时，这类轻薄嘴的人在背后讲话，一不留神，被他听得了，激得他心头火起，遂于大街心里碰到那贫嘴贱舌的人时，阻住那人的去路，当众给他一个现开销，明正其罪地啪啪左右开弓，在那人左右双颊上各赏了一下巴掌，直打得那人门牙掉落，鲜血直流，讨饶赔罪，方才饶恕了那人。自此以后那人才不敢在背后轻薄讥讪他的形容难看，但因此江湖上遂又公送他一个绰号，叫作铁臂猿仙。

米元章本系以保镖、教武两事为业的世家，凭着他先代遗留在各地江湖上的恩惠仁义，和他自己从小熬练出来的一身武功，历年散布在江湖上的交情，又收着这么四位出色的得力徒弟，当然他的声名威望便如春潮般逐日高涨起来。常言道得好，“名为身之累”，又道“人怕出名猪怕胖”。米元章在早年初出道的时候，本有个外号叫作小瘟神，意思是说他年纪虽小，本领却非常厉害，惹他不得，凡是和他犯上一犯的，便如得罪了瘟神一样，定必叫你马上送命。后来长成了，武艺越发精纯了，威名格外远震了，于是江湖上人遂当他三十初度，在菏泽县孝义集家中做生日的那天席上，大家公议说，这小瘟神的“小”字，就年龄已不合用了，现在应改过名称方为适当。经大众讨论了一回，遂给他改取了个外号，叫作金翅大鹏鸟吧。

米元章由三十岁生日的那天起，即改用这个绰号，并将他平时使用的镖旗上记号亦改绣了头金翅大鹏鸟。及至教授陶乐山二邹一程等四个得意徒弟，领出了道，且都有了名望之后，米元章遂格外受人重视，但因此竟致遭人羡妒，招惹出一场风波来。

究竟其事如何，请待下回细写。

评曰：

本回乃全书脉络所关之枢纽文字，承上启下，借以折入各个侠义正传者也。读米元章师弟之外号，已觉其缤纷五色、琳琅满目矣，乃又于写入其正传始时，首叙其因师弟皆享盛名之故，而招意外之祸，借以证名为身累一语之非诬。嗟乎！今之营营日唯以博得微名为务者，读此，其亦可以醒欤?

尚省斋因白之未行，而乃疑及井元德。米元章更因尚之疑，而证实井之罪，读者至此，几有身入五里雾中之域矣。虽然，此不过作者承上文井、李茶坊对话被捕一事，为之留一陈迹、一注脚，以振读者之神而已。米之数语，包含至广，后文线索，胥在乎是，读者殊不可略视之也。

第五回

信闲言双侠士火并
得警信众英雄登程

话说米元章秉承家学渊源，练成一身高下马步内外、软硬水旱等超群绝伦的绝顶武功，又教授出四个最得意的高足，在各省的江湖中出足了风头，露足了脸面，遂得声威远震，盛名日隆起来。不料竟因此招惹出一筹好汉来，专一在各省各地和米元章作对，无论何处，但凡插有绣着金翅大鹏鸟记号镖旗的车辆、货物、财宝等件，不论值价多寡，只要被那好汉遇见，总得被他一齐照单全收。那好汉在各地放生意，每次劫取米家镖时，顺便总将那个代表米元章押运护送车辆的达官绑架了去，先安顿在左近地方，随后便又策马追上那起跟随达官一同出门押运护送车辆的伙伴们，交给他们一封信，信面上一律都是写着“烦代交米元章大爷　内名拜干”等字句，信封口原都只封好一端，另一端却并不曾封贴。伙计初见那个截镖车不讲交情的响马又忽然从大道上追赶将来，大家都因畏怯那响马的两口雌雄剑、一把弹弓均极厉害，成为惊弓之鸟，故此见他追来，齐唬得惊慌失措。

迫切匆促间，大家因已到风雨同舟、共处患难的当儿，遂呼哨一声，大家凑着胆子，各按着兵器，回身将足立定，准备和那响马拼个死活。哪知那响马赶奔到面前，勒住丝缰，坐在鞍上，在怀中掏出那封未封口的信来，拱手含笑，向大众先道声搅扰后，才将信递给紧靠着他骑乘的马头面前的一个镖局伙伴，请那伙伴："乘便将信带回去，呈献给米元章本人收阅，即依信上的说话，彼此照办，不得有违误。倘或米某自己托大，居然倚老卖老地不买俺这笔账，或是缩头颈在壳内不敢出头，因此违误了信上所约的日期，俺将所劫的人货开劈发卖了，那可是姓米的自误自，不能怪俺无情的。"说罢，仰天哈哈大笑。

那身居最前的伙伴接信在手，本来怀着满腹恐惧的，因见那响马满面堆笑，毫无恶意，胆子不由陡壮。及至听他说罢这几句完全有己无人的话后，不由激动了"三光"（术语，称动怒为动了三光），面色勃然立变，正拟不顾一切地回他几句恶狠狠的言辞，哪知那好汉于打着哈哈之后，说了句再见，便已掉转马头，两腿一夹，那匹马便已绝尘而驰，转瞬间已是不见了。那伙伴所要发的话，至是只得缩在喉咙里，一句也不曾说出口，只好于那好汉的人马影形去得远后，骂了声："狂妄小子！"众伙计亦都怒形于色地走向前来，齐说："俺们回去，告知米爷师徒，定来找这小子报仇。此刻空气愤亦是无益的啊！"边说边有人伸手从那伙计手中拿过那书信去，抽出信封里的八行书来，大家轮流着传观。只见上写：

仆与阁下如风马牛，且无半面识，乃近闻阁下对仆横肆讥评，攻讦不遗余力，岂阁下自恃其能，以为天下虽大，仅阁下为凤毛麟角，而人皆不足当阁下之顾盼耶？

今特与贤师徒约，以一月为期，无论阁下或令高足，能于期内来敝庄取回已被仆所夺之原物者，及被架之贵镖局同人，则仆当披发入山，终贤师徒之世，永不复出。假使贤师徒均不克一展所长，足当仆之钦佩，则不仅所夺之镖将为仆有，且当薄惩贤师徒，以略示警诫之微意焉。倘逾期而贤师徒不来敝庄，是则贤师徒自知其非，与夫武艺之未精，有所戒而不敢贸然，故自衿放弃所失之镖，任仆自由处分，则仆亦将不过为已甚，当以所得分惠与天下英雄之现状困厄者，道其所以然之故，而警世之好以恶言毁人者。解铃系甘，惟阁下图之。此致

米元章阁下暨各令高足，沧州大王庄赛杨戬石超然启。

大家看罢，齐称：“好大口气，居然敢如此目中无人，真狂妄无知极了，俺们回去报告米大爷去，定必要这厮的好看。”于是收好信，大家登程转镖局里。

恰值米元章和陶、邹、邹、程四人都已从别处得到信息，先后赶奔回来，正在镖局里观看在别处先已接着的几封信。师徒们纷纷计议谈论这石超然的出身来历，见这一起伙伴们赶奔回来，遂又要过那封信去看。信上言辞和先已接着的信完全无异，将各信字迹比视，亦毫无不同。

米元章道：“这信系一人所写，所以词句字迹都是一样，这且不去管他，只是这个石超然，他封封信上的措辞都说是俺在背后毁谤了他，这话却有研究的必要了。因为俺和他从无半面之识，彼此又是井水不犯河水，无端的，俺怎么会在人前背后毁谤他呢？俺既不曾得罪过他，他封封信上都是这么讲，可知他定系听信了何人的挑拨言辞，才动了他的三光，来和俺们捣乱，但不知那个造谣生事的人是谁。”

程百川道：“只要俺们和姓石的见面，问明所以，解除了误会，便可以查出那个造谣生事的人来。”

伙伴们在旁听得羼言道：“石超然究竟是仗着谁的势，俺们在江湖上从未听见有过这么一个名字，米爷和列位可曾听人说过吗？”

米元章道：“俺在路上听得这个恶劣的消息后，即向别人打听，才知此人在沧州一带极有名望，虽然出道未久，但从他的前人身上推想起来，他的本领的确还很不错。据说他的师父乃是德州老拳师，威镇鲁北、独霸黄河的戚老四。戚老四生平只教过两名得意门人，

第一个便是现在河北各地做独脚大盗、外号河北大侠的周虎文，第二个便是他，他的本领如何，俺虽不曾见过，却据人说戚老四所擅长的各种功夫都已传授给他，他且无一不会，无一不精。此番他不知听信了何人的挑拨，竟尔出手来和俺们作对。戚老四往年在北京德记镖局内曾和俺会过，彼此虽无什么了不得的交情，但亦非毫无来往的人可比。俺现在想用釜底抽薪之法，先往德州去拜会戚老四，邀请戚老四同俺们一齐前往沧州，找石超然去，借着戚老四的这顶大帽子往下一压，不怕石超然不低头服小。”

陶乐山道：“师父话虽不错，但是这厮口气太大，俺们如不先去把点儿颜色给他看看，他定要心中不服，说俺们只凭着人情面子，没有什么真实本领。依俺不如径自前往沧州去，先找石超然评理，略试点儿技艺折服了他，另再找戚老四出来拉场，庶几使他心悦诚服。”

米元章点头道：“乐山这个办法却还可以。”于是决议分作两起，由米元章亲往德州去找戚老四，陶、程、二邹四人同往沧州去会石超然，即日动身，分途并进。

陶乐山师兄弟四人由菏泽县动身往沧州进发，一路无话。那日来至沧州，向人一打听，才知大王庄亦是一所大镇市，那地方有两家安寓仕宦客商的大客店，石超然家即住在该庄的东市梢，地名唤作石家洼，凡住在大王庄的人，无不知有石二员外的，只要到该庄住店后，向人一打听，马上便可以明白了。四人闻言，遂不在沧州住店，一径赶奔到大王庄去。到得庄上，在一家悦来客栈里住下，顺便向小二打听石家洼离此尚有多远。

小二道：“没多远，只要出得东市梢便可以望得见了，那地方四面是水环绕着一所庄院，只有两条路可通，皆搭着浮桥，直达庄上，那两座浮桥白天搭起，晚间抽去。庄院内所居人家只有石姓一族，无有别姓在内。近来庄上的大员外石超凡皈依了白莲教，充任沧州一带地区的总会首，往来石家洼的人陡比从前多了几倍。列位爷们可也是要往该庄去拜会石大员外吗?”

陶乐山道:“不,俺们是去要拜访石超然的。”

小二道:“那是庄上的二员外,和俺们店里的掌柜是知己朋友,每日二员外上街,总到俺们店里来盘桓一会儿才走,列位今日如早来一步,还可以会见他呢。”

四人听罢,亦不再问,休息了一会儿,因时候尚早,遂相约一齐往石家洼去探道,察看形势。出得东市梢,果然见前面有一所大庄院,气象非常壮伟,四人缓步前行,一会儿已来到那所庄院的外面,果见四面都是河道,环绕如带,深阔非凡。沿着河岸前行,来到一座浮桥面前,四人信步过桥,刚走进石家洼的庄院大门,恰巧见一个员外打扮的人乘着一匹赤兔马,带着四名雄赳赳、气昂昂的仆从,迎面走来,四人立在路侧让道。那马上的员外打从四人面前走过,忽然把马勒住,命一名从人查问四人到庄上找谁。四人察言观色,已猜着那员外定系石超然,遂由程百川上前搭话,实说系来会石超然的。

马上那人听得,不待从人回话,即已从马上跳将下来,抢步至四人面前,拱手含笑道:“在下正是石某,四位可就是米元章达官的令高足吗?”

程百川亦抱拳回答,应声:“不才等正是。”

石超然道:“在下屈指计算,贤师徒的大驾早晚应已到此,所以特地在舍恭候。如今不期而遇,可谓巧极,就请四位上庄一叙吧!”说罢,即将四人向庄上一所大宅内让,并问:“米师父呢?莫非住在街上客店里吗?”

四人随口答应:“家师因尚有别事,所以特令俺们先来向石二员外请教,辱蒙二员外宠召登门来迟,尚望勿罪。”边说边已由石超然将四人让进那所高大的宅第内去。从人将马系在门外树上,亦跟着进来。

四人由石超然揖让升堂,来至客厅上,分宾主坐下。从人献茶毕后，退立在窗外檐口，听候呼唤。

石超然即向四人请教过姓名，便冷笑道："久慕贤师徒大名，今日才幸得见，料想四位如无擒龙伏虎的本领，亦绝不敢到大海深山里来走动。俺正不知贤师徒和俺有何过不去，故意在外面放野火，对俺竭力诋毁。现在既蒙四位先已屈驾到此，就请四位当面赐教吧！倘若四位能在石某手内讨得便宜去，石某自当将原人原物立即交还，倘如四位不能赢得石某，那时可怎么办呢？尚请四位当面示明。"

四人闻言，不由一齐动怒。程百川首先带怒开言道："我们亦正因接读二员外的大札，所示背后毁谤的话，有些不知所云，心中实深不解，故此特来请教。究竟二员外所言，有何凭证呢？倘欲故入人罪，不仅二员外可说俺们曾在背后毁辱过，简直就说俺们在某处某处曾怎样怎样地冒犯过，说得有声有色，又有何不可呢？这真叫作'欲加之罪，何患无辞'啊，实言相告，俺们并非怕事，如果系怕事的人，还敢到府上来请见吗？只不过有一层，话不说不明，鼓不打不响，二员外所说毁谤的话绝不会无事生风，当然亦有来历，应请二员外先将传闻这话的来由说明，使俺们忖度忖度看，是否那说话的人和你我两家有仇，才故意造出这个谣言来，使你我两下火并，好中他的借刀杀人诡计。倘或二员外系误信人言，上了人家的当，无端出来和俺们作对，暗地里给别人做苦活，俺们岂不是都太犯不着吗？"

石超然怒道："你们自己说的话，岂有不知之理，何必到此地来假撇清呢？不必多言，快请四位各显能为吧！"

程百川冷笑道："你以为俺们是上门来讨情说软话的吗？那你可就真看错了人了，凭着你这么一个人，纵有多大能为，只要俺姓程的一人也对付得了，何况又有各师兄在此呢？你既开口闭口地要俺们显点儿能为给你看，也罢，待俺先略施小技给你开开眼界。"边说边已立起身来，走到庭柱面前，弯腰下去，右手使出鲁智深倒拔垂杨柳的姿势，将那庭柱轻轻抬离了地面，左手将那柱下的一块圆石头竖立起来，仍将庭柱搁在那块石头上面，直身立起，移步至正中一张枣木大八仙桌面前，使右掌向那桌子角上一劈，将那张桌角咔嚓一声劈落在地，回头望着石超然笑道："此乃俺小试其技，当面献丑。"

接着，陶乐山亦移步至窗外石阶上，两足一立，道："呀，二员外府上这个台阶大约已有数百十年了，怎么这么不着力，竟已酥了呢？你瞧这立足处，不是已陷落下去了吗？"

那立在窗外的四名仆从看时，陶乐山将脚移开，果然显露出两个很深的脚迹，走去使鞋尖儿一踢，那碎裂的石粉已四溅飞扬出去，唬得那仆役们伸出舌头，半晌缩不进去。石超然这时先已看见程百川的搬柱劈桌功夫，又见陶乐山使用足劲，将台阶石头立成齑粉，不由心中亦兀自错愕。

在这当儿，邹氏兄弟亦同时立起身来，邹吉羊走到香几面前，隔着那张被劈落一角的大八仙桌，伸手过去，将那香几正中的一只古铜鼎抓了一抓，道："二员外，府上客厅里为何使用这烂铜鼎焚香供奉神佛呢？"

邹石瑞却身贴板壁，运用壁虎功，爬上正中屋梁，即在梁上使出夜叉探海式，足尖儿钩住了屋梁，将身体倒挂下来，遂又改使了个燕子穿帘式，两足离去了屋梁，从窗口平飞出去，直穿到客厅对面的屋檐上，一转身，又从对面檐头上复回到客厅内正梁上来，即从梁上转身，使饿鹰扑兔式，往下一落，径向石超然的头顶上落将下来。

石超然正看着他师兄弟四人各显技艺，心中暗自喝彩，忖念徒弟如此，其师可知，怪不得米家镖天下闻名，无人敢惹呢，他们师徒五人有此绝技，难怪他们目高于顶，要将旁人看得半文不值了。正在愕然忖度之间，猛不防邹吉瑞会陡使这一招杀手锏，不由大吃一惊，仓促间急忙将身体往前一扑，倒将下去，就地一滚，直滚到客厅正中，霍地立起身来，喝骂一声："偷冷的小子，好不害羞，想来偷你家石二员外的冷，可不是梦还未曾做醒吗?”骂着，迈步进身，抡起两个醋钵般的拳头，直向邹吉瑞便打。邹吉瑞因身往下沉，扑了个空，心中亦不由吃惊，才将身体立定，尚未回身，石超然的双拳已到，不及回手，只得将身体往斜刺里一闪，让过了来拳，回转身体，正拟进步和石超然交手，早由邹吉羊、陶乐山、程百川三人跃身过来，同向石超然进攻。

究竟双方胜败如何，请待下回再写。

评曰：

《易》云:“谦受益，满招损。”观于米元章师徒之成名未几，即遭石超然之侮，不禁为之悚然。

作者于书中人之命名及绰号等，大都具有深意，如本回之石超然即其一例也。读者即就“超然”两字推测，则后文之石超然倒反白莲教，当可逆睹之矣。

谁何造谣以间米、石双方，而使之火并？书中虽未言明，然善读书者，固不难臆测之也。

本回于米元章传中，夹写石超然、戚老四等传，文情奇幻，有不可捉摸之妙。

写陶乐山师兄弟四人，于石家洼各显厥技，足令读者挢舌称奇不已，人皆以为文中乃写陶乐山等之艺，而不知实即写米元章之能，盖为烘云托月，借其徒以渲染其师耳。倘仅视为写其徒而非写其师，则傎矣。

第六回

四虎大闹石家洼
群雄皈依白莲教

话说邹吉瑞回转身躯，正拟进步与石超然交手，恰值程、陶二人一从正中方桌前，一从窗外檐口边，见此情状，两面一齐奔来，对石超然取两面夹攻的战法，邹吉羊亦纵身跃过来动手。石超然应敌三人，毫无惧色，不慌不忙地闪让回手，边喝骂道："好一群小子，胆敢到俺面前一卖弄，真正太不自量力了。别说都是赤手空拳，便是你们都用着刀枪剑戟，俺姓石的如要用兵器抵敌你们，亦不算是好汉了！"

邹吉瑞见三人都已赶来动手，所以才退在一旁略定喘息。及见三人讨不着便宜，未能打成平手，深恐石超然的家下人等以及羽党群众闻风一齐赶来乱战，虽然自己四人英勇，究竟人地陌生，众寡不敌，那时将辛苦挣得的英名断送在此，未免太不值得，于是大喝一声，亦撞进圈内，四面围住石超然厮打，拳如雨点儿，足似飞蝗。

石超然虽然武功绝伦，究竟以一敌四，久斗之下，渐觉难支，遂喝令立在窗外的仆从："快去传人助战！"一面跃身到天井里去，吆喝四人出来交手。四人追着跟出来四面攻打，听得他吆喝传人助战，腹中寻思，光棍不吃眼前亏，万一他的家中颇有能人，得信一齐赶来助战，自己四人都是空手，何能抵敌？不如趁此早走为上，于是邹吉瑞首先开口嚷唤："俺们走吧！且待师父到此，再来收拾这厮。”

程百川接口亦说：“着呀，俺们留他多活几天，慈悲慈悲吧，不然，被他唤出一班狐群狗党来混战，拿俺们的身份和那些匪类狐兔崽子厮拼，岂非太不值得吗？”

陶乐山遂首先跃出窗外，飞身上屋，喝令：“师弟们住手。”边对石超然喝道：“姓石的，你坐在家中欺人，已非英雄行为，况又发极，齐人助战，更不配称作好汉了。俺们改日再来，和你等彻底地见回高下，那时决定输赢。就此告别，再见吧！”

当陶乐山说话时，邹氏兄弟和程百川三人已接踵跃身上屋，随手各揭起几片瓦片在手内，觑着下面预备着，如下面石超然或另外有人上屋，即飞瓦掷击。

石超然早亦防到这一招，故此只抬头向上望着，并未追上屋檐，只冷笑回骂道：“你们这班不怕害臊的奴才，四人合力围攻俺一个，临到末了，脱身逃走，还要说大话遮羞。闲言少说，你们是有种的，便再跳下来和俺个敌个地斗上几百回，倘如没种，便赶速滚蛋吧！”

邹吉羊大怒，便要奋勇跳下去和他拼个死活，被程百川一把扯住道：“师兄何苦如此性急？这厮不敢追上屋来，却用言辞挑逗俺们下去，他好嗾使手下一拥齐上，意在以多为胜，使俺们上当。俺们又何必下去遭他的暗算呢？走吧！”于是四人齐举手中瓦片，往石超然飞掷下去，掉转身来，即从屋顶越脊蹿房，如飞相似的向前面奔去。

石超然让过了密如雨点儿的瓦片之后，抬头见屋上已无人影，深恐他们仍伏在瓦上，故此并未纵上对面屋檐，却由下面飞步奔到前面天井里，飞身跃上墙头，往前后左右四下里一望，只见四条人影已如流星般从前面屋上跳下地去了，料知追赶不上，且恐米元章打发他们来诱敌，自己埋伏在庄外路旁田间林内等候，追去中了他的算计，故此并未追赶，从墙上跳下天井，仍回进后面客厅上去。

家下人等正各执器械流水价从后面蜂拥出来，见来人已去得无踪无影，遂都向二员外请安。石超然吩咐大众不许乌乱，且将地下的碎瓦片、破阶石和那张大桌子、古铜鼎一齐收拾了，亲自应用神功将那根庭柱抬起，搬正了垫柱石，照旧放好，一面命人去请大员外石超凡来，共议应敌之策。

石超凡验看过客厅上和天井内的一切情状，对石超然道：“老二，俺早就劝你信奉白莲教，练习法术，你总不肯信。倘如你已入教，学得法术时，今儿何至被他们耀武扬威？倘如你平时没有言语，吩咐手下人等非经传唤不许擅入，与人交手，非经吩咐，不许帮助，又何至独斗四人无人助拳呢？现在这一点儿小事极易解决，只要你肯虔诚皈依大士，笃信白莲教，俺就可以于今晚作法，使那四人同在客店里害病，十天半月之后，保管使他们一齐染病身亡，或由俺作起法术，将本庄保护周密，米家师徒羽党人等不到俺们庄院内来即已，只要他们闯进来了，便叫他们一齐迷失路径，手足无力，马上遭殃，任凭你如何宰割。你如仍旧固执不肯信教，俺却无能为力。这并非俺看你睡冷铺，实情乃系因俺们教主规矩严谨绝对不能循私，倘如帮助教外之人，被教主查出，立刻就得受罚，此乃你所素知的啊。”

石超然被他兄长一番诱劝，因平时目见了兄长使用法术，极著神奇效验，曾有数次，自己故意偷兄长的冷想打他一拳，踢他一脚，无一回不被他兄长觉察，被兄长一指，便自己忽然手足都会发麻，打踢不出，直待自述忏悔，向兄长请罪，方才得能平复如初，不致麻木。因此，当时被兄长一劝，竟陡生信奉白莲教的决心，遂依言请兄长介绍入教。

石超凡大喜，随即将他引导至本人住宅内去，礼拜过大士神像，跪述过皈依诚心，并发过誓言，这才由石超凡发下令去，传唤本人统属下的各级会首、传头等众，约期次日齐集本庄，给石超然和教中大众头目介绍。一面又由石超凡连夜作起法来，烧符念咒，踏罡步斗，镇压在悦来店内投宿的四人。果然四人当夜便都觉心神恍惚，精神颓废，恶寒发热，害起病来。到了次日，延医诊治，丝毫无效。接连几天，四人的病势日渐沉重，不由一齐心慌。幸喜米元章往德州去，会见戚老四，恰巧是时戚老四因受德州一带的白莲教会友再三专诚招纳，已加入了白莲教，充任德州总会首，见米元章来访，邀同前赴沧州，遂即一口应允，偕同米元章动身，一路向米元章详言教中的好处，劝说米元章入教，并于沿途试验了不少符咒法术给米元章看，以坚米元章的信教决心。又说："现在天子荒淫昏聩，宠信奸阉佞臣，苛政日兴，天灾流行，人祸更甚，各地人民如非信奉白莲教，谁不遭受厄运？常言'时势造英雄'，现今时势，正是英雄图谋出路、干功立业之际，米爷何不加入教中，将来做一番惊人事业呢？"米元章被戚老四善言招致，不由亦动了皈依白莲教之心。

及至到达大王庄镇上，恰巧亦在悦来客栈内投宿，向店内小二等人一打听，得知四位门人早几天即已到此，现在都害着病呢。米元章闻言心动，便同着戚老四往陶乐山住的上房内去探望，果见四人都神志不清，病容憔悴，米元章即请戚老四施法救援。戚老四乘此机会，要求他师徒信教，方肯用符法治病，并说："四人所患之后病，乃系被教中人略施法力所致，绝非刀针药石所能痊瘳，不信不妨请位大夫来诊脉，便可明了了。"

米元章见他说得如此确凿，遂深信不疑，恳求他给四个门徒治病，并说："如果四个小徒的病马上痊愈，愚师徒等定必诚心信奉大士，皈依白莲教。"

戚老四大喜道："君子一言，快马一鞭，俺即刻施法给四位高足治病。"说罢，即令小二去取了一碗清水来，放在桌上，由戚老四拿过桌上的现成纸笔，口念咒语，手画灵符。念毕画好，用火烧了，将符灰倾入水内，使手指调匀了，左手即端起水碗，伸右手食指，指着水碗画了一道符。念过三遍咒，走到四人床前，逐一命四人将符水各喝了一口下肚，蒙被取汗。又由戚老四将四人喝剩的符水倾在房门外面，即又在桌上拿起纸笔，画了两道符，命小二在房门和窗户上各贴了一张，这才坐下，和米元章谈心。一面写好一张字柬，命小二着人立刻送往石家洼去。

小二接过字柬去后，四人已各在被内出了一身黄豆大汗，神志陡然清醒，嚷着闷气烦热，揭被翻身坐起。大家都如梦方觉，疾病立除，齐下床来，给师父请安。

米元章大喜，即命四人叩谢过戚老四，并给双方引荐了，命四人仍旧上床歇息，遂将适才和戚老四的约言对四人说明了，劝令四徒弟崇信大士，皈依白莲教。四人心中虽不情愿，但因病系戚老四治瘳，又迫于师命，不好违背，遂都应诺。当由戚老四命小二去请香烛，即在房内排设香案，临时供奉好大士的神位，命米元章师徒五众逐一拈香礼拜，诉过志愿，发誓受戒。由戚老四传授戒约，宣示教义毕后，即命小二将房内香案收拾，并传唤酒饭菜肴来，给陶、程、二邹师兄弟等起病，小二遵命照办。

六人才依次入座，尚未举箸，小二已引导着石超然从外面走将进来，见了戚老四，行礼请安毕后，即由戚老四代石、米二人拉场相见。及至给陶乐山等师兄弟和石超然引荐时，石超然愤愤地道：“这四位已都先会过了，还蒙他们对弟子当面赐教，群起而攻之呢。只不过弟子给他们四位想起来，不敢以一敌一地和人对敌，却只有以多为胜的本领，未免有些惭愧罢了。”说罢，望着米元章师徒冷冷地一笑。

师徒五人被这样一激，不由一齐动怒，正待发话，戚老四已接口道：“那是双方出于一时误会，大家说过笑过，以后不许再提。”说罢，又对米元章道：“米爷，小徒年少气盛，尚望贤师徒看在老朽的分上，包荒原谅了吧。”

石超然抗声道：“师父今儿为何不帮着自己的门人，反而向外人说好话呢？难道师父尚未曾知晓，他们师徒在背后咒骂弟子的事吗？弟子早欲寻他们师徒说话，只因他们师徒都是多在外，少在家，一时绝难会见，所以弟子才亲往各处去拦劫他们师徒所承接受保的镖，掳架他们镖局内雇用的镖师，即托他们手下的伙伴捎信回去，约他们到此地来见个高下。果然姓米的不敢先露面，仅先差他的门人到弟子家中来试探，结果被他们的四个门人逃跑。大约姓米的见弟子不是容易对付得了的，所以急急去请求师父您老人家来做和事佬。您老人家此时想必是以先入为主，误信了姓米的鬼话，所以才来压制弟子。并非弟子胆敢放肆，当着师父的金面咆哮，实因他们师徒在人前背后太把弟子瞧不入眼，说得半钱不值……”

话未说完，戚老四已将面色一沉，喝令：“住嘴，好个目无尊长的徒弟，居然敢当着师父批评人，不待为师的给你评论曲直，即已高声咆哮，呶呶不已。俺且问你，他们师徒在人前背后毁谤侮辱你，你可有凭据吗？谁曾亲耳听得，是否敢出来做对证吗？倘如你说不出凭据，无人敢出来对证，那时你可怎么样呢？”

石超然见师父动怒，说话帮着外人，心中不由更加气恨，即又昂然抗声答辩道：“师父，您老人家且慢说帮着外人的偏向话，容弟子详细奉告。”

戚老四道：“好，你且从头说来。”

石超然道：“在数月以前，弟子家中来了个走方郎中，名唤赛吉平包平安，医道确系颇好，且亦会得几路拳棒。当时曾给弟子家中男女人等治好了许多病症，又曾和弟子交过手。弟子因爱他的医道高明，且又写得一手好颜体楷书，遂将他留居在家，悬牌给人治病兼鬻书对联屏条，得暇即请他教授弟子家中儿女等的字墨，他亦不时向弟子请教些拳棒。有一天，他在酒后和弟子闲论现时各省的著名英雄，说到米家师徒五人时，他忽然问弟子曾否和米元章师徒会见过，有无仇怨。弟子回说，对面不相识，更谈不到‘仇怨’两字。包平安道：‘这就奇怪了，俺在各处走江湖的人口中尝听得说，米元章共开设三爿镖局，一爿开在菏泽县孝义集镇上，算作总局，两爿分别开在济南、北京，算作分局，其实总局内每年难有一回交易，不过是个虚设的名色罢了。据说米元章镖局内有个伙计，名叫醉不怕朱六，是个最贪杯不过的人，生平爱酒如命，每饮非醉不止，因此才有醉不怕的绰号。朱六有次保镖出门路过沧州，在酒店里喝得酩酊大醉，高一脚低一脚地走回客店里去，迎面撞在一人身上，冲动了酒，哇的一口，将肠胃内所有的酒食咽嘟咽嘟向那人直喷，吐得那人一头面一身，将那人一件簇新的狐皮大氅呕吐得淋漓尽湿。那人大怒，左右开弓，两面各赏了朱六一下嘴巴，打得朱六仰面跌倒在沧州大街心里，门牙打落四个，鲜血直喷，不省人事。那人尚要他赔偿大氅，经行人力劝，方才走了。朱六幸亏同伴的人寻来看见，扶起来回转客店，好容易朱六才将伤治愈，押镖起行，事后打听，才知那天打他的人是大王庄石家洼的石二员外。朱六回转济南，伙计们善开玩笑的遂又给他起了个绰号，唤他为老伴儿（帝制时代，呼老太监为老伴儿）。朱六被人打趣儿，想起仇恨，遂赶到孝义集去见米元章，求米元章师徒给他报仇。米元章目见手下人被打得这般形状，恨极了，遂即赶到沧州寻见了石超然，说明来意，双方交手。石超然当被米元章打倒，点住了穴道，伏在地上向米元章求饶。经别人相劝，米元章才肯抬手饶恕，但须石超然写张伏辩，终身永不得罪米元章方面的人，以后无论是谁，只要是米元章的门下，或是亲友来见石超然时，至少须得供应一宿两餐，并赠送盘缠，倘不照办，被米元章知道了，定必重罚。'

"包平安说到此，又说：'俺听得这话后，颇有些不信。可巧有一次，在路上客店里和米元章本人会见了，彼此交谈起来，俺即向他探问，知道石二员外的名誉不曾，他很骄傲地昂然回答道："那是个没种小子，休去提他。"俺即追问他怎么石某是没种呢，他即将以上的情形说得有声有色地告诉俺，末后说："那小子被打不敢回手，居然肯写伏辩，岂不是没种的小子吗？真正说不上嘴，提他做什么呢？"'

"包平安又道：'俺听了米元章亲自说的话，心中方有些相信。但仍恐他吹牛，所以才亲自到沧州来，顺便打听有无其事。可巧今日在大王庄街上遇见一个走江湖算命看相的，名唤马铁口，彼此交谈起来，马铁口亦说曾在外路听米元章的手下人谈过，后又在别人口中听见过，这话想系真的，不过本地属于石家的家乡，势力所及，人家不敢混说罢了，大约半为乡谊，半为本地人的面子。’

“包平安说罢这番话后，弟子复又向他追问马铁口现在何处。包平安回说：‘仍住在街上未走，大约再过两天就要开码头了。’弟子遂跑上街来，寻见了马铁口，向他哨探，他亦照着包平安所说的话说了个大同小异。弟子深恐不实，特将马铁口罗致在门下，一面派人到外路去打听，回来报告，果有类如上述的言辞。弟子得信讶异，遂又亲自出门往各地去打探，哪知所闻更比包、马二人所言厉害得多了。总而言之，米家师徒和一切伙伴们在外散布的谣言极其不堪入耳，师父只要向江湖上人一问，便可明白了，怎么说弟子无有凭证呢？”

戚老四见徒弟如此回答，不由亦半信半疑起来，暗以目视米元章师徒，偷看他们五人的面色。只见五人毫无变更面容的模样，遂对米元章道：“米爷，小徒所言可是实情吗？”

米元章正色道：“咦！什么话？真是此言从哪里说起，无端地空穴来风。此必系有人存心挑拨俺们两家失和，互相火并，他好在旁看笑话，借此报他的仇怨，可以无疑地最好请令门人，将那包、马两人邀来会面，好从他俩身上查问根由。”

程百川接口道：“依俺想来，说不定那个首先造谣的就是马、包两人，亦未可知呢。最好就请二员外立刻将他们两人一齐唤来见见，便可水落石出。”

米元章又道：“俺们两下素无仇怨，对面且不相识，俺在江湖上混了这许多年月，已享有微名，又何必定要吹牛才能露脸呢？戚四爷，你是位明达之士，这个很浅显的理由，总该想得通吧。讲到包、马两人，虽说不定他俩和俺们两下有何仇怨，但是或许他俩受着别人指使，故意捏造谣言，亦未可知啊。包平安既说曾在客店里会见过俺，当然他和俺是相识了，停会儿他俩来了，觌面如不能认识，其言即不攻自破了。不过令门人的耳朵根也太软了些，须知天下的事目睹方为实，耳闻必是虚，闲人言语是绝对不可靠的啊。”

戚老四听罢，即对石超然道：“你既将包、马两人留住在家，此刻何不去将他俩唤来一对呢？”

石超然应声是，回身匆匆走出，亲自回去唤包、马两人。不料到得家中寻觅二人不见，问家人时，回说：“包、马两位先生，当适才主人出去后，他俩即亦匆匆走出去了。”

石超然闻言心疑，遂跑到包、马两人住的房内去查看，只见二人的包裹、衣服等件已皆不见了，不由心中大疑，慌忙呼唤平时派令服侍他们的那两名童仆来查问。两人回称：“两位先生的东西，当二员外出门去找米家师徒说话后，他俩即已将东西陆续拿出庄去，寄在街上相熟的人家了。适才他俩出去，曾对俺们说，如二员外问他俩何往，就说沧州城内去给人家治病、写对、算命、拜斗，大约须三天后才能回来呢。”

石超然听说东西早已陆续拿出庄去，寄在人家，心中格外生疑，遂又追问童仆：“那受寄他俩物件的人家，在街上何处？”

童仆回禀：“就在东市梢。”

石超然即令童仆带路，急忙赶往东市梢去，寻到那受寄物件的人家，只见双扉紧闭，门外铁环上已上了锁。探问邻舍人家时，有的回称不知，有的回说：“这家人家细软东西早已搬走了，不过人到今天才走罢了。”

石超然见说，心中更惊，不由愣怔了半晌，说不出话来。

未知此事如何结果，包、马二人究竟是谁，请待下回再写。

评曰：

写石超然及米元章师徒等加入白莲教，俱非其本心，已预为后文张本。

包平安、马铁嘴等行间始末，不从包、马方面写来，却从石超然口中说出，是省笔法。

读包、马等之言行动作，其预有筹划可知，且其徒党颇众，读者苟稍留意，当已可知其主使者为谁何矣。

戚老四偷觑米元章师徒面色，是其心思缜密处，而石超然留包挽马，备为对证，亦具见其毫不鲁莽，乃包、马遽尔远引，石超然又哪得不疑哉？

程百川谓首先造谣者或即包、马二人，可谓一语破的。

写石超凡作法病倒陶乐山等，又写戚老四作法治痊陶乐山等，随手收拾，预为后文写教匪一切热闹情节留一线索。

第七回

倏焉他适白昼遁间谍
突如其来深宵遇刺客

话说石超然命童仆引导，至大王庄镇上东市梢找寻那受寄包、马二人物件的人家，不料双扉紧闭，门已上锁。询问邻舍得知情形后，不由大惊，呆立在街心里，愣怔了良久，自悔不该大意，着了包、马二人的道儿，因此呆了半晌，说不出话来。

过了一会儿，石超然忽然又想起，追问童仆们："包、马二人寄东西的人家，可还有别的所在吗？"

童仆们说："还有一家，亦在这条大街上。"

石超然吩咐姑且前往那家去看看。走到那里，只见门庭依旧，人物已非，问究之下，才晓得先前的那家已在早几天前搬走了，现在的这家人家乃是昨天才搬了来的。一看大门上的招租纸字条儿，撕去了一角，还有一大半未曾撕去。石超然睹此情状，直气得发昏，深恨包、马二人说谎捣鬼，幸亏自己精细，不曾伤害米元章手下的镖师、伙计人等，只软禁着他们。这次和米元章师徒比武，假使鲁莽一些，伤害了人命，岂不弄成骑虎难下吗？因此一想，心下不免有些不安起来，遂一面令童仆们回庄传言，吩咐家中厨司置备五桌上好酒席，一面自己奔回悦来店来。

当时戚老四正和米元章师徒等在上房闲谈，一见石超然单身回来，料想包、马二人定然未曾找着，心中颇恨石超然做事欠斟酌，果然着了包、马二人的道儿。倘然米爷也和他一般见识，岂不弄成大错？于是竖起一双鹰眼，带怒问道：“包、马二人可曾找到？”

石超然装腔作势答道：“他俩午前因事他去，留言明后日即便回来。”随又道：“此事终有个水落石出的，常言道：‘冤各有头，债各有主。’他俩也老在江湖上混，绝不会无风兴浪，捏是生非。就说他俩是专来拨弄口舌，借以激起仇愤，如今见事体败露便想逃之夭夭，那不是弟子夸口，任是海阔天空，他们这两只鼠子也莫想逍遥自在。至于米家师徒，若是心中无甚尴尬，自须推诚相见，和平解决，何至遣其徒弟以众相临呢？好在弟子做事从来谨慎，倘若一任往时气性，将他手下人的性命伤害了好几位……”

戚老四不待说完，即将桌子一拍，面色一沉，喝骂道：“好狂妄的小子，你才还说得十分嘴强，口口声声说有见证。如今他俩已走，你该自己如何谢罪呢？常言道得好：‘光棍犯法，自绑自杀。’现在此事是你自己招出来的，为师不能袒护你，受天下英雄的唾骂。该当如何办法，还是你自己漂亮些吧，免得别人动手，反落得一个不值价的名目……”

米元章明知戚老四此言乃系转圜的用意，深恐石超然一时忍受不住，真做出那红刀子进、白刀子出三刀六眼的把戏来，遂不待戚老四说完、石超然接口，即已起身羼言道：“戚四爷，请转息怒，石二员外亦请坐下，听俺一言。”说罢，即去将石超然扯到自己坐的位上坐下，一面又移过张凳来，自己坐了，接着又道：“此事石二员外原本出于一时误会，误听人言，并非他自己存心来与米家镖为难，原情而论，这本不能专怪石二员外。更进一步讲，俺们师徒在外奔走，难免或有大意，开罪于人之处，那班人怀恨在心，探闻石二员外的本领极其英雄了得，故此设下诡计，散布谣言，挑拨出石二员外来和俺们米家镖作对。现在所幸石二员外并未伤害俺们保送银货的镖师、伙计，又未移动过所劫的银货，双方的误会已除，当然已可完全无有妨碍。俺们和石二员外现在正应了句‘不打不成相识’

的俗语，彼此都既往不咎，随后结个朋友吧。戚四爷，您老人家以为俺这话对不对呢？”

戚老四见米元章如此豁达大度，不由心中钦佩爱悦，遂趁此收篷道：“米爷虽然原谅，肯如此下场，但未免太便宜了小徒。将来老朽定必被人笑骂，说老朽太纵容门人，包庇袒护，门人在外得罪江湖上好汉，竟未谢过赔话，岂不使人因此转怪老朽不是吗？”说到此，即向石超然喝道：“还不快向米爷贤师徒谢罪吗？难道要为师的动手不成？”

石超然见师父这般说法，知是代自己开路，无奈只得含着一肚皮的怨气，站起身来向着米元章打躬作揖，口称：“蒙米爷海涵，高抬贵手，不与石某计较，石某非常感激。”

米元章慌忙亦起身回揖，口称：“彼此说过笑过，前嫌尽释，以后永不记恨在怀。”说罢，又向戚老四拱手道谢过劳。

戚老四亦回揖称谢，同时石超然已转向陶乐山、邹吉羊和吉瑞兄弟及程百川四人，拱手赔话，申述日前在家多有简慢，多有冒犯，望勿见罪。四人亦抱回答，说了几句客气话。

这时，米元章师徒和戚老四等六人本已在房内饮啖，边饮边守候石超然去唤同包、马两人到来对质是非，及见石超然独自前来，包、马两人未到，米元章师徒的精神不由陡增，依着陶乐山尊师兄弟少年人的心性，恨不得马上给石超然一个严词诘责，使他无地自容。毕竟米元章年事已长，阅历很深，深知“冤家宜解不宜结”“得饶人处须饶人”的古训切须遵守，所以将石超然拉到自己位子上请坐。只因大家话未说好，怕小二进来看见不便，所以并未吆唤小二添拿杯筷。

待至双方已各抱拳拱手，说罢了一番和事了结的话后，遂呼唤小二进来，命他去烫酒添菜，先拿了副洁净杯筷进来。小二依言照办，米元章即向程百川一努嘴，程百川会意，即便执壶立起，先给首座上的戚老四筛酒道劳，再给石超然斟酒，申言彼此永解纠纷，日后并须互相援助。石超然起身称谢，领情饮干接过壶来，先给米元章斟满一杯道歉谢罪，后给陶、程、二邹斟满，这才给他老师筛酒赔话。末后自筛了门杯，由戚老四发令，说："大家从此言归于好，请各将门杯饮干，以示永好之意。"于是大家喝干了一杯和气酒，都照了杯。戚老四拿过酒壶，立身拟给米元章师行斟酒时，早被石超然伸手接过去道："有事弟子服其劳，请师父将这筛酒的责任交给弟子吧！"

说话间，恰值小二送菜进来，石超然趁便即吩咐他："去转告柜上，所有戚、米、陶、程、二邹等在此食宿的一切费用，概归俺负担，不许收受他们各位的一文半钞，统计多少，随后一齐开账，到俺庄上账房内去支取。"

小二应称晓得，即退出去告知柜上。

米元章道："承蒙二员外看在令师戚四爷的金面上，应允将所有俺手下来的人和货物一齐归还，愚师徒已感激之至，尚未登门叩谢，怎好反劳先施叨扰二员外呢？叫愚师徒心何以安，还请收回成命吧！"

石超然道："此事原因俺误信人言而起的纠纷，衅自俺开，自应由俺负一切责任。贤师徒命驾到此，当然俺应略尽地主之谊，聊表寸心。不过招待不周，诸祈鉴原罢了。"说罢，即执壶给各位奉酒，又举箸让各位用菜，并说："适才来时，已在舍间吩咐整治酒席，特意亲自专诚奉邀各位于今晚屈驾光临，务请各位赏光。此刻不过是凑的现成，借花献佛罢了。"于是大家开怀畅饮。

戚老四和石超然、米元章和陶乐山等两家师徒各于席间询问别后之事，末后，戚老四即问石超然："所有截劫的镖车及米爷手下的达官伙计等人，现在是否都在庄上？本地的总会首乃是你们大爷，想来你亦加入了白莲会，做道友了吧？俺今天同米爷到此时，他们师兄弟四人都害着病，由俺才给他们治好了，还未多时辰呢。那病大概就是你们大爷施用的法术吧！"

石超然回道："弟子将所劫的东西完全寄放在他们失镖的各该处所的原地方包赁的一家客店的房间内，指派两名家丁在各该各店房间里看守。因恐将那许多东西押运了回来，易启人疑，诸多不便，所以只将那押车的达官伙计等带回庄上来住着。"又道："弟子因屡受家兄之劝，所以才于最近皈依了白莲教。他们四人所害的病果然系家兄施的法力，怪不得家兄今儿曾对俺说，法术忽被同教的道友所破，命弟子派人上街，到他们所住的下处里来调查。弟子刚要派人上街打听，恰巧接奉师父的手谕，因此一岔，才延搁忘记了。原来却是师父破了的。"

戚老四听徒弟说所劫原物都寄放在各该地近处的客店房间里，打发两名家丁看守，不由惊讶道："哎呀，不妥不妥，这真叫作'天下本无事，庸人自扰之'啊，俺往年和人斗气比武的事，你并非不知道，为何不学俺的样儿呢？现在你将东西寄放在客店里，客店为往来行旅的住宿之所，寄放东西，岂不易启歹人的觊觎？这是一层。二则须防所劫得的物件价值太大，那奉令看守的两名家丁忽然见财起意。三来更须防包、马两人由此走后，赶往那几处寄放物件的客店内去，假传圣旨，说是奉你的命令办理的，将两名家丁支使开去，盗窃了各地的原镖，你这个负担的赔偿责任，可就难讲了啊！"

米元章师徒们亦正在互相问答着，忽然听见这边他们师徒俩计议的话，米元章亦不由陡吃一惊，忍不住接口道："戚四爷，您老究竟见多识广，所言极有见地，二员外此番劫镖寄放在客店里的事的确稍欠斟酌，不大稳妥。好歹现在俺们两下已都消除误会，办正事要紧，不必再闹虚文。二员外回去，最好赶紧再分派数起人，赶往各该处客店内去。"

石超然被他俩一催促，不由登时慌乱起来，遂即放下杯筷，起身作别，坚邀各位晚间到家中去用酒席，一面使手巾拭了嘴脸，匆匆跑回家中，立刻传唤家中得力的精明强干家丁，每两名为一起，分头派往各该处客店里去，帮同原先在彼的两人看守，并吩咐："倘如包、马二人到来行诈，或是在路上遇见，务要将他俩捉住，扭交当地衙门，办以卷逃及诈欺诱惑等罪，切勿让其漏网。”又说：“你们先行，俺自己随后就到，倘或有甚差池，你俩可着一人赶回报信，不可有误。”

石超然打发家丁们去后，忽然想起，兄长自从信奉白衣大士充任总会首后，颇能掐指一算，即知吉凶，俺现在何不去见他，请他算一算呢？于是移步到隔壁，面见他大哥石超凡。

其时，石超凡正在家中召聚所属的新信教的各会友讲经说法，忽见超然面色有异，匆匆跑来，遂问：“老二，何事惊慌？”

石超然将包、马二人捣鬼、挑拨出是非，前后因果告知乃兄，即求乃兄卜卦推算。

石超凡听罢，即在袖内掐指一算道：“老二，你放心吧，此事虽然麻烦，但却系危而渡安之象。包、马二人虽逃，但不久终当为你所获。”又笑道：“俺的法术，不料却系被戚师父所破的，他的道行实要比俺高深得多。俺久已仰慕他了，现在他既到此，住在街上，俺正好去会会他呢。二弟，就烦你做个引荐之人吧！”

石超然道：“今晚戚师父同米家师徒等人都要到俺们家来赴宴，本系大哥的陪客，停会儿大哥就可和戚师父会见，又何必此时汲汲呢？”

石超凡听罢大喜，说：“真乃良好的机会，停会儿俺又可以会见许多豪侠了。”

石超然因兄长对众讲经，怕误了兄长的事，遂走回隔院本宅内去。因闻兄言事无妨碍，可以危而渡安，正如吞服了一粒定心丸，不由安慰了许多。走回本宅，即往后面厨房里去叮嘱厨司，好生办菜，一面又到客房内去，将所有从各地绑架回来软禁在家的米元章手下镖师、伙计人等逐一让请到前面客厅上去，对大众说明原委，解除误会，一面先由自己各给大众奉敬过一杯茶，又普唱过一回无礼喏，大众至此会见，才知所有济南、北京两处镖局内的同事差不多已被石超然绑架了一半来，不由腹中暗说一句惭愧。内中有那机灵而又胆大的，见石超然忽然前倨后恭，亲给大众奉茶唱喏、道歉赔话，已料知是米元章师徒们的援兵来到，石超然已受过教训，所以才忽然改变态度，故此却傲然自若地说上些冷言冷语，挑怒石超然，试探他敢不敢发怒。果然石超然遭受他们的冷言冷语，并不生气，反而自承过失，再三请各位原谅。大家至此格外相信救兵已到，各人心中的一块石头登时落将下去，愁面苦脸倏变作笑容喜态，大家有谈有说地在客厅上互谈起各人别后情状和江湖上闻见的勾当来。石超然平时颐指气使，呵斥人惯了的，万不料会有今日受人家的气恼，无奈只得忍气吞声，留待日后遇有机会，再行收拾他们这班小人。

不多时，天色已将晚了，石超然吩咐家人，在客厅摆设了五张大桌，列成梅花式的形状，即在桌上摆设了杯盘筷碟，屈指计算人数，统共在悦来店的连店掌柜共计七人，那被架来的达官伙计统共二十三名，自己弟兄两人，加上在庄听令的几名会首、传头，恰巧合计四十名左右。遂命家人安设过座位，分往隔院及悦来店去请人，一面先由自己邀请各位镖局内的达官伙计等入席。

石超凡在隔院见家人来请，遂代乃弟邀请了几名会首、传头等同来赴宴。由石超然给大众各介绍过了，遂同着兄长率仆从数人，打起灯笼，到庄院门口迎候。远远地见从大王庄东街头上有两碗灯笼照耀着，向本庄行来，石氏兄弟的目光均极锐利，石超凡虽和戚、米等人不认识，但是那个悦来店的掌柜和自家派去邀客的家丁却是认识的，便对乃弟道："老二，你请的特客来了！"

石超然亦已瞧见，回说："正是呢。"

于是兄弟俩走过护庄河浮桥迎将上去，双方在中途会见了。石超然先给戚、米、陶、邹、邹、程等和乃兄引荐过，会合在一起，同走进庄院，径让到本宅里面客厅上面。

此时，客厅上点得灯烛辉煌，照耀如同白昼，已入席的大众看见主人陪着七位客人到来，便都一齐起身站立。米元章手下的镖师、伙计等众一见米元章师徒们到来，不由精神大振，勇气陡增，恨不得立刻将石超然抓将过来当众出彩，摔死在厅上，以出那口被绑到此软禁多日的鸟气。内有好几个，因看见米氏师徒，自觉惭愧的，不由都涨得满面红紫，低下头去，半晌直不起脖子来。有那颜厚的，却恬不为意地老着面皮，出位离席迎上前去给米元章师徒等请安。内中更有几个跟随米元章出门已久的，在路上也曾和戚老四会过面，此时亦搭讪着上前问好。

石超凡亦于此时将戚、米等人给所属各级会首、传头等头目介绍，彼此各行过教中人相见的礼节仪注，于是由二石让请各位入座，亲自执壶，给大众行过三巡酒，才唤令五名家人，执壶立在客席旁边伺候。石超然又对米元章手下的众人行酒道过歉，才算将一场风波结束。当晚，宾主尽欢，直饮至夜午，方才席终人散。

戚、米等六人仍同着悦来店掌柜回店去安息，其余米元章的手下和各会首等大小头目仍照旧权住在石家洼。米元章和手下各镖师、伙计约言明晨在悦来店会面，分头赶往各失镖的原地方去，查点各人所护送押运的银货，当夜和戚老四及各门人分居在悦来店的后进上房里。

戚老四和米元章本系同来，合包了一间上房，所以二人同住在一间房内。戚老四睡朝窗口的正中一张床上，米元章却睡在横头的一张铺上。二人刚才熄灯就寝，尚未睡熟，忽然听得房门呀的一声洞开，闯进一个人来，迈步奔至正中戚老四睡的床面前，左手掀起帐门，右手抡单刀往下便砍，娇声骂道："采花淫贼，哪怕你三头六臂，今日也要做俺的刀下之鬼了吧！"

未知戚老四的性命如何，请待下回再写。

评曰：

戚老四呵责门人，盖即所以袒护门人，而为之转圜也。米元章闻言即已会意，转为之善言关说，诚不愧为久闯江湖，熟晓此事者。语云："人情练达即文章。"米元章有焉。

石超然一再向米元章方面诸人谢罪，遭受冷嘲热讽而能坚忍不愠，其能自悔其过也有如此者，诚足风矣。苟以视今世怙恶文过者，能毋兴贤不肖之叹欤？噫！

写米元章手下之被俘者，不自知其言行无状，盖傲然自鸣得意，状市井小人，可谓如此肺肝，诚奇笔也。

借戚老四深宵遇刺，折入戚之本传，兼叙出一奇女子来，文情变幻，极波谲云诡之奇，足令阅者抚掌。

第八回

乍逢女侠仓皇归梓里
初展身手飞弹建奇勋

话说米元章因知戚老四系同由德州到大王庄来的，当日午刻，赶到大王庄镇上，先行投宿在悦来店的上房里，后才从小二等口中探知，陶乐山等亦寓在同店，师兄弟四人都卧病在隔壁房间里。当时虽经请戚老四给徒弟等将病治好，在房间内先排香案，皈依了白莲教后设酒席，给陶乐山等起病，晚间又同赴石家洼去饮宴。

午夜回店，米元章并未和戚老四分开住到徒弟们的房内去，仍和戚老四同住在一间房内。不料熄灯就寝，尚未睡熟，忽闻有人在外撬门的声音。他俩都是久闯江湖的行家，闻声早已警觉，不由腹中暗笑，这个小偷儿合该倒霉，不然，何以偏来飞蛾投火呢。正在忖想，那房门闩已被拨落，呀然一声，门已洞开，闯进一个人来，扑至正中戚老四的卧床前面，左手掀开帐门，右手抡刀向床头前便砍，吐出娇滴滴的声音，喝骂出几句话来。说时迟，那时疾，戚老四早已将身体向床里一滚，让过了刀锋，急忙鲤鱼打挺，翻身立起，飞起一脚，向来人执刀的右手腕踢去。

那刺客因刀砍落了空，知道已有准备，赶紧将刀缩回，听得声音，知是飞足踢来，忙将左手内帐门一放，移步转身往房门口便走。戚老四趁势从床上下来，吆喝一声："拿刺客!"即赤足空手向来人追去。那人早已跑出房外，一闪身形，倏然已是不见了。

戚老四不敢鲁莽冒险，却先顺手抓起一张椅子，向外一掷，然后人才随着椅子跃身出去，察看左右已不见刺客的踪影。抬头向对面屋上一望，恰巧见一宗黑魆魆的物件迎面飞来，赶紧侧身让过。那物件落在地上，啪的一声，跌成粉碎，才知刺客已上了屋，顺手掷下一片瓦来。欲待上屋去追，一则因赤手空脚，未拿兵器，二则因仓促间赤足未曾纳履。

正拟回身进房，米元章早已从房内趿着鞋子，下床点起灯亮道："四爷，好男不与女斗，这来者声音乃是个女子，且又口骂采花淫贼，想是认错了房间，您又何必白辛苦给人家出力呢？"

戚老四闻言，这才转身回房。刚走至床前，猛又听得头顶屋上有一女子的声音接口道："姓米的，你当戚老四是好人吗？亏你还久闯江湖称作好汉呢，连这淫贼的本来面目都不曾知道吗？他在少年时节，乃是个采花淫贼，俺并不曾跑错了房间。只因有你们师徒在此，恐怕你们不明真相，帮着这淫贼和俺对敌，俺才投鼠忌器，姑且饶他多活几天，早晚俺总得砍下他的脑袋来，给早年已死的女子们报仇！再见吧。"接着，听得屋上的瓦咔嚓一响，那女子说话的声音已是没有了。

米元章当听得屋上有人说话的声音时，早已一口气把灯亮又吹熄了。此时忖知刺客已去，才又取火种将灯亮点起来，偷眼看戚老四的面容，果见他有不安之色，只装作不曾听清看见。正拟搭讪着开言给戚老四道惊，恰好各房间未曾睡熟的旅客和店家人等都已闻声赶来问询，陶乐山等亦走来探问，小二顺便将那张椅子扶起来道："呀，这椅子已被掷毁了啊！"

米元章即向各旅客招呼道："适才来了飞贼，撬门行刺，被俺们这位戚四爷唬跑了。现在贼人已去，谅情不敢再来，各位请安心去睡吧！"一面又对小二道："这椅子是因掷打贼人才折坏了的，论理，店家应该保护旅客的安全，当然该由你们店里负责，掷坏了也没什么大不了的事，最多客人和店家各负一半责任，也就罢了，有什么多说的?”

众人见已无事，遂都散回房去安息。店家却不得不来敷衍一番，道惊问安，嗔怪小二多言饶舌，方才退去。陶乐山等在那边房内亦曾听得清楚，心中都疑惑戚老四从前曾做采花淫贼的话，意欲向戚老四询问究竟。米元章早已猜着四个门人的心思，深恐戚老四下不了台，遂急忙向四人以目示意，吩咐四人速去安睡。四人会意，只得回房安息。

米元章守众人尽散，便又闩上房门，看戚老四时，仿佛陡然有了什么很严重的心思一般，愁眉苦脸，低头坐在床上拂拭足底上灰尘，一言不发。遂说:“四爷安息吧，料想那刺客绝不敢再来了，便是她胆大再来，凭着您老的一身功夫，还怕不对付她有余吗?”

戚老四被他一催促，方才稍释重忧，回称:“正是呢，俺们安息吧!”随口又问道:“米爷，适才可曾听见那刺客在屋上咕噜了些什么话吗?”

米元章为人乖觉，毫不思索地回道:“俺闻得屋上有人声，忙着吹灯防备，并不曾留神她说的些什么如何，末后恍惚听她说了几句发恨的狠话，但亦未曾听清，不知四爷可曾听得些什么言语吗?”

戚老四见他说不曾听得清楚，心中遂宽慰了许多，信口回道:“俺如听得清白时，还问你做什么呢?”说罢，即倒身安眠。

米元章将灯吹熄了，亦上床安息，暗暗留神，只听得戚老四在床上翻来覆去，不时唉声叹气，不由勾起了米元章的好奇心，思忖念那女子纵有本领，但亦未必即是戚老四的对手，何以戚老四竟如此忧虑焦灼呢?果真那女子的本领比戚老四高强时，适才又何至杀戚老四不得呢?她既本领不及戚老四，戚老四又何必怕她呢?这不是怪极了吗?忖念了一会儿，遂定了个主见，闭目安眠了一会儿。

第二天清早起身，忽然正中床上已不见了戚老四的身形，看房内所有的物件，凡系戚老四的衣包等项，已都不见了，心中明白，戚老四已不辞而别地走了。遂唤小二进来，问他可曾知道。

小二回称："这位戚老客人，在天才微明时，俺们店门尚未开，他已经起身，不及梳洗，即匆匆提了衣包和他的防身兵器，出房走到前面，俺将店门开了，他即出店走了。临行曾吩咐俺，说米客人如果问时，就说因有要紧事情，刻不容缓，所以不辞而行，趱程回去了。俺看他发脚之先，曾画符念咒，在两腿上都缚好灵符甲马，出门后，俺亲见他举步如飞，转眼间已不见踪影了。这法术俺虽不会使，俺却曾听见过的，据说这是白莲教中的神行法，凡作起神行法的人，每天至少能行一千里路程，假使心中要想往江南去游赏苏杭二州，当天都可以赶到，并且来得及回程。戚老客人既会得这个法术，米老除非和他一齐发脚，否则无论怎样，总难追赶得上啊！"

米元章听罢点首，亦不再问。小二照例打水冲茶，请问早点。米元章命他去唤陶、邹、邹、程等四人到来，一齐同用点心。

正在此事时，石超然已同着米元章手下的一班人齐到悦来店来。大家相见，互问过早安毕后，石超然纵目不见师父，即向米元章探问。

米元章道："昨夜忽然来一女刺客，被令师打败逃跑了。令师因此忽然如有重忧，今晨黎明，他老人家即悄然趱程回府去了。俺起来查问小二，才知道的，据说令师走时，是使用的教中神行法，此刻定已去得远了，便要赶亦赶不上了。"

石超然听说"女刺客"三字，不由面色陡异，呆望着米元章发愣，良久不曾开口。米元章所说戚老四的动身情形，他竟未曾听清。

米元章见石超然亦如此发愣，不由格外诧奇骇异起来，禁不住问道："二员外，令师为何行色匆促，您又何以闻言色变呢？难道那个女刺客真有惊人的技能不成吗？依俺忖度，不仅凭令师的一身武艺足以对付那女子有余，即就令师现已学会的道法而论，亦足擒捉那女子呢……"

石超然不待说完，已长喟叹惜道："米爷只知其一，不知其二。那女子自身的本领虽然有限，容易对付，可是她的来头太大，同党又多，假使只对付她一人，定有顾东失西之患。家师所以急急趱程回去，即系因此。”

米元章道：“如此说来，二员外定已知晓那女子的姓名来历了。究竟她和令师有何仇怨呢？”

石超然见问，四下里望了一望。米元章会意，即令徒弟和手下人等一齐退身出去。

石超然见无别人在旁，这才悄语米元章道：“弟子不谈师长过，在理，俺不应说给米爷听，只不过米爷既已耳闻目见，如向江湖上老辈打听，将来早晚定必亦能知道，或许说话的加油添醋格外要说得难听些，亦未可知呢。”说到此，便长吁一声，将那女刺客的来由和戚老四的以往历史说将出来。

原来，戚老四是德州十里铺人氏，依同族的弟兄序列，排行第四，故此小名即唤作四儿。他母亲生他乃是个遗腹子，自幼孤苦伶仃，由他母亲抚育成人。满望他能克振家声，光宗耀祖，不料他天生成的一身蛮力，从小即喜拈枪使棒，恃强凌弱，邻舍人家的小儿无不被他的蛮力所征服。他母亲将他送入书房攻书上学，他在书房里从来不肯好好儿地坐着念一行书、写一个字，只一味地喜爱顽皮，上了几天书房，无日不和同学打架斗口，先生怕将馆规坏了，知道这小蛮牛管束不好，遂将他斥退回去。他母亲见孩子如此不长进，可怜气得发昏，闷在心内，不久遂害起病来。

戚老四见母亲因他气得生病，感动了天良，方才稍知悔改，跪在母亲床前，叩头自陈悔过，愿意好好读书。他母亲见他年幼自悔，转悲为喜，病遂霍然而愈，于是又送他入学。先生怕他再萌故态，一口回绝，无论如何，不肯收列门墙。他母亲无奈，只得将他领回，由自己画荻教字，无如戚老四的天性和书本没缘，虽经他母亲教授了许多时，可是白天教的，晚间忘了，晚间教的，明晨忘了，教了两个月，三五十个方字都不曾认全。他母亲气恨极了，索兴赌气不教，将他送到当地一家富户人家去做牧童。

那富户人家聘请有两位镖师，在家当看家护院的头目，统率着四十名庄汉，轮流值日，分班保护。那两位镖师每天在晒场上分别教授那四十名庄汉的拳棒。说也奇怪，戚老四对于书字健忘，丝毫无一点儿悟性，可是对于拳棒武艺却是投其所好，颇能心领神会，每天在晒场上看镖师教庄汉们练把式，庄汉们尚未曾了解，他已经在背后演习得全会了，见庄汉们演习不像，忍不住上前羼言道不对不对，应该如何出拳如何转身，如何调息，如何踢足，边说边手舞足跳地演给他们看。

这一来，却将两位镖师看得怔住了，不由啧啧称羡，问他是从何人学的武艺，居然能身眼手腿步完全都对，且很纯熟自然，不像初学。他遂将连日在旁偷看学会了的话告知了两镖师，喜得两镖师心花怒放，遂说："四儿，你既爱学拳棒，就拜俺们两人为师，由俺俩逐日指导教授你些真实本领如何?"

戚老四见说肯收他做徒弟，不由喜得打跌，忙朝着两镖师纳头便拜道："二位师父在上，俺在这里行拜师大礼了，请两位师父受弟子四拜吧!"边说边向二人各拜四拜，恭恭敬敬地立起身来。从此，即由两镖师逐日教授他武艺。

戚老四对于练武，非常地肯下苦功，且又极具悟性，只消两位师父一教，马上便会，一会便精。他不仅能易学易精，且能融会贯通，深明拳理，竟能从那已会的几路拳棒中自己变化出好几手拳棒来。不满一年，他已将两镖师的所能完全学会练精，且变化出不少手数的拳棒来，正是应了古人"青出于蓝而胜于蓝"的说话。那时他才十三岁。

恰巧有一大伙股匪联合了本地的痞棍青皮流氓人等，和一班土码子（本地土著，称作土码子），打听得十里铺庄上那家富户人家极有财名，特地先期着人到富户家中下书，危言恫吓，索借一万两银子，限期交割，倘不如约，准定列队到庄，烧杀绑架。富户得信，和两位镖师商议。两位镖师思忖，养兵千日，用在一朝，吃了多时的太平粮，现在主家有事，如果依来信送一万两银子出去，岂不将自己二人的面子扫完？倘不依来信办理，又恐寡不敌众，地方上人民遭殃。当时沉思了一会儿，即对富户道：“兵来将挡，水来土掩，这班草寇，既来下书借粮，倘凭着俺的本领去对付，想来总还可以对付得了。只恐他们一回吃了亏，必又往别处去邀集大股悍匪，又来骚扰，甚至大干起来，反而不妙。不如先礼后兵，由俺俩出面，派人前往匪穴内和匪首会面，讲说交情，略送他们一点儿银两。他们如定要一万，不肯讲交情，俺俩即先下手为强，不待他们来攻，就去和他们交战，杀他一个落花流水。”

富户见他俩说得太轻易了，遂摇头道：“不妥不妥，现在最好一面依你们两位的办法和他们先礼后兵，约期缴纳他们一二千两银子，一面派人进城，请地方兵派兵下乡剿匪，保护地方，派俺们家常备练过把式的庄汉四十名充当头目，率领本地各居民壮丁，合计可得二三百名，有二位的指挥调遣，将庄外四面的浮桥抽去，隔着护庄河沟，多备灰瓶、炮石、弓矢等项，坚守待城内援兵大队到来，然后再内应外合，夹攻匪队，方为全美。”

两镖师依言照办，即刻召集十里铺本庄的农民，编列队伍，派手下庄汉们充当大小头目，一面赶派一个能言善辩曾经走过江湖的庄汉前往匪巢内去充代表。匪首非常狡猾，见说只允送一二千两银子，还须约期交付，已知是富户的缓兵之计，遂即将计就计，立允富户的请求，但约定银数为三千两，须在第二天送去，倘到晚尚不送去，休怪无情。

那庄汉回见富户，陈述情形，富户思忖，在两天之内，本庄的民众哪能训练得好？官兵开拔下乡，两天内能不能赶到？这且不去管他，只恐三千两银子送去，他们并不退走，却仍旧来劫掠骚扰，岂不是坏事？遂和两镖师计议。

两镖师都说：“绿林好汉向来最讲信义，如果银子送去，他们绝不致再来骚扰。”

富户见两镖师如此说法，遂忍痛差派原人于第二天赍送三千两纹银前往匪巢。匪首收受了三千两银子，佯作齐队退往别处的模样，却于当晚，料定十里铺庄上绝不防备的当儿，分匪众为东西两路，明火执械地冲杀到十里铺庄上来。到十里铺时，正当二更以后，庄上除轮值防守的人未睡外，余均身入睡乡，陡闻匪警，大家从梦中惊醒，唬得手忙脚乱，不知如何是好。本亏护庄河道深阔，浮桥抽去，土匪大队一时不易过来。正在砍伐树木，设法搭盖浮桥，掘土搬石，筹划打成土坝。

富户得信，埋怨两镖师。两镖师遭受埋怨，深恨匪首言而无信，在碉楼上望见庄外匪队正在四处搭桥打坝，回望庄上人民，又都战栗毫无人色，两人互相计议，如守土匪桥坝搭筑成功，大队冲杀过来，四面放火围攻，绝对难守，不如乘早冒险，率领四十名训练已久的庄汉开门出庄，迎头痛击。二人商议定后，遂各率二十名庄汉，各执短棍单刀，出庄放下吊桥，呐喊一声，向对岸匪队冲去。本地的土码子大半和两镖师认识，一则素知他俩的英勇不敢对敌，二则怕见面之下日后抬头相见，未免怕难为情，所以纷纷不战倒退。只有那外来的真正股匪，见两镖师率众杀来，如生龙活虎一般地左冲右突，遂由匪首传令，将队伍列成圆形，亲自诈败诱敌，将两镖人等四十二人冲为两起，分困在垓心，一面分出一部分人来，冲过对岸，攻打庄门。

是时，庄上胆小的妇女、小孩儿等一齐唬得放声大哭，那把守庄门登碉楼用灰瓶、石子、滚木、弩箭等御敌的庄汉们战战兢兢地勉强抵御，闻得一片哭声，不禁心慌意乱。

正当这危急当儿，忽然从富户家中柴房里跳跃出一个童子来，穿着一身短装，手拿一根哨棒，背着一把弹弓，佩着一口弹袋，飞步跑到庄门顶上碉楼内来，大嚷：“各位伯叔们休怕，俺戚四儿来了！”说罢，即倚好手中哨棒，从背上卸下弹弓，伸手从弹袋内摸出一把铁弹丸来，扣满弓弦，对准当先过河攻打庄门的土匪头目，嘣的一声打去，不偏不斜，正打中在那为首的土匪头目脑门上。只听得哎呀一声，那匪目已是仰面栽倒，脑浆直流，死在地下。接着戚老四又对防守碉楼的庄汉们道：“各位大叔，看俺打那护庄桥左边的强盗左眼。”话才说完，弓弦响处，弹丸已经飞出，果然正中在那强盗的左眼内。那盗亦应弹倒在桥桩边，痛得身体颤动，竟滚下河内去了。

毕竟戚老四如何出道，请待下回再写。

评曰：

不写女刺客之如何武勇可骇，而写戚老四之惊忧不安，匆促就道。石超然之愕怔半晌，连声吁叹，此为反射法，即不写之写之衬托法，亦即所谓烘云托月法也。

戚老四衰年为著名拳师，而其少时则为采花淫贼及独脚大盗，本回从米元章传中，为之逆写叙明，虽系明写戚四儿之武勇英俊，实则暗写女侠之武功绝伦耳。明乎此，然后可以言作文。

包、马行间，悄然远引，戚四儿遇仇，亦悄然遄返，写法各有不同，殊有相映辉射之妙。

第九回

铁鞭临头匪酋脑浆流
钢刀着颈贞女碧血染

话说庄汉们见戚四儿连发两弹，打倒匪目喽兵，不由齐喝一声彩，立刻勇气倍增，精神陡长，各人手中的弩箭、炮石、灰瓶、滚木等防御的武器遂如雨点儿般向庄外的土匪队中飞去。说也奇怪，初时庄汉们心慌意乱，那弩箭等兵器发射出去，不仅无一命中，且都不能射远。这时因精神一振，心中安定之故，那弩箭等项居然亦能射远命中。

戚四儿一口气将手中弹丸连珠价发出去，又连伤了十来个贼兵，唬得围攻庄院的贼众呐喊一声，纷纷向后倒退，自相践踏碰撞，由浮桥上很跌下几名往水内去。戚四儿是时正应着“初生之犊不惧虎”的说话，鼓着勇气，背上弹弓，拿了哨棒，从碉楼上跑下去，开了庄门，连跳带跑地追出庄院，赶上贼队，挥动哨棒，如狂风扫败叶一般，将一群毛贼打得落花流水，东西奔窜。

戚四儿只拣那人多之处冲打进去，迎面正遇着匪首，得信率一队精壮喽兵赶来厮杀，一见来者是一个童子，不信他有这般大的本领，遂挥动手中大砍刀，一催坐下乌骓马，阻住戚四儿截杀。戚四儿见来人威风比众不同，料知定系贼首，不敢怠慢，遂将手中哨棒一顺，仗着马上步下的形势不同，即专在他的前后左右跃来跃去，意在花乱了贼首的目光，一面用哨棒留意攻取那贼首坐下的马蹄。那贼首在马上被他搅得头昏眼花，累得遍体汗液，暗叫不好，忙喝令大家动手，合力攻取这小子。一面偷空带马跃出圈外，跳下马鞍，从贼兵手内取过一条虎尾竹节钢鞭，复又跃入圈内，和戚四儿交手。

戚四儿年纪虽幼，人却极其乖觉，一见那贼首亦抄着短兵器来步战，深恐被他所伤，遂卖个破绽，托地跳出圈外，向斜刺里便跑。那匪首提鞭随后追赶，戚四儿边跑边从背上卸下弹弓，取出弹丸，见匪首追到临近，遂先故意嘣的一声，虚扣了弓弦响，并未发出弹丸。匪首听得弦响，忙侧身向旁闪让，不料却是空的，遂又来向前追。戚四儿又故意虚扣了弓弦一下，匪首侧身又让，见仍是空弦，心忖，这小子莫非弹丸才在碉楼上已发射完了，所以只剩得一把空弹弓？因此不再防备，大胆往前直追。不料这一回却着了道儿，戚四儿将手中弹丸扣在弹弓上，嘣嘣嘣嘣，接连着发出五粒连珠弹，觑准匪首上下左右中五部打去。匪首猝不及防，第一弹即已被打中在额角上，打得金星直冒，略呆得一呆，第二、三、四、五弹已紧接着连珠价打来，不由慌了手足，竟又被两弹打中在左手背、右踝骨上，负伤忍痛，只得止步不追，喝令：“孩儿们，快追上去，务要将这小子乱刃分尸……”“分”字才出口，弓弦响处，一颗弹丸又已迎面飞来，正打中在鼻下嘴上的人中上，匪首哎呀一声，被打得皮开肉绽，鲜血直流，上腭门牙打落了一个。同时戚四儿已趁胜猛喝一声，左手执弓，右手挥动哨棒，回身冲杀过来，冲到匪首面前，一伸哨棒，将匪首扔跌了一跤。贼兵蜂拥上前抢救保护，又被戚四儿接二连三地扔倒了三五个，这个摔倒，那个爬起，自顾不暇，哪能救得首领？

戚四儿忍不住哈哈大笑。说时迟，那时快，戚四儿已在他纵声狂笑时跃步过去，将匪首手中的那根虎尾竹节钢鞭夺将过来，觑准了匪首的脑袋上，唰地便是一鞭，直打得那匪首脑浆迸裂，死在地下。戚四儿趁势扔去哨棒，将钢鞭舞得四面展开，接连又打死了两三个贼兵。

贼兵见首领已死，不敢恋战，遂都呐一声喊，往四下里没命飞跑。腿快的逃得性命，那腿慢的又被戚四儿跃身追上，一鞭打死。戚四儿初次出手，即能如此顺利，不由喜得心花怒放，逞勇又向那匪队人多处冲杀进去。正值两镖师被困在垓心，冲杀不出，被他这一冲杀，成了个内外夹攻，那些贼兵小头目焉能抵敌得住？又听说头儿失风阵亡了，格外心中慌乱，遂纷纷往四下里溃散。

碉楼上守望的庄汉们看见自家人大获全胜，不由大喜，即亦各执兵器，招呼庄上闻得报警锣声齐集庄门的一班壮丁等大众，吆喝一声，争先恐后地杀出庄门外来，紧紧地向那起强盗追杀，弄得那起土匪逃命要紧，不敢逃回巢穴，无奈只得将巢穴内所有从别处架来的男女肉票和劫得的许多细软财物一齐丢将下来，抛弃了兵器，四分五裂地落荒逃走。

因这一阵，十里铺庄上大获全胜，树立了威名，救出了不少远近地方的肉票，夺得了无数财帛，生擒了数十名强盗，论功行赏，当然应推戚四儿为第一。遂由那富户做主，将所救的肉票一齐着人分别护送回去，将所夺得的财帛物件一齐分等赠赏给两镖师、戚四儿和四十名庄丁及一班奋勇杀贼的众庄汉。大家利益均沾，一面大排庆功筵宴，恭贺战功，呈文具报当地官署，派员下乡勘验，迎提所获各盗。

事后庄上人恐土匪余党偷冷或来报复，于是遂呈官立案，举办了联庄会，召聚乡勇，防备盗寇，公推两镖师为乡勇的正、副指挥。又因戚四儿勇猛出众，遂亦公举为乡勇教练，月支薪金，不再做那牧羊、放牛的生涯了。

戚四儿的英名亦由此远震了。他母亲非常贤淑，虽然见儿子一鸣惊人，忽然出人头地，她并不因此大喜，反而因此格外忧虑，每见四儿回家，必以好言劝戒叮咛，反复嘱令向上。戚四儿因为身充教练，字识不多，往往闹出笑话来，才知文字不可偏废，只得从此用心攻习书字。又因屡受母戒，不敢自满，深恐将来一遇能人，小则伤名伤身，大则或有生命之忧，颇想离别家乡，远行访求名师，学习武艺。

恰巧是时两镖师和戚四儿师徒之人的英名远震，引动了远近各处的许多好汉，仰慕虚名，都赶到十里铺庄上来拜会比武，差不多每月总有十多次。

那两个镖师究竟早年闯过江湖，知道天下能人甚多，深恐在此恋栈得虚名而遭实祸，遂相约留书告别富户及当地父老，收拾行装，悄然远引。

自从两镖师走后，戚四儿遂成为硕果仅存，格外地受人供奉、恭维巴结了。他母亲见他身居危地，处之泰然，毫不觉得，遂又以危词告诫，促令辞事他适，改习商贾，保全生命，留戚氏一脉，并以两镖师的留书远引为先例。

戚四儿因此出门求师的心意遂决，于是亦学着两镖师的方法，收拾行囊，给当地人一个不辞而别。依他的意思，本想奉母迁居至别处，然后再动身出门去访师。他母亲因儿子仍欲去练武，知道将来终难脱一个“危”字，遂决计拒绝，不肯迁居。戚四儿无奈，只得自顾自地留书就道，往各省去访友求师。后来在陕西凤翔府遇见当地的一位吉天相拳师，外号人称神拳太师吉天相，是陕西省内的第一条好汉，生平所教的徒弟虽多，但都不曾将他的本领完全传授，聪敏颖悟、肯勤习苦练的，最多亦不过学得五六成，差不多的徒弟只不过学得三四成罢了。唯有戚老四从他练武之后，吉天相因爱他年少英俊肯学肯练又有很好的根底，从大远的地方来，不忍过于将本领自私，遂很坦直地将本人所能的马步高下、各种内外软硬功夫完全教授给他。已传有九成多的能为了，吉天相方才觉察出这个徒弟的行为不检，将来必闯大祸的兆端来，赶紧截止不教，但已来不及了。

因为那天，吉天相应朋友的约，出门赴宴去了，本说须晚饭后才回来的，不料到得朋友家中，那朋友的内人恰巧于是时临蓐，因收生婆的手术不精，经验不富，将产妇死在盆上。那朋友喜事变为丧事，哪还有心绪工夫再招待朋友呢？应邀的朋友都因此不欢而散，各回家去。吉天相吊死慰生帮着照应了一会儿之后，便亦回转家中。到家一查各徒弟，单单不见了戚四儿，问别个徒弟们时，回说：“戚师兄往隔壁周寡妇家闲磕牙去了。”

吉天相闻言不语，心中却颇有数。因为隔壁周家婆媳两代都是寡妇，婆婆于那时的本年上月里去世，丢下一份家业，交给寡媳当家。那寡媳娘家姓于，有个妹子，亦是个望门寡，这时被她姐姐接来做伴，姊妹俩淡妆素服，越显出她俩的花容玉貌精神来。

十数天前，戚四儿奉师命往街上去买东西，去了好久未曾回来。吉天相等得心焦，亲自上街去寻，走出大门，恰巧见戚四儿掩身立在隔壁周家大门对面的照壁墙背后，目不转睛地注视着于氏和她的妹子。彼时于氏姊妹俩正和一个挑担子贩卖针线等物的小贩子在门口讲价钱呢。

吉天相看见戚四儿这般形状，忍不住心中大怒，呼唤戚四儿回来，问他买的东西呢。戚四儿连忙叩头认过，自陈该死。原来他因贪看美人，尚未去买呢。吉天相大怒，拿过根藤条，在他背上狠狠地抽上了二十来下，经吉天相的夫人劝说，方才劝住手。依吉天相马上就要斥逐戚四儿动身，经戚四儿叩头求恕，自陈永远不敢再犯，吉天相方才将他收留在家。

这天听徒弟们说四儿往周家闲谈去了，口中虽不言，腹中已有了数。守四儿回来，并不询问，却暗命家中仆妇往周家去向周家下人们仔细一调查，才知戚四儿在那天被责之后，把心一横，竟于当夜负伤忍痛越墙到周家去见于氏姊妹俩。本来双方在门首会见已非一次，虽不曾交过言，但究非对面不识者可比。当经四儿向于氏姊妹俩流泪陈情，哭诉因偷看她俩和小贩论价受责的事，并说：“倘蒙美人垂怜，虽死不怨。但现在并未得亲芳泽，忽然受责，心实不甘，所以特意跳过墙来面陈自己的心意。倘美人并不垂怜，或竟事后告诉师父知道，俺早晚是死。与其死在师父手内，不如趁早死在美人面前。总之，肯与不肯，片言立决。”说罢，竟从长衣底下掣出把小刀来，意欲自刎。

于氏的妹子原系处女，倒也罢了，唯有于氏本人，青年守寡本来非易，只因恋着偌大家财，又养有一个才抓周的小儿子，将来颇有希望，所以不得不守节。但究竟在花前月下，总有些触景伤怀，倘非碍着娘婆两家都是名门大族、书香人家的声名，早就要做出不顾羞耻的事来了。

戚四儿其时年正少艾，容貌亦还生得不错。姊妹俩当时既爱其貌，又怜其被责受伤，更恐他当其寻死遭惹下人命来。有这三种关系，不由不唬得姊妹俩面如纸白，抖战着夺去他手中快口，含羞带愧地答应了他的要求。

戚四儿因受的伤势未痊，不好就真个魂销，只当场取得姊妹俩的随身物件当作表记，即回过墙来安息。两三天后，四儿伤势已愈，遂于当夜跳过墙去，实行逾东墙而搂其处子，一箭双雕的故事。由此后，四儿初则每夜必往周家停眠整宿。数日过后，胆子更大了，只要得到空闲，即便大胆溜到周家去鬼混。究竟美色人人所爱，平日吉门弟子对于于氏姊妹想吃天鹅肉的未尝无人，所以他们对于四儿得遂好事之后，心中非常不乐意，颇怀有吃干醋的意思。故此吉天相一问，他们即略不隐瞒地据实直陈。

吉天相自命仆妇探实消息后，当晚亲往戚四儿的卧房内去查看，果见阒无其人，遂亲自睡在戚四儿的床上等候，不料竟蒙眬睡熟了。天将明时，果然四儿回来了，一见师父睡在床上，唬得回身就走，忖念机关已破，在此无益，光棍不吃眼前亏，不如一走了事。于是仍旧跳过墙去，对于氏姊妹说明缘故，匆匆作别动身。因恐师父追赶，不敢往回山东去的路上走，却从凤翔府属境绕路前往山西省界内，再从山西绕回山东。他因动身匆促，不仅随身的衣服一件未取，连行路的盘缠亦未曾带着。他的本意，见于氏姊妹俩告别，即系拟向她俩索取一笔银两作为回乡使费的，不料相见之际，彼此黯然神伤，真个是：

英雄气处短，儿女情自长。
死别与生离，黯然总神伤。

因这么一岔，竟将索取银两做路费的本来意思忽然忘记了。及至从周家后门出外，匆促就道，一口气跑出城外，在路上小吃店里打早尖，掏腰给钱，方才想起。但因路上行人已多，料想回城不便，哪还敢再进城去呢？没奈何，只得叹了口气，且待走到前途，再作道理吧。

在路行有四日，计算腰间的银子已经所余无几，大约省吃俭用还够两天食宿。看看身上的衣服已为尘垢所污，不由心中发慌，忖念无水不能行船，这便如何是好？

当晚住宿在一处大镇市上，因心中有事，在床上翻来覆去，直到三更以后仍未合眼。忽然情急计生，思念到此急难之中，俗语说得好，“路急无君子”，凭着俺的这身本领，除去师父以外，陕西省内谁还能敌得过俺？俺何不姑且做一回没本钱的生意，济一济目前之急呢？想到此，遂从床上坐身起来，下床将身上衣服扎束紧凑利便，轻轻开了短窗，跃身出房，顺手带上短窗，飞身上屋。借着月光往四下里一张，凑巧紧邻就是一家当铺，那四面砌筑的风火墙比客店房屋竟要高出丈外，偶然触动灵机，遂跃身过去，施展手段，战战兢兢地偷了几件金银首饰，藏在怀里，回转客店安息。

次日一早动身，至前途路上，将首饰兑成现银。因这一次偷溜了手，不由胆气陡壮了数倍，前途行程遂阔绰起来，沿途雇车马乘舟代步，不再晦气两条腿了。待至腰间银两将完，遂又再做第二次买卖。如是一路偷窃行走，愈过胆子愈大。但为防身起见，遂在路上铁匠铺内购买了两口单刀。本来起初他的目的不过偷盗金银首饰暂济用需，不料后来竟因行窃之故，得以窥见人家夫妻间的琴瑟乐事，打动了他的邪念，于是遂于前途路上，白天看见妙龄女郎，他即采取市井无赖、纨绔子弟渔色猎艳的无耻行为，尾随在女子身后，探实了她的居处，即于更深人静之后，效法他在凤翔府时奸宿于氏姊妹的前事，实行做起采花淫贼来。假使那女子声张抵抗，他便手起刀落，杀死她的性命，随手偷取几件首饰衣服。假如那女子因被威胁而只得屈辱，他于一度春风之后，深恐留下活口，事后报案，说出他的年貌口音来，防官厅缉拿尚在其次，实恐风声传到凤翔，被师父晓得，追赶将来，马上有性命之忧。所以那女子虽然屈志辱身，仍不免被他先奸后杀。一路行程，被他奸杀的女子已不知有了多少。

江湖上的风声传得极其灵速，不消怎样，已传到吉天相的耳内。传言的人虽未能将那采花贼的年貌说得出来，但是吉天相却能确切不疑地深信该贼即是戚四儿，深恨自己不该大意，将本领完全传授了他。本拟亲自出马，追蹑着赶上戚四儿，将他除却，但恐自己年老力衰，不耐久战。戚四儿的能为已和自己相差有限，正当年富力强之时，万一见面后，他竟以一死相拼，那时胜负之数殊难逆料。假使竟不幸败亡在自己门人手内，岂不成了个三十岁老娘倒绷孩儿的笑话？因此左思右想，才被他想出一个剪除戚四儿的方法来。

究竟吉天相想出何法，请待下回再写。

评曰：

戚母不以其子成名为喜，诚贤母也。两镖师急流勇退，诚识时务之俊杰也。戚四儿有贤母与良师，而终不能易其行，岂其天性使然欤，抑亦习俗使然欤？世之有子弟者，幸于所居乡里，加之意也可。

吉天相授徒，宝秘其艺，不肯轻易传授。而乃于戚四儿轻易传之，迨至觉察，亦已晚矣。呜呼！拳学为杀人防身之术，授受之间，固应持以审慎也。常读旧籍，载古之名师授艺，必历经数载试其徒之品行志趣，而后始肯以艺授与。观本回吉之失，益信夫古名师之谨慎为良有以也。噫嘻！

第十回

为省徒情求方外士
因美色误认室内人

话说吉天相传授武艺，素极谨慎，在家授徒近三十年，从来不曾轻易将他本人所能完全传给门人，不仅外人未能完全学得，即他自家的嫡亲子侄亦未能尽得所传。偏巧因心爱戚四儿年少好学，肯下苦功勤练，又知他在家在十三岁即能奋勇杀贼，保护闾里，以为将来如推此志行，定必可成当代的一位大侠，故此心中一喜，遂将本人的马步高下、内外软硬等一切功夫本领完全教授给他。及至发觉他有见色思淫的下流行为时，可惜已将本人所擅长的能为教会他九成以上，仅和本人相差得一点儿了，哪还来得及呢？因此自怨自艾，十分懊丧痛恨，无如悔之已晚，只得尽量设法，徐图补救。

依吉天相的本意，原拟于那天夜间，睡在戚四儿床上，守他回房时明正其罪，运用功力，使千斤掌法，出其不意地兜头劈他一拳，将他历年所练的硬功先行破去，打倒在地，再使鸡心腿，兜心踢他一脚，将他踢成重伤，使他服一帖秘制的方药，虽得将伤治愈，得以不死，但已将内外功完全退去，将来即使再练，但因心口被一脚鸡心腿踢伤之故，内功已练不成十全十补。头顶被一掌千斤掌劈过之故，硬功亦不能练到尽善尽美，从此无论他练功练力练气，都已不能完成，只好做一个安分良民，不能为非作歹了，这乃是吉天相的仁慈之心。因为知道戚四儿是个遗腹独子，倘如偷冷将他打死，绝灭戚家后代，手腕未免太狠毒了些，故此才作此想。不料睡在床上，候至四更以后，竟蒙眬睡熟了。及至闻得家人操作的声音，惊醒了时，已是红日高升了。吉天相这一惊非小，知道打草惊蛇，戚四儿定已见机逃跑了。但因房内衣服物件都一毫未动，料知他身边纵有银钱，谅亦所带不多，除非他向两个寡妇索取了许多现银，否则绝难在路上安分守己。遂打发门下，分头前往各处去打听，有无当地人家被贼偷盗毫无痕迹的事。

不多日，已有门下弟子回报，说有某处某家半夜失窃，从何处来去，都无痕迹可寻。但这条路乃是在出陕西往山西去的路上，不在从陕西出潼关经河南往山东去的路上，似乎不像戚四儿所为。吉天相得此报告，却已料定必系戚四儿所为。

又过了些时，从江湖中人口里传来消息，某府某县现在忽然发现一个采花大盗，半夜飞入人家，无论那女子从与不从，终难逃那飞贼的一刀。吉天相得此信息后，正在出陕往晋的这条路上，心中已确定仍系戚四儿做的事，只不过未曾出口罢了。腹中因受良心责备十二分的难受，真所谓寝食不安，左思右想，忽然想起一法，皆因他恐怕亲自出马，师父胜了徒弟不算稀罕，万一反败在徒弟手内，岂不落下一场绝大笑话？故此才想出这条计策来。

看官，你道吉天相想出何计？原来吉天相有位嫡堂的哥哥在陕西长安府省城大相国寺内当方丈，法名唤作海观，少年时节原本考中过武举人，因见朝政紊乱，权贵专横，遂决计舍弃功名，退隐林下。满拟在家躬耕田亩，教授子弟们武艺，不料因事得罪了本地知府，被那凤翔府尹设计陷害，参革去了功名，并抄没了家产。海观幸得亲友援救，方免一家受罪，因此心中不忿，遂先期将家属人口改易姓名，搬往长安府去居住。本人于各事筹划完善后，赶回凤翔府来。恰值知府因巴结权贵，得蒙天子恩命，召擢内用，特任为户部侍郎，正携带家眷进京赴任。又恐在路行迟，有误钦限，特将家属男女一行人众派员护送，随后进发，本人却轻车简从，克日趱程先行。

海观回到凤翔，得知知府已走，遂急速日夜追赶。在前途馆驿中，海观扮充盗匪，半夜入馆行刺，将知府刺死后，割下头来，悬在当地城头上示众，一面奔回凤翔，中途迎着知府的家属，即于当夜在知府家属所住的下处里，用闷香将知府的家属人等闷倒，破开箱笼，将知府在任上所搜括的民脂民膏，无论现银首饰珠宝金叶金条，尽量地分装在两个大包袱内，装不下的，才放弃了，留下一只小刀插在知府夫人的床头上，方才背上两个大包袱，连夜取小路，一径奔赴凤翔，将所得之物在路上改装两口皮箱内，用骡车运送至堂弟吉天相家中暂寄。待至风声平定之后，才慢慢地陆续将赃物变换现款，重置家产，再整门庭，仍旧搬回凤翔来居住。

因这一来，海观遂看破了红尘，决计削发出家，修行忏悔。那日因朝山西五台山，在山上文殊禅院内遇见一个从西藏云游进中原来朝三山五岳的番僧，两下在文殊禅院内挂单，彼此相遇，交谈禅理，极为相得。蒙那番僧传给吐纳导引辟谷成仙的方法，又蒙传给一口飞剑，其法先炼剑为丸，或吞服在口腹内，或收藏在指甲中，用时可以随意指挥，百步内取人首级，易如探囊取物。

番僧传授飞剑时，再三宣示戒约，说："古来修道练气之士，所以要练成飞剑者，并非为伤人，乃系为保身。入山采药，难免不遇毒蛇猛兽，如仅恃武艺，断难制伏，故非练得飞剑不足以自卫。贫僧今将此剑传与大和尚，望大和尚善体此意。"

海观敬谨受戒，自从朝罢五台山回来后，遂被推任为长安大相国寺的方丈。

吉天相因为误传武艺给徒弟，思想非恳求海观和尚大施法力，不足以除此孽障。故此动身离家，前往西安省城会见堂兄海观，陈述经过情形，要求海观慈悲。

海观道："并非贫僧不肯出力，实因贫僧修行之人，岂可忽开杀戒？此事贤弟还得另想良法。"

吉天相见海观不肯开杀戒，只得又坚请传授剑术。待至将来剑术成功，再去杀此劣徒，免得兄长破戒。

海观见他来意虔诚，不忍过于固执坚持不可，只得应允传授剑术。吉天相虽蒙海观将飞剑传授，回家如法修炼，怎奈飞剑非一朝一夕可以速成，因此稽延岁月。

那戚老四已从陕西经山西回转山东德州原籍了。他在这一路上，也不知奸杀了多少妇女，造下多少孽。那一天，他从山西出娘子关，经过直隶省境的石家庄，在街头上迎面遇见骡车一辆，车中坐着一位绝色的少年佳人，旁立一个丫头。戚四儿一见心动，遂将脚步立住，让那骡车走过面前，回转头来，亦步亦趋地尾随在后。那骡车直贯过石家庄的大街，来至一家高大的门第面前停住，丫鬟先行下车。从那家大门内走出两名仆妇，上前迎接，扶着车上少妇下来，由门内男仆和那丫头将车厢内放着的东西分别拿着直走将进去。戚四儿看得清楚，遂在那家大门外和围墙四面巡行过一周，探过了道儿，回到街上，投店住宿。因为时候甚早，遂更换过一身衣服，又到那家门外四面去察看过一番，回到街头上一爿茶坊内，借着品茗为由，向那茶博士和一班茶客们搭讪着闲谈，以话答话，探访那家究竟是何等人家，才知道是本庄马吉厂员外的住宅。适才车上的那个少妇乃是马员外的孙女儿秀英大小姐，据闻马员外的大孙女婿刘子成已于昨儿动身进京城去赴试了，大约这是马老安人惦记着她大孙女儿，特意趁空将秀英大小姐从婆家接回来盘桓几天的，看情形，车上带的东西颇多，大约秀英大小姐这回住娘家有好几天才回去呢。

大家七嘴八舌地如此说，被戚老四探知了详细，心中大喜，当即给钱回店。守到晚间，外面已将打二更，他即带着单刀，一如平时的旧例，从客店内屋上出来，飞奔到马员外家大门外面，跃身上屋，径往后面上房的屋瓦上，往下一看，见二面房中都有灯光射出，天井内寂无一人，遂就檐口使夜叉探海式，将两脚钩住瓦檐，身体倒挂下去，张目就窗棂眼内向内观瞧。只见里面对坐着男女二人，在那里谈心。那光景乃是夫妇模样，知道错了，遂飘身下去，如风吹落叶般毫无声息，移身到那面房外窗口去，舔破了糊窗纸，向内张望，一看里面情形，大致和对房相似，亦系夫妻二人，不过汉子已宽衣上床，女子却坐在灯前做针线活计罢了。

戚四儿见又错了，于是复又上屋，再往后进去哨探。如此直探至第三进左首上房，才见白天见过面的那个秀英大小姐和衣睡在正中朝外的一张大床上，另有一位龙钟白发的老太太坐在靠窗的一张八仙方桌面前，手持菩提珠，望着桌上面前的一本经书，口号喃喃不已地虔诚念着。桌上正中摆设着一个三脚小鼎式的古铜香炉，炉内燃着线香。大床面前踏脚板上立着一个丫鬟，正是白天看见的那个丫头，手中托着个茶盘儿，盘内托着个茶碗，立在床前侍候着大小姐。四仙桌旁边亦立着个丫鬟，显而易见，是伺候老太太的。

只见那房内铺陈布置比前两进的房间迥不相同，这房间内除去迎面朝外的一张大床外，另又铺设着两张小床，对面铺着，从窗外望进去，三张床很像列成一个品字式。正中大床前踏板上，靠右手的墙边，有一张灯柜。再往下，便是对面铺着的两张小床。小床过来，靠房门的一边是张梳妆台，靠墙的一边是两口大衣厨。再往下，正中便是四仙桌，两边各放着一张椅子。桌子过来，靠窗便是一张香儿。老太太坐的椅子身后，是张洗面架，正在房门眼内。

戚四儿看了一会儿，心忖，这老太太定必睡在两旁的随便哪张小床上，那秀英大小姐定必睡在正中大床上。

戚四儿正在腹中思维，忽听得房外有一仆妇的声音问道：“老太太，大少奶早就命将参汤拿来孝敬你老人家，并请大小姐呢。此刻时候已晚，可要就往前面去拿吗?”

老太太口中念着经，不便说话，只将脑袋点了两点。那立在面前的丫头便代答道：“就去拿吧!”接着便听见房外脚步响，走至窗前来开窗了。

戚四儿见仆妇将要开窗出外，赶速将身退出檐口，纵步上屋，即伏身在屋上。等候那仆妇往前面去端了参汤回来，送进房内去，关好窗子，又听老太太住口不念经句，和大小姐谈话，吩咐两名丫鬟关房门睡觉和两人脱衣上床的窸窣声音。不多时，便见下面房内的灯火已熄，寂无人声。

戚四儿以为机会已至，不可错过，遂从屋上下来，抽出单刀，拨落了短窗的窗闩，轻轻推开短窗，托地跳身进去，直奔至正中床前。上得踏板，解下小衣，掀开帐门，揭起被窝，将单刀一顺，倾身向被窝内就钻。他满谓正中床上睡的是马吉厂员外的长孙女儿秀英大小姐，哪知偏偏不然，正中床上睡的乃是位鸡皮鹤发的马老安人，那大小姐却睡在左首一张小床上呢。

原来马老安人平日疼爱孙女儿，所以特在自己房内铺下一张小床，预备孙女儿回来住娘家时，即住在两面小床上。这是她老人家的老例如此，外人哪得知道呢？

是日，她因只有大孙女儿回来，二孙女儿却被她夫婿绊住了，不曾回来，故此吩咐大小姐的丫鬟和她自己随身服侍的丫鬟两人合睡在右首小床上，只不过将床上的被褥在白天里早已换过了罢了。

戚四儿挨身上床，钻进了被窝，黑地里伸手摸着一只小脚，哪能分得出老少？更兼老太太年纪虽迈，究因富贵人家，饮食调养营卫得好，所以身上皮肤并不如何粗老，因此戚四儿在仓促中，更加分辨不出。老安人被这一惊，惊醒了回来，忙喝问是谁。戚四儿早一手将刀背压在她颈内，一手去扯她的下衣，强行起非礼来。老安人这一惊非小，只唬得杀猪价极叫狂喊起来。戚四儿听得声音苍老，才知错误了，但因被她这么一嚷，早已惊醒了本房内的大小姐和两名丫头，对房内的各仆妇、前后各进房屋的男女上下人等一齐闻得声音，都各一片声嚷唤拿贼，吆喝助威。

戚四儿情急心慌，深恐前后对房的人一齐赶来，遂将刀锋一转，往老太太的脖项内这一割，已将她的嗓子割断了。慌忙抽身出被，下床跑到窗口，跃出外面，纵上屋去，伏身在瓦上，意欲察看动静，仍想再做二次偷香的荒谬举动。

哪知下面前后各屋的男女人等已都掌灯火，执刀棍，赶奔将来。大小姐和两名丫头亦已都起身下床，点上灯亮，看见帐门上红血，一齐大惊，狂呼："不好了，老太太被贼人杀了!"纷纷乱了，扰攘不休。

戚四儿见时已不早，下面无隙可乘，只得飞身跃越，回转客店安息。本想次晚再去的，无如地方上已下了临时戒严令，马宅又防备得非常森严，哪还能冒险前往呢？只得死了这条心，于第三天动身趱程走了。他自以为沿途杀人多矣，杀死一名老妇人绝不要紧，哪知他已将后来的杀身之祸隐伏在此时了呢。

究竟那在大王庄悦来店刺戚四儿的女刺客是否与马老太太之死有关，请待下回分解。

评曰：

吉天相以授徒传艺谨慎称，而乃终有误传戚四儿之咎。诗云："靡不有初，鲜克有终。"其此之谓乎。

从米元章传展至石超然传，复由石而及戚四儿，由戚四儿而折入吉天相、海观，转至马老安人之死，以出一妩媚武勇之女侠客，文情可称极一波未平，一波又起之奇观。

吉天相终身授徒，而竟误传一戚老四，戚老四一路采花，而乃误淫一马太太，事虽不同，其为趣则一也。互相辉射，相映成趣，读者苟瞑目遐想，戚、马当时之情况，有不为之嗢噱喷饭者，吾不信也。

第十一回

背师罔母巨憝欺己心
行商坐贾大盗蔽人眼

话说戚老四在石家庄误杀马老安人，事后遁回德州，沿途仍操着他采花劫财的旧调儿，并未因误杀马老安人的事稍为忏悔敛迹。

回到德州家中，叩见老母请问过安好，母子俩互道些别后情况，免不得相与唏嘘。他母亲见儿子业已长成，出落得仪表轩昂，且又练好了绝顶武功，当然慈心十分安慰喜悦。唯因见儿子衣冠华好，包裹沉重，所携带回来的黄白物颇多，不由得心中犯疑，遂于晚间严密盘诘，询问儿子究竟这几年在外闯荡，跟着一班什么人物交游，这衣包中的现款金银究系从何而来，为何随身带出去的旧衣服一件都没有了，现在带回来的衣服完全是些绸缎制成的簇新衣服，一件粗布制成的衣服都没有呢？

戚老四素知老母持身耿介，家教严谨，如果得知自己的行为，定必气愤填膺，故此在未抵家门以前，即已想好应对老母的言辞。这时见问，便略不慌忙地从容回禀，扯了一个瞒天大谎，诈称："孩儿出门求师，一路访问，所交游的俱属镖师、拳师以及有功名的武生等人，往往被镖局内的东伙们要求顺道帮助他们保一支镖，前行到达目的地后，他们总分若干银两给孩儿作酬谢。孩儿沿途的使费用款完全由他们供给，故此孩儿逐次地得以积聚起来，更有许多学武考取功名的武员，爱慕孩儿的武艺，将孩儿坚留在家，指点指点他们的拳棒，事后孩儿起身，他们总得馈赠程仪。孩儿出外这几年，吃用花费着自己的时候极少，差不多完全吃用的人家白大，自然孩儿衣包中就有这许多累累黄白之物了。至于带出去的衣服何以一件都不见了，这皆因出门人，东西以愈少愈妙。孩儿既已有了这许多全新的绸制衣服，那些粗布的破旧衣服又不值多钱，何必再携带着，徒多一件行李呢？所以就擅自做主，大胆将来布施给沿途那些无衣蔽体的穷人了。孩儿因身带金银甚多，又和一班富有家资的有功名的武员交往，如其衣服不穿得漂亮些，恐被他们家中的那些奴仆们所轻视，因此才自己做了几身绸缎新衣。又被那些武员于留下孩儿，或临动身时赠送程仪之外，又赠送衣服，所以孩儿就有这许多新衣服了。”

他母亲听罢，虽将那疑他来路不正的心思祛除，但却禁不住叹道：“唉！孩子，你岂不知道，古人有言，叫作‘服之不章，身之灾了’吗？你现在所处的地位乃是一个穷人，又兼系平民百姓，岂能穿这种越级逾分的华丽衣服呢？更有一层，古人有两句诗道：‘慈母手中线，游子身上衣。’你今擅自做主，将所有的衣服统施舍给了那些穷人，虽然是做的好事，但全不念你老娘千针万线好容易才能将一件衣服做成功吗？更全不想你的母亲当初做这几件衣服时候，是何等的经济困难，精神上是何等的感觉痛苦啊！俺看你得新忘旧，即在这一点的小节上已很浅显地表露出来了。假使你果真可怜那些穷人，何不将些散碎的银钱转赠给他们呢？”说着，竟扑簌簌落下几点伤心的贤母之泪来。

戚老四见老母伤心，亦感觉到不安，忙道：“娘，孩儿知罪，从此不敢再犯了，您老人家别伤心了吧！”

他母亲见他认过知悔，遂转怨为喜，止泪训斥了几句，这才吩咐：“照看门户，早些安眠休息吧！”说毕，回房自去安息。

戚老四心中虽自觉不安，但一转念间，他又忽然自觉好笑起来道：“呸！见什么鬼呀，哪里说得上得新忘旧？俺如非匆促逃跑，何致将这许多不值大钱的衣服一股脑儿抛弃在凤翔府城内呢?”因这一想，遂又想到周寡妇姊妹俩身上去，禁不住牵动了情肠，遂无精打采地掌烛照看过前后门户，解衣上床就寝。

这一夜，因惦记那于氏姊妹，竟致在床中翻来覆去，胡思乱想到半夜，末后又因于氏姊妹，转念到师父身上去。寻思万一师父不辞辛劳，竟涉水登山地追到德州来，那时却如何是好呢?果真他独自前来，凭着自己的能为，拼死和他一个行将就木的老头子对敌一下，或许还可以死中得活。最怕的就是他老人家不仅独自前来，并且带几个有本领的帮手同来，一到此地，却不先来找俺，却先使出他在江湖上老前辈的身份来，召集本地的一班青皮光棍和学武练把式的人物，当众宣布俺的罪状，请大众帮忙，合力除去了俺，那时吉师父的处境是得道者多助，俺自己却成了个孤立无援。仅仅自己身败名裂也还罢了，最怕的就是将以往实情由吉师父说给当地人知道，再由当地人多话，传说给老母听得。她老人家的秉性固执，得知真情，岂不要立刻气死吗?

戚老四睡在床上，思前想后，激发了母子天性良知，诚恐因此气死老母，辜负了守节抚育的大恩，深悔自己从前的谬误，不该大胆胡作非为，因此很想从此改过迁善，勉为纯良安分的百姓，专做任侠仗义的美善行为，希图借此或可得到吉师父的原谅，不念旧恶，既往不咎，得以消患于无形，保全了自己的性命名誉。于是遂想出个釜底抽薪和未雨绸缪的办法来。

第二天早起，他即更换了一身更为华美的衣服，前往十里铺庄上去，相会那家首富和一切乡党邻舍。

十里铺庄上自从两位镖师和戚老四三个有本领的人走后，大家深恐消息被当地的坏鬼知道，又去纠合那起股匪的余党，乘虚来打报复，故此公推那富户出面，打发专人往省城去卑辞厚礼地另又聘请了两位著名镖师到庄上来充当教习，加紧训练庄上逐户抽派的壮丁，一面又将十里铺庄外的护庄河开阔挑深，四面添筑了几座碉楼，除去多备灰瓶、石子、滚木、弩箭等防守的兵器之外，又新添购了不少的鸟枪和用钢铁熔铸的大炮，在碉楼上架起，预备万一匪盗大队来攻，即以鸟枪、土炮等用火药的新式兵器应战，料想盗寇们乌合之众，绝不敢来冒险尝试了。一面又和邻近的村庄堡寨市集等处的地方民众联合起来，组成了一个联庄会的大团体，各庄都操练乡勇，约定彼此守望相助，倘有盗警，互相援应。果然这么一来，唬得山东道上的那些大小股匪都不敢以正眼相觑，不仅十里铺本庄无有盗警，即德州所属的境内各村庄亦都因有了联庄会之故，得以高枕无忧，人民安堵。数年均系如此。

戚老四到十里铺拜会本庄的乡党时，见庄上所设的各项防守工事非常壮伟，指挥统一，办理得井井有条，不由称羡叹服。乡里人众见他数年不见，忽然衣锦还乡，神采奕奕，气宇轩昂，颇具富贵豪华的情状，又兼记念他往年护庄杀贼的功勋，当然要刮目相看，遂由那富户殷勤招待，在家治酒设席，给戚老四洗尘接风。席间即邀请那两位新聘的教习和庄上的几位父老作陪，并由富户给戚老四和那两位新教习当筵介绍了。彼此各说了些许的客套，即倾谈起江湖上的琐闻事情来。

戚老四此来的本意，原系联络本乡人士的情感，为自己预防祸患做未雨绸缪，所以对人极其谦恭，丝毫不露骄矜的神态，满望因自己这么一拜会，使本庄人士得能知道自己是学成武艺回来，或又专诚聘请，挽留自己在本地充当镖师教习，借此既谋得一栖身糊口的职务，又联合了地方人士的情感，立刻可以增厚了自己势力，从此树立基础，结下死党，纵或师父随后到此，自己亦可不至孤立了。故此戚老四在筵席之间，对富户及同席的父老等，于言谈中微露愿意为桑梓地方服务、效劳奔走的口气，试探众人的意向。不料那富户及各位父老因近几年别处虽都闹着匪患，本地却很太平，对于那两位新聘的教习极其信任倚畀，又因对于戚老四上次离家远行，以一走了事，深为不满，至今耿耿，未能去怀，故此虽见戚老四肯屈尊相就，大家却都假装作不曾听见，故意用别的话来岔开。

戚老四见大家对自己的感情不见得怎么好，料想目的难得达到，遂亦不再多说。借着大家说别的事，亦即随口应答，将自己所要说的正经话只得搁住了不提。

当日宴罢，作谢回家，遂亲笔写了一书情词很恳切的信，陈述自己畏罪潜逃，深自忏悔，从此敬谨悔罪改过，绝不敢再犯，仰求师父念师弟相处之情，怜鉴恕罪，网开一面，许其自新，弟子当终身衔感，没世不忘大德。倘蒙师父俯鉴下情，不咎既往，则此后弟子得能改过迁善，勉力自赎前愆，终成完人，悉出师父所赐。

戚老四写好这封信，即日多取盘缠银两，打发专人，将此信送往凤翔府去，面递给吉天相拳师，并再三恳托那人，务必将信送到。求其顺便打听，吉天相对于自己走后的消息如何，许下愿心，回来准定从重酬谢。

戚老四打发专人赍信去后，以为借此信之力，或可釜底抽薪，得将吉天相的怒气消除，心中忧虑遂略定了。这时，他母亲见他年已长成，闲居在家，几等于无业游民，认为终非了局，更怕他凭仗武艺，做出些小人闲居为不善的事来，遂将他唤到面前，询问他的志向此后究竟如何，并说："依俺的意思，你此番带有不少银钱回来，很可作为资本，应该乘着年富力强的时候，从早树立生活上的基础，速即做点儿买卖生意，给自己谋一条出路才好，免将光阴虚度了。"

戚老四见老母这般敦促，遂陡然打动了他的雄心，随即信口答应说："孩儿现在托人谋着几件事，大约不久即有确实的回音。"

他母亲见他这般说，遂不再追问了。

戚老四退回自己的卧房内，寻思如果依着母亲的意思，拿出银子来做买卖，虽然不愁没有相当的资本，但是自己从未治过生产事业，对于做买卖的生意经络完全茫无头绪，叫俺如何做得来？倘如托人推荐到什么人家去做伙计，捧人家的饭碗，看人家的嘴脸，那鸟气俺更受不了。假使去给人家充当看家护院的镖师，被江湖上人在背后谈笑起来，定要加上个看家犬的绰号。凭着俺的一身武艺，不能独立，却去给人家做看家犬，岂不太不值得了？俺何不表面上借着遵依母训的幌子，在本城开设了爿商铺，雇用些掌柜伙计人等料理买卖，一面俺自己却借着出门贩货贸易为名，往外方去做他几笔不费本钱的生意，得彩回来，就推说是营业盈利，母亲既欢喜了，外人也不疑惑了，岂非双全其美。想到此，遂又转念过，俺既为防患未然起见，拟树立党羽，结交豪杰，何不同时另再开设一爿镖局呢？俺借着自己出门贩货贸易的名义，暗做独脚大盗，顺便给人家保镖，既可双方进益款项，又可因此多结纳些水旱英雄、各地豪侠，待至将来俺的羽党已成，便是吉师父定要拿出他做师父的身份来向俺问罪，俺亦不怕他了。

戚老四越想越得意，遂决定了策划，即日在本城热闹的市街上寻觅了一所市房，租赁了下来，托人代雇几名掌柜伙计学徒，先开设了一爿布铺，随又另租了一所房屋，呈准官厅立案，开设了一爿镖局。未开张之先，先期邀集本地站码头的一班有名人物，治席款待，要求大家帮忙照应，请大家看在江湖义气上，口角春风，在各路的英雄面前多多吹嘘。又宴请那在十里铺充当教习的两位镖师，要求他俩给自己出面，下全帖邀请本省各处镖局里的东伙，和各省路过此地的镖师，彼此拉场相见，结识相交。好在戚老四十三岁时即已出了道儿，此刻自设镖局，正如驾轻就熟，再经那两位镖师给他和各方面一拉场，当然很顺利了。

戚老四布铺、镖局都已开了张，遂率领伙伴择吉动身，先往京城一带去走遭，乘便施展本领，做了两件窃案，又和在京城未走的各省镖师借着保镖同业的机会，大家结交了，贩了些布匹京货，回转德州。稍憩两天，便又取道南下，前往济南省城，沿途少不得亦顺便做几件案子，即以劫得的银钱在济南贩运货物回程。

如此由近而远，接连着出了几回门。他所设的布铺中的营业范围遂逐次地开展扩充了，始则由布匹添售京货，后即加入绸缎、皮货，最后又在京城另设门面，开设银楼，出售珠宝金银首饰，和绸缎、皮货、布铺，出售绸缎、皮货及各项布匹。不多几时，一个贫无立锥、往年给人家做牧童的戚老四，陡然摇身一变，变作多个暴发户的富翁了。

正当这高兴之际，忽然来了个晴天霹雳。原来那个奉他差委，前往凤翔送信的人已从凤翔府回来了，见了戚老四，请将面前的闲人屏退了，遂将本人捎书前往凤翔的经过据实告诉道："俺由此动身，前赴陕西，因在路上感受了风寒，遂致害病多日。病好后，又恰巧逢着阴雨连绵，前后足足在路上空耽延一个多月，才能登程赶路。那日赶到凤翔，问询寻到吉家，适值吉天相从西安回来未久，正在家中，当时由门上人领俺进去，面递了书信。

"那老儿将信看完，只冷笑了两笑，从鼻孔内哼了一声骂道：'好个奴才仆子，胆敢作悔过的口气，写上这封信来欺哄老夫，希图老夫抬手饶恕了他，美其名为许他悔过自新，真也太将老夫作小孩子一般看待了。'骂着，将书信一丢，扔在地下，带怒对俺说道：'你从大远的来，乃是受人之托，忠人之事，老夫不能怪你。只不过你为这个畜生跑腿，老夫给你可惜罢了。老夫不说，或许还不知道这畜生犯的什么罪恶呢！这畜生在老夫这里学武，老夫怜他孤贫，又是个遗腹的独生子，所以才将生平连子侄都不曾传授的能为统传给了他。不料这畜生人面兽心，居然凭仗着高来高去的本领，奸宿隔壁紧邻的两个少年寡妇，破坏了人家青年守节的贞操名誉，将两个寡妇的肚皮都弄大了，现在已酿成了最凄惨不过的变故。当时老夫知道了消息，本拟将这畜生除却，以肃纪纲，永作炯戒的，只因怜念他的母亲守节抚孤，吃偌大的辛苦才将他抚育成人，一旦将他杀却，岂不太忍心了些？二则使戚氏鬼魂都绝了血食；三则使他的母亲白吃了一辈子的苦，故此才以一念之仁，预备守他回来，将他教训一顿，破去了他现在所有练成的内外功，使他将来不致凭本领作恶。哪知这畜生极其乖觉，竟偷空不辞而别地逃跑了，至今他的衣包物件还丢在老夫家中呢。他既逃跑，老夫还望他能够悔过知非，从此力行向善，所以并未追赶于他。哪知这畜生深恐老夫追赶，特意绕远路，取道由运城边界，窜往山西，出娘子关，经由河北石家庄，回转德州原籍。一路上绝不安分，初则沿途偷盗，后竟沿途采花，不从他的女子固然死在他的刀下，就是从了他的女子，被他奸后，亦被他所杀。这畜生沿途盗窃奸杀，作恶多端，末后，他在石家庄还错奸了一位鸡皮鹤发的老妄人。你想，照他的这种行为，依天理国法，皆应寸磔其尸方为报施循环。他到家乡之后，深恐老夫前往，宣布他的罪状，断送他的性命，故此用这釜底抽薪之计，打发你来下书，哨探老夫对他的心意。现在老夫就烦你回去捎个口信给他，吩咐他早晚留神些，迟早几天，老夫定必亲到德州来收拾他，整顿老夫的师门规律，为各处被污的女子报仇，给地方民众除去一个大害。你在德州，不久总会看见这畜生的脑袋挂在十字街口示众的。'

"吉天相气愤愤地说罢这几句话后，即令那个引俺进内的门上人仍领俺出外。俺当天在凤翔住了一夜，即于次日动身回来了。四爷，俺看那老头儿年纪虽大，但颇像个能言能行的汉子，深恐他说得出，当真做得出来，所以俺才急急地赶回来了。四爷，那老头儿既恁地说时，您在早晚还以留神些为是呢！"

戚老四听罢大惊，不由将目前暴富的一团高兴恍如兜头浇了一勺冷水，顿时消灭了下去。

毕竟吉天相曾亲自到德州来过否，请待下文再写。

评曰：

戚老四倘能推其文过饰非，设辞伪对乃母之心，从而力行向善，则其初虽为恶人，终又何尝不可为善人哉？语云："放下屠刀，立地成佛。"呜呼！戚之良知，虽曾激发于俄顷，旋即又为物欲所蔽，宜乎其卒至不克保其首领以殁也。噫嘻！复何言？

戚拟广结党援，以抗其师，又拟一纸空言，冀其师恕罪，双管齐下，其所以为己谋安全者，处心积虑，亦良苦矣。然则何不奉母他适，隐其姓名，从事田亩，力行向善，勉盖前愆，借以自全乎？而乃计不出此，斯殆冥冥之中，有天意存焉？设非然者，何其智昏若是矣乎？

第十二回

孕祸胎摧残姊妹花
忏孽果断送鸳鸯命

话说戚老四见那差去下书探信的人据实直陈那吉天相老师的态度声口之后，不由大吃一惊，顿时将近来忽成暴富又享盛名的一团高兴唬得飞向九霄云外。呆望着那人，半晌方才追问那人道："您可曾在凤翔探明吉师父于俺走后曾作何举动吗？他往西安去，是因为何事呢？您怎得知道他才由西安回来未久呢？那两个寡妇肚皮大了之后，怎么弄成极凄惨的事变，您能再详细告诉俺知道吗？"

那人见问，忍不住笑道："四爷您问俺那两个寡妇肚皮弄大了以后的凄惨变故吗？这件事，俺亦不大明白，只有您四爷自己腹中明白啊！俺当时如非听得吉老头儿的言辞，还蒙在鼓里呢，哪会知道有这么一件事向别人打听呢？现在据俺所知道的告诉您听吧。

"俺当日到凤翔城内时，约在中饭时分，俺因天晚尚早，所以并未住店，即行先往吉家去下书。到门口询问门上人时，那司阍的信口回答，说：'你来得巧，俺们老主人正在家中呢。假使您要早两天到来，他老人家还在西安未曾回来呢！'因此俺才得知吉老头儿是才从西安回来未久啊。

"当日俺由吉家出来，即在门口和那门上人攀谈了一会儿，请问他些主家的举动言谈。他不敢多言，只说：'俺系看门的人，里面的事不大明白。'俺见他不肯说主人的事，遂改口问他：'那两个寡妇是这里哪一边的紧邻？姓什么呢？姊妹俩都是寡妇，住在一家，莫非姊妹俩嫁给兄弟俩，做的妯娌吗？’他见问，忍不住地笑将起来，向隔壁大门一指道：‘就是这里周家的孤孀媳妇。这周家两代都是寡妇，极有家资，在俺们凤翔城里，可算得有名的富室。那和戚四儿那个小儿痨短命鬼有往来的两个寡妇即是这周寡妇媳妇的姊妹俩，娘家姓于，亦是本地的大族，嫁给周家的是个姐姐，那妹妹并未出过阁，乃是个望门寡，因为她姊姊守寡，空闺寂寞，特地将她接来做伴儿的。姊妹俩一般都生得像天仙化人，现在戴着孝，淡妆素服，格外显得像带雨的梨花，楚楚可怜了。别说四儿那童子痨小急色鬼看见了要动心，便是俺已年逾半百的老头子看见了，也要情不自禁呢。自从四儿那厮卖弄本领，跳墙到隔壁去成就好事，一箭射中双雕之后，也真正是冤孽不知如何，她姊妹俩竟会一齐有了身孕。本来她俩和四儿鬼鬼祟祟的勾当，除去老寡妇周老安人不晓得之外，家下的男女仆婢几乎无人不知，好在她们有钱，一齐花钱将大众底下人的嘴堵塞住了。四儿走后，她俩以为从此可以无妨了，不料两人的肚皮不争气，竟一天一天地高大了起来。姊妹俩提心吊胆的，深恐因此东窗事发，没奈何托心腹的老妈尽量到外边来打听堕胎的秘方。哪知真正是冤孽，两人不知服了多少秘方，休想动得腹中分毫。那妹妹悄悄回转家内去，想禀知老母，请老母设法，但又因家教素严，恐怕说出真情，被父母兄弟等责备，和嫂嫂们讪笑，只得暂时忍着。那姊姊一时情急计生，托词烧香还愿，前往观音庵内去恳求和她平时很有交情的那个志清老师太，在庵中给她设法打胎。志清受了她的托，千方百计地给她向人打听，每打听着一个方法，即悄悄到周家来会周寡妇，将方法传授给她，无如都无效验。直到前几天，志清又探得一个秘方，暗暗着人将药赎好，送给周寡妇煎服，不料被药铺内的伙计粗心，将药称错了一味，周寡妇偷服这种秘方，不比得什么冠冕的事，故此匆匆忙忙将药服了下去，哪知药下肚后，立刻发作起来，私孩虽然被打了下来，可是于氏的一条性命也就因此断送了。于氏既死，那个妊娠数月的私孩亦死在她的裤裆中。她房中的仆妇婢女们一时慌忙得手足无措，竟忘记了因打胎而死的事。先将私孩收拾抛弃，并将死者的小衣换去，再往上房去报，岂不较为干净吗？不料大家慌促之间乱了主意，像报军情一般地赶紧往老太太房里去报凶信，说大娘不知怎的，会暴病死在床上了。老太太得报，还认作儿媳青年守寡，因为伤感空帷寂寞，突然自尽了呢，这一惊非同小可，赶紧三脚两步地奔到媳妇房中去看，走到床前，见人已断气，忙即吩咐仆妇们打去帐子，一面伸手去摩抚死者的身体。正在此时，陡然觉着一阵血腥气冲进了鼻孔，更因死者错服了药，与中毒而死者情形大约相仿，所以面容上颇有些青紫异色。加上死者腹痛如绞的时候，圆瞪着杏眼，咬紧了牙齿，此刻虽死，双目仍旧圆睁着未闭，形容极其可怖。老太太睹此情形，不由心疑，顺手将被揭开，那腥秽之气更加冲人欲呕，那小寡妇下体的污秽情形立刻现在老太太的目前。这一来，可就将她老人家怔住了，毕竟她是官宦人家的小姐出身，又受过很好的教育，临事颇能镇定有主见，当时只呆得一呆，即刻喝住了仆妇们，暂且休打帐子，吩咐一齐照旧，又望着所有在旁的一班男女底下人，四面道了个万福，拜托大众休将此事宣泄出去，免得有玷家声，贻羞门楣。一面喝令快打轿子，往于府去请男女亲家，赶速到来商议后事，吩咐只许说是大娘病死，不许说已经因堕胎身死。一面吩咐家下人等将于氏房中的仆妇使女等一齐监视了，不许她们走开，并用好言安慰她们，叫她们休得害怕，绝不难为她们：‘不过恐怕于家亲家太太等到来，要向你们问话，你们都已走散，不在面前，事情就不好办。’老太太如此一吩咐，又亲自在房中监视着。不多一会儿，于府的老夫妻俩已乘着轿子到来了，径至他们女儿的房中。老太太忙喝令底下人一齐退出房去，即携了亲家的手，同到媳妇床前，伸手将白绫被窝揭开，指给于太太看。怔得于太太又羞又愤又伤心，紫涨了面皮，可怜半晌作声不得，良久良久，才颤声吐出哀楚凄音道：

‘不用说了，该当如何办理，一凭亲母的尊见酌办吧！不过小女年幼无知，自从女婿去世后，并未住过娘家，此事的责任亲母太太恐亦不能辞其咎了。’于老爷虽未走到床前去，但是腥秽之气早已嗅着，床上的情形、两位太太的举动言语亦早已看见听清，不由羞得满面通红，退步缩出房外。于太太说这几句伤心的悲惨话时，双目早已流下眼泪，用手帕拭泪时，猛见床前的一张灯柜上放着一个药碗，碗内还有未吃完的药汁，另又有一个小痰盂和一个小茶杯，茶杯有半杯漱口水，不由呀道：‘咦！这是怎么回事？小女临终前害的何病？服的哪位大夫的方子呢？’周老太太见问，忙回：‘令爱生前并未害病，亦未请过什么大夫，这药的来由，不免有些蹊跷。’于是喝令那被监视着的婢女仆妇等进来，严讯她们大娘因何服药的缘故，和这回珠胎暗结是从哪里得来？仆妇们见问，岂肯为了已死的人自己讨晦气吃苦？遂将大娘所以致死的原因据实直陈，只将那个望门寡洗清了身体，未曾招承在内罢了。于太太因女儿死得太苦了，深咎亲母主持家政太颟顸了些，要求亲母从重厚殓她女儿。周太太却深咎于太太母训欠缺，以致闹出这场玷辱门楣的事来，焉肯厚殓失节的媳妇？双方各执一理，颇费了一番唇舌，结果还是于老爷以温言劝慰，劝周太太以两家的门第名誉为重，将此事遮盖，照例厚殓了他的女儿，一面由他夫妻老两口子引咎自责，向周太太赔话行礼，并命家人去将观音庵的那住持女尼志清师太赚了来，逼她交出药方，要她给死者偿命。志清师太唬得涕泣陈词，申述：‘贫尼完全因死者再三恳求，出于善意，满望借此得能保全死者的名誉和周、于两家家声，不料反因此丧却死者的性命。’又说：‘药方乃系由本城某名医处得来，据说各药极其平和，无论如何，绝无危险。不信可拿药书和药方查对。’又说：‘贫尼为此事奔走，完全尽义务效劳，绝未受过死者的半文好处，可以对天立誓，仰求原情恕罪。’于员外夫妻将药方接过，拿了《本草纲目》及《雷公药性赋》等药书逐药核对，果然君臣佐使，配合极其得宜，都是极温和稳妥的药草，并无危险的霸道药品在内。于员外心中不服，遂命仆妇将那药缸内未倒去的药渣连药缸一齐拿来亲自过目，逐药核对，才发现有错配的药品在内，正中了本草八反中一反之忌，以致将他的爱女活活葬送了。不由既悲又恨，遂亲带药方药渣，乘轿前往那家生药铺去彻底查究，因为一时之气，几乎忘却忌讳，要不顾一切将配方撮药的那个伙友送往衙门里去治罪偿命。幸亏于太太随后追踪赶来，低言悄语地向他附耳一陈：'颜面攸关，如果此事当真经官动府起来，岂不羞人答答地难以为情？'于员外得此一劝，才将怒火平了下去，同时那生药铺的财东掌柜等人已都纷纷认错，向他夫妻俩道歉不是。那个撮错了药的伙友因已闯下了人命大祸，唬得他躲在后面不敢出外探望，只开好了后门，预备听得万一风紧，他便好从后门逃走，免往衙门里去吃官司。于家夫妻乘着大家认错道歉的机会，遂亦借此收科，只要那配错药的伙计出来叩四个响头，便算了事。店东见他夫妻俩肯和平了结，大喜过望，但他恐那伙计本人出来，他夫妻忽然翻脸，遂又作揖打躬地代那伙友认罪求情，托言那伙友因有私事，适巧外出，守他回来时，准定着他到府叩头。于家夫妻本来不过借此收篷，原无定要怎样的决心，见店东如此说法，又经旁人从中做好歹地劝解，遂即答应下了，仍乘原轿回去。不料当他夫妻俩要那伙友出来叩四方响头时，早由学徒悄悄进去报告给那伙友知道，那伙友错会了意，认作他夫妻俩系用软骗方法赚自己出去见面后，扭送到官究办，心忖纵不送官治罪，但是当众磕四个响头，这个脸面岂非丢得太厉害了，以后怎能再在这条街上做人？况且东家为此事大受波折，事后哪得不说闲话？这张饭条子定必因此撕破了无疑，终究要停歇生意，俺又何必丢这个脸呢？况又出去见面，恐尚不止磕头就能了事呢。因这一想，那伙友遂一口气从后门溜将出去了，守于氏夫妻老两口子走后，他得到确信，知已无妨，方才回转药铺，面见东家引咎认罪，借此试探东家的口风。东家正言厉色地切责，知道已无挽回，遂即自己漂亮些，当面辞去职务，卷了铺盖回家，另寻生活去了。于家老夫妻俩回到周宅时，周、于两家的亲戚已都由周老安人分派家人前去报过信，大家陆续赶来奔丧。在这乱哄哄的当儿，忽然见于家二小姐的侍婢同着一个年老的仆妇匆匆跑来，见了她们的主人、主母，便悄悄扯到僻处去，低声报告道：‘二小姐不知如何，忽然失去踪迹了，所有二小姐自己的衣服首饰，以及体己的现款，完全带着走了。二少奶奶特命俺们来请老爷、太太赶紧回去做主呢！’老夫妻俩得信大惊，大女儿惨死，方才草草收殓，尚未大殓，不知二女儿又因何故逃跑了，这真是祸不单行了，因此夫妻俩都惊急得两泪交流，忙托言家中有事，赶紧就要回去料理。这边的事全权委托他俩的长媳，在此会合各亲戚的内眷，和周老安人办理。交代告别毕后，即刻带了那来报信的老妈、丫头两人出门上轿，匆匆赶回家去。早由他二媳妇在大门口接住，将于太太请到了自己的房中，从身边摸出书信来，递与婆婆过目。于太太一看那信上笔迹，乃是二女儿的手笔，抽出八行书来阅读，才知是她二女儿临行留下的告别书，信上说明姊妹俩被戚老四胁迫成奸，及受孕打胎等事的情形，请父女二老勿要声张，又说，现在姊姊已死，自己亦无颜再在家中，且因腹中一块肉无法可想，所以只得携带自己的衣饰银钱，并偷了二兄的两身衣服，女扮男装，即刻动身往德州去寻戚老四，此后生死存亡，望两老勿以为念。于老太太看罢这书信，直气得面容变色，急得欲哭无泪，呆望着她二媳妇，只管叹气。于员外在房外催问究竟怎么了，速问了几遍，于太太知道纸包不住火，不是遮瞒可了的事，只得亲自将信递给丈夫观看。于员外不待看毕，已气得手足抖战，颤声恨骂道：‘一个已经死了，一个还活着现什么人眼？亏她有这张老脸，前往德州去找那戚小子，真正太不知人间尚有羞耻事了。’骂罢，又抱怨他老婆，养得这么两个好女儿，给父母丢脸。于太太正心痛女儿，有苦无处诉去，被她当家的尽量地埋怨怒骂，气往上冲，便亦忍不住破口而出道：‘古人说得好，俺不淫人妻，人不淫俺妾。’又说：‘见色而起淫心者，报在妻女。现在两个女儿的行为不检，也许就是你少年时节专爱在外面拈花惹草的报应，亦未可知呢。’她这几句气愤话回出了口，陡将于员外的心事打动了，回首想起往昔自己在外停眠整宿的许多风流事件，觉得两个女儿今日之变，冥冥之中实系给自己还那风流孽债，因这一想，不由悔恨惭悚，自怨自艾起来，立刻掷下那封书信，一口气跑往外面书房内去，草好遗嘱，具述因果报应，训诫子孙，叮嘱后事，关起书房来，竟悬梁自尽了。迨至家人们发觉时，援救已来不及了。于太太因此伤心过甚，更自悔适才不该出言太直率，以致触动了丈夫的悔恨愧赧，自尽身亡。因这一悔恨，她遂亦学着丈夫的样儿，在自己上房内吊死了。

“那门上说到此，略顿了一顿，又对俺道：‘你想，这不都是极凄惨的变故吗？皆因那戚小子纵一时之欲才引起了的。俺们老主人因为教了这么一个宝贝徒弟，害得他老人家和周、于两家方面的人不知费过多少唇舌，幸亏是俺们老主人在本城极有名望，又和人家向来都有好感情，否则，还得因为徒弟的事打场无名的人命官司呢。’

“俺当时别了门上人，去左近地方投店住宿，顺便向店家打听，果然那门上人的话句句是实，据说当时颇有人主张责成吉老头儿交出您来呢，幸亏有人从中调解，竭力给吉老头儿说话，方才得以无事的。俺在客店里给您探信，又闻说那老头儿自从您的事发生后，他即将徒弟一齐解散了，据说他此番亲自往西安省城去，亦系为了您的事去找他的堂兄海观和尚，请那和尚帮忙的。俺既探知详情，所以次日即取路回来了。这以上的话，并非俺好做大言，拿着鸡毛当令箭似的乱报军情，希图向你讨好，实情确系如此的。依俺看来，四爷在早晚真得仔细留神些才好呢。”

戚老四听罢，不由惊呆了半晌，又因听说于氏姊妹一死一走，回忆前情，忍不住双泪交流，良久，方才强自镇定住了，向那人一躬到地道：“刚才您所说的事，此地只有您知俺知，别无他人知晓，拜托谨守秘密，永远不宣泄于人，免得被人知道了，攸关名誉。更恐俺老母知道了，亦发生起意外来，那可就事情更弄大了。”边说边从身边摸出银子来，塞在那人袖内，道：“这点儿菲敬，算是俺请您洗澡喝茶使用的，停会儿俺当另外再取银两，从重酬谢您此番的辛苦。”

那人满面堆笑地逊谢不要客气，又没口子地应诺绝不将自己所知的各情宣示给别人知道。“四爷，您尽请放心。”说罢，告别而去。

戚老四于他走后，忙又取了二百两纹银，亲自送到那人家中去，交给那人收了，又邀请那人去上馆子，算是给那人接风。满谓经此一番重谢，那人总可守口如瓶了。不料那人当日由馆子内回家，和家下人等谈心时，竟又信口将戚老四央请他往凤翔下书探信的原因和所闻所答的一切情形当作一件新闻说给家下男女听了，并说：“本人充着别人的口气，很痛骂了戚某一顿，可笑那小子毫不觉得，还格外恭维俺呢。”妇女们知道什么忌讳，因此不多几天，即已一人传两，两人传四地传扬开去。

地方上人对于戚老四的暴富，本有些人疑心，及至听得这个消息，大都将疑心祛除，认清姓戚的是个大盗，大家和他交往时，便都存了心，不敢和他亲热。对于戚老四平日的馈赠一律都不敢领受，深恐将来破案，连累了自己。

戚老四是如何乖觉的人，见众人对己忽然疏淡了下来，岂有不觉得之理呢？于是暗遣心腹往外面去一打听，回来报告，知道了详细。戚老四不禁勃然大怒，遂在德州一带作下许多惊人的案件来。

究竟所作何案，请待下回再写。

评曰：

于氏姊妹百计堕胎，而胎终不堕，是殆所谓前生冤孽也欤？世之儇薄少年，固不乏向孀妇施其诱惑者，苟读本回，其亦有动于衷，而悬崖勒马矣乎？

世之文君，因纵欲而有桑间之行者，吾不知其观于本回于氏姊妹之结果，当作何感想也？噫！

于员外夫妻因两女不贞之故，相继悬梁，惨矣！吾不知世之少年爱拈花惹草者，读至本回于翁悔恨自经遗言警世时，能憬然鉴之否？又不知世之子女行为不检遗其父母忧者，读至于翁夫妇自尽时，亦均激发天良，而能幡然悔改否？苟其能之，则作者撰本回之苦心，斯云偿矣。

第十三回

卒语卒言伧父杀身
悖入悖出巨猾丧财

话说戚老四陡见众人对己冷淡，心中犯疑，时时探悉原因后，不禁勃然大怒，深恨那人受过好处之后，仍在外面放龙，致使大众得知，都明白了自己的底细，不愿和自己交结。这口恶气，如何按捺得住？遂于当夜更深人静之后，穿了短衣，插上双刀，施展飞檐走壁本领，前往那人家中，将那人杀死在床上。那人的老婆被惊醒了，狂呼救命，被戚老四顺手一刀，砍成两段，用千里火照着，劈开箱笼橱柜等件，翻寻搜检，将所送那人的二百两纹银尚未花完的和他老婆的首饰等项，一股脑儿打成一个小包袱，提在手内。正拟举步出房，不料那人的子女和同居的邻舍人等已都闻声惊醒，掌烛赶来，还只道他夫妻俩半夜斗口厮打呢，故此邻舍口中都说："半夜三更，夫妻俩争吵些什么呢？别闹了，好好儿地安睡吧！"边说边推开房门，举步往内走进。猛抬头看见一人，手执凶器，认识正是戚老四，大家不由齐说："戚四爷，原来是你在这里呢，因何与他夫妻俩翻脸啊？"

戚老四收拾已完，正拟举步出去，不料忽然被邻人看见，且又都是认识的熟人，心中一惊，暗忖不好，说时迟，那时候戚老四一时情急，遂将手中刀迎着那个当先抢步进来认得自己的汉子，一刀劈去，那人连肩带臂，身体被劈成两半，哎呀一声，跌倒在地，手中烛亦跌熄了。后随的人睹状大骇，回身就跑，口嚷：“大家快逃，戚四儿杀人了！”他这一嚷，正中戚老四之忌，焉肯轻易放过？早已飞步出房，从后追上，一刀挥去，人头落地。妇女们弓鞋足小，早已吓得腿软身战，哪里还能逃走？被戚老四跑将过去，一刀一个，接连杀死三名，又追上原先那人的子女，也一刀一个杀了。戚老四自忖祸已闯大，便索兴一不做二不休地往前后各房大杀了一阵，并将各房女眷们的首饰以及现款银钱等项并在包袱内，然后用烛在各房同时各放起一把火来，守那火势已成，才从屋上飞步回家。城市不比得乡村，居民既众，消防的设备亦周，故此灌救非常迅疾，故此并未延烧多家即已将火扑灭了。

事后，虽曾有人在火场上发现了许多尸首，但因事不关己，谁敢多话？官厅方面虽曾查拿火首，但因据报火首一家连同居一院的各邻男女老小全都葬身火窟，未曾逃出一人，现由各家的亲属代为收尸。官厅方面本不欲多事，见无人追究，当然也就含糊过去。

戚老四当夜回家安眠，次日起身，悄悄出外打听，见无甚不利于己的风声，遂又借着出门贩货及保镖为名，悄悄从半途折回来，白天隐身在僻静无人处。到得晚间，便飞身上屋，前往本城富户绅董人家去，偷盗了一大票金银现款、首饰珍宝。又往本地衙门里去，将库存现银完全偷盗了，共打成几个包袱，分提在两手里和背负在两臂肩背上，悄悄送回自己家中。复从屋上出来，越出城外，追上伙伴，趱程往各路去绕了一个圈子。除去采办了一点儿货物回来遮盖面子而外，沿途又做了几件采花盗案，回转德州时，正值库银失窃的事情破露，各官加紧催比，捕快甚急的当儿，因此颇有人疑心到戚老四的身上去，背后窃窃私议，各衙门的捕快头儿亦颇于暗中派人注意戚老四的行动。

戚老四得到这种不祥的消息，心中一怒，遂又索兴在本城做了几件采花杀人盗财的人命盗案，使得捕快们身上加重了责任。其中并有两件系光顾到两个马快头儿家中去，凡是平时在背后訾议戚老四的人家，几乎无一幸免。这一来，竟将一座德州城闹得鼎沸起来，各衙门的马步捕快无不因此受比，人人咬牙切齿，痛恨这个飞贼无因地和他们作对，都欲擒得该贼而甘心。

戚老四本来系因地方上人疑他，才逞一时之气，索兴大干了一下。及至此时，知道和大众结怨已深，事情已弄僵了，乱子已闹大了，深恐略一大意，被各衙门的捕快公人看出破绽，或系搜抄出赃证来，将自己捉去，弄成身败名裂，遂于大众捕快都很注意自己的当儿，忽然将盗劫采花的事情截止了，立变作束身自爱的谨愿之士。又为遮掩人家耳目起见，特意于夜间往自己铺子里去偷了一大包财物。过了两天，又往自己家中，也偷了一大包衣物，两件案子先后报官，请求缉贼追赃。他满想借此可以移转了捕快们的视线，不再注意到自己身上来，哪知那些捕快却因此反格外明了了，认定城厢内外各家的人命盗案完全是他所为，大家在背后计议，该如何方可以捉他到案，并搜出他所盗的赃来。大家因为恨极了，遂决计大家都预备担受些不是，冒险用迅雷不及掩耳的手段，于当夜集合了各衙门的通班捕快，各执兵器，由那两个曾被戚老四光顾到他们家中的捕头在前引导，直奔到戚老四的住宅门外，将前后各门分别把守好了，并派几名能上屋的在屋上埋伏着，布置定了，才由两捕头打门。

可巧戚老四这天并不住在家中，捕快等将门打开，一拥而入，分往各房去翻箱倒笼地搜检，一面将所有的男女人等分别派人监视在各室。乱到天光大亮，大家将复壁拆毁，地板掘起，都不曾搜得出赃物来，才一齐吃惊，自悔孟浪，无奈已成骑虎之势，索兴又公开队伍，反身扑奔到戚老四所开的铺子及镖局内去搜赃捉人，哪知又都扑了个空。大家到此地位，只得硬着头皮蛮干到底，将铺子内学徒、镖局内伙计、家中老妈等人带了几名到衙门内去，押在班房里，用威吓的手段吓诈他们，查究戚老四的下落和平时作案藏赃的所在。学徒、老妈实确都不知道，便是那镖局内伙计，亦不过对于戚老四的行动诡秘有些疑心罢了，并不知道戚老四究竟藏赃何处，栖身何所，因此任凭差人们如何威吓，他们亦都回不出个所以然来。

捕快们正当为难之时，戚老四已得信，亲自赶到衙门里来击鼓告状，要求释放伙计、学徒、老妈，重惩捕头，撤革他们的差使。捕快们因未能搜出赃证、问出口供，只得当堂各挨了一顿板子，将所带来私禁在班房内的男女人等一齐交戚老四当堂领回。戚老四又请刀笔补递状子，要求捕快们赔偿名誉损失，撤革捕头差使，并请追缉铺内家中两起窃案，状上措辞严厉，有如不得请，即当进省上控语。地方官接状后，不能再袒护包庇了，只得将捕头撤差，另补了新头目，加紧追比破案。

戚老四知道如此一来，结怨更深，在家早晚定有危险，不如赶快动身往别处去，借此暂避风头。想定主意，即日收拾动身，往京城去游历。

戚老四才动身得两天，忽然有个中年妇人，手抱着一个女孩儿，乘着辆骡车，直到戚家门首停车下来，求见戚母。

戚母自从那夜被惊之后，心中亦疑虑她儿子的行动，只因无有凭据，不能证实。这时见说门外来了个妇人求见，遂命老妈将那妇人请进内宅里来，问其来意。那妇人一见戚母，即抱着女孩儿，向戚母叩头请安，请安起来，探手入怀，取出一封信来，递与戚母，口称请老太太过目，并向戚母自述来历。自称："娘家姓王，婆家姓韦，丈夫韦二，家住陕西凤翔府城外凤凰村，向以耕种城内于员外家的租田过活，此番乃因于员外家二小姐女扮男装，从城内逃到俺家来求俺夫妻行好，伴送她到德州。据二小姐说，乃系因为住在她姐姐家时，被隔壁拳教师的徒弟戚四儿半夜跳过墙来，闯进房中，用刀威胁奸宿了她姊妹两人，由此每夜来宿，天明即去，约有半月光景。此事忽然被戚四儿的师父知道了，戚四儿怕受师父之责，不敢回去，遂即逃离了凤翔，回转德州。不料姊妹俩都已有孕，肚皮一天一天地大了起来，因此着慌，千方百计地设法堕胎，因为姊妹俩都是寡妇，何能生产小孩儿呢？哪知姐姐因打胎于今日身死，自己乘空逃出家门，意欲前往德州访会戚四儿，以了宿缘，俺夫妻俩被二小姐苦苦哀求，不忍拒绝，遂即伴同上路。行至潼幸而地界，二小姐已经分娩，养下这个女孩儿来。二小姐因此灰了心，特地写下这封信，托俺夫妻将这女孩子连信送到此地，免将戚氏骨血流失在外面，二小姐本人却在客店内自尽了。俺夫妻俩草草给她办过后事，将灵柩暂时浮厝在义冢地上，一面带了这孩子动身赶到这里来。沿途这孩子都是吮俺的乳，现在俺夫妻受人之托，总算忠人之事，已将这孩子送到府上了，至于该当如何安葬二小姐的灵柩，以及打发俺夫妻动身回去，总请老太太和府上大爷酌量办吧！”

戚母边看信边听那妇人的言辞，果然两相对照，大致相同。察看那信上字迹娟秀，措辞文雅，满纸都是悲哀伤心怨望的语句。戚母是心慈的人，早已禁不住流下两行泪来，遂问那妇人：“既是夫妻俩同来，你丈夫韦二为何不见呢？”

那妇人回道：“俺当家的亲自赶车，此刻尚坐在车上呢。”

戚母拭泪忖度，料想所言非虚。凝视那女婴的面容，颇有些像自己的儿子，想了一想，遂命那妇人坐下，并着人去唤韦二进来，询问王氏：“哪来这现成凑巧的乳？”

王氏见问，忍不住双泪交流，回说自己夫妻本亦生有一个男孩子，如在着，已将周岁了，不幸于路上害病死了。“这孩子出世时，俺家自己的孩子跑了才只两天，所以俺有现成乳给这女孩儿吃。”

戚母见她应对自然，绝无破绽，小孩儿面容又像，信上词句雅丽，的系名媛手笔，因此几层，不由得不信，遂和他夫妻俩商议，意欲留居他俩在家，汉子做男仆，女人做乳母，从重酬谢。

他俩恐家中田园荒芜，日久不归，怕被于家将田收回，改托别人耕种，不肯依允。

戚母见商量不通，只得将他俩暂且留住几天，命人往媒行内去雇用乳母，守雇妥了，再让他夫妻动身。韦二夫妻当即应允，于是戚母立即着人去雇乳媪，并命人将骡车收藏在后院内去，喂养那牲口，一面酌量此去陕西的路途，给予韦二夫妻盘缠，另又酬谢他夫妻俩一百两纹银。

过了两天，乳母雇用妥洽了，戚母遂将银子取出，打发韦二夫妻动身。夫妻俩争多嫌少地计论了一番，要求增加了些，这才道谢告别，乘了原来的骡车回去。

戚母因此才得证明了儿子在外数年的行为，深信那夜捕快们所以来捉人搜赃的一事绝非无因。感念那于氏姊妹俩先后身亡，再阅读那信上的词句，不由悲从中来，伤心不已。戚母已是上了年岁之人，自从那夜被惊，已得了怔忡之疾，及至这小孙女儿送来后，她因怜念此孩为无母之女，不免早晚分神照应些，遂又感冒了风寒，更因感伤忧思过度，日积月累，遂致成病。戚母自得疾后，逆料决难痊好，唯恐临终易箦，儿子尚未回来，故此自己硬撑着，将一切后事料理停当，委托忠心老诚的男女年老仆人分别管理，另又亲笔写下一书遗嘱，训诫儿子，交付那个年老的仆人，命他日后交与四爷。因这一番勉强劳神，那病遂又加深了一层。戚母生平最怕服药，故此病后不肯医治，不消多日，病势已急转直下，再过得两天，戚母已呜呼哀哉了。

这时，戚氏族中人因有利益可沾，得信遂纷纷赶来治丧。大家争着做主，分派事务，借此乘火打劫地于中取利。更有几个心狠的，尽量地将值钱衣服物件擅自做主，令人搬往自己家中去。就中又有两个阴刁狡猾的，造作谣言，说戚老四在北京和人比武，被人打死了，对手想打出人命怕遭官司，竟私下里将尸首火葬了，并说："这话乃是俺家内亲某甲、邻居某乙从京城回来告诉俺们的。"各本家巴不得有这个消息，大家才好趁此瓜分戚老四新创立的家产，当然闻言随声附和。大家聚集在戚母的灵前，公议调查和分析产业的方法。这话给戚老四所设的各铺子里掌柜等晓得了，大家私下计议停当，利益均沾，悄悄将铺内账簿连夜改造过了，本有盈利的，改为亏蚀了，所有人欠的，完全是些烂账，欠人的却都是少不了的，铺内货物生财，连夜运走了大半，只剩下些不值大钱的货品物件，抵债还不敷呢。本家等来调查时，管事的将杜造的账簿拿出去给本家等看了，本家等虽明知账是假的，但因拿不出凭据来，亦只得放弃了这个权利，专在戚老四置的不动产上打算了。大家因恐夜长梦多，遂都主张用快刀斩乱麻的办法，胡乱葬了戚母的棺木，急速将事办毕，所有戚老四所雇用的男女仆人一齐解散了，连各房各室的动用木器也由各本家拈阄儿搬回去了。只有那个乳母和小女孩儿最难解决，于是便由一个本家发言，说："戚老四生前未曾娶过，这孩子来历不明，焉能承认？当然将她转送往育婴堂内去为是。"这话一出口，大家齐声附和着赞成，即刻将女孩儿着人抱送到育婴堂去，付给那乳母一月工资遣散了。

大家如此一分拆，只希望那戚四儿真个死在外面永不回来，哪知事与愿违，大家自用分拆过后，尚未满两月，戚老四已从外路游历回来了。到得自家门首，忽见门庭依旧，人面全非，不由一惊，反身前往自设的各铺内去，不料各铺虽然开着，招牌都已加记改换过了，铺内所用的办事人员虽尚都是旧人，但是大家觌面，都各面现惊讶，一齐装作了不认识。末后跑到镖局内，才由镖局内伙计将近来的一切变化情形告诉给他听了。直将个戚老四气得咆哮如雷，心中最惦记的便是他所经营的收藏赃物的秘密所在。那地方乃是前后五进房屋，另外委派一名心腹率领几名伙伴在那里看守着，这所秘密房屋乃是戚老四在杀死那差往凤翔下书探信的人全家及同居人众之后，怕自己被当地各衙门的公差们所注意，才悄悄于德州城外经营下这所秘密所在，将分藏在各处的赃物完全搬运了去。五进房屋内，差不多每进都满堆着赃物，合计价值总数，何止数十百万。

戚老四当时听罢镖局内伙计们所言后，深恐那秘密所在的财帛亦被看守者所自由处分，遂托言去找本家等说话，别过镖局内伙计，遂疾步走出城，跑到那秘密所在去。到得门前一看，只见双扉紧闭，大门上贴着张字条儿。戚老四将那张字条儿看毕，不由大吃一惊，气得发昏。

未知究因何故，请待下回再写。

评曰：

君子隐恶而扬善，小人则反是。然凡言人之所不言者，灾必逮夫身，故君子之隐恶扬善，不仅为道人三个好，总是喜欢缘，实为明哲保身，远祸之一道耳。观于受戚托而往凤翔捎书探信者之被杀，可以作世之好讦人阴私者殷鉴矣。借韦王氏口中交代于二小姐潜逃后事，省笔，亦补笔也，转为后文生根，则又奇笔也。妙甚，细甚。

戚老四以辛苦犯法得来之财产，乃轻轻断送于一旦，悖而入者，亦悖而出。世之非法谋财者，观于戚之所遭，其亦憬然知所反乎？嗟乎！可以省矣。

第十四回

杀人放火露强盗本相
革面洗心遵良友忠言

话说戚老四奔到城外那所秘密房屋门首，看见大门上贴着张红纸条儿，乃是张吉房招租告白，写明内有高大七架梁瓦屋前后五进，三井俱全，如欲租者，请至某处向某人接洽领看可也。这招租上所写的某处某人，正是这房屋的原主，分明告诉戚老四，这里面的人家已经搬走了，哪能不使戚老四看了吃惊又气得发昏呢？呆立在门前，发了会儿愣怔，意欲等个人来问询，怎奈这地方极其僻静，虽有行人往来，但都非左右近邻，料想问他们亦正和问自己一般，还不如不问，省说几句话。

戚老四抬头又望着那张红纸招租，忽然想起，俺何不去探问房东呢？想到此，遂一径前往那五进房屋的房东家中去，和房东相见。

房东一见戚老四本人忽然出现，不由惊讶骇怪，咦了一声道："您是几时回来的？可曾和您手下的人会见吗？"

戚老四见房东颇露着诧异的神情，遂说："俺系刚从外路回来的，正因寻俺手下的那几名伙计不见，所以才来访您问询。您可知他们现在迁住于何处吗？"

房东道："哦！王掌柜，俺明白了，这想必系您手下用的那班伙计们串通了，联合起来作弊，乘着您在外路的空儿，他们即将堆栈里的生财货色一齐搬运走了。起初他们来回俺的房子，说您从外路办货回来，在路上遇见了一大股强盗，被那股强盗杀人越货，您亦遭受了毒手了。并说王掌柜现在已遭受了不幸，其余的几位股东彼此意见不合，主张就此将所存底货生财，完全盘让给天津合兴盛，即日装载起运。同事们亦于善后办毕，分别解散，这作堆栈的五进房屋即日退租，向俺要回所有的押租，当面毁了租约，交还了房屋。俺一时失察，竟不曾料到他们会做出这种事件来。今儿如非看见您本人的面时，还被他们蒙在鼓里呢。”

戚老四听罢房东的话，恍如兜头被浇了一勺冷水，不禁倒抽了一口冷气，叹道：“唉！这真叫作人心难测啊，俺把他们当作人看待的，却不料他们也会学别个的样儿，使这毒辣的手段对待俺呢！”说到此，又转口发恨道：“只要俺不死，总有会见他们的日期，那时俺不将他们做倒了，俺也不姓……”说到此，说溜了嘴，几乎将真实姓名说将出来。亏他为人心细，机灵乖觉，至此，急忙将声音放低，且又将末尾两句狠话缩在喉咙管内，不曾全吐出来。即改口追问房东：“可知他们由此动身，系往何处去的，还是大家合伙儿一齐动身同行的，还是分散开了，各奔前程呢？”

房东道：“俺只听说他们系将所堆积的一切货物器具雇货船装载，前往天津合兴盛铺内去交割的，这话系从他们口中说出来的，确不确可就不能断定了。不过据俺想来，您真是当局者迷，他们到您手下来吃饭，定必有荐有条儿，况且他们家住何处，您亦定能知道。此刻您只要去找他们的保荐人，或是寻问到他们的家中去，直接找他们说话，还怕不水落石出吗？”

戚老四听罢，腹中暗说一声惭愧，只得借此称谢房东的指教，便和房东作别，怀着满腹恨怒，复回进城，径至镖局内来。

看官，你道房东因何称呼戚老四为王掌柜呢？原来戚老四于租赁房屋时，即诈称姓王，说明租了系做堆货栈房用的，并说：“城内某某等字号几家铺子都和俺们这堆栈系联号。”又说：“俺们栈内不仅堆自家的货物，即别家的货物，以及客货等项，只要他们出过栈租，便都可以堆寄在俺们这里。”那房东是德州的一家富户，平时以守着先人遗产过活，原和戚老四对面不识，所以深信不疑，他哪知戚老四租屋乃系专做藏赃之所呢？戚老四的一切秘密行为，除去这几个代他管理堆栈的伙计略知梗概以外，别无他人知道。

上文各捕快连扑数处空，未能寻见戚老四，戚老四即系住在这所堆栈里的。戚老四平时将这几名伙计当作心腹看待，付给各人的薪金颇为丰厚，又故意特地在他们面前炫耀过本人的武艺能为，使他们惧怯，以为他们感德畏威，绝不敢对自己使用辣手。哪知这班伙计，此次因见老四的本家将他所置的不动产完全瓜分了，又见各铺中的职员将几爿铺子擅自侵占了，遂以为戚老四定系真个已死，否则戚氏各本家和各铺掌柜人等绝不致如此大胆。他们因此互相计议，以为大家平分了戚老四所偷盗得来的不义之财，并不算得伤德，况且他人已死了，俺们还在此替死人做看财奴做什么，岂不惹死鬼在地下笑俺们太呆了吗？于是大家将前后各屋内的赃物一齐重行点验了，估计了价目，合成总数，大家点人头匀分摊派，扬言掌柜已死，各东家拆股，奉命将货运载前往天津去，盘售与合兴盛商铺，售现分拆，退了房屋，明言往天津去，暗中却命船家开船往江南去销赃，以免在近处销售不便。

他们如此计划，以为千稳万妥，巨万财爻，大家都可安然到手。哪知船至中途，由船家暗中勾结了几名水路上的强盗，预伏在前途荒僻处等候于半夜中跳过船来动手，将这班黑吃黑的伙计们从梦中惊醒，捆了个结实，一齐掷入水内去喂鱼鳖，将船上所载的赃物大家分拆了，连夜开船各散，表过不提。

讲到那镖局内的几个伙计，因何不自行解散呢？难道他们的良心比别人忠行正直，格外诚笃厚道吗？不然，不然，他们自从得到戚老四的死耗以后，亦信以为真，希望如或有过不知信息的客商到来投保，请求护送，他们即可借此发一笔外快财爻，客商如追究起来，当然追究戚老四，与他们无干，人已死了，客商还不是自认晦气吗？所以他们才守着镖局，像愚夫守株待兔一般，想借着镖局的招牌，骗一笔财货到手。这会儿见戚老四忽然回来，他们乐得做好人，表现出他们都是人中佼佼来。戚老四亦明知他们都因镖局里没甚财产可以侵占分拆，倘如有财产时，料想他们亦都分散已久了，只不过心中虽已明知，口中却故意称奖他们，颂扬他们有良心，一面着人去请各本家和各铺掌柜等到镖局里来相会。

各本家及各掌柜等突见戚老四生还，齐都吃了一惊，大家于未到镖局之前，先秘密互议了一番，大家都以为去见他讨没趣儿，不如一个都不去睬他，大家都不买他这笔账，他即有法亦无处使了。如果他告发到官，大家索兴拿他的拳头打他的嘴，各拿出些财帛来，送到衙门里去贿赂一下，然后约齐同到衙门，众口一词，说他无赖，立刻可以使他败诉。好歹他幼年给人家当牧童，现在是暴富，本来人家都疑心他的家产来头不正，不怕他惊官动府地兴讼告状。大家商议定了，即都给他个不睬。

戚老四见无一人到镖局里来相会，料知大家都已势成骑虎，黑心到底，心中恨怒极了，决定放弃了已失去的财产，杀他们一个痛快，烧他们一个精光，远走高飞，往别处去安身立命。思量定了，遂于当夜，先往所设的银楼、当铺两家去，各偷盗了两大包现款首饰，杀死了主要人物，放火烧去房屋，回到镖局里，对众言明，将所得各物分一包给镖局内众伙计们作解散费，次日，即将镖局关闭了。复于晚间往各本家家内去劫财杀人放火，如此接连三夜，戚老四将各本家掌柜等人都已收拾过了，即由镖局内带着所偷盗来的东西，搬到黄河渡口去投奔在该处以坐地分赃的一个土匪首领，奉送了几件珍宝首饰，作为进见之礼，暂且在他家中住下来。

那首领见戚老四的行囊沉重，知道所携的财宝数目甚巨，遂密和手下商酌，预备欺他孤雁（江湖黑话，称单身人为孤雁），将他做倒了，尽夺他所携的财货。不料戚老四孤身相投，步步留神，刻刻提防，初见那首领殷勤接待，心中已防他不怀好意，及见他和手下小头目等鬼鬼祟祟地窃窃私语，格外心疑，当夜虽然安息，却十分谨慎，不敢稳睡。果然半夜里忽听房门声响，蹿进一个人来，扑奔到床前，抡刀便剁。

戚老四听得门响，即已悄悄坐起身体，从枕头下面抽出防身的短柄匕首来，危立在里床等候。及见来人扑到床前动手时，戚老四早已觑准那人执刀的右手腕上，飞起一脚踢去，踢了个正着。那人哎呀一声，当啷一响，手中快口已被这一脚踢飞，脱落在地，护痛慌忙回身要跑时，早被戚老四从床上跃身下来，伸手一把扯住他的短褐的后领，扳倒了过来，照着他的心窝恶狠狠地一刺，直刺了个穿心过，手一松，扑通一声，放倒那人的尸首，躺在地上。

外面打接应的人听得里面声音，还当作自己的人得手呢，问道："完了吗?"

戚老四顺口应道："完了!"

外面的人一时失察，掌烛照着，走进房来。戚老四一看来人正是那个坐地分赃的首领，不由怒从心上起，恶向胆边生，腾身跃过去，呼一口将火吹熄了，挺着匕首向来人刺去。那首领避让不及，正中前胸，仰面跌倒在地。外面余众听得声音，知道头儿被杀，遂呐喊一声，奋勇冲杀进来。当先的正和戚老四劈面撞着，被戚老四飞起一脚，踢得往后跌倒，正撞在他背后的同党身上，背后的那人被他一撞，立足不牢，亦向后打着踉跄。戚老四乘势进身，从房门内冲杀出外，顺手揪倒了面前近处之人，跃过去，挺匕首接连刺杀了两三名在较远些的余党，然后再回身过来，收拾攻向房内去的几名。大众被他这么一头拳打足踢匕首刺，早已都非死即伤，卧倒在血泊子里。这一阵轰通乒乓噼啪呛啷声响，早已惊动了前后内外各处的贼党，各拿家伙冲杀进来，一见死者死，伤者伤，同伴之人无一幸免，不由齐惊得呆了。乖觉的早已骇得向后转，逃跑出去，蠢笨的却都遥遥地立定不敢进前，亦不知逃走。

戚老四见他们这副情状，不由哈哈大笑，扬着匕首，指着众人，对他们宣布：“本宅首领的不仁不义，无端地想来对付俺，被俺杀死了。现在大家不必惊恐，只要把手中兵器抛却，服从俺的使令，俺便一齐饶赦，不咎既往。”

大众听后，恍如死囚逢赦，当的一声响，各将手中兵器丢在地下，一齐高举双手，对戚老四表示服从，声言：“愿听指挥。”

戚老四大喜，即令众人点好灯烛，先趁夜打扫了房内房外的尸首，并敷治了打伤的各人伤痕。在光明亮后，戚老四索兴将所带的金银现款首饰等项拿出来分赏给众人，收买了众人的心，令众人摆设香案，大家歃血立誓，以后永无二心，听受戚老四的命令。

戚老四既将众人收服之后，即日置备酒席，与众同乐欢饮，以泯仇怨。第二天，又将各人的武艺逐一考核试验，品定甲乙，重定了各个小头目的阶级，分派好各人的执事职务，索兴由戚老四率领着，往远处去放了几次整笔的大买卖，得彩回来，按人头分派给众人之后，即在黄河沿岸近处，择了一处荒僻险恶地方，开辟成一所庄院，雇工建筑房屋，索兴立下寨栅，招纳亡命，大干起草寇生涯来。霸占了德州境属的黄河渡口，打家劫舍，坐地分赃，借此结纳了几名好手，交为心腹，做自己的随身护卫，又派人到外省去延请善造埋伏机关的巧匠，到寨中来监造了许多埋伏消息。

戚老四更为预防吉天相亲自或着人到来寻找起见，特又请那巧匠在寨后山上另造了一所庙宇，招纳些方外能人在庙内住着，即在那庙宇的大殿后面、方丈的房屋下面营造了一所极精致的住宅，出入全由方丈和大殿等处的复壁上隧道行走，另掘一条隧道，直通至山下庄院内，和河岸边一家人家的故院内。山下庄院和山上庙宇、屋上墙头地下，各处全布置着机关埋伏，总消息即安设在方丈下面的住宅内。

戚老四经此精细布置后，仍恐在外面和吉天相方面的人或有狭路相逢之时，敌不过他们，故此在庙宇内日夜熬练各种内外功夫，不论寒暑，绝不间断。又因鉴于周寡妇姊妹俩的事，深自忏悔，不再做采花的奸杀盗案。

如此经过了三五年，戚老四寨中聚集的各处来投奔的亡命已不下千名，他又从这千名中挑选了四十名好手，分班亲自教授了些枪棒功夫，专一轮流值日，巡防山上山下各处，以备不虞。巢穴内已布置得千稳万妥，如铜墙铁壁一般，允称有备无患了，这才率领数名心腹头目，带着盘缠银两前往祖坟上去，将父母坟墓合穴改葬了，又在左近庙宇内大建水陆道场，斋僧布施，超荐先远世代宗亲的亡魂。事毕后，这才率众往南北各地去游历赏玩，顺便访会各地的武术名人，以及江湖上著名的好汉，折回京津一带，和一班往年即已结识的朋友们会见，畅叙了多日。这班人大半都是吃镖行饭的达官，见面后，即以朋友的资格劝说戚老四乘早洗手，休干这打家劫舍、杀人放火的营生，仍旧开设镖局，或是优游林泉，做一个安分良民。更有人知道他尚未娶妻的，遂以娶妻相劝。

戚老四经这班人的良言忠告之后，不禁心动，自忖长此当强盗下去，终非了局，遂即接受了众朋友的劝告，带领随从回寨。即日召集部下，将历年所得的金银财宝完全取出来，分散给各人，劝各人从此洗手，就在黄河沿岸垦种田亩，牧养牲畜，或往城市中去开设店铺，贩售货品，大家都做安分良民，免得以盗贼终身。

大家见头领从外路回来，忽然灰心，都以为他在外路栽过了大跟头，所以才有此彻底觉悟。大家暗中计算所分得的金银，倘如置买田地，或是做生意买卖的资本，都很可以敷衍足够了，于是都依了总头领的言辞，大家收拾自己的东西，陆续散伙，各奔前程。

戚老四将大众散去，只留下山上庙中的十几名和尚和山下庄上的四五十名好汉不曾放他们动身，仍留居着维持现状，兼作自己的伴当，保护庙宇庄院，即在山上山下左近各处垦土耕种，畜牧渔猎，一面托人作伐，聘娶了一个乡农人家的女儿为妻。一面分派手下往德州本城和陕西等处去打听消息，先后回来报告："德州本地的官厅因为闻知俺们寨中的势大，不敢轻举妄动地来剿办，只求俺们的人不在他们的辖境泛地内作案子，他们得享着太平，便已心满意足了。好歹俺们向来不留在本地做事，所以他们对俺们寨中始终并无恶意。现在他们闻知俺们寨中的人已都洗手分散了，他们正额手称庆呢，更没有想趁势来剿办俺们的心，以为从此以两不相犯永远得能太平了。"

那往凤翔去的人却回报："吉天相已于前年夏季得急症时疫死了，临终时曾吩咐他的儿子，从此改习商贾，不许吃武行饭。无论拳师、镖师，一概不可，因为情面关系，屈就担任，尤其是拳教师一职，无论如何，子孙切切不可担任教授。后人虽应学武，但只求其能可自卫，保护身体，增益精力，轻易不许和人交手。"

戚老四道："那老头儿临终易箦时，竟无一句话关系到俺的身上吗？"

那差去的人道："爷且莫忙，还有下文呢，怎么说没有呢？"

戚老四忙问下文如何，那差去的人叠起两个指头，不慌不忙地说出几句话来，唬得戚老四连打了几个冷战，惊出一身冷汗来。

究竟吉天相临危时所说何言，请待下回再表。

评曰：

本回为从戚老四传，折入本书正主脑的紧要枢纽，故对戚之为独脚大盗，变为占山草寇，又接受忠告，转而洗手甘为安分良民事，言之委婉。末乃由其手下人之报告转入戚投奸党，为虎作伥之正传焉。不知者，观首卷至是之诸多节目，几如闲文，等诸浪费笔墨，实则不然，盖作者以包罗万象之手段，于正传之前，先为忠奸两党之在野部下混合各立一崖岸，然后折入正传，判分为两，使之壁垒显然，此固作者下笔时煞费商量之苦心，非可与坊间汗牛充栋之说部勉强杂凑，终篇以胡拉混扯之作品，欺罔读者者，所可同日语也。读者苟取坊间现行之说部与本书之内容作一比较，即可判其优劣，而作者下笔，由首卷至斯，曲曲写来，固无一节不含其用意也。读者能知是，然后始可以语文法。

第十五回

老拳师临终传遗嘱
小寡妇出家成绝艺

话说那奉差往陕西省凤翔府去的人正容回禀道：“爷且莫慌，这是爷叫俺前往哨探的题内正文，紧要目的，俺岂可不打听详细呢？那吉老头儿对于爷的前事，简直视如没齿不忘深仇宿怨，岂肯因他死了就这么含糊过去置之不问呢？

“俺在凤翔打听此事，据闻那吉老头儿因鉴于教授徒弟，将武艺误传于人，才致发生像爷在凤翔和由凤翔回来沿途经过的事，故此他恐后代或又在家设厂授徒，传习武艺，再蹈前辙，将武艺教给外人，造成一个为非作歹的人物来，干犯国法，贻害地方，所以于临终之际叮咛，反复告诫他的儿子和一切晚辈，以后切切不可因情面关系，担任拳术教师，传授真实武艺。更恐后人不察，被蓄有深心的外人借着过堂比武的名，假意比武恳求指教，暗偷武艺，故此嘱咐后人，不许和人比武。遗训子孙学武，以锻炼身体、保护自卫、增加精神力为宗旨，人如来犯，非至让无可让、忍无可忍时，绝不和人较量，更谈不到轻易出手侵犯别人了。”

戚老四闻言，急阻止道：“这些闲文，你且慢讲，快将吉老英雄遗嘱对付俺的事告诉俺是正经。”

那差去的人见问，遂叠起右手食、中两指，略伸出手来，指着戚老四，从容回禀道：“据闻吉老头儿自从爷由他家走后，他得知爷在沿途颇做了几件风流事儿，心中大怒，决计追到德州来，亲自对付了爷。但可恐年老力衰，爷的本领已和他自己相埒，万一变作三十岁老娘倒绷孩儿，岂不弄成极大笑话？故此他为慎重起见，特地前往西安省城大相国寺内去面求他的嫡堂兄长名唤海观长老的，传给他修炼飞剑的法术。他回到凤翔家中，一心一意地修炼飞剑，当爷上次差人去送信请安，陈述悔过，顺便打听消息时，他老人家正从西安回来。”

戚老四闻言点头道：“不错，上次那人回来报告俺时，原系恁地说的，你俩的话前后正同。但后来又怎么样呢？”

那人道：“吉老头儿接着那封信后，并未中止他修炼剑的心，但因此却被他的太太和他的儿子进言劝谏道：‘杀人亦不过头点地，戚某人既已自知罪戾，来信请安，表示悔过改善，请求给予他一条自新之路。您已偌大年纪，何必还要如此十分地认整不认破呢？究竟他终是你一手栽培，亲自教练成功的一个得意门人，他既知过，您何不姑且宽放他一步，准许他改过自新呢？守他日后又已故态复萌、不安分守己了，您那时再招聚三老四少往德州去明正其罪地剪除了他，使他死而无怨。现在如去收拾了他，定必被人议论，说您的心太残忍、手太狠辣，对小辈才不宽假，太过于认真，毫不予小辈以自新之路，未免近于不教而诛。’

“吉老头儿被他的老婆、儿子一劝，觉得言亦有理，遂心平气和了许多，对于收拾爷的决心遂松懈了下来。松懈虽然松懈，但是对于修炼飞剑的功课，早晚修炼，并未因此略有间断，一面却又打发他的儿子从凤翔动身，到德州来察看爷的举动，是否已真正悔罪改过。他儿子奉命紧随在上次爷差去送信的那人之后趱程到德州来打听消息，在此地东门大街，聚兴隆客店里住了半个多月，探实了爷的一切行为，他才由此动身，绕道往京城近畿一带去游历了些时，拜谒过当地的几位和他天伦交好的老前辈，访会过和他本人平辈的一班新出道好汉，他才取道保定大名，渡黄河，入河南省界，由豫西经过陕州，入陕回转凤翔家中。

“他抵家时，适值他的天伦在家患病，皆因修炼飞剑，须在年富力强的人，精气神三项皆足，修炼起来较为容易。吉老头儿时年已衰迈，故此修炼飞剑非常辛苦吃力，不甚讨巧。他又求其成功心急，遂致因勤劳成疾，反而弄成欲速则不达起来。他儿子回到家中，见他卧病在床，深恐据实报告激怒天伦，加重了疾病，故此临时变计，撒了个瞒天大谎，捏造出一番言辞，说：‘戚某回家后，因遵受母教，果然改过自新，在家乡地方开设商铺，做周正的生意买卖人，安分守己，绝无半点儿越轨行动。另又邀合了往日他在家乡结识的几个练武朋友，开设了一爿镖局，专保往来北京、济南的大小各镖，卫护客商，颇能克己自爱。现在正由他的母亲做主，给他央媒提亲，一俟有门当户对人家，即当为之文定。’云云。

“吉老头儿被他儿子的这番话说得笑逐颜开，欣慰道：‘这小子果真能洗心革面，力争上流，一反从前所为，来日方长，后生可畏，这小子的前程远大，正未可限量呢。但愿他能如此，那才不负老夫教授的一番好心了。本来君子之过，如日月之食，一旦改过自新，正如日月食后，并不损其光明呢。’”

戚老四听至此处，良心上恍如遭受刀斩斧削，觉得师父对己具有如此的一片婆心，扪心自问，实在自己愧对贤师，更因此想着老母，越觉良心不安，忍不住从眼眶中挂下两行珠泪来。

那人见他忽然流泪，欲待就此截住话头，不再往下说，含糊过去，却被戚老四又紧逼着追问道：“吉老英雄因这一喜，病可就好了吗？后来又怎么样呢？”

那人见问，一时转不过招儿来，只得又照实回答道：“正是呢，吉老头儿听信了他儿子的谎语，心中一乐，病遂不药而愈，因此，他对于炼剑为丸，化丸为气，吐纳导引的修炼功课，中止修炼了多日。直待病体复元之后，方才又如前修炼，但他是时的修炼剑术，乃系预备炼成之后，将来好出家修行，同他堂兄海观和尚去做伴，同作方外高人，好往深山大泽中去采药炼丹，降妖除怪，并非做对付爷的用处，所以并不求急进了。如此经过了年余，他老人家的剑术已修炼略具端倪，稍有眉目了。

“适巧有他的两名徒弟亦系俺们山东省莱州府即墨县人，姓袁，乃是嫡亲手足，同吃着镖行饭，因他兄弟俩家住在保定城内，故此他俩遂成为河北著名的达官，反无人知道他俩系俺们山东人了。他俩在保定府开设一爿仁义兴镖局，亲自出门充当镖师，兄名一条龙袁有仁，弟名白额虎袁有义，哥儿俩在江湖上又称作龙虎将，亦系吉老儿的得意门人。据说他俩学成武艺，离别师门的那天，就是爷到凤翔登门拜师的日期，爷曾和他们兄弟俩相见过一面呢。他俩出门保镖，记号是一面小红旗，在那面小红绸标旗正中，用金线绣着一龙一虎，角上用黑线绣‘仁义兴’三字，河北一带凡插有龙虎镖旗的车辆，能放在露天里过夜，不致有何妨碍。当时他俩因中一支重大的远镖前往陕西，故此兄弟俩于事毕之后，打发手下人先行，亲自带着礼物绕往凤翔去叩见师父、师母请安。师徒会见，倾谈别后之事，吉老头儿遂向他兄弟俩打听爷的近来情况，他俩于无意中说出爷在此立寨的兴旺盛况，不由激动了吉老头儿的底气，遂又决计亲到俺们德州来，找爷面责。

“袁氏兄弟别师动身后，吉老头儿遂又赶紧修炼剑术，企图速成。也是爷的运气高，造化真好。吉老头儿正在赶紧修炼飞剑之时，他的内眷忽然害起病来，那病势非常缠绵，三日晴两日阴地老不见好，亦不见坏，直待拖半年多月日方才丧命。吉老头儿老年丧偶，当然极其悲哀伤感，兼之于这半年多时光内，因老妻有疾之故不免分了神，遂致对于修炼剑术一事，不能精神贯注，毫无进步。及至他老婆死后，他又因悲哀过度，伤了身体，治理丧事，十分操劳，两下一凑，遂于百日闷灵、送殡出丧后，害起病来，他这场病足足害了两个多月，方才能够起床。因这一耽延，他不仅将将要练成的剑术变为前功尽弃，且将本身自幼练就的内外各种武功退去了不少。赶紧调养身体，守身体复元后，再像学生放年假已久，新春初开学上书房时，先得温习旧课，待至旧书理熟，方能才够上生书一般。

“经过如此长久时期的周折，吉老头儿待至将本人的内外各种武功温习完成之后，又已耽延了数月，这才能重新修炼剑术。虽然轻车熟路，比先前容易练习，究竟年老身弱精神远不如前，一时何能即如其心愿呢？他生性本来燥急，怎经得如是的折磨呢？因此心中急闷，反又欲速不达，于剑术将要完成时，又因早晚勤劳过度，感冒时邪，复害起病来，服药调养，好容易才能痊好。

“至是，吉老头儿才自己服老，愤然长叹道：‘唉！老夫耄矣，无能为也。’于是将他儿子唤到面前，大加申斥，痛责其当年由德州回家，不应撒谎，欺罔尊长。骂得他儿子叩头认罪，陈明当时所以不敢照实回禀之故，仰乞原宥。

“吉老头儿喟然长叹，命他儿子起来，说：‘为父生平艺业，早年并未完全传你，现在行将就木，看你品行尚佳，将来虽不能强爷胜祖，总可不致隳落家声，毁灭人格。如不乘此时完全传授于你，你将来岂不反令戚小子高出于你上吗？’说罢，即同着他儿子前往平时教练武功的空屋内去，将往日所未传授他儿子的武艺自当日起，逐一传授给他儿子，末后，又传授他儿子拳术、棍法、刀法等各一套功夫，郑重说明：‘此乃为父于戚某逃跑之后，精心体会拳理，参合古今各家各派的武艺，变化发明出来的独家本领，为父发明此项武艺，乃系预备亲自前往山东收拾戚某的。现在为父将此项独家绝艺完全传授给你，日后你如探知戚某仍在山东道上称雄争霸，你可秉承着为父的遗志，前往山东，用这几路武艺剪除了他，为地方除去一个大害。你将来如能再从俺今日所传的各种武艺中精求拳术，穷其变化，不仅可以在秦晋一带堪称第一，便往黄河两岸、长江南北，以及闽、广、云、贵，长城内外，均可不致见败于人了。为父当时发明这几种武艺之后，因恐年迈力衰，难以久战，或竟不能克制戚某，所以才出于谨慎，拟欲待至剑术成功，再为前往。不料数年来，光阴虚掷，屡经周折，至今飞剑尚未练成。现在为父将此等各项武艺完全传授于你，守你将各种武艺练习精熟之后，再将剑术传你，使你担负日后剪除戚某的完全责任。'

"他儿子听罢，敬谨依遵严训，即日很专心注意地练习。练习纯熟之后，吉老头儿遂于家中摆设香案，令他儿子跪在神前，设过重誓，方才将海观和尚传给他自己的剑术传授他儿子，令他儿子：'如法练习，日后往山东去对付戚某。倘仅儿武艺尚不能处置得他，可即用飞剑取他的性命。'吉老头儿于传授过武艺、剑术之后，即又着令两名精细家人，分作两起，先后动身，往山东来打听爷的消息，回去报告。

"当那两名家人中先行的一个由山东回抵凤翔时，吉老头儿已传染了时疫，得急症身亡了。临终时，他恐儿子日后含糊过去，故此又特将儿子唤到面前吩咐遗言，除去叮咛嗣后子孙不许担任镖师拳师、须读书改行、经商或务农外，并再三嘱咐：'如日后得悉戚某仍旧怙恶不悛，并未真正悔罪改过，务必前往山东，将其斩除，以弥为父遗憾。因为当年如非为父传以武艺，使之如虎附翼得能飞而食人，戚某虽然生成是个坏坯，但纵或为恶，尚可不至如是之大，故此虽戚某作恶，实则无异即系为父造孽。不过间接假手于姓戚的罢了。'"

那差去的人说至此处，略顿得一顿道："爷，此外还有一事，俺系在路上听得来的，其事确不确，俺虽不敢断定，但是既有其说，或许并非空穴来风，亦未可知吧。据说爷往日曾在凤翔和于氏姊妹俩通好，那姊妹俩因此忽然都有了身孕，结果，姊姊因为打胎错服了一味药，将一条性命送却。那妹妹因此事破露，恐怕于她自己多有不便，故此趁着她父母前往她姊姊家中去后的空闲机会，悄悄尽卷了她自己的首饰衣服，以及银钱等项，偷了她哥哥的两身衣服，女扮男装，从后门逃走出去。临行时写下一封告别她父母兄嫂的书信，信中说明出走的原因，请父母于事后休要追究，亦不必惦记。

“她当日逃走出城，径至乡间她家的一个佃户家中，恳求那佃户夫妻同行，护送她到德州来寻爷，好谋一个天长地久，永远团聚。行至中途，不料那佃户夫妻所生的小孩儿和她自己同时在客店里害起病来。经过了一两个月光景，她自己的病虽然好了，那佃户的小孩儿却不幸夭殇了，即于是时，那于二小姐忽然临盆了，生下一个女孩儿来，模样儿颇有些和爷的面庞相似。凑巧于小二姐无乳，遂请那佃户的老婆代为哺乳，充当乳母的职务。

“守在客店里过了满月后，方才同行到德州来。行至曹州地界，于二小姐忽然心中生了个计较，深恐爷回归原籍后，家中或已聘娶过了，她如到爷府上，算大算小，名分颇难拟定，更兼恐怕汉子们的心思太活，唯恐爷已变了心，故此和那佃户夫妻商议，诈称她已在路上自尽死了，写下一封悲惨凄怨的绝命书，连同女孩儿的生辰八字，托付佃户夫妻俩护送到德州爷府上去。她自己却住在曹州客店里候信，借此将养身体。她的意思，乃系想借此试探爷的真心，并察看爷府上的一切现状情形。

“可巧那佃户夫妻俩护送女孩儿到爷府上时，爷本人并不在家，老太太将信阅看后，吩咐将女孩儿留下养着，并雇用了个乳母，当即打发那佃户夫妻走了。哪知他夫妻俩当日并未曾动身，住在客店里，很详细地向街坊邻众哨探爷的出身，以及家道等项。在城哨探了两日，又由那佃户独自赶到十里铺爷的老家地方去，探访得爷的出身和当时忽然暴发的情形，回城会合了他的浑家，夫妻俩同到曹州，见了于二小姐，照实详细回禀了一番。

“于二小姐得报，极其心痛，在客店里悲哭了一日夜，眼中哭出血来，方才住哭止泪。她遂决计亲到德州，预备守爷回家，她再着人请爷到客店里相会。于是她即要求佃户夫妻复又护送她到德州，同住在客店里等候。其时适值老太太西归瑶池，爷不在家，各本家都自瓜分了爷家的产业，将女孩儿送往育婴堂去，所有各铺子亦都被人占了，后来爷回德州，大干了一番惊人之事，但并未往老太太坟上去扫祭，亦未派人到育婴堂去顾问小孩。当时她在客店里，并不曾知道爷已回来，只因连日失火，街坊旧人私下议论，异口同声都猜定是爷做的事，她才得知爷已回来。但是她仍在客店内住着，预备探实了爷的地址，着佃户见爷下书。不料守了多天，毫无影响，直待至爷在此地兴基立业，她才得知详细，痛哭了一阵，遂依了佃户夫妻之劝，仍旧同行回转陕西去。临行前，曾到育婴堂去请领那女孩儿，被堂中办事人拒绝不许，她才无奈，只得割舍下了，同行至河南省境内。她在路上遇见一个道姑，彼此同行，交谈极其投机，两下相见恨晚，道姑劝她遭此磨劫，不如出家修行，忏悔今生，以修来世，并说：‘戚某既如此薄情，又曾于沿途作采花的奸杀盗案，此事江湖上人，谁不知晓呢？便是他肯念前情相认，亦没甚意味，何况又不曾相认呢？’她经道姑一番劝说，即决计跟随道姑去出家，将所带出尚未用完的首饰分作两起，一半送给那佃户夫妻，酬谢他俩之劳，一半留作自己之用。

“据闻那道姑亦系一个女剑客，于二小姐跟着一同到陕西，至西岳华山，练成了各种武功，并修成一口飞剑，曾向人谈及，倘爷不忏悔前非，改过迁善，并善视亲生的女孩儿时，日后她定必亲自来寻爷，给她已故的姊姊周寡妇报因打胎而致枉死，及她本人因被爷污，而致流离失所的仇恨呢。”

戚老四听罢，不由唬得汗流浃背，惊慌失措，半晌说不出话来。

究竟后事如何，请待下回分解。

评曰：

借戚所差之人口中，曲折写出吉、于两方面事，无一节非奇幻不可思议，真乃奇情奇文。

吉天相屡炼剑术而均功亏一篑，此作者暗示人以珍视精气神三宝，不可妄自菲薄，及示人应于年富力强时积极谋划创立事业，不可待至年华老大，始知创业，终且至于无所成立也。作者于此，有一唱三叹之致，盖经验之谈，而所以昭示世人者，用意至深且远也。噫！少年不努力，老大徒伤悲，世人其各勉之乎哉？

第十六回

于道姑山巅习剑术
戚贼酉村居求遗书

话说戚老四连听那手下人娓娓而谈，如数家珍般将此去陕西所探得消息逐件回禀了出来，不由唬得目瞪口呆，遍体抖战，面容失色，汗流浃背，连打了两个寒噤。愣怔着呆了半晌，方才叹了口气道："想不到吉老师竟如此认真，已过去的事，如在俺们少年人，早就忘记了呢。偏他这么大年纪的人，记性恁般好法，至死还不肯放松，又交代儿子随后追究其事，真也未免太固执了。"

又道："如今被您这么一提起，俺却回想起一件事来了，当年俺从外路回转德州城内时，各处都跑去碰了一鼻子灰，末后跑到俺所开的镖局里，会见了各伙伴，方才得知其事。当时曾听得说有从陕西来的夫妻送了一个小女孩儿到俺家来，还有一封信，说就是那女孩儿的母亲的。又闻说俺母亲病危将要易箦之前，亦曾有一封遗书，据说这两封信统由俺老娘交付给家中一个忠信诚实的老妈收着，吩咐待俺回家时，当面交给俺看的。彼时俺因同族的长平幼辈和各铺内的管事掌柜人员都如此没有良心，真正比俺们寄身在绿林之内的人还要心狠手辣，俺气愤极了，遂将老母的遗书和那女孩儿母亲的信件一齐都气得忘记了。及至俺在城内大干了一番之后，急于远走高飞，速寻安身立命之所，哪还有这细心顾虑到这两封信及一名小女孩儿的身上呢？现在经您这一提起，俺倒要设法去打听打听，那两封信和那小女孩儿的下落了。您既哨探得如是详尽，您可知道那个女孩儿的名字叫作什么吗？她母亲遇见的那个道姑法名唤作什么，有多大年纪，在何处出的家？她俩从豫西前往陕西西岳华山修行练武，住在山上何处？那于家的二小姐现在法名唤作什么，您可曾打听明白吗？”

那人见问，暗笑，这真是事不关己，关己则乱了。他平时为人何等精细机灵，凡事何等的权变啊，如今因一女子，竟致使他问出这一大篇话来，可不是正应了两句话来，叫作“英雄气短，儿女情长”吗？遂约略沉吟了一会儿，回称：“爷问得真正详细极了，俺在路上听得人家的道听途说，既然很关切地留神打听，岂有不仔细打听之理呢？怎奈那些档人事不关己，哪会留心？所以并无人知道那于家二小姐出家做道姑后，法名作何称呼。就是那个道姑有人说她俗家姓杨，又有人说她俗家姓解，法名呢，更是议论纷纷，莫衷一是了。只不过她亦有一个外号，却是众口一词，毫无差异的，所以俺便将她的这个外号紧紧记着，其余姓名，姑且当作一阵耳边风不放在心内了。她的那个外号唤作千手圣母，至于她的来历如何，年纪老少，传说的人瞎说盲道，实属难于凭信。据说于二小姐和她同居在西岳华山的最高山峰上，那地方除去发愿朝山采药炼丹的方外高人偶一足履其处之外，寻常的人绝对不往那山顶上去。据说于二小姐的法名唤作元祯。她俩住处，有人说是结芦为屋，共在山顶上造有茅屋三进，前进供奉着老君神像及各位神仙，中进乃系客堂、饭室、经堂，后进乃系她俩的卧室。又有人说，二人系住在山顶上的一所大石洞内，总之非经目见，作不得准的啊。

“讲到那个小女孩儿的名字，这个极易解决，只要爷能寻访着那个奉命保管着两封信的老妈，取出那封原信来看，便可以明白了。”

戚老四听罢这番话后，一转念间已经有了主见，即刻先行重重地酬谢过那人，令他且去歇息，并请他休将所探得的消息当着新闻一般在茶余酒后无事当儿对人闲碰牙（方言，称闲谈为闲碰牙）。

那人谢过赏，退身去后，戚老四即往庄后山上庙宇内去，会见那个方丈和尚，拜烦他打发四名精细的和尚，即日动身下山，分道前往陕西去，两人往华山哨探那在最高峰的两名道姑的姓名来历住处，以及每尝下山行踪止于何处；两人往西安省城大相国寺内去哨探方丈海观和尚的剑术以及道行如何。凤翔府城内有座归元寺，两起人事情毕后，可到凤翔府归元寺去挂单，先到先等，不见不走，双方会见后，即去试探试探吉家小拳师的真实本领如何，仔细探实他的剑术已有如何根基，并捏造一篇谣言，就说华山上的两道姑和吉天相本有深仇宿怨的，吉天相为防备她俩报仇起见，特用掩耳盗铃之计，表面上说是对付门徒戚某才学习剑术，其实戚某是他的徒弟，徒弟的本领随便怎么高强，何至师父要恐怕打不过徒弟，特地再练习剑术呢？这无非借此遮掩耳目，以免两道姑防备，或先来下手罢了。现在吉天相已死，两道姑决计将吉天相的仇怨报复在他的儿子身上，吉天相亦预防及此，所以将自己的本领完全教给他儿子，并将剑术也传授他的儿子了。他儿子现在正遵遗嘱，日夜练习剑术呢，大约剑术练成，就要往华山上去寻那两名道姑，以先下手为强了。目下仍旧抄着他老子的旧文章，表面上仍以剪除戚某做幌子，其实并非真情啊。果真他父子要去除戚某时，戚某还敢在山东属境的黄河沿岸争强称霸吗？

这谣言散布在陕西各处，必能使他们两下因猜忌而生嫌疑，彼此尔虞我诈，我恐你奸，定必积不相能，两下火并，岂不中了俺的借刀杀人之计吗？戚老四将这件重大事情拜托了庙内的当家师父，命四名精细武勇的僧人分往陕西去行事。

由山上下来，回至前面庄院内，随即唤过两名精细机灵的小头目前往城内去寻访那老妈的下落。经戚老四仔细追忆，想起往日家中所雇的老妈共计四名，乃是李、徐、周、胡四姓，就中以胡妈最得老母的信任。胡妈为人亦比较别个忠信诚实，有义气些，那两封信定系在胡妈那里无疑。所以吩咐两人往城内打听时，即先行访寻胡妈就是了。

两人依言去访。过了三天，两人同由城内回来，报告戚老四道：“俺们在城内辗转打听，经过了两天，方才访寻得着。那胡妈因为年迈，已有两年不在人家捧饭碗做老妈了。”

戚老四道：“现在她人在何处？你们可曾和她见着吗？”

两人道：“胡妈自从那年被您老的贵本家伯侵占了家产，解散了一切男女底下人，当时她亦被辞活，仍投在媒行里改受了本城金员外家的雇，在金府做了半年多光景，又被金家大小姐向娘家转雇了去，专任带领小孩儿的事。如此又做了两年，由金家大小姐转荐她到本城知府公馆内去，直做到知府任满，调升到别处去，她才辞活儿回乡下家中去，帮着儿媳们带领孙男孙女，司理炊煮，看守门户，好使儿媳们专心田亩间活计。她家住在本城北乡里，俺俩依着人言的地址寻访至她家中，正值她领着孙女儿立在大门外面晒场上和邻居家一位老太太谈心呢。俺俩上前问询，恰好正问在她本人手里，她即让俺俩到她家中待茶，请问俺俩寻她有何事故，俺俩将原因说知，她即笑道：‘这真是从冷灰里爆出热豆来了，事已隔有好儿年，那两封信俺起初视如珍宝一般给她家已故的老太太保存着，后来听说四爷在黄河套渡口兴基立业了，本想打发儿子将那两封信送去，了却一件事的，怎奈儿子胆小，不敢冒险前来，因此遂耽搁下来了。后来俺在城里会见吃镖行饭的人，曾托他们寄口信给四爷，请他着人来将信拿了去，不料四爷并不曾着人来取，俺因此也就将这件事不放在心上了。现在二位奉命寻来，问这两封信，俺却要守儿媳们回来，慢慢地寻找起来呢。这样吧，二位明后儿再来一回看，俺如今晚寻着，那时就交二位带了去，否则，只好对不起四爷了。因为当初俺将信交给俺儿子，由城里带回来收着的，俺儿子从小儿不曾念过书，所以对于书信并不怎样重视，拿回来即交给他媳妇收着。如今时隔多年，不知他两口子还能记得起记不起了。好歹有一层，那两封信上的话，当初戚家老太太曾将大略告诉俺知道，俺因此才知那两封信是要紧的东西，不然，也就送他下了字纸篓中去了。倘然四爷要知道信上的言辞时，他如不嫌简慢，不妨就在明后天移步到俺家中来吃饭，由俺将信上的话告诉他听吧！'

"俺俩探实之后，遂由胡妈家中径自回来了，最好请您明儿亲自去一趟吧！"

戚老四听罢，不禁笑道："俺要听胡妈告诉俺那两封信的言辞，并没什么用处，其实她就不说，俺猜亦猜得出的啊！只不过是些使人听了难受的话罢了，俺所以要找她追查她那两封信的，实因不知那个女孩子的名字生辰时日，无从前往育婴堂去查究具领罢了。胡妈既说得知信上的大略，晓得很为重要，想情她定能知道那个女孩儿的名字生日。反正俺现在没甚事情，明儿就仍请你们二位随便哪一位，领导俺同往胡妈家中去走遭，谁还有那么嘴馋，要在她家中吃饭呢？"说罢，即向二人道了劳，谢过二人，约定二人中一个姓吴的偕同自己于次日前往。

到了第二天，用罢早点后，戚老四同着姓吴的离庄前往胡妈家去。二人脚程快，不多时已经到达目的地，胡妈正在家中煮中饭呢，乡村普通人家，灶屋例都砌在第一进。二人才跨进门，胡妈已在灶下看见了，她的孙男立在门边玩耍，见有陌生人来，他即一溜烟跑到祖母身边躲藏，口中边嚷："有人来了，有人来了！"胡妈边命她孙男休怕，边走向前来，与客人答话。

胡妈虽和戚老四已有几年不曾会见，但是面庞究还认识得出。当时一见，忙满面堆笑地向前请安问好，并让请二位到里面去坐下。戚老四回问过她的好后，因见有小孩儿在面前，伸手从衣袋内摸出锭散碎的小银锞子来，交给胡妈，算是给那孩子买东西吃的。胡妈客气不要，谦了一会儿，方才道谢收了。又唤过那孩子，命他给戚老四请安道谢。那孩子怕难为情，竟掉转身来，一溜烟地跑向门前，自顾自玩耍去了。

戚老四开言即问胡妈："两封信可曾寻着吗？"

胡妈笑回："寻着了，是由俺儿媳收在她自己衣厨抽屉内的，昨儿因为记不起放在何处，寻找了一黄昏，方才寻着的。四爷请坐一会儿，待俺去拿来。"说罢，起身走进房去。先取出一封茶碗来，倒茶请二位喝后，才又进房去，开衣厨，抽抽屉，拿出一封未曾封口的信来，递送到戚老四手里道："四爷，名虽两封信，实则不过一封信，因为老太太当日将那位于二小姐的来信并封在她老人家自己的信封内，合成一起的。四爷请过目，就晓得了。"

戚老四起身接过信，口中边称谢着，边已将信封折叠着的八行书抽出来打开，从头阅读，读罢他老母的遗书，这才又抽出于二小姐的那封假绝命书来阅看。在那信纸中，夹着张大纸纸条儿，上面写的正是他自己和于二小姐所生的那个小女孩儿的乳名生辰年月日时刻。戚老四虽然生性倔强，究竟天良尚未全泯，况是时又正当接受良朋益友的忠告，革面洗心，改过忏悔后，故此读罢两封信后，忍不住落下两行英雄泪来。他母亲的遗书上写明本人得病的由来，系完全因恨他不能遵奉母教，保守家声，丧失人格，绝灭道德，玷辱祖先，污蔑清白。力劝他从速悔罪改过，以免日后为国法所制裁，弄成身首异处。末后又告诫他立身处世的经纬，自身独子单传，所应负的宗祧及家庭责任，真个是句句金玉，字字药石，哪得不使戚老四读罢惊心触目、感发天性、激动良心呢？那于二小姐的信上更加满纸怨望，言言悲哀，诉述别后情况，追叙往日被逼私通的恶因，现在姊妹俩一死一走，及本人中途生产女婴，与本人伤感自尽的孽果详详细细，尤足令戚老四看过之后，肝肠寸断。因此看罢两信，戚老四初则流泪，继竟至痛哭失声，几乎哭得晕厥过去。经胡妈和姓吴的两人在旁苦劝齐说："人死不能复生，四爷哭亦无益，还以自己保重为是。"劝了许久，方才收泪止哭。

胡妈赶紧往灶上汤缸内去打了盆面水来，请四爷擦脸，复又去烧了一壶好茶来，请两位喝茶。正自腹中打算，有两位客人在此，家中并未备荤菜，仓促间如宰鸡杀鸭，断非片时可以煮得熟烂，离城市乡镇都远，倘去买现成熟菜，亦非马上可以办得到。寻思了一会儿，这才想起隔壁王大娘家正请有成衣及长工在家中田间做活儿，连日都烧煮鱼肉荤菜，打好酒，此刻如去向她家借两样菜，回壶酒来，应一应急。饭后打发儿子往市镇上去买现成的熟菜，打一壶好酒，或是买鱼肉回来煮了还她。她家酒菜如多，不急于要今儿就还时，索兴就折钱还了她，亦未为不可啊。想到此，心中大喜，专等儿媳夫妻俩回来，自己就可腾出身体往隔壁王大娘家去和她商议。正在腹内打稿儿，她的儿子、媳妇小两口子已从田亩间停止工作回来了，见有生客在家，那媳妇径自躲入房内去，缩着身体，不再出来露面。

胡妈命儿子向戚老四请过安，陪坐着谈天，她自己往隔壁去向王大娘商借酒菜。因为戚老四目下虽据他自言已洗了手，不干那杀人越货的营生，究竟他的强盗名声早已远著在外，深恐说出真名姓来，惹人注意，生出是非。她系极精细的人，故此见了王大娘，只推说："有城内旧东家下乡来讨欠租，路过本村，承他下顾茅舍，又给钱与孙男。家中未备酒菜，吃饭时分，不能不留他俩在家吃过饭去，故此来和您大娘相商，暂时回一些酒菜，拿家去待客，停会儿着儿子上街去买了来奉还。"

王大娘是再圆活不过的人，处世极其和气，见胡妈来和她商量，遂即慨然应诺，领胡妈到自家厨房内去看，口中说："随您的意思，挑选几色菜，俺家有的是自酿高粱酒，不用拿钱去沽的，您要多少，只管拿壶、瓶等来打，喝得不够，尽可以来添。几样小菜乃是难得的事，彼此乡邻，快休说什么还不还的，反使俺听了不自在。您老人家如再客气时，便是见外了。"

胡妈大喜称谢，问明了她，荤菜本多备着，并不在乎当日就要的，于是胡妈亲自在王大娘家碗厨内拣了一碗鱼、一碗猪肉、一碗烧山鸡，先将鱼肉分作两手，各拿了一碗，口中说："等回去拿只酒瓶来打酒，再端山鸡。"

王大娘答应着："好，您不必客气，如缺什么，尽管自顾自来到。俺们虽说两家，还不就和在一个大门里一样吗？"

胡妈笑谢着，端了两只菜碗，走回自己家内。才走进门，她儿子已迎着道："妈，两位客已走了呢，俺正将银子交媳妇收好，待走过来阻止您不必借酒菜了，不道您已借好了回来了。"

胡妈听说客已走了，还有收好银子的话，知道定系戚四爷丢下银子来才走了的，遂嗔怪她儿子："不会做人，怎么不留客在家用饭？"

她儿子回说："俺怎么会不留呢？怎奈他俩坚执不肯，俺因想家中无好菜好酒，妈去借，不知借着借不着，与其死要面子活受罪，倒不如就顺水推舟，让他俩走了吧。"说罢，又笑嘻嘻地伸头过来，凑着他娘的耳朵，低声告诉道："那个四爷临走，从身边摸出两锭五十两的大元宝来，放在床上，吩咐俺，说是送您买东西吃，做衣服穿，日后作为棺材本的。俺再三不受，他一定不肯，立起身，同着那一位吴大爷，径自往外就走。俺留他俩吃过饭去，他俩坚执不肯。俺只得称谢收受了元宝，伸手拿过，递给俺媳妇，边留他俩待您回来再走时，他俩已走到前进了。俺将元宝才递进房，赶紧追出来送客时，他俩早已走出大门，径自扬长走了。俺本待就过隔壁来的，因恐俺媳妇还当客未走，不走出房来，她接过元宝，一时不知收处，故此才又回身进房去，关照她收好了，走出房门来照应着门，俺才走出前面来的。"

正说着，他媳妇亦笑嘻嘻地从后面走往前面来了，高声唤道："妈，这两碗鱼肉用不着了，客已走了呢。"

胡妈闻言大喜，将两碗菜送给她儿媳，命她拿去还王大娘，就说客已走了，原璧奉还，打搅了她，容后再谢她吧。她儿媳应称晓得，接过菜碗往外便走。胡妈忽又将她唤了回来道："慢着，俺还有话说呢。"

未知胡妈尚有何言，请待下回分解。

评曰：

本回为全书转折过渡文字，盖借戚老四悔过自新后，被招诱以加入奸党为虎伥，以折入忠奸两党之正传也。故虽似闲文，实不得以闲文目之也。良以戚老四为奸党在里工作健将之一员，为本书宾中之主，其地位殊关重要，故其生平经历，叙之不厌求详者，此也。

戚老四因闻吉天相临终所传之遗嘱及于二小姐学道练武，克成剑侠后所言，两俱于己大不利，故大惊失色，乃不得不为釜底抽薪之谋汲汲求所以善视女婴，远慰于氏，以先消除一敌，此则深合兵法毋多树敌之旨。至其遣四僧行间，则尤足见其善用智谋，使吉、于双方果皆如石超然、米元章者，有不随其玄中者几希矣。

戚老四虽为盗酋，然天良究尚非完全泯灭者可比也，故一读母氏遗书，及情人手札，天良发现，遂致不自知其涕泗何从，此孟轲所以道性善也欤。

第十七回

碎镪泯迹老妪有心
索骥按图壮士寻女

话说胡妈命她儿媳将两碗菜端着，原物送还王大娘家去。她儿媳领命，刚才往外走，她忽然心中一动，又将她儿媳唤了回来道："你到隔壁去，王大娘如问你来客是哪两位，你就说从未见过，只俺婆婆认识，不知他俩姓什么，叫什么。她如问客究从哪儿来的，你就说往乡下催租，路过顺便到俺们家来张俺婆婆，歇息脚力的。她如问给小孩儿多少钱，你就说只看见一个小红纸包儿，由俺婆婆代收着呢，不知有多少，或就随便回她一个数目，切切不可回明来人的姓名以及曾丢下元宝给银锞子与小孩儿的实话。她如不问你，不可多言。"

她儿媳唯唯应诺，胡妈又对儿子、媳妇说道："嗣后有人问来的什么客，曾带了些什么来，你们不可对人实言，须要照俺才吩咐的话回答，以免招惹出是非来，可不是要处呢。"小夫妻俩应声理会得，那媳妇即又端碗转身走到隔壁去。

王大娘见她婆媳俩忽然来借，又忽然来还，遂向那媳妇探问。那媳妇因受过婆婆嘱咐，心中暗忖，婆婆究竟在城内大户人家及知府公馆里做过活儿，见多识广，心思精细，果然能猜想得到，料事透彻。倘如婆婆不关照，俺定必大意从实告诉她呢。边忖边照着她婆婆所教的话对答了王大娘。

王大娘见她说得圆活，和胡妈先说的话大致相同，也就深信不疑，不再追问了。那媳妇道谢称扰，还过两碗菜后，走回家中，她当家的正盛好饭菜在桌上，见她尚未回去，预备来唤她回去吃饭，好往田间去做活儿。见她来了，遂怪她："怎么一去这半天，几乎像风筝脱了线一般，一去不回来了，俺正预备敲脚炉盖去找寻你呢。"说罢，不禁扑哧一声笑将出来。

原来胡妈的儿子因为平时宠体他的内人，遂至因爱生敬，因敬而变作畏，故此他虽是须眉汉子，却有几分惧怯他媳妇的习惯。此刻因一时之气，将要摆嘴脸给他老婆看了，话才出口，说得两三句，已瞥见他的堂客芳容上带有不悦之色了，故此唬得忙将下文缩住在嗓子里，赶速调换了口风，改转了面色，用嬉皮笑脸的言语向他内人打哈哈。果然那媳妇见她丈夫搭起官人的架子，正言厉色地向她发话，芳心中颇不舒服，刚拟待当家的说完了，回教他几句，发一回阃威，使他领略些堂客们的辣味儿，忽见她老公改换了言貌，末尾竟至嘻开了嘴，扑哧一声笑将出来，不由亦随着他哧的一声，哈哈嘻嘻地笑了，竟将她正待要发出去的雌威临时缩住，被这双方的笑声截断了。她不禁星眼微乜，瞟了她丈夫一眼，她丈夫亦正斜照着她，偷窥她的面色，两下里不期然而然地目光一逗，因之遂面容红涨，格外忍不住哄然笑了。

胡妈看见儿子、媳妇俩如此调笑，亦忍不住笑了。那个男孩子正伏在桌边上捧了饭碗，等他爸拿筷子给他，见老两代三口子都笑着，他亦凑热闹，仰面哈哈笑了。一家三代傻笑了一阵，那汉子才去箸笼里拿了筷子来，一家儿围坐在小方桌上吃饭。

胡妈为人心思素细，这时她一面吃着，一面忽又想起，悄悄吩咐她儿子、媳妇一对儿："待至晚饭后，你们可在房内将那对儿元宝取出来，设法敲扁了，打开分成碎银块儿，免得用出去给人看了瞩目。"

小夫妻俩忙问："敲扁打开，分成碎银块儿做什么？难道怕整个的用不脱吗?”

胡妈笑道:“我的儿，你们真是年少之人缺乏经验，常言:‘防人之心不可无’，这一对儿元宝虽不是戚四爷安心来害俺们的，但是他平日系专以打劫为生的，这两只元宝，来历颇不明了，是库里的、人家的、铺户的，都说不定。俺们拿出去兑换铜钱，如使用整个的，恐怕被人认出宝上的什么记认来，俺们岂不无端地打场冤屈官司吗?因为宝上向来都有硬戳，以及公估局批的分量，这个，俺们都不识得，所以俺才有此主张，乃系免祸之道啊!”

小两口子听罢，捧着饭碗，连连点头称赞道:“妈的话果然不差，俺们吃过饭，就去将它改造了吧!”

胡妈笑道:“何必这般性急呢?且待至晚间，亦不为迟啊。”

说着话，中饭已吃过了。擦过手脸，胡妈命儿媳同进房内去，将那对儿元宝拿出来给她自己过目，看罢，仍令媳妇收好，略息一会儿，小夫妻俩同到田间去工作。待至傍晚回来，吃过晚饭后，胡妈令他夫妻俩各改造一只元宝，亲自留神察看宝上的黑迹，将来用纸湿水擦拭清净了，有硬戳处，更使小铁锤将来锤打平了，灭去痕迹，第二天，令儿子上街，先拿了一块去兑钱回来。如此接连着分往城乡数处兑换，将钱分文不用，留神本村人家有无急用，变卖典押房地田产的事，于是不久，胡妈家遂增添了好几亩自置的田地，每年按季田中的收获变卖出钱来，老积聚着，除去有田地抵押，借给人家收利息，分文绝不擅用，因此不几年，利上滚利，胡妈家的经济地位逐年改善了不少。待至后来，胡妈病终时，胡家在该地乡村上虽不能称为首富，却竟可以称为小康了。

胡妈死后，她儿子遵奉遗言，把子女都送在本村乡塾里读书，对于经济方法，仍遵着她的旧规，依然墨守成法，才不更改。十几年后，胡家不仅富甲一乡，即德州府属境内，亦可论着大富人家中的第二三位了。

适巧是时，他家的往年那个呼唤有人来了向胡妈身后躲的男孩子已因读书考中了一名秀才，仗着财力，遂在当地成了一位富绅，彼时他家虽已富有产业，又已有了功名，但是并不因此遂养尊处优，不事操作，却仍旧耕种垦植，纺绩织布，不稍休止，对于胡妈所发明的经济办法，更绝对不敢更改，依然照例奉行。直至后来，明朝亡国，清兵入关，胡家所有的田地才被当地投旗的莠民向满人讨好，鼓动了一位贝勒爷，无端地圈去了十分之九，算作了贝勒府的田地。虽经此重大的一番打击，胡家恍如遭受抄了家，和像遭逢兵水火等灾劫，然而仍在德州本地称为首富及大地主。据此推测，胡家在未被莠民陷害之前，他家的田地产业是多么可惊啊！

看官们，编书的所以夹写此一节闲文的，乃系奉劝世人，对于经济方面，无论外快得来的银钱，本家应得的款项，最好省吃俭用，逐日累月，成年地积聚起来，积少成多，储成整数，即将来治生利事业，如胡妈所行的方法，大可作为借鉴呢。这并非编书的要劝世人作守财奴，实因目今世界各国，利用经济政策并吞别国的已都显然暴露他们的狰狞狠恶凶毒的面目手段来了。编者的心所谓危，故此如骨鲠在喉，不得不以一吐为快。即退一步讲，人民的一家或个人的经济地位亦极普遍的恐慌危殆达于极点，又加上各地兵如梳，匪如栉，连年战祸不息，烽火不息，水灾旱荒，遍地皆然，商不能安于市，农不能安于耕，家家经济贫乏，人人经济困难。而居于通都大邑者，较为经济宽裕，不知省俭，徒消耗于金迷纸醉之乡，花天酒地之境，其恬嬉和燕巢草堂，雀居危幕险象几乎不忍言状，故此编书的特借本书一页篇幅，写此胡妈省外快金钱，振兴家业，改造门第之一段小故事奉劝国人。望国人各以克勤克俭、耐劳耐苦自勉，效法胡妈之所为，有祖产者，善守其成而扩充之，无恒产者，速即勉力振作，创兴基业，小之可以解决个人及一家一户之经济苦厄，大之可以救祖国危亡难关。

看官们，幸勿以为编书的好作危词，耸人听闻，实则“勤俭”两字，乃为人生世上之良好美德。圣人云：“民无恒产，则无恒心。”

试想，凡人独力谋划恒产，如何才可以得达目的呢？当然非从竭力勤苦操作，开经济来源，省吃俭用，节经济去流着手不可了。因为凡人如无恒心，则无论做一件什么事，终必无有成功希望的啊，谅来明达的看官们，定必深信编书的并非以闲文充满篇幅呢。闲言剪断。

却说戚老四同着姓吴的当时见胡妈忽然走向外去，隐约先曾听得她母子俩在前进屋内计议商借酒菜待客的言语，故此见她走出门外，心中即已了然。老四遂收好了信，随手从身边摸出那两锭元宝来，放在桌上，交代给胡妈的儿子。说罢上文已记述过的一番话后，即同着姓吴的一齐作别起身，径自往门外就走。胡妈的儿子虽曾谦逊谢赐，敬谨留饭，戚老四焉肯叨扰他们一家，使他们为了自己特往外面去借酒借菜呢？故此只说了句“盛情心领”，即已走至近前，跨步出了大门。等到胡妈的儿子从后追出挽留，他俩已出门走过了两家了。当因挽留不及，只得改为送客，拱手躬身，高声道谢，并称恕不远送。

戚老四回头看见，只扭转身躯，抱拳答了一揖，说句“再见!”即同那姓吴的迈开大步，向村外来时的原路上走去，一口气疾走有两箭多路。姓吴的随行着笑道：“四爷为何如此疾行，难道还怕他母子们存甚歹心不成?”

戚老四笑道：“俺好好儿的，怎么会白天见鬼呢？果真陡然地要怕起他们来，往日怎么会有那么大的胆门子，轰轰烈烈地大干事业呢？实因俺恐胡妈往人家去借酒借菜，惹起了人家注意，一不小心，她将俺们的底细说将出口，被人家知道了，于俺们多少总有些妨碍，这还在其次。因为倘或有那贪功的冒失鬼竟借此纠合了人来算计俺们，俺们已经宣誓洗手了，到此地位，哪能轻轻放过他们，岂不因此又得发生事故吗？再则，他们或竟用话威胁了胡妈，借着留俺们喝酒吃饭，在酒菜里用了蒙汗药，使诡计暗算俺们，俺们竟于无意中在他们这班无名小卒手内栽上一个大筋斗，岂不成为三十岁老娘倒绷孩儿惹人笑脱门牙吗？果真如此，可就事情大了！俺这种过于狐疑杞人忧天的话，且不去说他，就单讲胡妈，因家中酒菜俱无，须往人家去借，俺们如不走，她又未能借得到手，岂不叫她为难吗？即作为她已借成功，俺们吃了她的，她必须于今晚、明午忙好了奉还人家，试想，俺们吃下肚去，能够自在消化吗？与其多此一举，不如一走了事。俺所以要快走的，即是怕胡妈走回家中，见说俺曾给她很重的酬谢，她岂肯不追上来道谢留饭？俺如给她银子要讨她的一声谢，俺还在江湖上称得起是一个有资格的好汉子吗？您想，胡妈如追上来挽留俺们，岂不很麻烦吗？此刻为时尚早，俺们的腹中亦尚未饿，走到前面镇市上，往馆子里去用中膳，尽管来得及，爱什么即吃什么，岂不比在胡妈家中吃她向人家借来的酒菜强胜得多吗？”边说边箭驶价向前行去。

姓吴的听罢，知道他的意思是怕遭受别人算计，遂亦不再多话，随着他向前疾行。直待已离胡妈家的那所村落有一里多地远了，二人方才改缓了脚步，慢慢地往前行走。一会儿，来至前途一所镇集上，二人同走进一家饭菜馆内去，随意进了饮食，中膳用毕，休息一会儿，即便会钞出门，并肩偕行，缓步走回庄上。

戚老四谢过姓吴的，即便自顾自地走往自己的住宅内去，复又将两封信取出来，阅读过两遍，流了会儿眼泪，心忖，将信留着，以后看见了徒多伤感，不如将它扯毁烧却，倒还干净些，于是只留下那张红纸条儿，余者都撕碎烧毁了。戚老四将红纸条儿上小孩儿名字、生辰年月另用纸笔照誊了一张，收在衣袋内，将原纸条儿交给老婆收好。他老婆见了，少不得要查问来由，戚老四即将此事因果对老婆说了个大略，并说：“计算年月，这孩子现已大了，如将她领了回来，再过两三年，这孩子已能做事情干活儿了，十年一过，您便可以做一个现成的丈母娘了。”说罢，不禁笑了一笑。

他老婆闻言，心中颇不愿意，只因畏惧丈夫，不敢多话，只将红纸条儿接过，懒懒地收在梳妆台的抽屉内。戚老四回身走出外面去，和手下各头目们练了会儿把式。

次日清早，戚老四取了二百来两银子，率领两名随从，各藏防身兵器，前往城内去，一径寻到育婴堂内。戚老四和那堂中办事的职员会见后，先捐助了一百两银子后，才取出身上纸条儿，请那办事员过目，说明系自己的女儿，要求领了回去，骨肉团聚，这几年抚育的费用照章应该多少，准定照偿。那办事员将纸条儿接过，看了一看，即又递给戚老四道："请稍坐一会儿，待俺翻阅号簿，查看这孩子现在是否仍在堂内，就怕已被别人领去作女儿，或是作童养媳，那就无法想了。"边说边去翻查号簿。连翻过几本，末后，又取出一本刻印的征信录来，翻检着一页，指给戚老四看道："尊兄请看，令爱已被别人领了去了，竟应了俺的话呢，可不是巧极了吗？"

戚老四听说，双目随着他的手指向那本征信录上看去，只见有一条载着道：

> 戚凤英，本地人，女性，年五岁，某年月日时生，于某年月日，由本堂收婴处收得，留堂抚养。本年三月，经河北大名府人，曾任江南绍兴府府尹之欧阳逵，奉旨晋京，道经本地，偕其夫人竺氏，于十五日，亲来本堂，领去作为义女。

戚老四看罢，不由倒抽了一口冷气。

那办事员又道："这本征信录乃系前三年的，录上所记载的事都是前三年的，所以这上面记的本年三月实系前三年的三月。五岁，乃是那年的年纪，照算，今年应系八岁了。"

戚老四点了点头，沉吟了一会儿，即向那办事员讨了两本征信录，放在身边，遂由那办事员送将出来。戚老四向那办事员点头作别，领两名随从，无精打采地出城回转庄上。他老婆见他并未领得女孩儿回来，问明其故，心中方才自在了许多，却劝当家的休得因此烦闷。

戚老四在家寻思，不如亲往大名府去打听，倘能寻着欧阳逵夫妻，对他们说明原因，偿还银钱，要求领回。他们如不答应，就于夜间将女孩儿盗回，岂不极好？定即于次日动身，前往大名府城内，寻见了当地的熟人，接连打听了两天，末后方才在一个朋友口中探知，欧阳逵于去年三月晋京后，奉旨调任为河南开封府，克期赴任，特许便道回籍祭祖，不料他夫妻一家人等渡过黄河，行至河南彰德府地界，忽然被一群强盗围住，劫去行李及一切物件，杀死他夫妻一家，及保镖护送的镖师，仅有两名世仆空身逃得性命，收尸盘柩回来，往当地衙门去报案。但是，直到今日，事已隔有一年多了，案尚未破呢。

戚老四探得消息后，料想女儿的生死尚不可知，那“下落”两字可就更难问了，只得死了这条心，不再查问，遂别了那个朋友，回转客店里去。一路在大街上低头走着，正走间，恰巧迎面来了一人，亦低着头走路，两下都不曾留心，遂致撞了个满怀，各打了一个踉跄，两人同时大怒，都待开口咒骂，及至抬头一望，忽然各将要骂出口的话缩住。原来彼此都是相识，早年且曾有过交情，当下一见，遂各将怒气消除，改容相见，互问安好及别后情事。当由那人将戚老四邀到他的家中去畅聚，并给戚老四引荐了一个人，代谋一条出路。

究竟戚老四所遇何人，引荐的是谁，谋的系何出路，请阅下文便知。

评曰：

写胡妈之心思缜密，与戚老四之多心疑忌互相辉射，有双峰对峙之妙，文情至斯，允叹观止。

戚老四因欲消灭于氏一劲敌，始汲汲访寻其女，非有所爱于其女也，故一得欧阳夫妻死耗，忖念女已难寻，遂即中止，而为防祸计，遂加入奸党，借官威以作护符矣，非有真爱其女之心，昭然若揭。作者特写其焚两信及寻女两事，盖诛其心也。若其妻之闻讯不悦，及生女未领着而心中自在，则不啻为一班劣根性之妇女写照也。

第十八回

与虎谋皮呼朋引类
夸技显艺洞石举缸

话说戚老四在街上撞着的那人乃系本地一位镖师，复姓东方，单名一个德字，外号人称赛杨雄，善使一口单刀，在河北一带颇有名望。往年戚老四自设镖局走镖时和他曾同路行过，在路上遇见一伙强盗，经两人合力，方才将盗首杀败，安然而过，故此两人颇有交情。

这回戚老四来到大名，本来第一个就去会他，恰巧东方德不在家，未曾会着。这时一见，两人同将怒气消灭，互问安好。寒暄毕后，东方德遂邀戚老四到他家中去聚一天，改缓一日再走。

戚老四本系无可无不可的，见说，遂即答应，于是两人边走边谈问告别后之事。东方德见戚老四说已洗了手，遂即向他道贺。一会儿，已到东方德家中，两人坐下身后，仆人献上茶来，东方德吩咐仆人往外面馆子里去叫一席酒菜，并往大爷家中去，请大爷来做陪客。

仆人领命去了，戚老四即问："东方兄，大爷是谁？莫非就是令兄吗？"

东方德点首应道："正是呢。"

戚老四道："素知您自己行一，人都称您为东方大爷，怎么又有令兄了，莫非是贵本家吗？"

东方德应道："正是，俺在同胞兄弟中，小排行第一，倘依着同族兄弟们的大排行算起来，俺还是老七呢。"

戚老四听罢，方始恍然，随又问："这位令兄，莫非亦吃着镖行饭？"

东方德笑道："不，他是在皇宫里听候差遣，服侍皇上的人，哪会亦吃镖行饭呢？四爷才不是说已洗了手，正闲在府上纳福无事干吗？因此俺才想起，特意命人去将他请了来，给您两下介绍。他在宫中乃是总管太监魏朝手下的一个红人，魏朝在当今天子驾前真有说一不二的价值，满朝中的文武大臣谁不和魏朝有来往？声势权威何等的浩大啊！近年魏朝将他的义子魏忠贤引带进宫，也极得皇上的宠信。俺们家这位大爷今年正月里和魏忠贤拜了把子，魏忠贤在宫里的年月虽然未久，但是他为人极其精明强干，比魏朝还要机灵活泼，知道皇上最宠爱郑贵妃，故此他即专门对郑娘娘特别恭维，借着郑娘娘的大力，他的势力遂一天一天地膨胀起来，现在已经比魏朝强盛了。俺们家这位大爷为人机灵，料知将来魏忠贤定必大权独揽，故此预先和他结交，以保自己现在的地位，图谋将来的发展。魏氏父子虽都在宫中当着总管太监，但并不每夜住在宫中，都在京城里另设着住宅，以为退值后居住憩息之所。他俩和满朝文武、外省官吏接洽事务也都在各人的私宅内会谈，他俩所处的地位已高，常言'位高则身危'，诚恐有人对他俩有何不利的举动，为预防起见，不得不设法收罗几位豪杰，结为心腹，作他俩的保镖。此番俺们这大爷回籍扫墓，原系奉了魏忠贤的命令，出京访求英雄，聘请好汉。他素知俺在镖行里充当镖师，各省水、旱两路的豪杰多有认识，故此回家后，特地首先到俺家来会俺，请俺给他介绍。上次您到舍下来，俺正往他家中去回拜，被他留住饮宴，遂致失迎。今日俺会见了您，代您设想，您正闲着无事，手下又有数十名好汉未曾散去，倘或由他引进，图谋一条出路，岂非极好的机会吗？故此俺才将您让到家中，并请他来作陪。"

戚老四听罢，暗忖自己正虑占山落草，做强盗的名色难听，又朝夕提防吉、于双方来寻事。现今倘得借此机会谋得一职武官，仗着自己的武艺能为、魏总管的势力拉拢，岂不名声好听，又可聚集英雄，防备吉、于双方？真乃再好再巧也没有了。忖念至此，不禁大喜，遂向东方德拱手称谢。又问：“令兄的尊讳，作何称谓？”

东方德道：“他原名本叫作东方义，因拜内监刘成为义父，改姓了刘，所以宫中只知他姓刘，却不知他的本姓。停会儿见他来了，您亦只唤他为刘公公就是了。”

戚老四听罢，又问东方德：“这位刘公公系何时净的身，进宫中有几年了？”

东方德道：“他净身时尚在十年前呢，那时俺才学成武艺，回家初次出门走镖，他因在本地狂嫖滥赌，亏欠了一身债务，又因为一个暗娼，和本地的一个流氓头儿吃醋，他既为债务所逼，又恐受那流氓的暗算，遂致在本地立身不住，索兴向几个放印子身的人各借了一笔债，悄悄溜往北京去，投奔他义父刘成，刘成遂命他净了身，教会了仪注应对，带进宫去，派在司礼监供职。过了两个年头，他才告假回家，那班债主和那个流氓头儿见他忽然衣锦还乡，本地官员都和他往来，且很巴结他，他们因此只得自认晦气，不敢再向他索债，和他斗气了。他偏旧恨在心，并未忘怀，暗暗示意地方官，将那个被流氓霸占着的暗娼驱逐出境，又将那个流氓头儿捉到官里去，问成流罪，充军到云南去戍边。那班债主中，有几个平时追讨逼迫他最紧、最厉害的，他亦暗嘱地方官，将他们捉到官里去，各办了个罪名，这真叫作‘三尺之下，何求不得？欲加之罪，何患无辞’啊！”

戚老四听罢，好问东方德：“刘公公既奉命招请豪杰，首先注意及您，想您必亦已应了他的聘，往京城去见魏朝呢，还是投奔魏忠贤呢？”

东方德道：“不，俺近来家事繁多，老母又在病中，俺为家务羁绊着，分身不得，怎好答应他的请求？因为一入两位的门下，既已食人之禄，自当忠人之事，彼时如或有甚差遣往外省去公干，或是京中有事，不能告假离京，偏值俺家中有事，俺不能回来亲自料理，岂不是大大的缺憾吗？故此俺未曾应允，只许他守日后老母天年终服后，再当进京投效。”

两人正闲谈着，忽见底下人来报，说大爷来拜。东方德即请戚老四坐着，自往外面去迎。一会儿，东方德已同着一个少年太监，并肩携手，走将进来。戚老四立起身来，东方德忙代两下介绍，并为双方当面各吹嘘了几句，夸耀刘义在宫中如何得宠走红，称扬戚老四在江湖上如何威名远震。吹嘘毕后，让请两位就座，忙命仆人献茶。

是时，那奉命去叫酒菜、邀请刘义的仆人才回见主人回话，一眼见刘义已先到，不由一惊，怕被主人诘责，忙向东方德回禀道：“奉命往馆子里内去要酒菜，已经办妥，因从大爷府上回来，在路上遇熟人，两下立在街旁谈了一会儿心，遂致反在大爷之后到家。”

东方德本不曾留意及此，闻言只一摆手。那仆人退了下来，自去办事。

这里东方德俟两人相见，寒暄过后，遂又紧接着对刘义道：“这位戚四爷，乃是山东道上最有名的第一条好汉。真正机缘凑巧，他因事到此地来，住在客店里，今儿在街上和俺两下遇见，俺因您大哥曾吩咐过，留神代您收罗好汉，好进京去见魏总管复命，故此俺将他让请到家，请您来和他相见。戚四爷不仅在江湖上的交游广阔，各省的英雄好汉他差不多认识得一大半，就是他庄上现在所聚着的数十位豪杰，无一位不是本领出众、武艺超群。大哥与其枝枝节节地派人向各处去访求聘请，还不如将戚四爷聘请到京城里去，借着戚四爷的力，此事便可马上迎刃而解了。大哥素来推崇俺，却不知戚四爷的本领比俺还要高强十倍呢。当年俺保一支镖出京出张家口，往包头镇去，在口外遇见一大伙强盗，俺被群盗杀得大败，身上还受了两处刀伤，幸亏戚四爷亦保镖路过，见俺镖失人伤，遂即催马追上群盗，杀败了盗首，夺回原镖，保全了俺的名誉，治好俺的伤势。那年俺如非戚四爷援救，早就不能吃这碗镖行饭了。”

戚老四见东方德尽量地为己吹，连忙逊谢称：“东方兄过奖，小弟实无何德能，蒙奖愧不敢当。”

东方德正容道：“戚四爷，这并非俺大言，乃系说的实话。您又何须过谦呢?”

说罢，又向刘义道：“大哥，您如和戚四爷相处稍久，来日方长，不久总得看见。倘到京城里向各镖局里的达官们略一哨探，便可知道了。现在四爷已洗了手，往时未洗手前，山东、河北两省的官兵谁敢正眼儿觑他的山寨？凡属往来南北、经过黄河渡口的行人，无一个不知戚四爷的大名。大哥回京，随便向沿途哪一家镖局问询，便可证明俺的话为不虚了。”

刘义素知东方德是个目空一切、唯我独尊的人，从不肯推崇别人说一句揄扬尊重的话，此刻见他极力夸称戚老四，心中已信了大半。又见戚老四生得躯体伟岸、形容威武、精神抖擞、猿臂熊腰，的确系一个英雄模样，将他和族弟东方德两人来比较，觉得东方德确比戚老四稍逊，料想此言不差，遂又加深了一层相信。当即点头道：“贤弟是诚信之人，从来不作戏言的，咱家素所知晓，岂有不信贤弟言辞、反要再去向外人打听之理呢？况且戚爷的大名，咱家早已如春雷贯耳，仰佩已久了。”

说罢，又对戚老四道：“舍弟夸称戚爷的武艺高，为人机变、精明强干、极有胆略，咱家今日得见尊颜，真有相见恨晚之慨呢。咱家此番回里扫墓，奉魏总管父子之托，代为物色英雄，聘请壮士。今日幸得遇见戚爷，不仅咱家回京得能回复魏总管父子之命，即戚爷将来的际遇机会，皆可从此生根，封妻荫子，胥当由此发展。戚爷的万里前程，咱家今日可以为戚爷预祝呢。便是舍弟荐贤之功，亦不可没，咱家回京，定当在魏总管父子面前称扬请奖的。”

戚老四谦逊道：“小可自顾辁才，实不敢当英雄之目。承蒙刘公公提携栽培，小可实深感幸，但恐驽骀之质，不足胜驱驰之任，将来反致有负刘公公的一番奖掖之心，那时小可的罪戾可就万死莫赎了。”

刘义笑道：“戚爷休得过谦，舍弟既如此推崇戚爷，自必戚爷的能为超群绝伦，定有可观。”

东方德接口道：“那是自然，戚四爷的武艺才能、智谋机变，小弟敢负担保全责。大哥如若见疑，不妨就请四爷当面小试其技，以免大哥心中或有何委决不下，回京不敢大胆在魏总管面前力保重荐。”说罢，向戚老四努嘴，又对着客厅下面天井中间搁放荷花缸的一块大太湖石努了努嘴。

戚老四是何等精明的人，睹状闻言，岂有不能了解之理呢？当即会意，应声而起道：“东方兄言之有理，待小弟略试一点儿功力给刘公公过目。”说罢，勒了勒衣袖，迈步走出客厅，来至那荷花缸面前。此时缸中荷花兀自枯着，才有些嫩芽报青，满放着一缸清水泥，约莫也有二百来斤的重量。戚老四只伸出一只右手，将缸边握着轻轻抬起，伸出左手的大、食、中三指，屈起无名小两指，鼎足式般向那缸腹底下伸进去，往上一托，将缸托在三指尖上，高举过顶，放了执缸边的右手在天井里四面绕行了一圈，蹲身放在客厅檐下的石阶上，返身又走到那搁放荷花缸的大太湖石面前，如前式伸出左、右手三指，在那石头当中各戳了一下，口中连喝了两声着。

此时，刘义同着东方德已都走下客厅，至天井正中太湖石前，遵照着戚老四的手势，向那石上一瞧，只见那块大石正中已如写成的品字般，被戳了六个很深的指痕洞眼，同时一块很大高厚的太湖石已被震出了裂痕，将要破碎了。戚老四的两手起处，石灰被手指带起往四下里飞散，不由齐喝一声彩。刘义是外行不知拳艺，当然除去晓得一个好字以外，其余一概不知。东方德却是个内行，对于拳棒功夫亦曾很下过苦功，是时见戚老四指戳太湖石，成了六个小洞，口中虽然喝彩助兴，心中却不十分佩服，因为见那石头已被震有裂痕，将要破碎了，这分明显出戚老四的硬功已练到极点，内功却未能完美，所以石头才有裂痕。倘如内功本领已练到了家，能和外功的本领八两半斤相平，那石头绝不会被指尖一戳震成裂纹。

当时戚四儿将太湖石戳成六眼后，回身又如前例，将那只荷花缸改托在右手三指尖儿上，高举着又周行了天井一匝，才放在太湖石上原处去。

东方德偷觑他的面色，已比前略微泛红，气息亦较前略促，但为捧他场子，荐他给自己做替身之故，特意连珠价拍掌叫好。

刘义见戚老四气并不喘，面未变色，当然惊叹敬畏，钦佩得五体投地，连声喝彩，拱手向戚老四道："戚爷神力威武，真使咱家佩服之至。"

东方德见他夸奖戚四儿，遂又接口道："这不过是四爷的小作游戏罢了，他的那拳棒刀枪弓马的本领，出入千军万马之中，如行无人之境，取上将首级能如探囊取物，那才真正格外使人惊骇畏惧、敬佩叹服呢！不仅四爷自己的能为如此超群越俗，即四爷的部下各位好汉，亦都各有专长，皆练就一身功夫，真有万夫不当之勇，亦皆极可钦佩呢。"

刘义听得不由格外着惊，加倍佩服，敬重戚四儿。

戚四儿见东方德揄扬自己，忙又说了几句献丑承奖的客气话，逊谢了一番，三人已先后同到客厅上重新就座。东方德命仆人献过茶后，速去催促酒菜，一面又令别个仆人在厅上布置席面座位，安设杯筷盘碟，一面陪着二人谈心。

不一会儿，仆人来禀："酒菜已经齐备，请主人邀客入席。"于是东方德让请刘、戚两人对面坐了客位，自坐主位相陪。仆人执壶在旁，敬酒上菜，专候差遣。

这时，刘义对于戚老四已比刚才亲昵了数倍，没口子地尊称着四爷，表示钦仰敬重之意，问明戚老四的姓名里居，即席约定，邀请戚老四偕同自己进京，谒见魏朝，然后回去，再由魏朝委派专员，携带聘书礼品到德州聘请，并说："经此一来，地方官对于四爷定必死去那条希冀图谋不利于四爷之心，乡党父老定必因此尊敬，不敢轻视四爷。"

戚老四当即答应。刘义大喜。

当日席散后，刘义坚邀东方德、戚老四二人同往他的家中去用晚膳。晚膳毕后，东方德、戚老四同时起身道谢告别。刘义送出大门，命仆人掌灯，分别送二人回寓。

次日上午，刘义亲携礼物到戚老四下处里来拜访，送礼结交，约定第二天清晨，刘义请戚老四到家会齐，动身进京。

戚老四逊谢收了礼物，当将刘义留住，命小二去唤一席酒席，款待刘义，令小二去请东方德到来作陪。席终各散。第二天，戚老四算清账目，另备了礼物，雇人挑着，自将衣包物件提着，同往刘义家中去回拜送礼，取齐动身。刘义略为逊谢，亦即收了。

打发挑礼担的人去后，刘义又请戚四儿在家同进了早餐，即率随从人员出门上马，同行进京。刘义因戚四儿无马代步，特将大名府赠送给他的一匹银鬃马借给戚四儿骑乘。

一行人众刚出得城门，背后鸾铃响处，东方德已率领两名伙伴乘马追来送行，并各送了二人一大包礼物。二人再三逊谢不收，东方德哪里肯依？二人只得称谢收了。东方德率伙伴送了二人一程，经二人谢请留步，这才作别回去。

二人率随员策马趱程前进，沿途无话。

那日进得京城，刘义先命领戚老四同到他义父刘成在宫外租的私邸中去，拜见过刘成，请问过安好，一面卸下行李，进过饮食，休息一会儿，这才各自更换衣服，检齐礼品，写好拜帖礼单，出门上马，命人挑着礼物，随在马后，带着四名从人，同往司礼监总管太监魏朝的私宅内去。行至门首，刘义命戚老四暂且和从人一同在外边听请，一面由他独自入内谒见魏朝，致送礼物。请过安后，魏朝看罢礼物，腹中正暗嫌其菲薄，意欲发话退还，不收刘义的孝敬，却见刘义满面春风地走至面前，伸长脖子，凑着耳朵回道：“总管吩咐俺此次回去，便中留意物色英雄，聘请进京，听候总管的使命。现在俺已请得一位无名的好汉，外号镇鲁北的戚老四，邀同进京，由俺引领，同到总管驾前，给总管请安。此人的本领俺已当面试过，果然极其高强，非寻常好汉可比。俺又曾暗命从人往外面去向镖行中人探听，回报此人曾做过不少惊人大案，在山东道上极有威名，最近方才洗手不干，真乃总管的福德齐天，故此得有此等奇才异能的好汉来应聘辅助总管。”

魏朝闻言大喜，忙将要嗔怪他菲薄的话缩住，改口询问：“人在何处？他的能为究竟如何？您由谁引荐，从何处将他聘来？请道其详。”一面吩咐家丁，将礼照单收了。

刘义见问，遂将在族弟东方德家中会见戚老四，由东方德推荐，并当面见他手指托举荷花缸及洞穴太湖石的情形回禀给魏朝知道，并说：“此人已由俺将他先行邀来，现在门外候命呢。”说罢，又将本人和戚老四约定，先来谒见，随后再由总管委派专人赍书携带重礼，前往补行聘礼的话回明了魏朝。

魏朝听罢，欢喜应诺，忙命刘义亲往门外去传话，奉请戚老四进见。

刘义领命，即去请戚老四同到里面。魏朝在厅上遥见刘义引着一位神采焕发、雄健魁伟的汉子进来，知道来人就是戚四儿了，忙起身走至檐口，躬身迎接。当由刘义给双方引荐了，戚老四见了魏朝，正待行礼，早被魏朝上前阻住，让请到厅上，分宾主坐下。魏朝首先开口，向戚老四说话。

未知究作何言，请待下回分解。

评曰：

戚四儿从良友劝，散伙洗手，勉为善人，是矣，而乃因防吉、于祸己，遂至不惜为虎作伥，躬身投列阉寺门下，欲借中官权威为己护符，其不明顺逆，昧于出处，乃竟一至于斯。设使其母而在，必将痛詈直斥可断言也。君子于戚之不能善自为谋，诚有不禁为之喟然长叹惋惜者。噫嘻！后文戚卒不克保其首领，其机盖已伏于此矣。

文中暗写东方德推荐戚四儿，为己替身，不啻诛其卖友。且于东方德目中，兼写戚之艺能，不仅预为后文戚遭败挫事伏线，实具有画龙点睛之妙。笔姿雄浑跳脱，面面俱到，允推难能可贵。

第十九回

结勇士治酒款宾
角武力挥拳碎石

话说魏朝对戚老四道：“适才刘公公盛称壮士的英勇豪迈，实足使咱家钦敬佩服，辱蒙壮士屈就，下应咱家之聘，咱家不胜欣幸。”

戚老四忙欠身逊谢。

魏朝又道：“壮士驾已惠然肯来，莅临京师，且请暂居在咱家邸中休憩数日，俟后壮士回去，咱家自当委派专员，备具聘书币帛，前赴德州，会同地方官，登门奉请，补行聘礼，以符刘公公和壮士预先言明的原约。不过屈壮士为咱家邸中的教师，多有简慢罢了。但是这亦不过系暂时的过渡办法，因为咱家所以聘请壮士到来的缘故，乃系欲借壮士之力，得多结纳各省在野的英雄。现在权充做本邸的护卫，将来自当另为安插，一俟由壮士另外推荐有数位和壮士同等能为的好汉到咱家邸中来担任教习及护院的职务后，当先为壮士设法，另谋官阶。咱家现在姑且暂屈壮士为记名的把总，实授锦衣校尉，兼充本邸的教师护院，一俟本邸护卫有人，定当保奏壮士入值为御前侍卫，或系外放为武职官员，只不过随后徐俟机会罢了。说了真巧，并非咱家对于壮士的艺能有何怀疑，实因恰巧于昨日由东宫太监徐吉人保荐了两位好汉到本邸来充当护卫，武艺亦颇能去得，但尚未由咱家授任他的官衔。适才由咱家差往兵部衙门里公干去了，大约稍停即可回来。咱家意欲待至他俩回来后，请壮士和他俩在咱家面前，两下比试一会儿拳棒，借此好定他俩的官阶职务。不知壮士亦肯和他俩交手吗?”

戚老四闻言，忙起立回答，先申谢过总管的栽培提拔，后即说：“既蒙总管吩咐，岂敢藏拙设辞推诿呢?”

魏朝闻言大喜，即令家丁传命，置备酒席，亲给刘、戚二人洗尘。酒将半酣，那两位护卫已从兵部衙门公毕回来，面见总管回话。当由魏朝命二人陪宴，即席亲给二人和戚老四介绍。戚老四才知二人的籍贯名姓，乃系从堂兄弟，名唤周仁、周义，河间府人氏。魏朝命家丁执壶给戚、周三人行酒，三巡以后，魏朝遂即开言，要求戚、周三人同于筵前，各显艺能，唯彼此均不可存敌视之心，都须切以友谊比试为怀。

二周尚嗫嚅未应，戚老四业已应声起立，口称：“总管既已吩咐，俺等敢不如命?”

二周见戚四儿业已应声站起，势不能当面示弱，只得亦跟着立起身来回道：“总管命令俺等当面比试，但恐手足施展时，偶或大意，伤损筋骨，更恐刀枪等兵器无眼，万一伤及生命，那时殊失友谊比赛的本意。某等愚见，不如大家各在总管面前或试验弓马，或比较气力，或以某物为目标，挥拳缶碎或射箭中鹄，皆可显出高下，不必定要彼此交手方才可判强弱。”

刘义在旁听罢，遂即首先极口赞成，说：“此法甚善，总管大可令三位壮士遵行。”

魏朝闻言，目视戚老四，意在待其答复。戚老四非常乖觉，初见二周之时，即已注意他兄弟俩的目光气息，以及腰腿手臂，早已看出他俩的本领平常，最多只好称为厅中佼佼，绝对不是自己的对手，故此一闻魏朝之言，即便应声而起。此时见二周退缩，魏朝目视自己，不由陡为好胜夸强的虚荣心所激动，遂慨然微笑道：“两位周爷的话固然很好，但是比试弓马，府内既无有校场，且亦并非二位周爷和俺的特长。讲到以物为例，那却极其容易，但不知二位周爷的尊见意欲如何试法，尽请说出，俺绝无不赞同之理。”

二周被他一顶撞，不由心中愤恨。周仁道：“厅下天井里尽多有的是大青皮苏石，俺想不如命人去天井里掘起几方最大的石头，俺们各人以每手能执一石，举起在天井里四周巡行三次，放在原处，面不改色，口不喘气为首；面改色，口喘气为次；不能举者为输。”

戚老四听罢，暗笑道，这种蠢笨的比法，竟比到俺的窠臼里来了。边腹中暗笑着，边已接口道：“很好，俺们就这么比吧，不过依俺愚见，一客不须烦二主，与其叫别人掘起石头，然后俺们再各自举石，未免空费时光。况且天井里铺砌的大苏石，每块大约总在一二百斤左右，常人焉能起得动？与其劳动别人，多费手脚，不如由俺们亲自动手，将那石头就地掘起，高举上去，岂不干脆爽快？”

二周闻言暗喜，遂即一口应诺。于是三人离席，走往天井里去。

戚老四首先走至天井正中，俯身低头下去，伸两手就推活动了两块大石，然后才扳将起来，喝一声起，已两手各抓着一块大石，高高擎起，悠悠地伸直了腰身，双手往上一举，恍如迎神赛会时，肩扛一对儿高脚牌一般，举在头顶上，移步往天井四周巡行了三匝，才又回到原处，留心泥土地原址，轻轻往下一丢，抛在地下，使足尖儿踢着，推合了原来铺砌的模样儿。戚老四如此一举动，并未变色喘气，早已引得厅上厅下、天井四周、廊边站立着的宾主仆人小监等齐声喝彩。

那周氏兄弟紧接着戚四儿之后，亦各扳起石头，用手抓住擎起，哪知弯腰双手擎石朝上伸直这股劲却是非寻常气力阴劲可及的。当时周仁兄弟俩运足了浑身气力才得举石伸腰向上，但已涨得面红耳赤，心中一慌，那气力竟致因此减少了。勉强屏住了气，在天井里亦绕行了三周，但是那足下的速率竟比戚老四迅疾了许多，远不及戚四儿那般的安闲自在。及至快步走回原处，足未立定，已慌忙将双手一松，抛掷石头在地上了。天井里满地平铺着大石，他俩急于将石头抛下，竟未曾留意须抛到原处泥土地上方免错失，因此遂至手松石落，误抛掷在别块大石头上，石和石撞，撞得火星直冒，碎石灰飞，竟致每方大石都撞裂了许多痕迹。二人格外惭愧，那面上的红光遂格外扩大了，勉强俯身下去，用手将两石就原处扶正了。众人虽亦喝着彩声，但是参差不齐，已远不及先时的热闹了。

三人的能为，这时已显分高低了，偏戚老四要盖人面子，称强到底。一见二周输了，心中不由大乐，开言道："二位和俺已比过举石的气力了，总算彼此一样，不分高下，这是二位发起的。现在俺亦想起一法，俺们不妨再做一回游戏的比赛。二位请看，这天井两边不是都用白石砌着花盆架儿吗？俺们现在可各使手掌一劈，劈断那横搁着的长石头，或是劈破那竖立在地上的石头，分裂为两爿，以各显手掌的阴劲功夫如何？二位请看，俺先试一试行不行，能不能应验。"说罢，移步走到石头花盆架子面前，随手移下架上搁着的花盆，然后运起掌功，对着那二尺来阔、一尺来厚横搁在两根石柱上的长条儿石头，当中一掌劈下，只听得砉然一声，那块长石头已应手被劈为两段了。戚老四劈断了枕形长石，自觉余勇可贾，遂又运右掌，对着那植立在地上的柱形长石，正中劈下，满望亦如适才一般，将石头劈破，剖成两半爿，哪知一掌劈去，石头虽被劈成了一条长直线的裂痕，约有二尺来长，已到达那石头被植立在泥地中的土面上了，如非被土护着，怕不破裂到底，剖分作两半爿吗？但是戚老四的右手腕却因这一劈用力太猛，几乎被震得折落脱臼，不由手臂酸楚，麻木了半边身体。幸亏他要脸面的好胜心太甚，勉强将一声哎呀忍住，不曾呼唤出口，但亦免不得护痛伸出左手来去捶揉按摩那只右手腕和臂膀。

这时，厅上下的众人看见，先后共喝了两声满堂彩，声震屋瓦，恍如半天里起了春雷。彩声之后，继以掌声，因此，戚老四一得意，将酸痛麻木忘了一半，兼恐被人看出破绽，故此强颜一笑，挣扎着走离了花盆架子面前，请周氏兄弟俩亦照样试验一下。

二周处众目之下，被他窘迫得羞惭满面，几乎无地自容，又因当着魏朝的面，怕因此为自己将谋出路的机会打破了，故此亦只得勉强挣扎，却由周仁开口，预为自己兄弟留一下台地步道：“戚爷的神力掌功实使愚兄弟惊服佩仰，本来已有戚爷珠玉在前，愚兄弟岂敢再不自藏拙？只因彼此本系游戏性质，既蒙戚爷抬爱，只得献一回丑，也学着戚爷试一回看。倘如能断石裂石，固然不足为奇；假使不能断石裂石，尚请大家包荒，戚爷勿要讪笑。”说罢，即首先卷起袖口，走去将另一条石架上的花盆移去，运掌如例一劈。只因他胸怀愤懑，那劈石的本领又是他兄弟俩平时练的独到技能，故此那块枕形式的长条石亦应手砉然而折，断成了两段。大家不由亦齐喝一声彩。

周义见兄弟吐了气，精神不由一震，遂亦走去，另移下一个花盆石架上的花盆，依样葫芦地一掌，也将一条长石劈成了两截。兄弟俩略一息力，同时各运手掌向那植立在地上的石柱一劈，只因他俩使的气力和劲太猛，恰巧这两根石柱植立在泥土中远不及戚四儿劈的那根之深，他兄弟俩先劈断那横担在柱石上面的长条枕形石时，已将柱石植立的泥土震动了，成为浮活摇动了，因此被他俩这一劈，虽不曾劈分为两半爿，却亦被震裂了一条痕迹，且都连根掘起，被劈倒在地上激起那栽护石柱的浮土，飞溅得两人一身一头面，双目如被泥屑尘土迷了。那立在两人身后较近些的人亦被泥沙飞起，溅了一头脸一身，有的亦被沙土尘屑迷了眼睛，于是彩声、掌声亦同时四起。两人揉着眼睛，不伤心而落泪。因已争得了面子，都正心中喜悦，遂将目痛忘了。

戚老四见两人适才举石那般吃力，放石十分慌促，分明气力功劲较己差得很远。此时忽见他俩都能和自己一样，心中很为不解，正拟另外寻一和他俩比赛的目标，忖念他俩的武艺定必很属平常，所以他俩适才始有那番很冠冕要面子的好看话，俺何不和他俩比一路拳棒呢？想罢，刚要开口，魏朝笑盈盈地已在檐口拍手赞道：“三位的英武神力各都不差，总算比赛已毕，三位同请到厅上来入席吧！

酒菜恐怕且都要冷了呢。”

二周闻言，巴不得这一声好作下台收科的地步，故此欣然答应，拔步往厅堂上便走。戚老四因未能全遮盖住二周的面子，心中颇不乐意，只因二周已首先应声走上台阶，魏、刘两中官亦已回身往席前走去，只得怏怏地亦随后走进厅堂，和魏、刘、二周同时入席。

凑巧是时，上下人众都走到檐口及走廊上去看戚、周双方比赛艺能，大家走开，遂无人注意到那席上。不料却被魏朝平时豢养、最最喜爱的一头黑猫走来乘空儿跳在席面上，老实不客气地大嚼恣啖饱食起来，那黑猫直待吃得腹中肠满胃盈，兀自贪食不走，仍在桌上细品那白汁鱼翅和燕窝汤的滋味，慢慢儿地咂舌啧嘴。及见主客回来入席，它才衔了一尾鱼，托地跳下桌去，溜向屏风后面去了。

魏、刘、周、戚五人先后都看见那狸奴跳兔的情况，刘、戚、二周当然只得见如不见，各不作声，总以为魏朝既已看见，定必要传命重整席面，以符清洁卫生，及尊敬宾客之意的，不料魏朝看见，并未重吩咐整器皿，再治菜肴，只将在旁伺应的小监、家丁等人责骂了一顿，却反说出一番护短的话来道：“这黑猫遍体纯黑，无一根杂毛，乃是俺极爱的一个畜类。平时它的饮食都由俺从宫中退回本邸时亲自喂食的，这畜生的嘴极刁，对于差不多的鱼腥食物绝对不肯进口，所以它的嘴极其清洁，并无一点儿污秽。现在它虽跳上桌来狂啖了一阵，实情并不肮脏，各位尽请放心。”

四人闻言，齐都面面相觑，不曾应声。小监在旁上菜，家丁执壶行酒。四人都因曾见那狸奴跳兔的情况，心中哪能除疑？故此虽然上菜，大家并未举箸。魏朝见大家都有疑心，只得传命重整席面，并令膳夫再治菜肴，一面让请四人，且自散坐一会儿，但因此遂对于那头黑猫颇为恨怒。

小监、家丁们奉命才将残肴收拾，重新摆列了席面，那头黑猫却因贪嗜美味，不知进退，又溜出屏风外来伺伏在旁，希冀得一空隙，再偷衔一尾鱼去，以膏馋吻。魏朝腹中正在暗怒，忽见那黑猫又出外面，虎视眈眈地望着席上，不由大怒，亲自起身驱逐。哪知这畜生平时遭蒙主人宠幸惯了，见主人来逐它，它还以为是来和它玩耍呢，故此并不回避逃跑，反向着魏朝咪咪混叫，偷空一纵身，竟又跃上席面，衔了一大块鸡肉，跳下身来，往檐口就逃。小监、家丁等见了，忙一片声吆喝呼打驱逐。

那狸奴跑出槛外，竟施展出它的爬高本领来，箭矢价逃跑上了屋檐，因被吆喝慌了，一口气竟跑到厅对过的屋上去，才停住了脚，回头见无人追逐，遂放下那块鸡肉来，自在安闲地在屋面上，假作盘老鼠的姿势，伸一只前爪踏住，又伸一只前爪撕剥，口中不绝的咪咪呜呜叫着。它在对面屋上如此盘弄，却不料激引得那在厅上的主人和宾客以及底下人等一齐注目到对面屋上去。

戚老四这时不由灵机一动，暗生一计，意欲借此压倒二周，夸耀自己，于是遂向二周道："这狸奴虽然一身纯色的黑毛，颇觉可爱，但它生性太馋。常言'馋猫不避鼠'，留它亦无何用处，俺们不如即借它为比试的目标，它在上面，俺们在此，各以暗器伤它，言明须要伤它的身上何处，如果言辞应验，便算赢了；倘伤不着它，便算输了。二位可赞成吗？现在这狸奴正在屋上偷嘴，二位不妨先打它，待二位打过它后，俺再动手伤它。"

二周见戚老四提议，当着魏朝，不好推却。适值魏朝心中亦恨那黑猫馋嘴，闻言，遂怂恿他三人各显能为。二周被催促着，遂即乘机取巧先发。

未知三人用何暗器比试，曾否伤得黑猫，请待下回分解。

评曰：

刘义与魏忠贤为盟兄弟，受命聘请好汉，乃先送与魏朝，此中大有玄机。如非下文为之揭破，读者苟轻忽读过，几何不等闲视之乎？故曰，作小说难，即阅小说，亦不易也。

本回为戚四儿投身奸阉之重要文字，故详写其比试艺能，以明其所以受奸阉重视之由。而夹入黑猫偷嘴一段文字，不仅为信手穿插，实借以证当时人咸注视戚、周双方比艺，无人顾及筵席。而写魏朝爱猫慢客，已隐为下文朝被忠贤暄宾夺权，以至孤立无援张本。盖即小说中，所谓隔年下种法也。

第二十回

击兽掷禽巧炫武技
赠金馈姬智设网罗

话说周、戚三人此时随身都未带着暗器，当因被魏朝催促着，二周觉得无可稽缓，随手取过桌上摆设着的一双银筷，权且当作一支镖。兄弟俩同时觑准那对面屋上的黑猫，嗖的一声，一齐发出打去。哪知他俩扬手作势时，已被黑猫看见，它见二人一扬手，随后有两件晶光电亮的东西向它发射将来，它吃了一惊，舍下那块残余的鸡肉，跳身让到旁边。它的身体才让开，两根银筷已同时都打了个空，咯嘟声响，落在屋上。

那黑猫一吓，掉转身体，向屋脊后便跑。说时迟，那时疾，戚老四早已亦顺手在桌上抓起一只银酒杯来，看得真切，扬手向那黑猫掷去，喝一声着，那猫正往前跑，回头探望，恰巧被那银酒杯掷中在它脑门，银酒杯的分量本重，加上戚老四的功力厉害，打在脑门上，登时将它的脑骨打伤，打得皮破血流，可怜那猫倒身在屋上，咪咪一阵惨叫，痛得在瓦上打滚。不料这一滚，竟致收缩不住，从上面直跌下来，啪的一声，掼跌在天井里石头地上，呜的一声哀叫，竟跌死了。同时，那只酒杯亦从瓦楞子内滴滴溜溜落下地来。

大众初见猫被打着，齐齐喝彩，及见猫被打伤跌死了，不由都觉得心中一惨，那彩声遂都无形停止了。魏朝见爱猫跌死，心中亦觉凄然难受，亲自走下天井去看，余人也跟到天井里来。

恰巧是时天空中有一阵雁儿噪着从头顶上飞过，魏朝抬头看见，对戚老四道："壮士虽然打中了猫，实有些取巧，壮士如能掷物上去，打落下一只大雁来，那才方显得真功夫呢！"

戚老四闻言，鼓着豪兴，走去将酒杯拾起，口中说道："总管请看，俺掷杯上去，打落下那雁行中第二只雁来给总管，停会儿下酒。"说罢，运用气力，将那只酒杯往空中飞行着的雁行掷去，果然不偏不斜，正打在那第二只雁的翅膀上。那雁便从空中随着酒杯跌落下来，正跌落在厅屋的瓦上。众人看见，少不得又齐声喝起彩来，赞扬戚壮士的本领。

戚老四很得意地微笑道："可惜这是酒杯，不大合手，倘如系弹丸、袖箭、石子等暗器，俺们练武艺的人考究的系射打开口雁，像这样打落雁，并不算作稀罕呢。"

魏、刘二人见他的能为比二周高强，遂对于戚老四格外表示钦佩敬仰，当即复行回到厅上，魏朝一面命人将黑猫收拾去埋了，一面命人将桌上的那盘鸡肉拿去换了。接着，魏朝又命人爬梯上屋去，取下那双银筷、酒杯和一只大雁来。

戚老四这时逞着一团高兴，闻言即说："何必如此费事？待俺上屋去拿下来吧！"说罢，即走到天井里，一扭身躯，双足一垫，已纵上了对面的屋檐，走过去，俯身拾起了那双银筷，回身腾身一跃，已跃过天井，飞跃到厅堂屋上，寻着了那只酒杯，拾起那只大雁，走到檐口，跳下天井，走上厅堂，将大雁扔在地上，杯筷放在桌上，早由家丁上来，将杯筷、雁儿齐收拾了，另又取一副杯筷到来，安放在席上。戚老四这番略施轻身功，登高如履平地，在瓦上行走，毫无声息，早又博得下面彩声盈耳。

可是有一层，戚老四越是受人夸奖，被人敬重，那周氏兄弟却越发相形得难堪，因此兄弟俩对视着以目示意，便托言解溲，先后告离了厅堂，走往僻处去，两下一商量，觉得面子已全被戚某盖了去，有他在此地，俺们哪有出头的时日？与其每日都跟随在人后唯唯诺诺，不能走在人前，威威武武，何不趁早离去此地，另谋门路呢？况且兄弟俩本都负有重大使命才来投在魏朝的门下，倘遇时机紧急当儿，早晚得便，即当看事行事。如今魏朝有了这么一个硬帮手，当然要将他留在身边，随身保护，兄弟俩自忖敌不过戚老四，即勉强汗颜留居此，但魏朝有戚老四护卫着，亦无下手的机会，故此兄弟俩商量之下，决定即刻一走了事，也不去回明魏朝向他告辞，更不愿重新入席再去吃那令人气愤的酒席。于是兄弟俩悄悄走往自己的卧房内去，将昨日随身带来的衣包物件仍旧拿了，由周仁亲笔留下张字条儿，略言：

二人自知本领不及戚某，在此徒得尸位素餐之名，毫无益处，故此悄然他适。诚恐被总管挽留，故不别而行，特留字柬，向总管道谢告别，请总管原谅勿责。

周仁写罢，放在桌上，即同着他兄弟悄悄走了。

魏、刘、戚三人在厅上，这时正在高谈阔论，故未留意。及至小监来请宾主入席，重新上菜，三人才觉他俩解溲去了好久，尚不见来，故此三人边各自先行就座，边由魏朝命小监去寻二人。

一会儿，小监拿了那张字柬，到席前来回话。魏朝看罢，知道二人羞恼走了，想情必不肯再来，即去追他，亦属枉然，故此笑了一笑，即将那张字柬命小监用一个信封封好，送给东宫内侍徐吉人。小监接过，领命去了。

戚老四听说二周羞怒走了，这才自悔适间自己太夸张，使他俩过于难堪。只恐他俩走后，怀恨在心，回去苦练武功，亲自来修怨打报复，或是去请别个好手来代他俩找自己出气。因此一想，戚老四颇觉有些局促不安起来，遂向魏朝逊谢，引咎自责。

魏朝笑道：“这何能怪壮士呢？实系他俩的器量太小，真正应了所谓悻悻然小丈夫气。他俩走他俩的，壮士不可因他俩走了，便尔心中不安。”说罢，亲自从小监手中接过酒壶，给刘义、戚老四二人斟酒，谢刘义的引荐壮士之劳，贺戚老四的武勇。刘、戚二人起身谢过，当亦接过酒壶，回敬过了，于是三人开怀畅饮。

魏朝忽然想起道：“戚壮士的大名，您似嫌太俗了些，现在虽已英名远播，名字叫了出去，一时难以改得回来了，但俺想尽可以用同音的字，将他改了回来，岂不雅驯许多吗？”

刘义接口道：“总管说得是，咱家亦曾给戚爷想过，照戚爷现在的大名，将来如做起官来，哪能合用呢？”

戚老四道：“俺在幼时开蒙上学时，本曾由先生依着俺家同宗字辈排行，起过一个学名，后因在家由先母亲自教授书字，遂将学名去着不用。后来，俺从先师神拳太保吉天相学武，吉师父亦嫌俺的名字太俗，曾给俺取单名唤作一个驷字，仍系与乳名同音，不过字不同罢了。俺离陕西后，此名迄未用过，现在蒙二位提起，俺即日就改名戚驷可好吗？”

二人同应道：“好，驷为良马，不仅字义甚好，亦且对于壮士的性格身份都极适合，壮士自即日起，就改称此名吧！”

戚四儿称谢应诺。当日席散后，魏朝将戚驷留居在家，偕同刘义进宫去轮值，直到半夜里，方才回来。其时，戚驷已由家丁服侍着安息了。

第二天，魏朝将戚驷传唤到内室里去，密谈了许久，详细询问过他先前的经历，知道他庄上尚有数十名壮健汉子，且都曾由他亲自教练过武艺。如将这班勇士一齐调取进京，安排在本邸内充当家将、家丁、护勇、亲兵，比聘请几名教师在家保镖护卫要好得多呢，故此魏朝遂和戚老四商量，待至戚驷回去后，这里即派人来下书聘请，并用招安的形式授戚驷为记名把总，克日进京候差，所有庄上的勇士亦一齐招安了，随调进京，到本邸充当卫士。内中各头目则都权任家将，随后再设法谋干官职，总之，量材取用，绝无简慢之理。戚驷遂即答应。

魏朝又恐戚驷的武艺不能如所言的高强，特意命心腹家丁往京城内各镖局去设法探问回报，果然戚驷的本领极其了得，早年一出手，即做独脚大盗，兼开商铺、镖局，后始在黄河渡口设立山寨，独霸一方。

魏朝得信后，心中大喜，每日在家都以恩礼竭力款待戚驷，初则尊称为壮士，继则尊称为戚爷，末后竟和戚驷通谱，拜把子，结为异姓兄弟。魏朝如此结交戚驷，无非欲使戚驷成为自己的心腹。果然不多几时，戚驷已被魏朝笼络住了，感恩图报，极愿为魏朝供奔走。同时魏朝为笼络戚驷起见，特差人往兵部去设法，给戚驷先打干了一个把总衔头，安闲自在地在家坐着，按月支俸，实行做了个吃粮不管事的官。过不多时，魏朝又给他将把总官阶升为游击衔头，戚驷做着挂名支俸的武官，住在魏朝府中，白天闲居无事，便往外面去逛逛，或是往刘义那里去会刘义，又由刘义引荐，给他介绍和魏忠贤相识了。

看官听说，其时魏忠贤进宫的月日尚未很久，但因他是魏朝的义子，人人都惧怯他些，他又为人狡黠，善结羽党，故此进宫虽未久，势力却已不小，大有与魏朝并驾齐驱、不相上下的概况了。

那刘义和他既是结义兄弟，因何聘得戚驷不先介绍给魏忠贤，反而介绍给魏朝呢？皆因刘义是有心人，他和魏忠贤拜把子，乃是他预料将来魏忠贤定必能继魏朝之后，掌握大权，所以在目下即先行结交起来。不过因现在魏忠贤的势力虽在膨胀之中，究竟尚系因人成事，实力究竟远不及魏朝雄厚，故此他为目下自己的地位着想，如巴结小魏太过分了，将戚驷荐与小魏，老魏定必嗔怪自己，自己将来的利益必定未能收着，反而先将目前的地位马上丢失了。故此他将戚驷一径介绍给魏朝，讨老魏的好，免吃眼前亏，又将戚驷拉荐着和魏忠贤结为相识，暗向小魏讨好献计，叫小魏优礼戚驷，结为知己后，便可托戚驷辗转引荐一位和他相等的人来。

魏忠贤的志向颇大，目光亦远，对于刘义将戚驷荐给魏朝的事并不稍存芥蒂在心，只于每次会见戚驷后，总得殷勤款待，赠送珍宝，预为约定，许他日后如由自己独揽大权时，定必给戚老四打干一任总兵实缺。他又探悉戚驷往日曾做过采花的飞贼，料知他生性必定喜好女色，于是差派手下，引导戚驷往京城各公私娼家去逛，请他从中挑选了两名绝色少年妓女，由魏忠贤花费了三四千两银子的身价，代赎了身，另又各赠该两妓以贵重的衣服首饰金珠做妆奁，悄悄赠送给戚驷作小星，另租房屋居住，每月一切开支皆由小魏供应，因此戚驷感激小魏又比感激老魏胜过十倍。

光阴如箭，戚驷在魏朝府中已住有三月，魏朝见戚驷已成为心腹了，遂暗命他回去，一面特派手下小监带兵部札子，及本人的聘书、礼物犒赏等项，前往德州去。先会过地方官，再请地方官率人陪着同往黄河渡口戚驷住的庄上去，陈说来意，先取出兵部公文任状，招安戚驷，任为把总实缺，以游击记名。手下头目如姓吴的等人都各委任官职，着令克日进京，谢委供职。又取出魏朝的聘书、礼单，聘请戚驷率部下勇士进京，准支把总官俸，兼任魏朝私邸的护卫，实授锦衣校尉。当面照礼单点交过礼物，又取出犒赏勇士等人物件的清单来，亦照单点交了，请戚驷随意支配，犒赏众人。

这办法本系戚驷在京预先约定，接洽完成的，故此庄上早已预备，临时得以有条不紊、毫不慌忙。当戚驷闻报使者率随从人等，会同地方官，带领差役等到来时，他即按着预定办法，传令排队、放炮、大开庄门，大吹大擂地奏乐，由戚驷率部下马步列队伍相迎，数十人一字排开，全身武装，气象威武，举动严肃，早将那奉使的小监，以及地方官人等骇了一跳，齐各惊出一身汗来。当由戚驷让请小监、官员等至大厅上见礼坐下，献茶之后，才由小监取出公文等项来交付。

事毕后，戚驷传令部下，鸣炮奏乐，分班上厅参见，参见既毕，吩咐设宴款待，亲率各头目在厅上陪宴小监、地方官等，部下则在别室分宴随从人役。

宴罢，小监向戚驷讨取了回书等项，同着地方官告辞。戚驷传令鸣鼓齐队，放炮开门，仍由自己率领着部下，笑送小监等出庄，奏乐相送。直待小监等一行人众离庄已有百步以外，方才止乐，鸣金收队，放炮回庄。戚驷当将礼物犒赏等项，照分给大众，吩咐大家收拾行李等项，尽明日一天预备，后日清晨动身。

到得后日，大众都穿便装，各带行李，分乘车马，一齐动身，鱼贯着络绎向京城进发。

那日赶到京城，大众先住在客店里，由戚驷带了部下名单，率着头目前往魏朝私邸谒见魏朝，令头目等各向总管请安毕，戚驷呈上名单，并代表大众，谢过了聘礼犒赏。

魏朝接过名单，略问过那几名数句，即便令大众就座，并以好言抚慰勖勉，吩咐家丁们献茶，传令置备酒席十桌，令众头目往客店传各勇士一齐到府参见饮宴，由魏朝委派心腹小监数人，分司招待，陪宴各勇士及府中原有的各家将，给他们双方会见，杯酒联欢。一面另治一桌酒席，亲在内宅招待戚驷。

当晚，大众回店住宿，次日一齐搬进魏府居住，派定职务，分班日夜轮值。戚老四身体闲散惯了，住在魏府里，未免嫌其拘束，且又不能每夜回金屋内去停眠整宿，只有在白天或黑夜乘魏朝进宫去了，方才能偷空溜回去和两妾团聚作乐，未免觉得不畅快。因此悄悄与魏忠贤商量，意欲不住魏府，并将两妾搬回自己家中去自在受用。魏忠贤沉吟了一会儿，给他想出一条妙计。

究竟其计如何，请待下回再写。

评曰：

写魏朝封戚，既用聘书币帛矣，又用兵部札子，形如画蛇添足，盖讥阉寺小人，窃权胡行，固不知法度名器为何物。而戚驷不学无术，只知借此炫耀，隐然活现纸上。此非作者故为漏窳，明眼之读者，当能知之。

戚驷之名，至本文始借其口为之叙出，是补笔。

写魏忠贤之结纳戚老四，手腕较魏朝高出数倍，待一草莽英雄尚如此，则其伺应帝王之钩心斗角，固不待言矣。宜其后能窃攘大权，胡地胡天，生杀予夺，为所欲为，几酿赵高之变也。

第二十一回

中狡谋内宦遣勇士
壮行色奸阉馈程仪

话说魏忠贤代戚驷想出一计，命戚驷附耳过来，悄悄对戚驷道：“您此事易办，这消咱家如此如此，给您对总管陈说，总管定必欢喜应允。那时您岂不是一举两便，以公济私了吗?”

戚驷大喜，谢过指教，起身作别，举步要走，忽被魏忠贤一把扯住道：“且慢，咱家还有话说。”

戚驷忙问有何吩咐，魏忠贤道：“您此番依了咱家的话得能回去称心如意，一双两好的快乐。但有一层，您回去借着拳教师的幌子，明系代总管办事，暗系自己享受快乐。咱家意欲相烦您在家中代咱家办理一点儿事务，就便召集几位有真正本领的好汉，秘密遣送到咱家这里来，您务必给咱家训练出一班英雄来，培养成羽翼，日后如成大事，您便是咱家的元勋了。明人不必细说，咱家的这层意思，想情您亦必能明白吧!”

戚驷连连点头道：“公公的事，俺时刻在心，哪有不理会得呢?公公请放心，俺只要能脱离了总管那边的羁绊，公公这边的事就包在俺的身上，给公公办理完善就是了。”

魏忠贤大喜，忙拱手道谢，亲自送戚驷到门首，方才住步，回身入内。

戚驷别了魏忠贤，回到魏朝邸中，照常办事，一面由魏忠贤暗中派遣心腹往各处去散布谣言，说朝中御史现因魏朝招用戚老四在家的事，将要上本参奏。这话过不几日，已有人传进魏朝耳中。

那晚，魏朝和魏忠贤在宫中会见，魏忠贤悄悄对魏朝道：“总管府中现养着许多勇士，又有戚老四领导指挥着，真可称作千稳万妥，有备无患啊！不过俺给总管设想，照现状而论，总管府中容留的勇士人数已多，即无戚驷在此，亦不致有何危险。因闻得戚驷往日的作为，颇为凶狠，倘被言官晓得了，他们竟借此机会，联名上疏到万岁驾前揭奏，轻则说总管私蓄勇士恐有异谋，重则直言总管心怀叵测，图谋不轨，那时总管的地位可不很有些危险吗？”

魏朝正因听说有人将要参他，心中一时未定主见。此时闻言，不由打了个寒噤，沉吟了一会儿，即问魏忠贤道：“依您该怎么样呢？”

魏忠贤道：“好在目下朝中各位御史差不多都曾受过总管的培植，谅来一时还不致就会发生反动，不过在总管本身却不得不防罢了。”

魏朝笑骂道：“您这小鬼头真是能言善辩，适才说的话何等令人可骇，唬得俺一跳，马上又说得这么轻描淡写……”

魏忠贤不待说完，正色道：“总管以为俺说玩话吗？实情俺今日奉命往外面去走动，在外人口中，听说现有某某言官，对于您老颇拟借着总管私邸中延聘戚驷的事作题目，趁机攻讦总管，俺因听得有这种风声，所以才对您老陈说的。不然，俺会大惊小怪地在总管面前无的放矢吗？”

魏朝见他说得一本正经，又与前闻暗合，不由得不信，忙向他追究是哪几位言官，并笑说道：“莫非这班穷御史想咱家去俯就他们，故此特意在外面放野火吗？那他们可就真打错了主意了。”

魏忠贤摇头道：“不，不，您老乃是明人，俺如知道他们的名姓，还不向您老报告吗？岂待您老问呢！再则他们不来赴上水、孝敬您老人家已是胆子不小了，岂敢来老虎头上拍苍蝇，想在您老人家身上找油水呢?”

魏朝笑道:“您这话可就奇了，他们既不敢来捋虎须，何以又有参劾咱家的风声呢?您不必吞吞吐吐，快从爽直些说实话，别净说闲文，模棱两可，使人听了不痛快。”

魏忠贤道:“俺岂敢在总管面前说模棱两可的闲文?实情在那班言官。因为他们自己身居言路，好久没有奏参过什么大员，自觉颇为失职。恰巧闻知总管擅自招安了戚驷延揽在私邸中充当护院，他们以为这正是个绝好的题目，很可以借此做弹劾的目标，他们所以尚在拟议，未即具奏的，乃系畏惧您老的势力，不敢马上就发动……”

魏朝不待说完，忍不住又笑道:“照您这样讲来，他们既畏惧咱家的势力，就该安分些了，何苦又来寻事呢?”

魏忠贤叹道:“唉!总管只知其一，不知其二。他们身居言路，吃着皇上的俸禄，好久没有奏参过什么人，倘被万岁责怪起来，他们岂不都有尸位素餐的嫌疑吗?故此在他们所处的地位上，实情不能不找几件事，总算在万岁驾前交代交代，表示他们已尽责任，这亦是他们做御史官的苦衷啊!”

魏朝点头道:“不错，他们的责任如此，这原怪他们不得。但是外面既有此种风传，在您看，咱家应该如何对付他们才好呢?”

魏忠贤故意略沉吟了一会儿，反问道:“依您老的尊见，要怎样办呢?”

魏朝道:“依咱家之见，马上分派几名干练的人往各方去哨探，哨探出那几个想奏参咱家的言官来，便给他们一个迅雷不及掩耳，先下手对付了他们，免得夜长梦多，闹出别的枝节来，您看好不好?”

魏忠贤道:“总管的话虽不错，究竟不能算作全美尽善。依咱家愚见，扬汤止沸，不如釜底抽薪，因为现在他们攻讦您老的题目即是揭奏您老招安戚驷的一事。咱家以为总管目下不如即日打发戚驷回去，此乃去虚务实之计，既可避去他们的攻讦，又可获实在的利益。”

魏朝道：“咱家招纳戚驷在家，本系为防患，如果打发他走了，岂不是自撤藩篱吗？那怎么使得呢？”

魏忠贤笑道：“因为如此，所以俺才请总管用去虚务实之计呢。”

魏朝忙问：“怎么叫作去虚务实之计？”

魏忠贤道：“这极容易，您老赶紧打发戚驷回去，扬言已将戚驷解职，实际却令戚驷回家，以拳教师名义设厂授徒，招聚江湖上各路好汉，结为心腹，以备日后临时或有用处。您老府上，戚驷虽走，他所带来的部下头目等众并未曾走，外面谁都知道。他们这班人物都有很好的武艺，全非轻易可以侵犯得的，纵有人和您老心中不甚乐意，如没有绝顶武功，绝不敢轻易来捋您老的虎须，您老有这许多好汉分班日夜保护，还怕什么人来行刺吗？戚驷既走，那些御史做文章的题目已经没有了，哪里还会弹劾呢？您老在表面上虽然去了一个戚驷，暗中却令他在家召聚好汉，遇有风声紧急的当儿，他平时感受恩惠，临时自必到来，这岂非您老去虚名而务实利的良法吗？”

魏朝笑道：“忠贤，您真是个鬼灵精，分明教咱家用掩耳盗铃之计，却故意改换名目，说出这么一大套话来。好便是好，不过有一层，倘然戚驷回去，净吃粮不管事，咱家这里如遇有危难，着人去调他进京，他却看咱家卧起冷铺来，咱家岂不成为白操心吗？”

魏忠贤笑道：“总管平时既以恩礼结纳他，他乃是一个草莽英雄，江湖上人素来最重义气，何况他又曾任过绿林中的大首领呢？这忘恩负义的事，俺敢保他绝对不会有的，总管尽可能放心吧！”

魏朝听罢，略又沉吟了一会儿，复又问道：“您在外面听人传说，有御史将要借咱家招安戚驷在家的事弹劾咱家，可知他们意欲如何措辞吗？”

魏忠贤道：“据闻他们弹劾的文章，诉述戚驷以往的历史，现在由您老擅自做主，以国家官秩将他招安在家，充任护卫，分明目无君上，藐视国法。据说除对戚驷以往的生平痛加奏参外，并将他往日打家劫舍的一切罪名都移到您老身上来，说是暗受您老的指使。总管请想，万一这道本章当真的奏将上去，万岁焉有不查问之理？倘然追究起来，岂不与您老大大的不便吗？”

魏朝听罢，点点头，亦不再往下问，即和魏忠贤散去，各去办事。事毕之后，魏朝退回私邸，命人将戚驷唤到面前，即将魏忠贤所说的言辞告诉他听了，问他本人的意思如何。戚驷见问，心中大喜，乘机进言道：“现在外面既已有此风传，诚恐竟由谣诼成为事实，岂非因俺在此，误了总管的事吗？为今之计，总管倘能见信，由俺回去，在家以教习拳术和保各省的镖为名，设立教武馆，开张镖局，招纳英雄，结识好汉。倘能早日延揽得一二位和俺的本领相仿佛的人，即便先差他到府中来听差，做俺的替身，保护总管的安全。将来守俺教授的徒弟们武艺完成，再挑选数名能和俺相似，或竟青出于蓝的弟子，打发他们到府里来当侍从，仰赖总管的大力，栽培他们，使他们将来能得任一官半职，庶几他们的足迹所至之地，即是总管的威德所被之处。那时不仅俺借此可以算是报答总管的知遇，便是总管本身的势力，亦可根深蒂固，千稳万妥，永无摇动之虞了。假使俺去后，总管这里有甚差遣得着俺的地方，只消派遣一名快马，赶到德州黄河渡口去呼唤俺一声，俺定必应召立至，绝不敢稍有迟误，总管尽请放心吧！”

魏朝听罢大悦，即说：“能得壮士如此为咱家尽力，乃是咱家的大境。”说罢，遂与他计议，如何回德州去设立教武馆及开张镖局的事。

魏朝又恐戚驷回去开设镖局，被别人聘去保镖，自己有事，马上调取他不着，反致弄巧成拙，呼应不灵，特意再三叮咛，命戚驷回家只设厂授徒，担任拳教师，不可受别人聘请，担任镖师。倘如定要借镖局名目会晤水陆两路的人物，非万不得已，亲自切勿出门保镖，以免京中有事接应不着。戚驷唯唯应诺，当夜散值，悄悄回去，吩咐两妾收拾细软，从人亦整理行装，预备后日动身。

次日白天里，戚驷在魏朝府中设宴召集手下各头目勇士，开怀畅饮，席间将自己回去的原因用意对众说知，随即亲给众人行酒，向众告别，又吩咐众人在此好生护卫，不可因自己走了，大家便尔疏忽。众人见戚驷忽然离此回去，已都猜知他的内情，故此大家除唯唯应命之外，都各说了些珍重惜别祝福前途的话头，于是众人即席决定，当晚在外面馆子里整治筵席，给戚驷饯行。

到了晚间，戚驷由众人邀请到馆子里去赴宴，直饮至二更以后，方才停杯传饭。

饭罢散席，戚驷率同众人回转魏朝府中，该值的照例轮值守夜，不该值的各自散去休息安眠。戚驷待魏朝由宫中退回私邸，相见后回明定于次日动身，临行不再来见总管告辞，即于此刻告别。

魏朝闻言，遂命人进内宅去取了些金银器皿、珠宝饰物、绸缎等件和二百两银子出来，当面致送给戚驷，算是给他送行的程仪。又再三叮嘱，命他回去好生在意，务要给咱家办事，致于壮士每月的薪金，咱家这里仍旧按月着人专送到壮士庄上去，绝不误事，并说："待日后风声平静，京中如有机会，咱家仍当为壮士设法谋一个现任的武职官，在京供职，彼此好早夕聚晤，互相照应。"

戚驷再三申谢，陈述感激，并谦辞程仪厚礼，不敢领受。魏朝哪里肯依？戚驷辞谢不得，只才道谢收了，当即告辞退出，到自己住房内，摒挡收拾了行装等件。收拾完毕，又赶回寓所内去，和两妾相见，查看过已收拾好了的各件细软，只才和两妾安睡。直至次日晌午时分，方才起身，洗漱早点后，戚驷令仆从人等押运行李车马，护送两妾先发，指定地点，命在该处等候。待至两妾及男女仆婢人等都已上了车马，押送着行李物件，发脚之后，戚驷才回到魏府，取携了自己的行李等项，装载上车，别过魏府上下内外人等，带了两名武装的随从，出门上马，押车前行。赶至指定的地点，和两妾等一行人众会合在一起，遂即催马趱程往南进发。

正走间，忽闻背后鸾铃声响大震，追赶了一群人马来。戚驷闻得铃声，忙勒马停骖，拨转马头，反身立定，察看来者究竟。及至那一群人马追到了面前，戚驷早已看见，当先马上坐着的一人，正是魏忠贤，背后共随着六骑人马，每匹马身上都驮载着一包东西。戚驷看见，催马迎将上去，魏忠贤业已看见，扬鞭大叫："戚四爷缓行一步，咱家特地追来，亲给四爷饯行。"说话间，已策马来到面前。

双方各自滚鞍下马。戚老四迎住魏忠贤，请问过安好，即说："俺蒙公公暗中援助，得能免除羁绊，回家安闲过活儿。昨日曾亲到公公府中去道谢告辞，恰值公公在宫中尚未回来，俺只留了张字柬，即便走回来了。今儿因为临行匆促，不及再登门告别，已经负疚很深，抱歉之至。反蒙公公赶来，多劳玉趾，叫俺心中如何能安？"

魏忠贤忙道："昨日四爷枉驾，咱家失迎，及至回来知道，时候已经晚了。今日早起，本拟亲自到府上来送行，不料又被别事耽延住了。直到此刻，方才能抽身得开急速赶到府上，才知四爷已率尊宠仆从等人荣行了，遂即追将上来。恰好至此追着。"

说话间，双方已会合在一起，戚、魏两人齐又上马，并肩前行，来至一处小镇集上。魏忠贤令大家暂且缓行，男女人众齐下了车马，在镇集寻觅着一家馆子打尖。别看这镇集虽小，却因密迩京都之故，往来经过的商贾仕宦极众，因而随意小吃的馆子，生涯颇为不恶，诸般菜肴，各色点心，以及各种上好的美酒亦无不应有尽有。

当时魏、戚等男女人众同进一家馆子内去，因为人数众多，又分着男女列座，竟将该馆内外所有的座头一齐占满了，后至的往来行人只得退往别家去就食。当由魏忠贤吩咐堂倌，要了各色酒菜，亲自给戚老四把盏进酒，殷勤饯别。酒至半酣，才命从人各将马上驮载的包裹一齐卸下来，捧献到戚驷面前，指赠给戚驷，申明因时间匆促，不及在家治酒整席，又未能备办礼品，所以只能将早日特地亲自拣选和监制下的几宗较为珍贵些的衣服物件分包做六个包裹，赶来奉赠给四爷，以及两位如君，聊表微忱，而壮行色的。这六包东西内四包是精细珍贵的衣服、玩具、首饰等项，乃是送给两位如夫人助妆及清玩赏鉴的。另两包，一包内系一副精细的乌金软甲和一领紫酱绣金盘龙的战袍，一包内系一顶赤金的头盔、一套青绸精制的夜行衣靠和一身鱼皮绸油的水靠，乃系早日特制，专送给四爷自己应用的。只可惜仓促间咱家未能觉得，一口宝剑或是宝刀和一匹能行名马送给四爷，未免仍系美中不足，只好待诸日后，随时留意访求，徐图补送吧。

戚老四目睹着魏忠贤手指那六个包裹，悄语低声地说罢，深感他的用心，和追来赠送的诚意，连忙感激称谢。正拟开言谦逊辞却，不敢拜领。魏忠贤已窥知其意，不待启口，即又说道："四爷休得辞谢，此乃咱家早日暗中留意四爷及两位如夫人的身材长短、腰肢粗细的大小尺寸，亲自监工精制的盔甲战袍衣服，至于那些首饰、玩具等项都系大内之物，平时由万岁及各位娘娘赏赐给咱家的贵重东西，非外间轻易得见的，咱家特意留着，专诚奉赠给四爷的如君服用玩赏，以代饯行送别的礼物程仪的。四爷如其不肯赏脸收受，是嗔怪咱家的意思不诚敬，并嫌咱家太菲薄了。"

戚驷见他如此说法，不能开口辞谢了，只得躬身拱手，再三称谢领受了。

魏忠贤见他已收了礼物，心中大喜，遂又殷勤劝酒，再三以代为留心物色英雄，推荐到自己门下，和树立自己在野的心腹党羽，预备日后临时或有用处，请托戚老四，回去切勿忘记。戚驷唯唯答应，二人谈到密切处，于是又指酒为誓，各将指尖儿咬破，沥血在一只酒杯内，各喝了半杯血酒，誓同生死，富贵祸福。酒饮可八分，方才住杯，随意各进面饭。

酒食完毕，魏忠贤抢先会过账目，告别戚驷，率领六名随从，出门上马。戚驷乘马相送，直送出街头大道上，方才各道珍重而别。

戚老四驻马守魏忠贤等一行人众扬鞭绝尘疾驰而去，已看不见人马的影子了，方才拨转马头，复回到馆子里，督促众人齐上车马，离开了那所小镇集，迤逦往德州进发。一路夜宿晓行，无事可记。

那日到得黄河渡口戚老四自己的庄上，家中男女上下人等早已得到信息，齐至庄外迎接，山上庙中的僧众亦得知消息，纷纷赶到庄上来迎候戚老四，和戚驷相见。其时由方丈差往陕西去的四个和尚适巧正从西安、凤翔、华山等处云游回来，戚驷一见，陡又想起了心事，当将行李等件及两妾从人等安插妥善，即便匆匆更衣，同着众僧，前往山上庙内去与方丈晤会，询问那四僧此去陕西的一切情形。

究竟四僧探着的消息如何，请待下回再写。

评曰：

本回写两魏待人手段之不同，已显然判其优劣矣。而后文两人因客氏闹醋，魏朝之死于忠贤之手，盖已隐然伏兆于斯，何则？盖两人之机智高下，相差甚远，固不待智者而后知之也。

忠贤操纵戚驷，极得笼络草莽英雄之法，宜乎戚驷甘愿为之效死也。而其追及送行，手腕之妙，足与阿瞒媲美，非忠贤之奸诈不能学此，非作者之笔墨不能写此，两者相得益彰，堪称情文并茂。

第二十二回

老和尚飞剑警恶秃
小拳师使诈赚凶僧

话说戚驷到家，安顿下行李物件，急忙偕同僧众前往山上庙内去拜会方丈，将那差派前往陕西去的四名和尚唤到方丈内来，询问四僧此去探得的详细情形。那四僧中前往华山的两名法名唤作智空、智圆，往凤翔去的两僧法名唤作智静、智能，都系方丈福海老和尚的徒弟。往年戚驷在家大干打劫的生涯时，延揽各方豪杰，招接山川英雄，得和福海和尚结为方外交，遂请福海担任山上庙内的方丈。

这智空等四僧起初原都从福海学武，后随福海在外闯道，由镖师改行，合伙打劫官商，成为山东道上的一杆强悍的股匪。后因犯案太多，官厅捉拿剿办的风声紧急，师徒们被官兵围剿搜捕，徒党星散，冲围逃出，才得脱漏了法网。因为官方悬赏通缉风紧，无计自全，方才一齐削发出家，逃到德州，投奔戚老四入伙。

戚老四其时正在庄院后面山上建造庙宇，预备容留各地因漏网而出家的好汉。庙宇适巧落成，他师徒凑巧到来入伙，于是戚老四即将他师徒留居在庙内，互相讨论，共同酌议。福海师徒及戚老四手下的各绿林恭维戚老四，说戚寨主的福与天齐，可取庙名为天齐庙吧。大家一倡百和，遂即定了庙名，请人书写了“敕建天齐庙”五个大字，着令石匠镌好在石碑上，择选吉日，竖立在庙门上方墙上去，即请福海担任了方丈，智空等担任了知客、监寺等各职事僧人。

福海师徒自从居住在天齐庙内之后，因为已有了安身立命之所，当然对于戚老四的招纳恩惠，意图报称，所以戚老四每遇有何危难事项，与福海商量，福海定必竭力援助，筹谋计策，只不过轻易绝不出马临阵罢了。及至戚老四接受朋友的忠告，决心洗手，回家解散部众，福海师徒亦因此感发出了天良，存心从此真诚皈依三宝，修行改过，忏悔罪恶，从此绝不再做打家劫舍的生涯，更不预闻杀人放火的勾当。后来戚驷、福海派遣四名精细僧人前往陕西地方去探听详情，福海寻思手下和尚虽多，究不及四名徒弟来得贴心，况且戚驷现已洗手，此事关系戚驷的生命出入，故此特遣四名徒弟前往华山、西安、凤翔等处去哨探信息。

戚驷上次由京都回家时，四僧尚未回来。这日戚驷携两妾及男女仆人回家，四僧已同由凤翔回来，当时戚驷与福海会见后，寒暄已毕，戚驷遂问福海："劳四僧法驾，前往陕西哨探得的消息如何？"

福海道："戚寨主且莫性急，待贫僧唤令四名小徒，分别报告详情。"说罢，即令智能往香积厨下去传法旨，安排酒菜，整治素席，在方丈里款待戚寨主，给寨主接风。

智能领命去传话，不一会儿，火工道人已由香积厨下同小沙弥到方丈内来，排列好筵席，福海让请戚老四入席，自己师徒五人相陪。酒过数巡，福海即于筵间，令四徒分别报告。戚驷忙于席上执过酒壶来，亲自给福海师徒敬酒，表示给四僧谢步道劳，和敬谢福海分神的意思。

福海笑道："戚寨主如此客气，岂不反令贫僧等师徒惭愧吗？自己人说什么谢不谢、劳不劳的？倘被别人听了去，岂不成为笑话吗？"说罢，忙从戚驷手中夺过壶来，给戚驷回敬过了，又命四徒给戚驷奉菜。

大家闹过一回虚文，这才由智空先开言道："小僧同着智圆师弟由此动身，一径前往华山。到得华阴县，在该处华严寺内挂单，先向同教的僧人们打听，打听不得要领，遂往华山左近去走动。当即在山脚下一所归元寺内挂单，仔细探问，才知后山巅上果然有一所新募建落成的道观，观名唤作元真。观内共有三名女道姑，一老两少，两名道婆当家的老道姑俗家姓杨，法名唤作知元，传说这位杨道姑乃是七世的老处女，且又历世都是胎里素，每世均系带发修行，无疾而终，故此道行很深。她本不能知道她自己的前世，乃系在二十年前，往南海去朝普陀山，在山上遇见一位白发老道姑，将她邀至山后一所茅屋内，留她居下，将她的历世前情逐世为之道破点明，并给她取法名唤作知元，赐号为慈济仙姑，收她为弟子，即日传以各种符咒，命她往南北各省去广施法力，普济群生，专一以灵符医治男女老幼的疑难疾病。吩咐她十年期满后，再到南海相见。

“杨道姑在山上住有半月，将灵符咒语学习完全之后，拜别师尊，下山行道，云游各省，专一济世活人，绝不收受谢仪。十年期满后，回到南海，再朝普陀山，寻觅至茅屋原处，拜见师尊，复由老道姑传以拳棒武艺及两口飞剑，命她学成以后，仍往各省去以法力救济困厄这人。

“杨道姑至此，遂拜问师尊，请示法号。老道姑见问，忽然微微一笑，即在宝座上瞑目危坐，良久不语。杨道姑跪在面前等候法旨，初还不觉有异，及至见师父一笑瞑目之后，良久不语，仔细凝神，才觉其声息全无，遂呼唤了数声，仍不见答应，这才立起身来，以手推动，口呼师父，仍不见张目启口。用手至老道姑的口鼻边一试，才知老道姑业已于一笑时羽化升仙了，不由大恸起来。

“哭拜了一会儿，忙为老道姑办理后事，用一对儿大荷花缸盛老道姑在缸内坐着，合盖起来，架起在柴草之上，用火焚化。火烧到烈焰腾空、烟雾迷漫时，忽听得火中一声响亮，从火光里腾起一股白烟，冲霄直上，冉冉升至天空云眼里，忽然一齐都变作了白云。在这朵白云上，忽然现出一朵白莲花来，白莲上坐着那老道姑，望着杨道姑，微笑点头。

“杨道姑惊得慌忙跪拜在地，叩谢师恩，祝祷师父羽化升仙。及至拜罢仰视时，那朵大白莲花已托坐着老道姑，从云端里飞驰向西方而去，顷刻间已是不见。再看那火化的合盖着的一对儿大荷花缸时，已是烟消火熄，荷花缸亦碎裂在烬余的柴草堆里。那缸中坐着的老道姑尸身已不知去向了。彼时不仅杨知元道姑惊奇骇诧，即被她请来帮助办理火葬等事的男女众人亦无不震惊奇异，一齐拜服在地，口诵大慈大悲观世音菩萨，大家都叩头如捣蒜，嘈杂喧哗着乌乱了一会儿，方才各自散去。

“杨道姑深恐山上山下各寺院僧众，以及男女民众闻知信息，赶来观看，反多费言辞，徒然麻烦，无裨实益，遂即赶紧收拾了自己的随身衣物，离去茅屋，动身下山。刚才走出茅屋，行未及一箭路，猛听得背后响声噼啪，不由奇怪，回头看时，却原来那进茅屋不知如何会刮刮杂杂地焚烧起来，火势已成燎原，竟致不可向迩。恰巧山风大起，风助火势，火趁风威，转瞬间已将一进草屋烧成一片焦土。等到左近的人看见火光赶来灌救时，不仅茅屋早已全毁，即杨道姑亦老早走下山去了。

“当时杨道姑因恐被人看见，问长问短地麻烦，故此改从后山下去，绕道从小路行走，离去了普陀，谨依师训，复云游南北，普济群生，除以符咒活人外，又很做了些侠义的勾当，只不过未开杀戒罢了。

“如此又经过了许多年，才因朝西岳，爱悦华山别峰高耸，极合清修，遂在那山巅平坦处，率萝叠石，搭盖了一所草屋。直至近两年，因收得了两名徒弟，才发愿募缘在山上建造这座元真观，并收了两名老道婆，专司观内香火及洒扫炊煮门户等一切事务。

“讲到她的两名徒弟，果然一名就是那位于二小姐，系在河南路上，师徒遇见，收为门徒的，由杨知元给她取法名唤作慧剑，以示斩断情丝之意；另一个亦姓杨，系杨道姑的近房本家，因为身体多病，且亦系胎里素。杨道姑每次回家祭扫祖坟，总是寄居在她家中，她父母因她具有善根，知道她只能享清福，无缘享受洪福，遂将托给杨道姑，求杨道姑带去修行。杨道姑因她颇有善根宿慧，故此给她取法名唤作慧元。

“慧剑从家中潜溜出来的时节，本偷带了不少的金珠首饰，以及现款银钱，虽然同着韦二夫妻，由凤翔至德州，沿途使用了些，末后又赠送韦二、王氏两口子些首饰银钱，但尚留有一部分随身带着。那慧元呢，家中亦非贫素，从家中跟随杨道姑动身时，亦带有不少金银首饰，故此师兄弟俩会见之后，遂发愿建造元真观。师徒们因恐不敷，特又下山去募缘，凭着杨知元老道姑历年在外面给人医病从未收受过谢仪的历史，这回开言向人募化，当然极其容易，毫不为难，故此为时不久，即已在山上将一座女道士观建造落成了。慧剑是因有戚寨主往年的隐恨在心，故此托求杨道姑传授了武艺，练成了剑术。那慧元呢，却因身弱多病之故，又无什么隐恨在心，故此并未学习武艺剑术，只跟着杨道姑学会了各种符法咒语。

“小僧等到华山时，杨、于两道姑师徒已往四川、云南、贵州等省去游历了，观中只有那小杨道姑和两名道婆在着。俺们曾往元真观内去焚过香，随喜过观中前后，并探问过消息。但因僧道异教，那慧元道姑又在少年。不肯出来见客，只从两名道婆口中探得些信息，她俩对于武艺丝毫不知，更休提什么剑术，但只能知道，于慧剑小当家的颇有本领，和老当家的比较起来，竟可以称为不相上下呢。

“小僧等从华山探问确实后，即便动身往西安大相国寺去挂单，在该寺曾和方丈老和尚海观会见过，俺们虽住有几天，但亦毫无动静。俺俩虽不时向该寺的僧人们哨探，但亦都回称，当家师的剑术如何高妙精深，大家都不曾看见用过，所以只知当家师能够精通剑术，却不能知道他的剑术究竟怎样。

“俺俩因哨探不着要领，遂想出条冒险的计策来，于夜间改扮了夜行人，分头由屋上飞身进方丈内去，由小僧行刺海观，并由师弟盗取方丈内储藏的银钱，以及海观所修炼的舍利子，存心假祸东吴，特意预先写好字柬，乃系冒充杨知元、于慧剑师徒道姑的口气，向海观寻衅挑战。不料小僧才从屋上下去，尚未走进方丈，海观已在禅床上知道了，竟高声喝问：‘窗外何人夤夜窥探，莫非来盗本师的舍利子，想要试本师的飞剑利钝给本师开杀戒吗？’小僧闻言大惊，唬得赶速飞身上屋。不料心中慌促，足下用力稍猛，一脚踏碎了一片瓦，那声音在寂静的夜里颇为清晰。海观听得，竟将飞剑放射出来。俺只觉得一道白光从下面窗槅内飞将出来，追上屋边，嗖的一阵寒风过处，竟将小僧手中的一口短剑削成两段，小僧手中只拿着半段连柄无尖的宝剑，那剑锋尖儿已当的一声跌落在瓦楞子内。唬得小僧飞身逃跑，慌促间不敢逃回僧房客舍内去，直向别处乱跑。那白光不前不后，只是在小僧头顶上盘旋着追随不舍，幸喜他亦不落将下来。小僧被那剑光逼得连跑带纵，蹿房越脊，直跑到西安城头上，躲身在城头上一所敌楼内。那剑光仿佛如听受着海观的指挥，追进敌楼来，仍只在小僧的头顶上盘旋飞舞，并不落下来，如闪电一般映射得敌楼内晶光雪亮，照耀得明如白昼。小僧被唬得蜷伏在地，不敢张目观看，昏晕了过去。直到四更以后，方才苏醒，张目看时，白光已是不见，只觉得遍体寒冷，一摸身上，才知身上的衣服已全被飞剑割裂，如蝉蜕一般脱落在地上，连手中的半截宝剑亦被齐柄斩断了。小僧在地上衣袋内摸出千里火来，取火种点燃了照着将脱落在地的衣裤，以及宝剑等项，收拾好了，慌忙从敌楼内出来，认了半晌，方才能辨别出方向，从屋上急急回转寺中僧房客舍内。

“其时师弟智圆正皱眉坐在那里发呆，见小僧回来，方才惊魂稍定。小僧问他适才情形，他指着两肩，悄悄对小僧道：‘师兄请看，俺肩上的皮肉已都被方丈的飞剑连衣服削去了，多蒙他留情，不肯开杀戒。不然，俺还有命吗？’”

智空说至此，智圆已将僧衣解开，袒臂露出肩头，送给戚老四观看道："戚寨主请看，这便是小僧此去的成绩呢！"

戚老四察看那肩头上的伤痕，宽约半寸，长约两寸，结的那个剑疤约有半分厚薄，不由吓了一跳，忙向两人道惊，询问以下情形。

智圆接着说道："当夜师兄系从方丈的前面窗口进去，小僧乃系从方丈后面的半截短窗进去。正欲单刀拨那短窗的小闩，因为已听见海观高声喝问窗外何人，唬得缩住了手，接着便听见前面屋上瓦被踏破的声音，抬头一望，俺师兄从头顶上飞跃着越过了小天井，落荒逃路，一道白光如匹练横空般紧紧随在师兄的身后。小僧唬得不知如何是好，几乎连'哎呀'两字都唬得嚷叫出来。正在慌乱之间，忽闻方丈在内高声喝道：'呔！你为何还不逃跑？难道当真要试验本师的飞剑利钝吗？'小僧被他一喝，才提醒了，慌忙跃身上屋，跑向前面僧房的客舍屋上去。只听得背后呼呼风响，如龙吟虎啸一般，小僧回头看时，只见一道白光如白虹横空般耀射得两目不能迎视，一转瞬间，剑光已到了面前，只觉剑光在两肩上探过，已将肩头上衣服连皮带肉割削了落在屋瓦面上，那白光倏然飞了回去。

"小僧其时吓得慌乱了，竟连疼痛亦全不觉得，呆立在屋上，被夜风吹在身上，打了个寒噤，方才惊醒过来，四顾已不见白光，心中才镇定了，这才觉着两肩头上面疼痛，伸手去一摸，摸了一手血，湿答答的，兀自涔涔然汩汩流着。小僧慌忙从屋上拾起落在瓦上的衣肩皮肉，跃身跳下去，急取出包袱内的刀创药来敷在两肩伤处。小僧因师兄尚未回来，又不敢再往外面去寻觅，震惊呆坐在床沿上，思量善后办法，良久良久，方才见师兄从屋上下来。

"小僧和师兄会见，将被飞剑所创伤的事告诉了师兄，并问师兄去了这半天的经过情形。师兄弟俩当夜商量了一会儿，深恐仍住在大相国寺内有许多妨碍，遂于天明后，赶紧收拾了自己的东西，别过该寺的知客僧，即日动身，前往凤翔府城内去，和智能、智静两位师弟相会。

"其时，智能、智静两位师弟已到凤翔多日，小僧等会了齐，遂从凤翔动身回来。”

戚老四道：“智静、智能两位小师父在凤翔所得的消息如何呢？”

智能答道：“俺们到凤翔后，打听得周、于两家的事，已经多年无人提说了，吉天相老拳师临终时确曾有过对付戚寨主的遗嘱。吉天相的儿子秉承着家训，经过近几年的苦练，已练成了超群绝伦的武功，又兼练成了一口飞剑，不仅现在凤翔府属辖境内他可称为独步，即在陕西全省各处，亦可算作第一、第二了。俺们到凤翔时，曾假作募缘，前往他家去访会过他一次，据吉家的男女下人们回答，他已出门多日了。俺俩信以为真，当夜曾去偷盗，假托华山两道姑师徒的名义，写好一张字条儿，预备盗物之后，留下字条儿，向吉天相的儿子挑战，表示寻仇报复之意。字条儿写好，由俺带在身边，同着师兄智静，由屋上前往。哪知小吉并不曾出门，俺俩此去，几乎将两条性命送在他家的屋上。”

戚老四闻言大惊，忙问其故。

究竟两僧前往吉家，所遇之危险如何，请看下回便知。

评曰：

天齐庙名，及福海师徒之法名，至本回始为叙出者，不仅为补笔，且因福海等在前文为宾，至本回始为主也。杨知元、于慧剑、杨慧元师徒名及其观名，至本回始详明直写者，其意亦如是也。

不明言海观方丈之道行如何高深、剑术如何精妙，而仅言智空、智圆两僧之受创，狼狈仓皇，是为不写之写。

小吉之艺能如何，不从小吉方面写来，而从智能口中写出，是为触类旁通法，盖借以与海观互相辉射，作一正比例，以为章法也。

第二十三回

以德报怨赠金遣暴客
因妒争风夺夫演丑剧

话说智能见问，即说："好叫戚寨主得知，小僧师兄弟俩当夜来至吉家屋上，满谓吉天相的儿子已经出门，故此很为大意，并未提防，不料小吉并未出外。当夜俺们到他家屋上时，小吉正在床上趺坐着闭目养神，运气练习内功。俺令智静师兄在屋上给俺巡风，由俺跃身跳下天井，用刀锋拨落了窗闩，推窗跃身进去，举千里火一照，恰巧走进的这间上房正是小吉起居的所在，千里火才一照，却被小吉从身边摸出一支钢镖，照准小僧执千里火筒的左手腕打来。小僧陡见床上坐着一人，心中已吃了一惊，急忙回身要走，不防小吉的钢镖已到，连忙避让时，来镖已打中在千里火筒上，托的一声，已将火筒打落了。俺被这一惊，唬得急速从窗口跳出天井，刚拟飞身上屋，不料小吉已从床上跃身追了出来，高喝一声：'往哪里走！'

"智静师兄在屋上看见，忙揭了两片瓦向小吉掷击将去。小吉侧身闪护，俺乘此空闲，扭身躯飞跃上屋檐去。小吉让过了瓦片，纵上对面屋檐，越过天井，紧紧地追赶将来。俺们师兄弟俩是时还不信此人即系小吉，疑忖或许是吉天相的哪一个徒弟亦未可料，于是凑着胆子，合力双战他一人。不料小吉是练过铁布衫功夫的，居然不避俺俩的单刀，使出一套空手入白刃的本领来，力斗俺们两人。俺俩见他具此身手，知道是个劲敌，这才不敢稍存玩忽怠慢，忙将手中单刀一紧，改换了刀法，竭力向其进攻。战有半个时辰，俺手中的单刀被他飞起一脚踢落在地，手腕亦被踢伤。

“俺俩知道再斗下去，必难得占便宜，遂招呼智静师兄，赶紧回身逃走。小吉在后并不追赶，却从身边掏出几根梅花针来，向俺俩掷射。俺的左腿弯里、右脚踝骨各被掷刺中了一梅花针，智静兄亦被射中了两针，一针刺在右手腕上，痛得将一口单刀抛弃在瓦上，一针刺在左腿胫骨上，因此俺俩都受伤痛倒在屋上，被小吉跃身过来，将俺俩擒住，挟在两腋下面，跳下天井。

“其时吉家内外上下的人众都已惊醒，赶奔到面前来。小吉令仆人将俺俩捆起，亲自喝问俺俩从何处到来。俺俩闭紧双目，一语不答。小吉掌灯照看，才知俺俩是出家之人，遂打动了好奇心，亲自将俺俩身上的绳索解开，命仆人各自退去，低声询问俺俩：‘出家人与世无争，如何到来行刺?’俺俩初则一言不答，后被问得急了，小僧心中一动，忽然生出个计较，遂借着白天曾来化缘被拒绝的话为由，托词因募写缘簿，被仆人们所辱，嗔怪他躲在后面推托说是已经出门，故此于夜间来向他责问。

“小吉被俺的言辞所蒙蔽，信以为真，遂说：‘下人们得罪两位高僧，吉某并不知道，幸喜吉某手下留情，不曾夺过单刀伤损您俩的生命。现在既已说明，两下一语叫开，以后不许再寻仇报复，吉某亦绝不嗔怪您俩此番的冒失，亦不追究您俩所言，因为化缘遭受侮辱的话是否真情，抑或托词。’说罢，即从身边摸出一块吸铁石来，给俺俩将身上刺中的梅花针一齐摄将出来，仍旧收好，又从身边取出一包末药来，给俺俩伤口敷治好了，这才高呼仆人到来往里面去，取出五十两银子来，交付给俺们俩，算是写了俺们的缘簿。

“俺俩到此，转祸为福，竟可称作却之不恭，受之有愧了。当然得风就转，立即称谢收了银子，告别走出，飞身上屋，回转下处里。从此裹足不再出门，直待智空、智静两位师兄到来会齐了，才动身回来。彼时俺们大家本想合力再往吉家去，寻小吉报复仇恨，因恐被人传言出去，将来给江湖上人讥笑，俺们如果幸能得胜，人家亦要讥议俺们为依多为胜，说俺们太不漂亮，万一又被小吉所败，这个羞辱可就真正掬尽西江水，亦休想洗得清了。”

戚老四听至此处，心中虽然怒恨，但亦颇觉吃惊，只得强作镇定，先给智能、智静两人道惊道劳，又向四人询问：“双方两次所写好的字条儿当然都不曾使用得着了，但不知四位在陕西各处是否曾依着预定的计策，沿途散布道姑师徒和吉家僧俗双方有寻仇敌视的心意之事吗？”

四人点头应道：“俺们此番奉命前往，既已受人之托，哪得不忠人之事呢？自然要遵依嘱咐，沿途设法散布流言了。只不过在西安、凤翔两处，虽已将字柬写好，都因被吉家所败，卒至临时慌促，唬得忘记了，事后想起，殊为可笑罢了。”

戚老四道：“四位小师父可曾探闻双方对于这个反间的流言发生什么影响吗？”

四人摇头道：“杨、于两道姑都不在华山，可算得是失去了主要人物，这谣言哪会就能发生效用呢？究竟如何，还得待日后才能判明呢。”

戚驷又问道：“小吉的武艺，据智能师才说的情形，已可知道他的本领很好了，但不知对于剑术一项，究竟本领如何，二位可曾探得确实吗？”

智静接口道：“这是俺们最注意打听的事，焉有身临其地，反不留心打听之理呢？当夜俺俩遭受挫辱，败回寓所里后，逐日随时向人打听。神拳太保吉天相老拳师的声名极其响震陕西省境内，到处皆有人知道，何况在他的家乡凤翔本地呢？俺俩在当地探问吉天相家的事，哪有不易探得的道理呢？小吉的声名虽然不及老吉响，然而在凤翔本地亦颇有相当的威望，老吉的门人，凤翔本地甚多，和小吉师兄弟是时常见面的，对于小吉的本领能为，自然容易明白，确实消息很易透露，俺俩屡次向人哨探，无论何人，都是一样回答，皆言小吉的本领系老吉临终之前单独传授的，另又传给几路精妙高强的独到拳棒功夫，及修炼剑术的方法，故此小吉的武艺在当地简直可称独步，堪夸无有敌手。

“讲到他的剑术，虽不曾有人和他对敌，见他用过，但是俺俩在他家屋上都曾被他的梅花针所创，这梅花针一项，凡是学武艺练习暗器的人，谁都知道梅花针乃系练习飞剑的基本功夫，他居然能在黑夜里发射出梅花针来，使俺俩受伤倒地，针无虚发，即此可知，他的飞剑确实已有了相当的根基。据闻凤翔府城外有座磨盘山，山顶上有一座庙宇，供祀着一位女妖神，本地人都称为九仙姑。九仙姑庙内忽然出现了一条大黑蟒，每夜从庙内溜下山来，伏在路上，吞食牲口，张口吃人，行晚路的客商被这条大黑蟒所吞噬的甚多。凤翔居民城内闻知此事后，吓得视磨盘山下道路为畏途，相戒裹足，无论白天黑夜，绝迹不敢经过该地。

“那天，大蟒因为数日无人可吃，竟游行到近城郭的地方来，吞吃大人小孩儿。有人传说，这大蟒就是九仙姑的真身原形，大约系有人得罪了她，所以才激怒了她，不如纠众前往九仙姑庙内去焚香许愿，供献三牲，求她慈悲原恕。这话一传，居然一倡百和，竟有人主张到庙内去许愿，以后每年春秋两季，各供献两名童男女，免得他再发威，出来现形伤人。这话一人倡议，竟有许多妄人赞成，当即聚集起来，捐得整款，备用三牲祭品、一对儿童男女，前往庙中祭祀许愿。说也奇怪，经过一番祭祀许愿之后，那大蟒果然不再出来吃人了，只可怜一对儿童男女当夜断送在九仙姑庙内了。

“小吉闻得这个消息后，认为九仙姑既是黑蟒妖精，修成正果，受人民香火，就不该再出来伤害人畜，才是道理。倘如照此规例，每年两次，至少须得送却四名童男女的性命，那还了得？因此小吉发愿，施展飞剑，夜间前往九仙姑庙内去，砍毁了九仙姑的泥身，并将庙内管理香火洒扫等事的几名老道一齐驱逐出庙，放火烧了庙宇。

“正在此时，忽然从山林深处刮起了一阵狂风，吹熄了那烧庙毁屋的火势。风过处，从林中嗖的一声，飞跃出一条大黑蟒来。头如巴斗，眼似铜铃，张开血盆大口，吐着火练般的芯，直向小吉扑来。小吉一见，急将飞剑放出，手指一弹，一道白光直向那黑蟒飞去。白光迎住黑蟒，绕了几绕，已将黑蟒斩为数段，跌落在地。小吉纵过去观看，见黑蟒确已死了，才收回飞剑，转身去寻那庙中被逐出来的老道等众时，已都于看见狂风吹熄火势、黑蟒出现的当儿，唬得飞速逃跑，去得无影无踪。小吉此时觉得一阵阵的腥秽之气从黑蟒尸首处由风中送进鼻孔内来，遂即回转城中家内。

“此事当夜本无人知道，直到事后，那庙内被逐的几名老道因为庙宇被烧，失去栖身之所，无有可靠的衣食，大家聚集在一起，相约同到吉家去，寻小吉要求设法。小吉将他们每人赠送一百两银子，打发他们动身。因此一闹，才有人知道九仙姑真是黑蟒精，已被小吉的飞剑所杀。传扬开去，地方上人才知小吉的飞剑确系非常厉害，连妖怪都斗他不过，何况是肉身的人呢?”

戚老四道：“小吉使飞剑杀死黑蟒的事是在什么时候呢?”

智静道：“此事就发生在俺俩到凤翔的前两月，地方人传说得有声有色。即此一事而论，已可证实小吉的飞剑确系厉害非凡了呢。不过这还是传言，至于俺俩被他的梅花针所伤，乃系亲身的经历。”

戚老四道：“二位可曾探知小吉对于俺的事，现在可存恶意吗?”

四人齐声道：“戚寨主大可放心，据闻小吉对于您老的事，谨遵着他先人的遗嘱，颇为注意，时常派人到德州来打听您老的行为。小吉本人亦曾到此地来过一次，恰巧他本人来时，正是您老声明洗手解散部下之后，他因您老已经洗手，故此亦不再究前事，即便回转凤翔去了。自从他亲来一次后，得知您老已真正洗手，遂亦不再打发专人到德州来探访。这消息乃是俺们多方设法，从吉家的仆人口中询问得的，谅来必定不虚。”

戚老四闻言大喜。福海方丈遂乘机取过壶来，给戚驷筛酒道贺，并说："戚寨主，您老现已正式洗手，俺们师徒托庇在宇下，现在亦可称为真正修行了。小僧愚意，从今天起，对于您老的称呼，须得改口，以免日后于无意间露出马脚。不知您老意下以为如何？"

戚老四笑道："福海大师的法旨，戚某谨当遵依，不知大和尚此后将如何称呼俺呢？"

福海笑道："'法旨'两字太尊重了，贫僧实不敢当。俺们以后对您老的称呼，意欲一如释家对待俗家的普通称法，您为施主，或是檀越，或是居士，所有称您为寨主及四爷的名谓从此永不再唤。"

戚老四道："很好，俺从此后，亦改口呼贤师徒为大和尚，'寨主'两字，彼此永不许再呼出口来。倘如误称，需要重罚。"

大家正在方丈内饮酒谈笑，酒落欢肠，忽见一个小沙弥引导着一名小鬟，气急败坏地跑将进来。到得戚驷面前，高呼道："爷快请回去，太太和新来的两位姨太太怄气争吵，彼此揪扭相打，哭闹得不可开交。"

戚驷闻言，愤然道："晓得了，俺稍停即回。你先回去，传俺的话，叫太太把度量放大些，休要被人讪笑，落一个不贤的名誉……"

话犹未完，又有一个小沙弥引导着两名仆妇赶奔将来，回禀戚驷道："主人请火速回去，太太因被两位姨太太欺负，逞一时之气，竟在房内悬梁自尽了。幸亏被俺们觉察得快，冲开了房门，将她解救了下来……"

戚驷闻言，勃然变色。

福海道："阿弥陀佛，戚居士还是回去调处一下吧，免得当真的闹出不幸之事来。"

戚驷点了点头，即便放下杯筷，起身离座，送出方丈，立即跑下山去，奔回家中。此时他已有了几分酒意，又因这么一奔跑，被山风迎面一吹，将酒吹得涌将上来，回到家内，迎面正遇见两妾，被两妾带哭带诉地陈说，说是受了正室的欺侮，并说："俺们今日刚才到此，第一天即被她这么羞辱，以后日子长呢，怎么能够过活？

俺姊妹俩的性命怕不要被她折磨死了吗?”

戚驷见两妾哭得像个泪人儿，云鬓散乱，钗堕髻垂，粉面桃腮上全系泪渍，兼有指爪伤痕，头上的首饰都已不见了，身上的衣服全系泛污，兼有数处被撕破扯碎，不由心中因爱宠而生怜惜，由怜惜而生愤怒，逞着酒兴，听信了先入为主的片面言辞，不由勃然大怒，忙用好言安慰了两妾，劝两人止泪：“一切自有俺给你俩做主，快去洗面整妆，更换衣服，待俺去教训那不贤的妇人，给你俩出气。”说罢，一口气跑往后进正宅上房内去。

他老婆正在房中哭骂着，旁立着婢女、仆妇等人纷纷劝慰，一见戚老四进房，遂都说：“爷来了，娘好止泪吧!”说着，齐向房门口退将出去。

戚驷走进房门，他老婆正待将两妾适才如何寻衅起衅的话告诉丈夫，猛不防戚驷来到面前，不待她开言陈诉，即已伸出右手，啪的一下巴掌打在她的面门上，喝骂道：“好个不贤良的贱人，世界上古往今来，娶三妻纳四妾的人家很多很多，倘都像你一样，那还成什么世界了?”

他老婆生性本来量窄，此时正含着一肚皮的醋意和满腹的气急。再被丈夫这么一巴掌，打得头昏眼花，目前金星乱迸，口中鲜血直喷，不由逞着一时怨气，立起身，对着丈夫一头直撞过去。

戚驷绝未提防她有这一招，所以立在她面前，手指口骂。不料被她立起身体，一头撞来，正撞在胸口。他老婆虽未曾学过武，但系究竟乡村农民家的女儿，平时做粗活儿惯了的，所以亦颇有气力，此时又在气头上，那股蛮力亦颇可以，兼之戚驷是时被了酒，本有些头重脚轻，故此被她一撞，竟致仰面栽倒，夫妻俩竟跌成了个天翻地覆。

戚驷怒极了，伸手将他老婆推开，挥拳照准老婆的身上便打，打了两拳，还以为未足，立起身来，又对着老婆的脑袋上踢了两脚，慌得退立在房门口内。

外边的婢女、仆妇等众人齐声嚷:“请住手!”急切中亦都忘记了主仆的名分和忌讳畏怯，竟奋勇赶奔进来扯劝。

不知戚驷的老婆性命如何，请待下回分解。

评曰:

国人素迷信神权，故淫祠妖祀，几乎无地蔑有，小之卜休咎，大且治疾病，坐令狡黠者借此敛钱，愚昧者因以丧命。呜呼！安得吉某复生于今日，仗龙泉以悉除之乎？本回所记，足与韩昌黎《原道》一文为桴鼓之应，诚有裨世风、启迪民智之文字也。读书至此，不禁为之景然神往。

戚驷之所亟欲知者，在吉、于双方，对己有无必得甘心之意，即读者亦均作此想也，乃作者故作疑云，反射上文女刺客一事，竟言吉对戚已释然，于亦云游西南各省未归，故作一顿，以迷读者之目。实则作者写于道姑远行，业已隐然伏笔于斯，而读者忽然阅过，未之能识耳。

语云:“要得家不和，娶个小老婆”，观于戚驷之妻妾勃谿，益足征信斯谚之非虚。奉劝世人，切勿纳妾，其各以戚为戒。戚驷一见正室，不问情由，即挥掌喝骂，虽系酒后，究不脱强盗本色。

前写戚妻不欲寻究于氏所生女，已显露其量小善妒，盖预为本文作楔也。文法如兵法，有先声而后实者，此类是也。

第二十四回

狠心辣手击杀糟糠妻
撩云拨雨诱惑朋友妾

话说戚驷因听信两妾的片面之言，逞着酒意，怒气勃勃地奔进他老婆的房内去，正值他老婆在彼哭骂，故此戚驷格外气急，走到面前，伸手便打，开口便骂。猛不防被老婆一头撞倒，跌了一跤，正如火上浇油。怒恨之下，遂将老婆推开，就地先打了两拳，立起身来，又恶狠狠地踢了两脚，正踢中在他老婆的脑门上，立刻将他老婆的天灵盖踢破，脑浆迸裂，流将出来。可怜他老婆在地上只嚷叫得几个哎呀和骂得两句“宠妾辱妻的匹夫，狼心狗肺的强盗”，即已僵卧在血泊子里了。仆妇、婢女们大惊，赶速抢步近前来扯劝时，哪里还能来得及呢?

戚驷经这一闹，见老婆已被踢死，几分酒意这才醒了。仆妇婢女们见女主人已死，素知男主人的性格乃是位杀人不眨眼的魔君，此刻谁敢多话饶舌呢?胆大的还立在面前听候使唤，胆小的早已脚下明白，悄悄退步出房，一溜烟地逃跑了。

戚驷酒意已醒，心中虽生懊悔，和记念夫妻的情分，但因人已死，事已僵，只得把心一横，恃蛮到底。喝令仆妇们草草给死者办理更衣，停尸在床，预备守棺木到来，即便入殓的手续。一面举步出房，走往前面去，令仆人往寿衣铺内去购买棺木，又命仆人往岳家去报丧，同时更令家下人等照俗例办理丧事。吩咐毕后，即又亲去安慰两妾，说：“已将正室一顿拳脚打死了，给你俩出了气，使你俩称心如意。以后总望你俩能和衷共济，家庭夫妇间方才能有乐趣。”

两妾见说正室已被打死了，虽然出气泄恨，遂了心意，究竟亦很吃惊，反都因此生了兔死狐悲的感想，觉得戚驷为人残忍、凶恶太甚，以后自己两人倘如有何过失，或是违忤了他的意思，他偶尔发起脾气来，岂不立刻都有生命危险吗？二人因这一想，遂都凄然忧惧起来。当时口中虽不明言，勉强假作笑容，谢过戚驷，又愀然不乐地道：“倘然死者的娘家人得信赶来奔丧，闹将起来，一齐都嗔怪俺们，那时俺们如何是好呢？”

戚驷见二人不乐，忙又安慰过二人数句，末后竟拍着胸脯道：“人是俺打死了的，岂有反而害及你俩的理呢？你俩放心，哪怕天大的事，都有俺一人担承呢，别说打死了自己的老婆，不怕岳家方面的人来闹事，就是杀死了皇上家的公主，俺亦有本领反抗。”

戚老四说这几句大言狠话，本是安慰两妾之心的，哪知他越说得凶狠胆大，越使两妾心中生了畏惧，当面虽然都诈作安定快慰的模样，等到戚驷因听报老婆的娘家人已得信号哭着到来奔丧，为表面关系，存心先礼后兵，故此只得撇下两妾，亲往庄院门口去迎接，接见了岳父、岳母、内兄、内弟等一班人后，让到后面内宅里去。戚驷不待众人开口询问，即已先据实告诉众人，说：“人死不能复生，此乃死者自己寻出来的事故，不能埋怨别人。现在人已死了，只有多延请些僧道，在家多诵念几卷经，拜两回忏，超度超度亡魂，也就罢了。倘或你们心中有谁不乐意，不妨就此明言，俺们双方较量。”说罢，喝令仆人去将他自己平时所使用的一把单刀和一对儿短柄的护手虎头钩一齐拿来，接过单刀，随手向堂前地上一插，直插进半截在土地之内，高喝道：“谁不乐意，谁就上来和俺见个高下！”

他的岳父母、内兄弟等一家男女老幼见他这般凶狠，明知难占得着他的便宜，只得忍泪含悲，反以和颜悦色、温言婉语回答他道：

“不错，人死不可复生，现在只好计议善后之事。您今日杀她，适才乃系一时之气，被酒所乱，才发生这种惨祸。依情理而论，您绝不会有杀害伤损她的心思，这是俺们大家所能测知的。不过死的死得太苦，您是她的丈夫，俺们现在不要求什么别的，只要求您从厚殡殓，做满了七七水陆道场的功德，超度亡魂，使她早得超升仙界，也就罢了。”

戚驷见岳家众人被自己一吓，一齐吓得面容变色，马上口齿谦和了几倍，当然借此收科，立允照办，于是伴引众人哭到死者的床前去。众人看见尸身，一齐悲从中来，号啕痛哭。戚驷至此，亦忍不住落下几点泪来。略停一会儿，仆人已从外面将寿器购买好了，抬送到来，遂即择时入殓，一面由戚驷着人往山上去，请福海派遣僧众来唪诵经典，建设道场。

福海在天齐庙内得知信息后，心中亦觉戚驷宠妾杀妻的行为太残忍凶暴了，料想日后戚驷必无好果，或许祸事即在月前。自己寄居此，虽然身为方丈，终觉居于危险的地方不甚稳妥，殊与古人明哲保身的意思相背，不如趁早远行，脱离此地为佳，免得日后目见戚驷身遇危难，如不救援，必被人讥讪为太无义气。倘或帮助，岂非飞蛾投火吗？因此仔细寻思，福海守智空等四僧从山下诵经拜忏毕后回庙，遂将本人之意悄悄对四人说知，劝戒四僧：“务必众善奉行，诸恶莫作。待本师下山后，即当陆续下山远行，以免在此卷入旋涡。”

四僧遂问：“师尊此去的目的地所在，庶几可以随后追踪寻来。”

福海道：“本师之意，携带钱财，并沿途募劝些缘簿，前赴江南，即在南京栖霞山上建一茅屋，清净苦修。尔等如亦发愿自甘清净，可即追踪前来，如不能苦修，即不必多劳往返。本师在前两月，你们尚在陕西未曾回来时即已勤思前过，忏悔旧非，发此誓愿，但尚因尘念未能全消，故此一时不克决然毅然地马上就走。直至今日，目睹戚老四手杀正室，宠嬖姬妾的事，才感觉此地危险，不可再居。

更觉悟到尘海茫茫，虽至爱如夫妻，尚有杀机潜伏其间，何况其他一切？故此遂决定一本两月前所发之愿，动身前赴江南。你们能往则往，不必以一时情感，勉强相从。但不过第一需要注意的，即是谨记‘勿以善小而不为，勿以恶小而为之’两句格言，无论真正出家，或是将来还俗，这两句话总宜谨守勿懈。

“讲到尔等的武艺，虽然都还可以，但是此次已在陕省被吉家的伯侄僧俗两代弄得铩羽而归，虽幸不曾送命，究竟已如再生一样了，应该由此知道，天下能人极多，到处皆有本领高出己上之人，稍一不慎，胆大妄为，立刻即可杀身丧命。本师因将远行，思念与尔等数年相处之情，特意对尔等郑重劝告，作为临别的赠言，希望尔等切记本师今晚的嘱咐，不负本师此刻话别的一番苦心，更希望尔等不仅能躬自实行，并能秉此慈悲善心，广为劝戒人世间一切信善，同守此善心，共证善果。

“本师明日清晨动身下山，不去辞别戚驷，倘他随后询问，望你等代言回答，就说本师于今夜曾得梦兆，感受菩萨点化，离开此地，往五湖四海、三山五岳去云游采药，修仙炼气，不再回来了。”

四僧见师父陡然改变了往日的态度，真正应了昔人“放下屠刀，立地成佛”的古话，不由亦一齐心中都感受了善因，发誓离此他适、从今行善事、勉为善人、绝不再犯释门戒律。当时师徒们聚谈了两个更次，四僧方才退去。

福海在方丈里连夜将度碟钵盂等物收拾好了，又将庙内历年所积下的金银提取了三分之一，打在包袱里，天明之后，改穿了行脚僧人的装束，即便用禅杖挑起行李包袱，离庙下山，除去空、圆、静、能四僧隔夜知晓，和职司山门的一个残疾老僧亲见方丈出外云游之外，别无他人知道。

四僧当日下山到戚驷家中做斋，超荐戚驷的亡妻，只做不曾晓得，并不对戚驷提起。直待至次日，又去诵经拜忏，才对戚驷说知，推托昨晚回庙，进方丈去请安，才知方丈已走。

戚老四闻言虽然讶异，但亦并不放在心上，即到庙内召聚全体僧人，宣布其事，命大众权且公推一人，代理方丈，照旧维持一切。

当时众僧本公推的智空，智空坚辞不允。大家这才依次轮举智圆，智圆亦不肯担任。如此逐一依序轮推，智能、智静两僧亦不肯代理。末后，才由众僧公举本庙的监院，兼任巡山职务的心善和尚代理方丈，将监院、巡山两职改推了两名无职事的和尚补了缺，这才算将此事解决了。

当时戚驷心中以为智空等四僧如非谦虚客气，即系因为代理不比实授，一旦福海回来，即须交卸，等于五日的京兆尹，没什么趣味。哪知过了几天，超荐亡妻的法事尚未满功德，智空等四僧忽然同在一日，各带了自己的财物，离庙下山，不知去向了。

戚老四得信之后，这才心中大疑，仔细追问庙中的大小和尚，都不得要领。末后，还是代理方丈的心善僧告诉戚驷说，福海等师徒五人，皆因目见他打死正妻，宠爱两妾一事，认为手段太辣，心太残忍狠毒，师徒们在背后议定，决计离去此地，另择别处修行，所以福海走后，智空等四人都坚却不肯代理方丈。

戚驷闻言心动，回想到往日夫妻的情爱，以及此次伤害她的性命，不禁凄然落泪，但因事已做错，无法挽回，没奈何，只得讹错到底。只决计不将两妾扶正，亦不再续娶，以暗示安慰亡妻之意罢了。

是时，戚驷因福海师徒五僧都已走了，所有庄上得力的数十名精壮汉子，以及各头目等人又已都往魏朝府中去当差，现在本人在家，竟可称为孤立无援了，因此不免心中稍忧。左思右想，为暂济目前应急之计，只得权先将天齐庙内的和尚挑选八名比较能精擅武艺的，分为日夜两班，改穿了俗家装束，到家中轮流值日，担任防守保护，一面并将两妾改居在隧道下面的住宅内，以防或有意外。

那心善和尚原系河南省的一名独脚大盗，因为在河南犯的杀人越货血案太多，立足不得，才逃到山东来，投奔戚老四。戚老四因素慕他的名望胆略，遂将他留居在家，并介绍他和福海会见了。福海劝他削发出家，以避风火，待日后风平浪静，不妨再留发还俗。心善依了福海的言语，即日剪去头发，做了和尚。福海因爱他的武艺，特任他做了巡山的和尚，以防或有什么敌人上山，又恐他只任巡山职务，心中不乐，故此将他擢升为监院，表示优异。

心善自出家后，应了句俗语，叫作“偷鸡的猫儿心不甘”，依然不时往山下左近地方去，劫去钱财，奸淫妇女。不过比较戚老四的“从奸亦杀，不从亦杀”略为仁慈一些罢了。后来戚老四洗手，福海亦彻底忏悔，觉悟前非，力戒庙中僧众，以后不许再犯抢劫奸杀等事。心善虽然答应，仍是阳奉阴违。福海只得谨饬四名徒弟，以身作则，做众僧的表率。对于心善的作恶行为，置之不闻不问。

戚老四进京后，心善遂毫无顾忌，勾引山下妇女到庙内来住宿。福海当这时候，即已动了离此他往之思，迨至戚驷宠妾杀妻，福海遂毅然远行，心善遂做了代理方丈，因见戚老四感觉孤立，到庙内来挑选八名擅能武艺的精壮和尚，心善即向戚老四讨好，亲自选派了八名和尚往山下去应差轮值，并自告奋勇，愿和戚老四分上下半夜，轮流巡查山上山下、庄内庄外，与八僧呼应。

戚老四见他肯如此帮忙，当然欢喜感谢。哪知心善所以肯如此效劳的，并非为了朋友义气真心竭力援助戚居士，实因心善在戚老四率领两妾从北京回来时，他亦和别个和尚同下山去迎晤戚驷，询问起居，即于是时瞥见了戚老四的两位新纳如君。心善本系个色鬼，一见两妾的芳容，不由悠然为之神往，如非戚驷本人在面前，几乎显露出本相来。由此后，心善遂不时偷空到戚驷家来，以访会戚驷为名，实则想乘机偷窥戚驷的两妾，意欲由浅入深，渐通款曲。及至是时，戚驷调取和尚轮流值夜，心善遂趁势自告奋勇，表示出他的为朋友义气来。戚驷心中很感激心善的义气，却丝毫不曾觉察出心善的奸诈来。

心善自从承揽下这个差使后，借此每夜必到戚驷两妾的寓处来。

好在他和戚驷约定，分为上下半夜，轮流值差，他料知戚驷往山上山下、庄内庄前各处去巡视，不在家中，他即偷空儿溜到戚驷的家内，和两妾厮见。那两妾本系京城内的名妓，素来洒落惯了，哪里受得了这种乡村的居住生活？戚驷虽然喜爱风流，但是对于温存体贴的小性儿心却丝毫没有。妇女们最喜悦的就是汉子们能对于她们阿谀，甘心做小服低地恭维巴结她们，所“潘驴邓小闲”五字诀中，“小”“闲”却占了两字地位。

这心善虽亦系强盗出身，但是根本上却是一个破落户子弟，在前未入绿林之时，专一喜爱拈花惹草，对于揣度妇人的心思、阿奉女子的手腕，往时即素有研究，此刻戚驷的两妾住居在乡村上，正如鸟居笼中，非常的乏味。戚驷除去野蛮两字而外，绝对不知温存体贴，所以遂有了可乘的机会，被心善乘间钻将进来，初则对两妾眉目示意，后竟对两妾明言挑逗。两妾因为恐惧戚驷狠毒，所以相从到今，心中虽然怏怏，并不敢稍存苟且不良的意思。自从心善每夕相见，竭力施用“小闲”两字的手段，尽量撩云拨雨之后，两人的心思遂逐渐地被他挑逗得活动益甚，心猿意马，把持不定起来。

心善见两妾在眉目间显露允可之意，言语间隐示不拒之情，料知倘如施行非礼，保可无虞。常言色胆如天大，心善虽明知戚某非比寻常之辈可以轻易惹得的，然而终因为女色所迷，惑乱了心性，遂于一天晚间，壮了胆门子，潜由屋上溜进戚驷两妾的卧房内来，和两妾偷情。两妾在前几夜本住在地道下住宅内，因连日一些也无有什么险恶的风声，遂又改住到地面上正宅内来。那两妾一姓胡氏，一姓黄氏，胡氏住在东首上房内，黄氏住在西首上房内。心善连日进出，早已知道门径，那晚心善由屋潜行先溜到胡氏房内，故意亦取出口短小锋利的解腕尖刀来，威吓胡氏，令她噤声，一面即行搂住，吹熄了灯亮，拥抱上床。胡氏本已连日和他调情得火热，至是遂半推半就地一任其轻狂。心善既逐迫着胡氏，遂了偷香心愿，便又赤身裸体地奔赴西首房间内，仍如前法，慑迫黄氏成就了女字边干。

两妾既和心善有了苟且之事，觉得心善极能熨帖温婉，比戚驷强胜十倍，因此遂至恋奸情热，竟嫌怨偷偷摸摸地不痛快起来，私下计议，双方心意，颇想设法摆布了戚驷。心善即和两妾远走高飞，悄悄还俗，改业商贾，做天长地久的恩爱夫妻。三人意见相同，遂商量如何下手摆布戚老四的方法。

也是心善的恶贯满盈，戚驷的命不该绝，胡、黄两氏与心善私通的事恰巧于三人定计做倒戚老四之时，被戚老四瞧出了破绽，察得了奸情。心善遂被戚老四预先下手，结果了性命。

究竟双方火并的详情如何，胡、黄两妾的性命如何，请待下回分解。

评曰：

古人糟糠之妻且不下堂，而况因宠嬖姬妾、拳足交加以杀之乎？书曰“狠心辣手”，诚确论也。噫嘻！读书至此，吾不禁为夫妻之纲常忧，更为情爱二字叹焉。

今世夫妇，动辄离婚，敌体之情爱，其破裂之易，乃至于斯极，然犹较因奸情而害本夫、恋外宠而杀内子、嬖小星而死正室者为贤也。观于戚老四之甫携两妾归家，即已演杀妻惨剧，足与“要得家不和，讨个小老婆”之谚相证明。世固不乏纳妾者，吾不知其见戚驷之事，作何感想也。

心善原为强盗，诱惑胡、黄两氏，固不足责，唯世之号称曾受高深教育者，亦因色而卖其友，奸占友妻，甚且害友之命，是诚名为社会上高等人士，而实则与强盗无异也。嗟乎！准是以推，世固遍地皆荆棘矣，君子观于心善奸胡、黄而拟设计杀戚驷一事，有不禁为世道人心忧者。呜呼！小人之朋，其害也如此。

第二十五回

殢雨尤云孽参欢喜禅
鹊巢鸠占激成大火并

话说胡、黄两妾与心善和尚通奸，起初只有胡、黄两氏随身的侍女知道，其余婢仆人等，大家都毫不知晓。及至时日稍久，男女仆婢才得稍稍知道，但因此事关系甚大，且又都知主人及心善一般皆是善于杀人的刽子手，谁敢多事饶舌自讨苦吃？故此竟无一人敢向主子报告。心善和胡、黄两氏亦恐下人们泄露出去，遂不时赏赐婢仆们银钱，堵塞了他们的嘴。待至末后，心善因胡、黄两氏恋奸情热，暗中商量，准备杀却戚驷，偕同卷逃。不料事有凑巧，三人的计策才定，尚未发动，恰巧那于是时，被戚驷窥破了奸情，机关遂致完全泄露。

原来这天晚间，依约应该心善轮值上半夜，戚驷轮值下半夜。心善因接连已巡查许多时日，毫无一点儿影响，简直等于庸人自扰，完全和捕风捉影一般，故此每夜对于巡视山上山下、庄内庄外各处本来即并不十分放在心上，却一味地专门在勾引胡、黄两氏一事上用功夫。待至心善和两妾成就了好事，目的达到，对于轮值察查的事遂格外不放在心怀了。他因每夜与两妾幽会，消耗了精力，身体比前较觉困乏，故此每日白天里总得补睡养神。戚驷初原不曾介意，后因每日总见心善多睡许多时刻，心中以为他在夜间巡查时定系比自己还要认真，所以才比自己疲乏，因忖想着心善每夜巡查各处，并非为了他自己的事，乃系为朋友义气而尽力，俺应该设宴款待，表示敬谢和慰劳他的意思才好。于是令人吩咐厨房，置备了一席酒菜，须在夜间应用。

当夜，戚驷在时前并未通知心善和其余八名和尚，只命摆设前面客厅上，先邀同了那四名轮值的和尚就了座位，且权先饮食起来，后即由本人飞身上屋，往山上去迎接心善和那应该随心善巡夜的四名和尚。岂知迎上山去，只见着四名和尚，却未见心善的人影儿，问时，四僧不知就里，当即据实回答，说："心善师住居士的内宅里去了，他说和居士有心谈，怎么居士反未曾会见呢?"

戚驷闻言，暗忖奇怪，遂姑且先将四僧邀到客厅上去同饮，一面又亲往内宅里去，察看心善是否在那里不在。又恐四僧所说的内宅乃系本人现在夜间住宿的所在，故于未往内宅前，先回到本人目下居处的卧室内去探望，不见心善在内，询问侍仆，心善方丈可曾来过没有。侍仆回称未来。这才前往内宅查看，才跨进内宅的天井，已听得胡、黄两氏和心善房中的笑语之声，不由心中一愣，暗忖他来找俺谈心，却怎么反在此地和俺的内眷们说话呢？一面心中犯疑，一面脚下已提起放轻，轻了许多，蹑着足步，潜行到檐下窗口边，舐破窗棂纸，就窗眼里向内张望。却见心善坐在正中，胡氏坐在左边，黄氏坐在右边，三人各据住临窗口四仙小方桌的一面，眉来眼去地说笑着，桌上放着几色精馔的菜肴、碗碟杯筷酒壶等项。只见胡氏执壶，给心善斟酒，心善一口气饮干了。

黄氏夺过酒壶去，亦给心善筛满了一杯，笑道："您既喝了她的，亦应喝干俺的才见半斤八两，扯得平均，不分高下。"

心善忙执杯在手，笑道："二一添作五，二五成一十，贫僧向来绝不稍存一些彼此的，你又何必多心呢？假使她已筛酒给贫僧喝了，你即不筛酒，贫僧亦定必要你照样筛一杯的。何况尚系你自己学样儿筛的呢？贫僧怎敢不领你的情呢?"说罢，使媚眼向黄氏瞟了一眼，微微地一笑。

那种儇薄轻佻的样儿，看在戚老四的目中，一股酸气哪还能按捺得下？不由三尸神暴跳，七窍内生烟，恨不得立即冲将进去，一刀两段，将心善剁成肉泥。伸手一摸腰间，并未佩挂宝剑、短刀等兵器，因此寻思，不如转身往前面自己现在住宿的卧房内去，拿自己使用的兵器，再回进里面来砍杀心善。边想边轻移足步，往前面卧房内便走，一口气跑往自己宿舍内，从壁上摘下一把单刀来。转身才待举步，忽然又转念道，这秃驴虽然可恶，但究竟不过只被俺看见在房内喝酒谈笑，尚未被俺看见他们在床上长枕大被的情形。倘如俺即以此刻的状况责怪他们，这贼秃或许还可强辩，也许俺杀了他被天齐庙内众僧不明白内情的代他叫屈喊冤。俺不如稍忍须臾，待他的真凭实据给俺拿着了，然后再明正其罪地将他当众杀死，使他死而无怨，也好堵塞了江湖上及绿林中人的嘴。

戚老四转念到此，遂叹了口气，回身仍将单刀挂在壁上，移步踅向前面客厅上去，陪伴那八名和尚饮酒用菜，首先从侍候在席旁的仆从人手中取过壶来，亲自给八僧筛酒，开言表示慰劳八僧连日辛苦，道谢八僧交情义气。接连着敬过八僧各人三杯之后，这才将壶交给仆人行酒。八僧执杯道谢主人，宾主齐饮干照过杯，八僧亦从仆人手中取过酒壶，更番行酒，各回敬过戚驷，这才将壶交与仆人。

主客们浅斟低酌，慢慢地饮酒用菜，边啖边于席间谈笑。八僧因戚驷今夜此席虚着左边首座，本系奉请心善方丈的，不料戚驷往后面去走了一遭，并未将这位特客心善邀来，即让大家请用。上菜添酒，与众举箸饮啖。那左首的第一座兀自空着，戚驷并未宣布心善还来不来入席，亦不提起他在不在后面，故此八僧虽然吃喝谈笑着，却都对心善不来与众共饮的现状满腹怀疑。起初大众见戚驷从后面出来时的面上气色不佳，不敢多事饶舌，启口请问，及至大家都已喝有好几杯酒入胃之后，遂都忘记了忌讳，忍耐不住起来。

当由一个法名唤作清心的，首先启问道：“戚檀越，心善师怎么到此刻还未来呢？莫非您老在事前并未预先邀他，也和贫僧等人一样，故此他并不晓得您老奉请他吗？他才在各处巡查时，说系往您住宅内会您谈心，大约他往您住处去时，正值您往各处去接贫僧等众，以致彼此不曾会得着，两下不照面。他因未见着您，遂回庙内去了吗？不知戚施主可曾另差贵价，往庙内去邀心善师吗？如未邀他还好，倘如邀他的，特客尚未来，菜已被俺们吃得差不多了，虽然他不嗔怪俺们，俺们却有僭了他，未免自觉难为情……”

戚老四来和众僧饮啖，本系勉强忍耐着的，此刻酒入愤懑之肠，陡被清心和尚一问，好比针刺刀割，非常难受，因此不待说完，即已接口冷笑道：“清心师，您快住口，休得再问这个畜生，俺把他当知己朋友看待，所以和他泯去痕迹，开门揖盗，一任他不分内外进出俺的内宅。不料这畜生法名虽唤作心善，比万恶狠毒的恶心还要胜过百倍，他竟敢乘着空闲，偷俺的冷不防，逐日勾引俺的两个小妾，竭力使用他的诱惑妇女伎俩。俺居然被这畜生蒙在鼓里，一些也不知道，俺还把他当作好人，今夜特地整治酒席，款待各位和他，并举他坐首席。俺适才亲往后面去寻他时，他却敢居然在俺的内宅上房里和俺的两妾谈笑饮酒，在天井内闻得这厮的声音，从窗眼内张望，看得明白，本拟冲进房去立刻将这厮挥为两段，斩成肉酱的。实因恐各位大和尚在此久等，嗔怪俺失礼，并恐各位不明真相，疑心俺假借题目，故意诬栽了他。所以才忍气回到前面来招待各位，借此略示宽大，姑且放他一马，预备向各位即席言明，以免随后俺砍翻了这厮时，各位疑心俺是火并了他的。”

戚老四愈说愈恨，说到“砍翻了这厮时”，不禁怒从心上起，恶向胆边生，陡然起身离座，除下头巾，脱去长衣，紧了紧束腰，拔了拔靴子，对众僧道：“各位姑请自用几杯，待俺去砍了这厮，剜出这厮的狼心狗肺来，用油炸了，端上席来，给各位下酒，以出俺此刻胸中的恶气。”说罢，移步向后面就走。

八僧闻言睹状，一齐大骇，真所谓欲劝不能，不劝不可，事出两难，情难坐势，因此大家只得同时离席，齐追随在戚驷身后，边追边由清心开口嚷唤：“戚施主，彼此多年朋友，有话好说，且请暂息雷霆之怒，从宽发落此事！”

戚驷见八僧齐从身后追随进来，且又高声嚷叫。八僧因为轮值巡查之故，腰间本都各挎着一口戒刀，戚驷见了，不由一时错会了意，以为八僧和心善的交情厚，关系深，所以才从后追来，故意大声呼唤，使得心善在后面听得，好做准备，和自己对抗，或者溜之大吉。他们大家好帮着方丈说话，怪自己无风起浪、存心诬陷，倘如心善不走，和自己对敌他们好各亮出刀来，以武力调停，甚或竟帮助心善，合力来围攻自己。因为心中一起疑，不禁勃然大怒，迁怒到八僧身上，立定脚跟，回头厉声喝问道：“各位紧紧从后追来，是何居心，莫非想帮着那个人面兽心的孽畜，合力来对付俺吗？果真如此，即请明言，俺姓戚的如说一句没种的话，稍有惧怯退避时，便非堂堂七尺身躯的好汉子，从此永远不在人世间偷生苟活。”

八僧见他声色俱厉、恶狠狠地竟有对众人厮杀的神气，知道他是错会了意，唬得齐将脚步止住，仍由清心开言道：“戚施主，请勿见疑，贫僧等追来，绝不敢稍存偏袒谁人之意，乃系仰求戚施主姑且看在贫僧等众人薄面上，暂时息怒，徐徐调查事实，可恕则恕，不可恕再做计较。”

戚老四听罢，冷笑道：“已经俺亲目所睹，事实分明，还用得着什么徐徐调查？奸占朋友之妾，一箭双雕，是而可忍，孰不可忍，此而可恕，何事不可恕，还有什么商量计较可言吗？各位既说绝不偏袒何方，俺非常赞成，就请各位立在此地，看俺进后面去，砍下那目无朋友、腹无心肝的贼子脑袋来。”说罢，迈步疾向自己宿舍内跑去，从墙上摘下那口单刀，急急扑奔到后面内宅上房里去。

看官，原来戚驷自从福海等师徒五众去后，他一时神经过敏，疑心五人定必在暗中得到了什么不好的消息，深恐在此遭逢什么危险，所以才先行悄悄地不辞而别。因这一疑，遂立时担惊受怕，赶紧地宣布起戒严来，调八僧分班轮流巡查，由自己和心善两人率领。他因提防有何人来内宅上房行刺，并为统率指挥众僧巡夜便利起见，所以自己暂时移居到前面房屋内。由此后，每日白天里，因夜间巡查辛苦，总得睡至午后未申时分才起，倘轮值在上半夜，下半夜得能早眠，次日还可早起，倘轮值在下半夜，简直全夜无眠，因为一心在防患保守上留神，遂将两妾的事不放在心上。且非有事，轻易不进内宅里去，因此遂被心善乘虚而入，得以和两妾毫无忌惮地停眠整宿。

那心善和尚自从福海走后，初则借为戚老四荐斋超度亡妻的事，每日至戚驷家中走动，继则借效劳巡查的事巴结戚驷，成为莫逆之交。由此遂得乘空偷冷，阳借会晤戚驷之名，阴遂出入内室之愿。胡、黄两氏本属水性杨花的淫荡妇人，自从戚驷注意防护，移宿到前面之后，她俩便陡觉空闺寂寞，冷清清地难受起来。恰巧心善来向她俩竭力诱惑，正好似来凑趣儿，给她俩消愁解闷，当然两下里一拍即合，浪子淫娃，各遂心愿。

这夜，心善因在白天里乘戚驷在前面睡觉，潜溜进内宅里，和两妾恣情调笑，商量好摆布戚驷的计策，预备由胡、黄两氏在明夜戚驷轮值上半夜，下半夜无事休息的机会，偕往前面去见戚驷，将戚驷劝到后面来住宿，并在房内备好酒菜，请戚驷享用。戚驷往日本系个采花贼，对于女色一事，本系有癖好的，料定彼时被两妾一劝，必然魂醉骨酥，随进内宅来住宿，凭着两妾往日对付客人的惯技，加倍卖力对戚驷使用出来，戚驷必为二人所迷，灌醉了戚驷，本不怎么为难。心善犹恐不全美，又将本人往年使用未完的蒙汗药于当夜拿来，交给胡、黄两氏，命她俩明夜放在酒菜内，使戚驷被药麻倒，任凭他们如何摆布，皆可为所欲为。当时他因送药给两妾，太性急要紧了些，所以不待到下半夜，即便大胆溜到内宅里来。本来他于轮值巡夜时，不去巡夜，却到内宅与两妾幽会，俾得全夜停眠整宿的，已非一次，绝未破露过，所以他的胆门子也就随之而大了。他这夜做梦也不曾想到，戚驷会忽然整治酒席款待他及众僧，慰谢他们九名和尚，所以绝未防备，真也太大意了些。不料竟因此露了马脚，被戚驷潜来窗外，看了个清清楚楚。

当时戚驷喝止住众僧，跑到卧房内，从墙上摘下那口单刀，疾速扑奔到后面内宅上房里去。其时黄、胡两氏正和心善交杯换盏，低酌浅斟地饮啖着。心善和尚左右顾盼，二美伴食，艳福无量，鹊巢鸠占，其乐陶陶。万想不到戚驷会突然如飞将军从天而降，挺着单刀，直扑进房来。说时迟，那时疾，戚驷跑进内宅的堂前，掀起房门门帘，一脚跨进房内。立在房门边侍候的婢女春兰本系胡氏的心腹小鬟，陡见主人手执明亮亮的钢刀，杀气腾腾、威风凛凛地扑进房来，不由大惊失色，仓促间忘却了危险，高声大呼道："哎呀，娘留心着，爷来了呢，快些躲避了吧！"

春兰这么一嚷，戚驷正在怒气勃发之际，猛听她给奸夫淫妇等三人放龙吃水（术语：凡泄露消息、危害自家人者，称为放龙吃水），分明系立在房门边给三人充当把风的差使，这口恶气焉能咽得下肚？不禁勃然大怒，喝骂一声："贱婢，看你不出，虽只小小的年纪，居然亦敢欺心卖主，待俺将你的脑袋砍下来，给一班刁奴卖主的狗才贱人们做一榜样……"喝骂声未毕，早已顺手一把将春兰揪住，抡刀一剁，将春兰的半个头颅连颈项肩胛一齐剁落在地平板上。可怜那丫鬟因为卫护她的主人，多言只嚷唤了两句，竟将她自己的一条性命断送在这几句嚷叫上，连自己临死，唬得一句哎呀都不及嚷唤出来，即已被杀死在房门口，倒卧在血泊子里了。

经这一番春兰嚷叫、戚驷喝骂，以及戚驷手起刀落、春兰被杀身亡，早已将心善及胡、黄两氏三人闻声看见，各吃了一大吓，惊得慌忙将杯筷推开，离座而起，急速躲避奔逃。

究竟三人的性命如何，请待下回细详。

评曰：

写心善与胡、黄两氏私通事，由浅入深，丝丝入扣，如《黄庭经》初写，恰到好处，自非心细者，不克臻此。而写其败露之由，则缘夫戚驷设宴款待慰劳，是盖作者暗示世人以冥冥之中，有天意存焉。清心等八僧闻戚驷之言，固应骇戒至不可名状，而势难偏袒，情难坐视，为八僧设身处地以思，则亦唯有退作壁上观耳。

朱柏庐先生云："见色而起淫心者，报在妻女。"谚亦云："我不淫人妻，人不淫我妾。"三复此数语，足为世人清心洁身修德之一助。观于戚驷之素行，而两妾即咸伴人眠，心善以皈依沙门之世外人，而不能正心修身克己复礼、坚守佛律五戒，诱惑友妾，卒至身首异处。虽其获报不若戚驷之以妾代偿风流债为明显，然其结果则终以渔色猎艳奸淫之事而丧其元，则所差亦不过五十步与百步之间耳。噫嘻！世之登徒子观于此，盖亦可以醒矣，惟冀读者暇时，常借本回记载之故事，广为传说，庶几借善恶果报之说，以警世人之心，而挽淫荡之末俗，则庶乎为不负作者之婆心矣。果若此，吾知作者必欣然引领曰"企予望之"。

第二十六回

血染黄沙贪淫果报
火毁萧寺穷凶行藏

话说胡、黄两氏陡见本夫恶狠狠、怒赫赫地扑奔进房来，钢刀挥处，春兰已被剁死在房门内地平板上，闻声见状，早已都唬得魂不附体，慌忙抖战着推开筷杯，起身离座，急速往旁躲闪。同时心善和尚早已吃一大惊，唬出一身冷汗，将适才喝下咽喉去的酒亦吓得警觉了。

心善虽然武艺亦颇高强，往年亦曾做过独脚大盗，倘当真和戚驷交手，原亦可对抗抵敌。怎奈此时心善做贼情虚，自知理短，遂致气馁了许多。当时被这一吓，吓醒了酒意，仓促间竟一时慌得无所措手足起来，立刻不知该如何应付，方才可以抵敌。

在这当儿，说时缓，那时快，戚驷剁死了春兰，扑通放倒了她的尸首，怪叫一声："狼心狗肺的衣冠禽兽，俺戚四爷将你这秃驴错当作好人看待，以为你是个朋友，不料你却居然敢擅入俺的内宅，勾引奸污俺的内眷。好个无耻的王八羔子，着刀！"喝骂着，直扑到心善面前，劈面一刀砍去。

心善急忙侧身内让，到此性命关头，慌得一时乱了主意，只有急急闪身躲让的本领。他虽然是在上半夜轮值巡查，腰间原带有一口戒刀，却因吓慌了，忘记了腰间亦有兵器，只管一味地赤手空拳抵御，情势非常迫切。

却喜那黄氏机灵，虽在急迫之时，居然亦能急中生智，冷眼旁观，见和尚有刀不知道用，遂娇颤着声音点醒他道：“腰间佩挂的不是一口戒刀吗？本系佩带在身边保卫自己的兵器，为何此时反不知道用呢？难道是戏台上唱戏的武行戏班子使用的，乃系木头做的假兵器不成（编者按：戏子用真刀真枪，在台上打武，系在清末，由武生何月山演《塔子沟》《铁公鸡》等剧时作俑，其后始有人效尤仿行。在前梨园子弟绝无用真刀真枪上台者，清季且然，更何论明末时代乎？故书中作如此云云，特附注于此，以免受不知梨园掌故者指摘，兼为本书证实其时代性）？”

黄氏这几句话一说出口，心善遂陡然被她提醒了，不由精神一振，伸手从腰间将佩挂着的一口倭铁打就的戒刀亮出鞘来，迎着戚驷格斗厮杀。两下刀光闪烁，刀声飒飒，在房内拼命价往还交锋。

胡、黄两氏从小儿在娼寮内长大，哪曾见过这种阵仗？早已唬得玉容失色，遍体筛糠也似的躲身立在床头前衣橱侧战栗。

心善和戚驷斗有几个回合，边斗边腹中寻思，戚四儿既已窥破了秘密，持刀进来捉奸。此处乃系他的内宅，当然唤齐他的家下男女人等到来帮忙助战，况且他的住宅内外各屋上下全都安设着机关埋伏，常言“好汉难敌四手”，何况他本人的武艺本就难于应付呢？万一足下稍微大意，误踏着了机关消息，或是他家下的男女人等齐来帮助厮杀，俺定必难讨便宜。与其恋战失着，不如趁早逃跑，免被他伤害了性命。想到此，遂即脚下明白，故意卖个破绽，使戚驷向他扑来，他即侧身让过，嗖一声腾身跃起，高高地从戚驷头顶上凌空跃过，直蹿纵出房门外去，脚下一点地，略不稍停，即已疾如鹰隼，速如脱兔般逃跑出堂前的窗外檐口，即从天井里翻身上屋。

戚驷一刀砍扑了空，猛然见心善从头上跃过，逃跑出房，急忙扭转身体，拔脚追出房门，紧紧地追出檐口。见心善已上了屋，遂亦飞身纵上屋去，大叫：“贼秃，往哪里走，俺今夜如不将你这忘恩负义、欺心背友的秃驴砍劈成数段，誓不为人。”边嚷边腾身连纵带跳，紧紧向心善追赶。两人一前一后，如流星赶月般在屋上蹿房越脊，奔跑纵跳着一逃一追。

戚驷在凤翔练武时本已将高来高去的本领练成出人头地，由凤翔回来，一路行窃采花，劫抢作案，全仗着高来高去的飞檐走壁能为。及至在此倚山傍水的形势险恶去处，建立寨栅、筑造庄院、盖砌庙宇之后，他每天往来山上山下，练习陆地飞行及爬山越岭的足力腿劲，时日既久，本领遂格外精进。

心善虽然足功腿劲速率亦颇不弱，但因此时理短情虚，心慌意乱，足下又提防着恐怕误踏了埋伏消息，无意中遂迟慢了许多。不曾越纵得几进房屋，将要逃至庄院后身，临近上山的所在，已被戚驷从后面追赶着了。心善匆促间难于逃遁，索兴回转身体，迎住戚驷，死命相扑，两下一场狠斗。心善虽和戚驷拼命相搏，究竟心中总以逃跑存想，故此边斗边留意逃跑的去路，因之遂不免分了神。

那戚驷含着满怀的愤懑，恨不能立即将心善生吞下肚，活剥抽筋，方才快活，故此愈杀愈勇，手中的那口单刀如雪片般向心善砍来。在月光下照耀着，只见片片寒光，晶莹雪亮，耀得心善几乎眼花。加上戚驷的刀法系从吉天相学来，本有神出鬼没的妙处，此时又鼓着勇气，含着怒恨，直使得那口刀上下翻飞，前后左右不住跳跃，闪展腾挪，一刀紧一刀，一手紧一手。

初时心善还能杀得个不分高低，后来厮杀久了，戚驷的刀法愈紧，精神气力又有增无减。心善被他逼着，竟致只能招架，不及还手，自知再战下去，定必被擒受辱，遂即卖个破绽，觑空跳出圈外，疾速逃跑。跑到屋脊后檐跳下地去，往山上荒径小路树林深处飞跑。

戚驷深恐被他逃入树林，难于追获厮杀，遂奋身腾跃，竭力连接着垫足跳纵了几纵，已超越到心善的前面，返身阻住了心善的去路。

心善正待侧身往斜刺里落荒逃走，早见戚驷跳身过来，挥舞单刀，如同雪片般向心善砍杀。心善势难逃走，只得回身招架。

戚驷乘此机会，急将刀法变换，改使出一路滚刀法来，专取心善的下部，滚来滚去，将心善四面圈住，使他脱逃不得。身手迅疾，使他招架维难，更谈不到还手两字。

心善竭尽生平武艺，使尽浑身气力，只能勉强抵敌，招架了几个照面，渐渐地，力尽气喘，招架不住，急于偷空儿觅路逃走，怎奈又一时毫无破绽。

戚驷见他抵敌不住，心中大喜，精神更振，气力倍增，奋起威武，猛喝一声："贼秃，着刀!"即使刀尖儿向着心善的小腹上拼力一戳。

心善待退步避让，用刀遮架时，哪里还来得及？早已被戚驷的单刀刺进了小腹，顺手往上一送，一翻手腕，使刀尖儿在心善的腹中一绞，往下一落，往回一缩，又向前一送。心善口中哎呀连声，足下站立不定，早已仰面跌倒在地，腹中的大小肠都被单刀拖带了出来，血溅满地，双足伸缩了几下，口中哼了两遍，已是魂归地府了。

戚驷抽回单刀，赶紧使鲤鱼打挺，从地下飞跃出丈外，以免被那小腹内的鲜血冲射到面门上来。跃出丈外，回身又走至心善面前看时，业已断了气了。

戚驷心中恨犹未消，趁势信手一刀，将心善的光头砍落下来，提起耳朵拎着，回到庄院后身屋檐下，飞身上屋，径奔赴前面内宅的屋上，跳下天井，奔进上房看时，春兰的尸首兀自躺在血泊子里，那四仙小方桌上的残余酒菜仍旧摆列着，房中空寂寂的阒无一人。回身扑奔进对面房内，亦空无人影。料知黄、胡两氏定已都趁空逃跑了，遂往前进走去，连走了两进房屋，仍无一人，心下不由奇怪，遂径奔到前进客厅上去看时，剩酒残肴仍旧安放在席上，那八名和尚，连同在旁伺候的仆人，一齐都不知去向了，不由格外诧异。急往别屋内去查看，直走进左首配屋第三进内，方才看见地下横七竖八躺满了许多男女，心中惊疑，再定睛看时，原来都是些尸首和负着重伤、流血不止只能哎呀呼痛不能勉强说话的半死人。

戚驷这一惊非同小可，忙将那些死伤的男女逐一察看，看了半晌，方才寻着一个伤势较轻、尚能忍痛开口的庄汉，遂问他："何以大家遭此意外，是受谁的暗算？"

那庄汉展目认明是主人问话，才忍痛回答道："庄主追赶方丈和尚去后，二位姨太太即便赶紧往前进逃走。正遇见在前进饮酒的八名僧人，内中有一位法名清心的，拦阻了二位姨太太问后面的事，二位姨太太叩头哀求众僧救命。各僧因为庄主适才声色俱厉地痛责过他们，大家心中怀恨，遂由清心领头，说：'心善师被戚某追赶下去，生死未卜，胜负难明，俺们和心善师同为出家人，佛门弟子自应帮助佛门弟子。俺们与其看心善师被戚某窘辱，不如暗助心善师一臂之力，将戚某家下的男女人口一齐驱往旁边配房内去，斩尽杀绝，放心善师的两位爱人逃走。倘如心善师胜了，俺们总算帮了他的忙，顾全了交情义气。心善师如或败了，或竟遭逢了不幸，俺们总算给他报了一半仇恨。'清说心罢，大家赞成，遂即分头往前面各进房屋内，将俺们一齐驱至此地来。凡是睡在床上的，即就地杀死在床上；尚未睡觉的，便一齐被驱至此地后再行动手。他们将俺们斩杀后，原拟放火的，因听得屋上瓦响，恐庄主得胜回来反而不妙，所以大家不待将事办完，遂又忽然速即回身跑了。"

戚驷听罢，不由心中气恨愤怒，一时交集，木立了好一会儿，不知不觉地将手中那颗血淋淋的光头抛弃在地上，良久良久，方才恢复了知觉。心忖这班贼秃，好狠心肠，他们既都不仁，俺又何必义气？他们居然都欲放火焚烧俺的房屋，使俺无家可归，俺又何若不将庙宇烧去，或是尽将他们驱逐，使他们无庙可归呢？想到此，遂提着单刀，回身出屋，纵上屋去，扑奔山上，追寻清心等八僧报仇。

刚走出庄院后身，奔到半山腰里，从一所树林面前经过，猛听得一声呼哨，从林内飞出几宗暗器，直向戚驷身上打来。戚驷走到林外，心中正自狐疑，忖念清心等众僧或许埋伏在此林内等候，耳边听得呼哨声音，已惊骇留神，闻得脑后风响，知是暗器打来，急忙将身体一矮，就地躺倒，滚向林边树根前，翻身立起，挺刀纵进林内去。此时月光皎洁明亮，照耀得林内甚是清晰，戚驷进了树林，四下一望，并不见有一个人影儿，知道定是躲在树身后面，被树遮住，看不清楚。便运起身上硬功，以防众僧的暗器，这才急速往各树后面去张望搜寻。

正在此时，呼哨声又响，石子、钢镖、袖箭、弹丸等各种暗器应声如雨点儿般从上面飞来。戚驷忙舞动单刀，盘头盖顶地护住身体，将各种暗器齐遮隔打落在地下，叮叮当当一阵响声住后，戚驷才收住了刀势，抬头向各树顶上观看，边仰视树顶，边喝骂道："不怕害臊的狐群狗党，躲在树林内，希图用暗器伤人，已经都不光明了，且又缩着头像乌龟般躲在壳内，不敢跳下树来厮杀，真正太不值价，毫无种气。是稍有汉子气味的赶快跳下树来，拼一个你死我活！"边骂边看出那面几株大树顶上爬伏着好几个人影子。此时心中怒恨已极，遂鼓着勇气，先跑到一株大树面前，使用寒雀登梅的姿势，飞身跃上树枝。

说也凑巧，戚驷跃身上的那根树枝恰巧是一根枯枝，怎么经受得起他的身体气力？只听得咔嚓一声响，那枯枝齐着丫杈，已被折断，连人带枝，一齐跌落下来，正掼跌在凸出土面的粗树根上。饶你戚驷的武艺高强，硬功绝顶，至此被这一跌，亦难免手足受伤，身体被枯枝树绊着，跌倒在地，马上不能就爬起身来。

戚驷猛然跌下，不由着惊，正忍痛急拟爬起，那预伏在各树上的众僧一齐大喜，不约而同地齐从树上跳下来，各执戒刀，扑奔到戚驷面前，抡刀齐往下砍。戚驷大惊，急将身体尽力挣脱了树枝，火速就地一滚，让过了刀锋，随即趁势就地将生平的绝艺、适才战胜杀死心善和尚所使的一路滚刀对众僧施展开来。

各僧都以为他已受伤，又恃仗人多，故此颇为胆壮，不料赶到面前，刀都砍落了空，反被戚驷使出一路滚刀来，将众僧裹住身体，逃退不能。不多一会儿，已有两僧被戚驷砍翻在地。余众一齐大惊，狡猾的急速虚砍一刀，往树林深处落荒逃走；老实的却仍旧和戚驷死拼。

戚驷抖擞精神，奋勇大喝一声，一刀挥去，杀死了一名，转过身来，又搠翻了一个。尚有一僧唬得拔足飞逃，刚跑得五六步，被戚驷追到身后，一刀直从后心穿过了前胸，扑身栽倒在地。戚驷抽回了单刀，见有两僧分向左右两面穿林绕树逃走，遂即飞步跃身，先向左边那僧追去。那僧猛回头，见戚驷追来，唬了一跳，急速向前奔逃，不由心慌意乱，脚在树根上一绊，身体向前一栽，头正撞在树身上，撞得头昏眼花，耳膜被震得雷鸣，目瞳被震得发火。因这么一迟延耽搁，已被戚驷赶上，手起刀落，劈成两爿。戚驷将向左边逃跑的一个劈死后，略不稍停，急速抽身往那向右边逃跑的和尚追赶。那和尚陡见戚驷赶来，猛吃一惊，因见同伴已有六名被杀，此时竟致吓昏了，不往前跑，反而回身往斜刺里逃走，正好和戚驷相值，被戚驷大喝一声，迎面一刀砍下，连肩带臂，劈落下来，倒在地上。

戚驷既将众僧都砍杀了，留神一看，这才觉得只共有七名，那首要的敌人清心和尚却不在其内，不由心中发毛。回头一望，山下庄院安然无恙，寻思众僧既都埋伏在此，因何独有他不见呢？莫非他溜往庙内去了吗？反正俺对庙内众僧已无有什么丝毫感情可言，存心就上山去解散他们的，现在姑且不论他是否在不在庙内，俺且往庙中去一遭再说。想罢，遂举步往山上奔去。刚走出树林，抬头猛见山上火光大起，刮杂噼啪的声响，连珠价如暴豆般响震起来。那依着山势建筑的一座天齐庙，前后上下各间屋宇，各屋同时已都起火，接着便听得山上哄然大震一声，震得山鸣谷应。戚驷目光锐利，早已看见是天齐庙内大殿的正梁崩倒了下来，所以才有此响声。

戚驷寻思山上房屋既已放火烧了，这条路上既不见一个人走下来，庙内的和尚定系从后山小路走下山去了。然则定系被烧死在庙内了，俺与其在此发呆，何不绕往后山小路上去一望呢？想定，遂即移步改向后山绕去，披荆拨草，绕树穿林，不多会儿，已来到后山小路上。抬头向上一望，依然火光烛天，烟雾迷漫，坍壁倒墙，栋折梁崩，炎炎火势，兀自火烧着未曾稍减，并无半个人影儿从上面走下来。往山下看起来时，月光下亦绝无半个人影儿。心中好生奇诧，暗忖真怪极了，难道火非人放，乃系无意间失慎所致？那许多和尚都葬身在火窟内吗？因这么一寻思，忽然想起一事，跺足自恨道："唉！俺好糊涂，真正叫作当局者迷啊。"边自语着，边举步如飞般跑上山去，绕越过火场，超至前山大路上，急速飞奔下山，径跑到庄院后身，飞跃上屋，急向前面跑到檐口，跳将下去。奔进内宅上房一看，只见箱笼橱柜等已被刀劈破了，倒翻得乌乱，不由大吃一惊，呆立在房内发愣。

欲知毕竟如何，请待下回分解。

评曰：

本回写戚老四因美色而启之祸端，咄咄逼人，纸上如见鬼气，足令阅者寒心碎胆，而惊诧其事之奇。情文并胜，允叹观止。

戚之家人男女被杀，从庄汉口中述出，天齐庙被焚，从目中看出，写法不同，而咸具生龙活虎之致。

七僧均死，而清心独逃，庙宇被焚，而庄院无恙，情事均出人意表，写来如火如荼。设想布局，无一不奇，允称才大心细。

第二十七回

凤去台空人如黄鹤
路断径剪鬼现无常

话说戚驷奔进内宅上房，一见箱毁橱破，倒翻得乌乱，不由惊呆得立在房中发怔。

看官，你道是怎么回事？原来那清心和尚本和心善是拜过把子的盟兄弟，心善漏了网，投奔到天齐庙后，清心亦正因犯事，无处可以投奔，得悉心善已削发为僧，在戚驷这里安身，遂亦将头发剃去，做了和尚，取名清心，投奔到天齐庙来会见心善，由心善引荐给他介绍了福海，再由福海引荐，会晤过庙主戚驷，即在庙内住下了。心善平时在庙中所行为的恶事，清心亦多所襄赞，心善代理方丈时，清心遂向心善献计，拟鼓动戚驷，暗借两魏力量，大干一番惊人事业，索兴成则为王，败则为寇。又因见心善在谈话中颇显露出爱悦胡、黄两氏的姿色之意，遂又献计给心善，劝他设计火并了戚驷，乘机占夺了他的两妾及所有的产业，并定计，待至戚驷被杀之后，再往京城内去见两魏，诈作系奉了戚驷之命，特地进京见他俩领取款项，回来作种种费用的。两魏必然不察，信以为真，将款项交付给俺们，那时，俺们既占得戚驷的产业，又骗得两魏的款项，岂非一举两得吗？

心善闻计大喜，当即和清心约定，如果火并了戚驷，彼此平分戚驷的财产，各占一妾。两人计议停妥后，暗用拈阄儿的方法，拈定两妾，谁该归谁占有，结果，心善拿着个一字，清心拿着个二字。决定戚驷死后，胡氏归心善，黄氏归清心，这是前数日的事。

及至心善和两妾私通，心善紧守秘密，并未告知清心，清心虽然心疑，因未见着实据，不能向心善质问。等到当夜戚驷窥破了心善的秘密，由席上起身跑向后面去对付心善，清心即和其余七僧随后赶去，意欲借着闲人的地位，调停两人的争端，暂作缓兵之计，随后再和心善商量定策，合力对付戚驷。不料被戚驷回身喝住，大家只得立定身体，不随后进内。清心料想心善或能抵敌得过戚驷，未必一定吃亏，遂借着被戚驷威喝众人的事，激怒众僧，使众僧齐心协力帮着自己援助心善，对付戚驷。果然众僧被他激怒了，一齐跟着清心，杀奔后面去。

恰巧心善逃遁上屋，戚驷追上屋檐，胡、黄两氏向外逃走。两下恰好撞着，清心一见两妾，陡然为色所迷，把心横了过来，遂即放走了两妾，悄悄和两妾咬了个耳朵，令二人暂至前面柴房内躲着，守自己来保护动身，以防生命危险。两妾虽明知清心亦非好人，但因平时亦曾见清心屡次对自己施展过勾引诱惑的手段，这时料定他除去存心非分之外，绝无谋财害命的恶毒心思，故此对于清心嘱咐在柴房等候的话尚无什么歹心，正所谓："明知不是伴，事急且相随。"于是二人前往柴房暂避，清心却领着七僧往内外各屋，将男女各仆婢一齐驱到第三进配屋内去监视着。清心原意将他们监视在一边，动手劫取些财帛，保护两妾上路的，所以有此举动。及至转念一想，忽又改变了计策，决定将众男女仆人一齐杀死了，算是给心善报仇。

杀罢众人之后，清心领导着众僧，从住宅地道内赶奔到庙中去，接应心善。到得庙内，走出方丈，一看心善并未回来，遂又从屋上出庙往山下迎来。走到半山里那座树林边，清心忽然灵机一动，忖念心善到此时还未见来，定已遭了不幸。料定戚四儿回到庄院内，看见家下男女被杀，不见了八名和尚，必定向庙中追来。遂对七僧说知，嘱令七僧埋伏在树内林上，等候戚驷从此经过时，齐用暗器伤他，他如受伤倒地，即合力将他杀死，给心善报仇。他如追赶进林，大家躲身在树上，不下树决斗，仍用暗器伤他；他如上树，大家即下树，绕树身躲避，引得他筋疲力尽，遂一齐上前围住。大家依言，一齐走进树林，爬上树去等候。果然为时不久，戚驷已从下面上来，打从林外走过。清心遂吹呼哨发令，暗器齐发，被戚驷跳身避过，奔进林来。大家又发二次暗器，又被戚驷让过，末后，戚驷上树跌下，大家以为他已受伤，遂一齐跳下去亮刀砍他。

清心看见大喜，正待下树，及至见众人奔到面前，戚驷忽然挣脱了羁身绊足的树枝，和众僧交手。清心思忖，心善且斗他不过，在地七僧都非他的敌手，战斗下去，决对难讨便宜，与其被他所伤，不如趁早逃走，故此清心趁着七僧和戚驷交战的机会，悄悄从树上跳下来，溜出林外。飞驶般跑往山上庙内去，仍从方丈地道内跑到庄院内宅外面，急急前往柴房内，会见了胡、黄两氏，领着二妾逃出庄外。

才出柴房，清心一想，戚驷如杀败众僧，定必追杀上山，遂生一计，利用兵法虚虚实实的策划，领两妾改向地道内走去。守两妾走进地道后，即令二妾在地道下面的住宅内稍等，他自己却往内宅上房，用刀劈破了皮箱、衣橱，翻检了些现银金珠首饰等物，分包了三大包袱，急下地道，会合了两妾，每人各提一个包袱，一径走到山上庙中方丈内，出来开庙后月牙门，躲在庙旁一座坟墓院内，伏身在那坟墓后面，观望情形。

清心指点过两妾地方后，复又回到庙内，往各处放火，顺手将庙内睡熟的各和尚一齐推醒了，说是：“山下官兵来剿办搜捉大家，大家快些逃走。”众僧大惊，慌迫间乱了主意，问他往何处逃好。

清心道：“快从后门出去，往后山逃走。”

各僧闻言，大家都如丧家犬、漏网鱼一般，溜出后门，逃奔山下去。清心放过火，回出后门，会见两妾，伏身在地等候。过了好一会儿，见无人来，正拟爬起，亦从后山下去，忽然听得脚步声从小路上来，看得清楚，正是戚驷，唬得又俯伏着，不敢移动。却幸戚驷上来，并未停足，即绕着火场往前山下去了。

清心大喜，即同着两妾，沿后山小路逃下山去。却见有两名和尚躲在树后张望，知是自家人，毫不畏惧。那两僧看见清心引着两名绝色少年女子走来，遂走到路中相见，询问往哪里去。

清心故意问道："后山没有官兵来吗?"

两僧回称："没有。"

清心笑道："俺说后山小路，官兵怕中埋伏，绝不敢来，果然不出俺所料。如今大众都已逃走了，庙亦被毁了，你们两位为何还守在此地呢?"

又道："俺奉了庙主戚爷之命，保护他的家眷从后山逃躲，他自己却在前山与官兵对敌，俺保护他的内眷，由此小路绕往十里铺他的老家内去等候他的信息。"

众僧听罢，即说："清心师，俺们不如一路同行吧!"

清心不能显然拒绝，只得应声道："很好，俺们合作一起，同行前往十里铺。二位请在前引路吧!"

两僧依言在前先走。清心边走边寻思摆脱的方法。走有三五箭路，回头仰望山上火光熊熊，正是炎炎烧着。

清心忽然想出一计，诳骗两僧道："戚施主才曾对俺说过，令俺们庙内各和尚同往左首那条小路上，走到一所瓦车篷内去暂时过夜，商议办法，心善方丈准定在退敌之后赶到彼处相见。倘如仍能复聚在一起，重建庙宇，再塑佛像，那大家聚齐了不走。否则由心善师按名赠送金银，各投奔别处去安身立命。适才俺呼唤众和尚起来逃走时，慌乱之间忘却了关照，直到此时，方才想起，真正糊涂已极。现在就这样吧，二位大师，可就前往那预先约定的瓦车篷内去等候心善师吧，俺将戚施主的女眷送到十里铺庄上，时候如早，俺马上赶到瓦车篷内相会。时候晚了，俺即索兴不来了，只要在十里铺会见戚施主，俺交代过他托的事，就动身往别处去，拜烦二位大师，将俺此意转告心善师吧。”

两僧信以为真，询问：“清心师，此去东首小路上，须第几个瓦车篷才是约定相会之所？约有几何路程远近？”

清心信口说道：“此去一直朝东，村庄人家农民戽水的牛车篷甚多，好在只有一所是瓦盖的，其余都是草屋，极易认识，离此大约有一里多地。”边说边向东方一指道：“转进了那片树林，再绕过一片树林，就看得见那所瓦车篷了。篷内的戽水机，据心善师往日曾对俺说过，就是俺们庙内的地道出路，乃是一个秘密机关，被福海前方丈临行时堵塞了的，不然，俺们今日还不从这条路走吗？”

两僧听罢，欣然向往东去的一条小路上就走，口称：“停会儿见。”

清心回说一句再见后，领着两个风姿绰约的少年美妇人，一直往前进发。两妾弓鞋足小，从未走过远道，城市中平坦的道路还须乘车坐轿，何况这荒径小路，高一脚低一脚颇不容易行走呢？适才逃跑，由地道上山，从庙内出来下山，所谓荒不择路，才能勉强撑持着行走。此刻前无阻挡，后无追兵，心中略定，胆气稍壮，那两只脚便陡觉疼痛起来，遂一递一声地呼脚疼腿酸。

清心闻言，忙用两手搀扶着两人。走了一程，两人格外腿足酸痛，意欲坐在路途休息一会儿再走。

清心道：“一径走着，还可以支持，倘如坐息一会儿，腿足还要格外痛酸得难受呢！还是往前走的好。”

胡氏道：“走往哪里去呢？净往前走，该走到哪里才算到达得安全地方呢？”

黄氏亦道：“此处是小路，前面并不见有村庄人家，城镇又更离得远了，俺们净走夜路，岂不太苦了吗？不如走到那旁林内，在树根上坐息一会儿，守到天光大亮，俺们再乘骡车上路，赶往前面镇集上，打早尖能赶到城市中有客店的所在，那才可算得暂时稍安呢。”

胡氏又道：“这话不错，俺们男女同行，已很不方便。且又有僧俗之别，如不雇乘车轿，实恐走在路上被人看了起疑，安分的不多事，那专爱管闲的，可就要借此机会来盘问俺们了，岂非很麻烦危险吗？”

清心见二人足小难行，又听二人叽咕，缎鞋绫袜已都被露水湿透了，浸得小足冷痛，和交口称说腿痛脚软，身体乏力，不由动了怜惜之心。寻思这条小路乃系往德州城去的一条岔路僻径，须得走到前面，越过了一道小溪，从田埂上穿过去，方才是大路，但如到得大路时，已离城不远了。在这条路上，往年本有小车骡马等载客货行走，因为山上有了戚老四手下的股匪之后，这条路上，时常伏有喽兵巡哨，防备官兵或从小路上来剿袭后山。虽然并不在此做事杀人越货，但是行客胆小，不敢冒险抄这条近路，所以这条小路上便断了行人的马蹄车辙。近年戚驷洗手，将部众解散了之后，外人尚不知道，所以仍无人敢行此路，日期久了，才有少数的人得知，这条路上始稍微有车马往来。但是如欲在这条路上雇车轿牲口代步，那是非轻容易的事，因为从早至晚，能不能有赶车赶牲口的人从此经过，都说不定，哪能便保得定可以雇着骡车呢？这种情形，清心素所知晓的，又恐戚驷在前面寻觅不见，改向这条小路上追来，遇见被吓骗逃下山的和尚，都在这条路上，也许他们并不远走，伏在田间坟后草中树旁，俺们三人从他们面前走过，他们都曾见着，不过未来相见不好交言罢了。万一他们看见戚某，因巴结他是庙中施主、财东富户，却迎上去请安问好，顺问官兵进剿一事的情形，立可将俺骗他们的诈语戳破了，他们心中一怨，定必将俺们三人的去向告知戚某，岂不很为不妥吗？

清心因为如此设想，遂觉非赶路前进不可，因胡、黄两氏都不能忍痛熬苦再走，定要休息一会儿，守天明后雇好代步再走。并同时追问清心，此去前往何处暂时停住，又问清心的法名及救出她俩后意思如何:“还是将军上马各奔前程呢，还是意欲……”说到此，二人面红耳热，嗫嚅着含羞，不好意思直言出来，只含糊着将话头住了。

清心见问，笑嘻嘻地将自己的俗家姓名、里居原籍、年纪，以及法名等都真实告诉给两妾知道。又说:“戚老四时常往来京津一带，俺们如往京津各地去，恐防被他日后无意中撞见，俺虽不见得怕他，但恐你们两人因此又要担惊受吓。俺闻得他生平所惧的是凤翔府地方的一男一女，男的是陕西省内著名的神拳太保吉天相老师的儿子，和一个姓于员外的二小姐。吉小拳师现尚住在凤翔城内，那于二小姐已出家做了道姑，在华山元真女道士观内修行，这两人都和戚驷有仇，所以戚老四各处地方都敢去，唯有陕西省内各府州县厅地方轻易绝不敢答应人家前去走一遭。如非他自己的事万不得已，或是来人邀他的，和他有密切关系，他绝不肯亲自前往。万不得已而往，亦必多邀能人，并先派心腹分批前行探道，打听吉、于两人是否在他欲往的前途地方，得到确信，才敢前进。据此推想，俺们为安全起见，最好前往陕西凤翔府城内，在吉拳师家左近，赁屋居住，可以永保无事。其次，只有前往江南，但总不如陕西平安妥善，俺们此时前行暂往德州城内歇足，即便动身前行，俺想即日蓄发，预备日后发长还俗。此时俺们三人同行，可一律都装束做道士模样，遮人眼目。至于俺对你们两人，并非俺好意乘人之危，妄想非分，实因前些时一见你们之后，便早思夕想地寝食不安起来。现在乃是天假其便，姻缘凑合，不然，俺们怎会遇在一起呢?”

两妾闻言，齐对着清心的面容身段仔细打量，觉得还算俊秀，虽不足称为美男子，究也还可以看得过去，比戚老四也还差不多，但不过比心善稍差一点儿罢了。边打量寻思，边望着清心嫣然一笑。她的这么一凝眸谛视，媚倩一笑，不由将清心的神魂笑得颠倒，筋骨都被笑得酥软了。当时因恐戚老四追来，怜惜二人走不动，遂鼓足气力本领，命胡氏伏在背上，紧紧用两手环扣着头颈肩头，双足勾向前面腰间，右手将黄氏抱着，往前赶奔路程。两氏见他如此体恤，心中甚为感激，虽然有些腼腆，满怀过意不去，但因足痛无力，没法只得偏劳清心一回，故此只略一客气，即依言由清心驮背怀抱，往前行走。常言远路没轻担，何况背负手抱着的都系人，左手又提着个包袱，包袱内满装着银钱呢，那分量焉得能轻呢？

清心走有两箭路光景，正走到才说的树林面前，已觉颇为费力，渐欲露出气喘身热面红汗背等诸般形状来，忖念不佳，要显能耐，反而献丑，不如趁早停息，就依了她俩的话，隐身在此林内，坐待天明再走吧。想定，遂立住了脚，放下了黄氏，令胡氏下来，手挽两人，同行进林，口称："背一个抱一个的勾当，究竟不方便行动，大人不比小孩儿，颇非容易。只得依了你们的意见，在此林内憩息一会儿，待天明后再讲吧。"边说边走进树林。

这树林乃是富贵人家的坟院，坟前置有石人、石马、石龟、石凳等物，三人走进去，遂各占坐了一张石凳，放下包袱，略定喘息。三人才坐有一会儿，正在低声谈话，猛听得背后起了两声尖锐凄厉的鬼嗥，接着便是一阵寒风，直听得三人毛发皆耸，吹得三人齐打冷战，忙回头看时，却是黑白两个无常鬼，号叫着望三人面前扑来。三人大吃一惊，胡、黄两妾各叫得一声哎呀，一齐吓得昏倒在坟前地上。清心却急忙掣出腰间戒刀来，硬挣扎着向两鬼砍杀，保护两名美人。

究竟清心及胡、黄两氏性命如何，且待下回分解。

评曰：

清心向心善献计，毒辣险狠，心善奸占两妾，瞒清心如瓶守口。两名和尚，一个阴鸷胜过一个，写来历历如绘，不谓出家人中，竟有此等寡廉耻、背道义之徒，不仅为佛律所不宥，天理不容，人情所不许，即神鬼知之，亦必殛之诛之，以警此俗，宜乎二僧均食恶果而不旋踵也。

心善而心不善，清心而心不清，二僧之法名，适与其行相反，此作者故意戏弄笔墨处。

清心洎两妾之所为，固应鬼殛于其后，三人所遇之两无常，读者应勿以伪视之，方为深明书旨。

第二十八回

贼劫贼血溅芳草地
寇逢寇尸横野渡津

话说清心一见黑白两个无常恶鬼叽叽叽、嗥嗥嗥地叫着啾啾之声，令人听了毛骨俱悚，且又一个墨黑，一个雪白，突然现出，形容可怖，从背后扑奔将来，不由大吃一惊，慌忙拔脚要走。忽见胡、黄两氏大叫哎呀，一齐跌倒在地，晕厥了过去，不由心中顾全两美，转惊为急，诚恐自己一逃，两美人被两鬼吞食下肚，送却性命，白废了一番心机，故此反手拔刀，迎住两鬼，奋勇挥刀砍杀。

毕竟清心系绿林中人，行夜路原是常事，对于江湖八黑，一切勾当，耳闻目见已多，且又为人心细，当时初则见两无常鬼而惊吓欲逃，继则心神略定，留意察看来者是否真鬼，抑或为专门扮鬼唬人的剪径毛贼，因此，两鬼啾啾叫着，尚未奔到他的面前，已被他看出破绽，料定来者并非真鬼，果然正是八黑中的一黑。于是胆气陡壮，遂大声喝骂道："好毛贼，你们真是有目无珠，跑生意居然跑到合字身上来了，可不是找死吗？着刀。"喝骂着迎上去挥刀砍杀。

那两名无常见真相已被来人窥破，且又口称合字，明知这个和尚亦系一条跳板上的人。怎奈因见三人的包袱沉重，况且两名绝色女子已被唬死，只剩有一个和尚，凭着两人合力进攻，谅亦未必定要吃亏，只要能将和尚杀死或是打败逃跑了，自己两人便可各占一名美女，又可得财帛，真乃一举两全，岂肯失之交臂呢？故此两鬼见清心挥刀迎住砍杀，并不畏怯逃跑，却依然啾啾叫着。黑无常手执雨伞，白无常手执哭丧棒，迎住清心交手。

清心虽然胆大，不惧两名断路剪绺的草寇，但因心中惦记着两名美人，和地下三个包袱，怕被两贼腾出一贼，空身去伤人取财，故此手中戒刀使得略为迟缓。两鬼见和尚刀法平常，并非什么了不得的英雄，遂各将手中伞、棒竭力挥舞施展开来。清心既和两鬼交手，才知两鬼手中的雨伞、哭丧棒都是兵器，雨伞外面虽系油纸篾竹制成，伞柄却系镔铁打就的。哭丧棒外面虽糊裹着两重白纸，实系一根镔铁短棍。

当时两下斗有几个来回，已将伞骨、伞面及哭丧棒上糊裹着的白纸一齐打破扯碎了。两贼因本相业已全露，遂亦不再扮鬼唬人，边斗边各从腰间抽出一个短剑来，与清心激战。清心先已辛苦了半夜，腿足亦正酸软，又因背负怀抱两名女子，使尽了气力，此时挥刀砍杀，以一敌二，焉能过于持久呢？因此杀有十来个回合，清心渐觉气力不加，难再支持，心中愈急，手中刀法反而愈形散乱了。

两鬼见和尚刀法已乱，心中齐各大喜，那精神遂都陡振，勇力倍增起来。

如此又战了几个回合，清心实已筋疲力尽，抵敌不住，只得虚砍一刀，绕树穿林而逃。两鬼将清心追出林外。

清心落荒逃跑，忽然想起，适才使用暗器未能打中戚驷，身旁百宝囊内尚有好些袖箭、石子、弹丸、钢镖、飞刀，何不尽量地拿了使出去，打发这两个小毛贼呢？想到此，心中稍定，足步亦放慢了些，忙从百宝囊中探手先取出几块石子来，望着两鬼掷击过去。两贼虽不曾学精能接暗器的本领，但是躲闪让避四字却都很难省得，因此一见石子飞来，都慌忙闪让。清心接连着发出六块飞篁石子，都未能伤得二人，心中发急，只得又向前跑。一口气直跑进前面又一人家的坟院内去，隐身在一株大树后面。

两鬼见清心逃进林去，遂住步不进。大家商量，该如何办法。

白无常道："入林不追，乃是俺们道中人的老例旧规，这和尚私带着婆娘逃走，不守清规，原亦不是好人。适才开口称呼合字，可知亦是俺们的同道了。俺们和他本无仇怨，不如就此罢休，饶放了他吧！"

黑无常道："不，这秃驴本领虽还平常，胆气却颇豪壮，万一俺们饶赦了他，他反而和俺们不肯甘休，岂非俺们姑息养奸，自留后患吗？不如就乘他败逃的机会，将他赶上杀了的好。"

白无常道："两名女子和三个包袱倘被别人看见，将人救去，包袱提了走，俺们顾着此地，放弃下那边，虽将和尚杀却，竟致落了个人财两空，岂非太不值得吗？况且他是个出家人，俺们就看在佛面上，饶赦了他吧！"

说犹未毕，忽从林内飞出两件暗器，直向二人身上打来。二人赶紧闪让，看见乃是两支钢镖打空了落在地上。二人正拟去拾起来，准备回敬和尚，清心早又取两镖在手，紧接着向二人打来。二人侧身避让已来不及，白无常的左耳、黑无常的右手指都各被打了一下，不由吃惊呼痛，一齐大怒，拼命杀奔进林内去，向清心攻杀。清心不敢恋战，赶速拔步飞跑，不料脚被浮出在地面上约有数寸来高的一块石碑一绊，身体向前栽倒，腿骨亦被碑石磕碰伤了，马上不能熬着就爬起来，被两鬼赶上，伞柄、短棒及短剑一齐如雨点儿般打戳下来。

清心拟挣扎着翻身爬起应战时，哪里还来得及？早已被两鬼的两口短剑直戳进背心，穿过了前胸，成为两个透明的窟窿。清心哎呀连声，死在一所坟前的草地上。两人料想清心不能再活，拔出短剑，插入腰间鞘内，执着短棒、伞柄，欢欢喜喜地走回那面坟院树林内。看时，石凳前地上的两名美女、三个包袱都已不见了。二人不由大惊，一齐发怔，呆立着面面相觑，互相埋怨，不该贪功，只专顾一方，致使劳而无功，徒然只给别人做了一回苦活儿。

埋怨了一会儿，只得无精打采地走出坟院，取小路往前行走，遥闻前面有人行走笑语之声。二人心疑，莫非两女子、三包袱就是被他们凑了现成去的？于是脚下一紧，一口气往前赶去。转过一座树林，业已看见，前行共为两个汉子，每人背上驮着一个女子，那三个包袱，一人背负一个，另一人背负着两个。

此时月影西斜，已将到东方发鱼肚白的时光了，月色朦胧，远远望去，不甚清晰。及至赶到前行两人身后，方才看出，背负着女子的两个汉子，乃是两个光头未戴帽子的少年和尚，穿着短衲衣，每僧身边亦都各佩着一口戒刀。

两人看见大喜，高声喝道："呔！前面两个秃驴，快将女子、包袱丢将下来，万事全休，否则，休怪无情。"

两僧闻言回顾，见两名无常鬼忽作人言追来，知道系两名剪径贼，遂立住脚笑回道："原来是两个合字，这是俺们的财爻运气，与你们何干？况且这两位女子都是俺们天齐庙主人戚老四的内眷，你两人就要打闷棍，亦该看看人头，打听打听清楚才是啊！难道你们都生成三头六臂，不怕死不成？"

两贼此时虽已明知和尚确是天齐庙内的人，但为财色所迷，利欲熏心，岂肯就此罢休？更因适才看见山上火势炎炎，延烧甚久，绝未有人灌救的模样，分明山上定已发生意外事故，所以才会看见和尚三三两两从这条通天齐庙的后山小路上走来。方才合力已能对付得了清心和尚，料想这两个和尚的本领亦很平常，故此两贼交头接耳，略一商量，大叫："两个秃驴休走，这两名妇人既是你们庙主戚四儿的家眷，为何跟着和尚逃走呢？分明是你们胡作非为，干那寡廉鲜耻的勾当了。你们既能扒灰捣笼，俺们又何妨同穿花鞋呢（按：扒灰捣笼同穿花鞋两语，为帮规十大项中之两项）？"边喝边举步如飞地追杀向前。

那两僧见两个化装的黑白无常鬼右手亮出短剑，左手执着镔铁短棍追杀上来，各人背上均驮负着一个曼妙多姿、容华盖世的少年妇人和沉重的包袱，奔走不能快捷，事到其间，不得不为了财色两字和敌人对抗挎战，以争存亡。于是二僧各将背上的包袱、女子放落下来，拔出腰间戒刀，回身迎住两僧厮杀。

这两僧的武艺虽都不及清心，然因此时为争得美色财爻，以期享受艳福起见，故此各将全身气力完全使将出来，恶狠狠地和两贼拼死相搏。两贼的武艺本亦平常，所以适才须双战清心。经过很久时光，方才得到胜利，和两僧比较，正是半斤八两，不分高下。只因两贼适才力战清心，已耗费了许多精力，不比得两僧乃是支生力军，讲到年纪，两僧都正在少艾，所谓年富力强，堪耐久战，两贼年事俱已在三十以外，逐夜伏路剪径，披星戴月，餐风宿露，身体不免受伤，以此两下交手之后，初还不分彼此，迨至战有十合以外，两贼渐觉气力不加，难再坚持。但因美女财帛既得复失，心何能甘？实在割舍不得，故又勉力狠斗了几合，直至勉强不得之际，方才不得已偕同败退了下来。且战且走，退身逃入一旁树林内去隐身，舒气息力。

两僧杀退了两贼，哈哈大笑，得意扬扬地跑回原处，复又各背负好妇人、包袱，提着戒刀，移步向前进发，边走边不住地回顾后面，两贼曾否追来。见身后并无人影儿尾追，心中安定了，遂笑语着互相夸胜耀威，并不时安慰各人背上负着的女子，嘱令她俩放心。

走不多远，天光已亮，两僧商量且行到前面野渡津歇足打尖，设法雇车马代步，并对胡、黄两氏明言本人的意思，要挟她俩做各人的老婆，并说同逃到前面镇集市街上，设法改装打扮，以便路上安全，预备蓄发还俗，各以包袱内的银钱首饰做将来的买卖资本，从此一夫一妻地安分过活，永作周正平民。

这时，背胡氏的和尚法名宏道，俗名冯知非，背黄氏的和尚法名宏法，俗名尤如先。原籍都是南京上元县人，和胡、黄两氏一谈姓氏、籍贯、年龄、出身等项，恰巧彼此都是同乡。原来冯、尤两僧系师兄弟，却因家穷，被父母舍弃，同在南京鸡鸣寺出家。出家后，因不守清规，同被当家师驱逐出寺，遂至寄迹江湖，云游各处，流为盗贼，辗转投奔到天齐庙来安身立命，曾屡次向福海师徒及心善、戚驷等叨教些拳棒功夫，故此武艺亦还可以充得过去。当夜因被清心诈语吓醒，慌忙只各将本人的戒刀带着，即穿着随身的短衲衣，逃跑出庙，溜下后山，并未遇见一兵一卒。本想回庙拿各人的衣包银钱，怎奈山上火势已成燎原，疑猜是官兵放火毁庙，不敢再上山去冒险，只得隐身在后山脚下大树旁边，意欲守得几名同庙的僧人，询问究竟。守了好久，却见清心同着两名女子从山上下来，故此迎上去相见，当被清心又使诈语，将两僧支开。两僧一时失察，扛了清心的一根大木梢，走向东面小路上去找瓦车篷。当在往东的小路上，先后遇见三名同庙的和尚，一个是专管启闭山门的老和尚，逃奔下山。因为跑不动了，故此坐在地下歇足，两个是小沙弥，慌忙逃跑下山，回头仰见火烧得红了半爿天，唬得抖战流泪，腿足都吓软了，商量该往何处投奔才好，深恐前面遇见官兵的埋伏，故此胆小不敢前进。

冯、尤两僧看见三人，将清心的话转述了，命三人一同往瓦车篷内去守候消息。走不多远，恰巧即有一所干片瓦盖造放戽水机的车篷，五人以为这就是约会的所在了，遂都在那篷内席地而坐。大家坐下身后，互相讨论，官兵既来剿办，并且放火烧庙，为何后山绝未看见一名官兵捕快，亦绝未听见山上及山前有喊杀捉拿的声音？再则清心和庙主戚老四平时并无什么深厚交情、密切关系，为何竟将两名如花似玉的俊俏小老婆托他护送、戚四爷本人反而不曾伴送呢？况且除去两位姨太太之外，并无一名婢女、老妈相随，亦无一名仆人庄汉护送，清心和两妾携手同行，就此推想，情形颇有可疑。因这一疑，那老和尚因在天齐庙的时日最久，忽然想起，戚老四虽系十里铺人，但在该处并无什么老家，即此一语，已足证明清心所言是假。大家言三语四，一番讨论，遂都料定清心和心善两人使的诡计。

因为大家连日都曾见清心、心善两人常在庙内交头接耳地密议，面色颇现难看，当时不知他们为何，现今很可明白了，于是大家料知心善到此相会的话绝不可靠。但因月夜深更，小路难行，只得姑且在此坐守天明，再作道理。冯、尤两僧却因此忽然心动，寻思清心伴两个女子同行，定走不快，此去谅还不远，或许能追赶得着，他们三人携带的包袱内定必满贮首饰金银，赶上去如将清心做倒了，马上便可威胁美女相从，又得享受珠宝金银，人财双收，岂不大佳？于是两僧一附耳计议，果然所见相同。两僧一忖度，如独力战斗清心，或难取胜，合力攻杀，定可无虞，并又想着，如胜，固然很好，即不胜，亦可尾随在后，迹得下落，往戚老四面前去报信讨功，亦可得到好处，即追不上他们，但亦总比坐在此地为佳。两僧商量定后，即对老幼三僧说知，同往追赶清心，查问他的究竟，如得着油水，定必回到此地来，分惠给众人，大家利益均沾。说罢，即刻起身出了车篷，辨明方向，即从田亩间践踏禾谷，往那小路的去向前途，取斜直线抄近路，追赶上去。追到小路上，一路向前进发，远远听得兵器交锋的声响。循声追去，果然正在前面路旁树林内。

正往前走，忽听声音已从原先林内渐移至那旁林内去了。两僧追赶到前途，由林外经过，往内张望，正见两名女子倒卧在地，包袱亦在地下，心中大喜，遂进去扶起胡氏、黄氏。其时两妇已经苏醒，因惧怯胆小，不敢起身，见忽然有人来救，且都是和尚，认作系清心去唤来的救兵，故即糊糊涂涂地立身起来。两僧忙将地上包袱环在臂上，宏法背上黄氏及两个包袱，宏道背上胡氏和一个包袱，便举步出林，取路往前进发。耳边留心听着，那旁交战声忽然止了，两僧寻思，如清心得胜追来，定必受伤，否则亦必乏力，可即合力火并了他。如贼人追来，其情形亦正相同，亦可如此应付，故甚胆壮。

及至将两贼战败逐退后，两人仍如前背负着两妇往前行走。走着谈着，才知大家是同乡，胡、黄两氏是小时被拐匪拐往北京，卖在班子里当妓女的。当时两僧、两氏正是他乡遇故乡人，遂不由顿觉亲昵起来。两僧因为天光亮了，料想贼人不至再来，举目前瞻，离野渡津已没多远，已远见该处人家的炊烟冲霄而起，心中很安定了。走至将近野渡津，深恐被人看见不妥，遂放下两妇，分前后行走，预备到前途人家打尖时，向人买两身俗家衣帽鞋袜，改扮同行，雇车马代步。

走不多路，已到达野渡津的板桥面前。刚由桥上走过野渡津小河，来在道左一家草屋门首，忽然一声大喝："快拿诱奸妇女、私行卷逃的秃驴，休得放走了恶僧、贱妇!"这喊声如同春雷般响震，从草屋门内拥出八九名雄壮的男女来，各执刀剑棍棒扁担锄头等件，齐声喊唤着，恶狠狠地扑奔僧妇四众。由四个粗手大足的村妇直奔胡、黄两氏，两个揪住一个，拖拉进草屋内去，其余汉子都奔向冯、尤两僧，四面围住，刀棍齐下。两僧措手不及，惊慌失措，急忙亮出戒刀时，已各被扁担扫击着足踝骨，刀棍伤着肩手等处，哎呀一声，一齐受伤跌倒在地，当被众人一阵乱砍乱刺乱击，断送了性命。

众人将两僧打死，夺了三个包袱，送进草屋内去，一面将两僧的尸首拖倒拽到板桥上，抛弃在河内，欢天喜地地跑回草屋内去分赃。

欲知此一群凶恶男女从何而来，请待下回分解。

评曰：

谚云："强婆逢着贼爷爷。"本回情状，大可作此谚注解。

清心遇两无常，已奇矣，两无常更遇冯、尤两僧，更奇矣，两僧方度得手，不虞又遇群盗。事之突兀、奇幻，乃至如斯，设想之妙，布局之奇，诚允可令读者叹异，斯非具大手笔者，不办了。

本回写果报之速，循环施报，其应如响，世不乏作恶才，视此其亦省诸。噫!

第二十九回

盗斗剪径鼠窃生涯
杀妻殛友狠贼本相

话说这野渡津，乃是在天齐庙后山小路往德州城去的一条岔路上的小村，由野渡津往德州城去，比从别条路为远，倘往平原县去，却反比往德州较近。冯、尤两僧因急欲至一地方，可以歇足打尖，商买衣服改装，雇车子牲口代步，故此才向这条路而行。明知这地方不是好所在，只因近处无别地可以寻着村庄人家，凭仗着各人都佩有戒刀，又在白天里，以为总可以无妨，所以这回冒险。不料才过板桥，即遭了人家毒手，这亦是他俩的恶贯满盈，所以才受此报应。

讲到这一班男女来历，读者诸公都是明达，想能不言而喻，已知就是那扮假黑白两名无常鬼行劫的同党。原来那黑白两名假无常乃是结义兄弟，盟兄名唤贺四，拜弟名唤单丑，都是野渡津的土著，向以垦种租田过活。野渡津地方统共只有十来家人家，全是种租田、垦荒地、收牲畜、渔水族过活，贫苦小民平时仅赖垦种畜牧等正当工作维持生活，食口繁增，颇难支撑，不得已遂因着地势险要，渐渐地潜为轨外行动。初则大家凑着胆子，每夜去做盗斗（术语，称专为掘人家坟墓而偷盗棺材中之衣物及殉葬之首饰珍宝者，名曰盗斗）的生涯，为维持生活的副业。日期久了，大家做顺了手，索兴皆以偷掘坟墓为正业，反以耕种作掩人耳目的幌子。

贺、单两人从小即见长辈和当地人民都做这盗斗的事业，往往黄昏出去，天明始归，有时所得甚丰，有时所获无几，耳濡目染，遂渐渐地不自知其为非，故此长成以后，即亦随着长辈、平辈等男女人众，往远近各地去干此轨外的行动。时日既久，凡无人庐墓看守的坟茔，差不多皆已被野渡津的这班地头蛇盗掘了。待至贺、单弟兄俩长成，随人盗斗时，近处已不易得着彩头，只有往远处去，方才可以如愿以偿。

起初贺、单二人本系随人之后，听人指挥的，后来却因二人的胆子比无论何人豪壮，膂力亦比众人雄大。恰巧其时，有一班走江湖卖拳头的人，船从野渡津经过，看见岸上有人家走上岸来立场子卖解，锣鼓一响，引得各家男女全来观看，围成了一个栲栳圈儿。那卖解的人使了两路拳棒刀枪，被贺、单两人看见，爱那卖解的本领高强，忽然心中一动，悄悄商量，大家都在做盗斗的事业，难免遇见黑吃黑的人拦路截夺，将辛苦得来的财帛被人抢去，或是经人告发，遇见公差捕快到来缉案捉拿，彼时如不会拳棒本领，岂不束手就擒？难得有此卖解的人由此经过，何不将他留下，拜他为师，学习几手拳棒？庶几好对敌截夺的人、抗拒办案的公差。

二人商量之下，所见皆同，于是共同出资，将那班卖解的人留居在家，拜那卖解中的一位首领为师，各学习了几路拳脚和刀枪等武艺。经过了年余日月，方才谢师送别。

卖解的人走后，野渡津当地的人遂共戴他俩为首领，亦各跟着他俩学得几手拳棒。往时只做盗斗生涯的，至此遂兼做打劫客商剪径断路的勾当。后来剪径顺了手，大家遂放弃了盗斗专门断路。

自戚老四纠合绿林在黄河渡津口择地立寨，建筑天齐庙后，往来的客商都绕道不从这条路上经过，害得野渡津的这伙毛贼无法维持生活。因为自从干盗斗断路的营生以后，大家都大吃大用惯了，一时焉能收缩节省得来？那田亩间的勤苦工作不过是装幌子的，久已不辛苦勤劳惯了，陡然勤苦，哪能惯服？况且在地方近处已被自己人搜刮久了，亦没有什么油水可找，况又有戚老四等大股在此，哪还有什么想头呢？于是遂有好些人相约着迁徙到他方远地去安身立命。

野渡津的人既散去大半，单丑、贺四两人的势力遂比往时陡然小了。但因此，地方上却反能过活，不闹什么饥荒了。皆因地方上人口减少，那已垦熟了的田亩遗留下来的，遂由各未走的人家拈阄儿明分了。大家生产的基本力量增加，因盗斗断路不成，只得安分守己地辛勤垦种，故此反能生活无忧。只贺、单二人恃仗着武艺，胆比人大，故不时在远近各地路上，依旧操着断路的生涯，不过往时断路是合伙打劫，用硬抢，这时断路是假装鬼怪唬人，用软取，手段不同罢了。

当夜贺、单两人装扮黑白无常鬼，合力杀死了清心和尚，以为人财双得，稳妥到手，不料成了一场空欢喜，将到口的食被冯、尤两僧从口中夺了去，心何能甘呢？故此追上去一场恶斗，满望能将人财夺回，不料又大失所望。当时从斜刺里改逃了，见两僧未追上来，遂定了心，远远张望。见两僧背负两女子往前行走的方向正是往野渡津这条路而走，心中大喜，遂急由田亩间取直径，抄近路奔跑回野渡津家中，脱去身上鬼装，各命家中人分头往各家去敲门传唤，凡属壮年的汉子，一齐到贺四家中聚齐。

当由两人将适才剪径的经过报告给众人知道，末后说：“自从戚老四纠众到此驻屯以后，把俺们大家的衣食来源无形中夺取了去，俺们逍遥自在、安乐快活享福惯了的，岂能投在他的手下、受他的乌气？因为大家有自立的志气，故此独树一帜，直到如今，虽然勉强维持着，未曾被他们吞并了去，但是俺们同伴的兄弟姊妹、诸姑伯叔已有大半因在此生存不易，迁居到别处去安身立命，另外兴基创业，害得俺们同伴不能朝夕在此聚晤，更害得我们大家都不能像从前一般悠闲快活。俺们平时聚谈起来，谁不痛恨戚老四的一伙儿刺骨，不仅前面黄河边不容俺们去做买卖，连捉鱼都不行。

“山上自有了那座天齐庙后，俺们上山樵柴打猎的机会也没有了。今夜凑巧他们山上大火烧，想情定系他们遭逢了什么飞来的横祸，否则亦必系他们自己人火并，所以才出此岔枝，妇人会跟着和尚，带了财物，逃跑了出来。难得现在有这个好机会，天叫俺们报仇。那两个妇人乃系戚四儿的老婆，和尚都是天齐庙内的贼僧，携带着三个很沉重的大包袱，从俺们这条路上走过。两僧的本领都很平常，俺们刚才如非力战第一个和尚疲乏了时，保可老早已将两僧杀死，夺得戚四儿的老婆和三个大包袱，回来享福受用了。好在现在他们一行四人正向俺们野渡津走来，马上就要到此地了，这正是俺们报仇雪恨、劫夺财帛的美满良机，俺们岂可错过？故此俺俩特地抄近赶回，通知各位弟兄，大众留心等候着，守他们到此，大家协力同心，一拥而上，由俺们两家的妇女抢上前去对付戚四儿的老婆。众位兄弟随着俺们俩冲上去砍杀那两名贼秃，料想那两名和尚定非俺们大众的对手，必被俺们乱刀分尸。兄弟们，大家快回去拿兵器，到此地来等候开利市、得彩头吧！”

说话间，天光已是大亮，早由贺四先派人往屋后草堆上高处瞭望，看见两僧、两女四人将到板桥面前，赶紧就来报信。

那人恰于是时跑来回话，报告大众，说那雄雌几头肥羊已从那面路上行来，将要到桥跟前了。

贺四闻报，即说：“时间匆促，各位兄弟回去拿兵器恐已来不及，不如就在俺家中随便各拿一件合手的东西充当兵器。那两名贼秃冷不防俺们大众袭击，定必遭受俺们的算计。”

单丑应声道：“大哥说得是，俺亦正在这么想，大家用不着回去拿兵器费事。”说罢，即匆忙催促各人快拿家伙。

于是各人纷纷拿锄头、钉钯、板斧、木棍、扁担、门闩、朴刀、铁尺、哨棒、短刀等项，就近在目前的物件随便各拿了一样充当兵器，由贺、单两人在前率领着，同到前进草屋内，分两旁隐身在两扇大门背后等候。听得两僧、两女说话及行路的脚步声音自远而近，来到门外，贺、单两人首先大喝一声，抢步出门，直扑奔两僧动手。两人的老婆和别个同党的两名女眷随着抢出门外，径奔胡、黄两氏，其余众人紧随着贺、单俩扑奔二僧，团团围住，刀斧棍棒上中下三路同时砍劈攻打。两僧当被众人结果了性命。

贺、单俩抢先将三个包袱夺取了，令人送进屋内去，即亲率余众将两僧的尸首拖到桥上，踢下水去，听凭那两僧尸身随流水往何处，立即同着众人回转草屋内去。贺、单俩适才已将包袱经过手，觉得分量极重，知道包袱内现货金银不少，故此跑到屋内，二人且不看问那两名美女，却先将三个包袱提着进房，意欲察看过了，收藏起若干之后，再拿出去和众人分摊。

当时两人走进房内，即随手将房门掩上，在桌上打开包袱观看。不看犹可，一看后，两人遂都红了眼睛，立把心思变了。因见包袱内全是金银珠宝、贵重首饰，估计价值，总在十万以外，两人都是穷苦出身，从未见过这个世面，往时虽曾劫得行人身上和棺材内殉葬的金珠宝石，但总是些零碎，价值有限，哪能及得这三个大包袱里的宝货价值巨万呢？故此两人悄悄商量，用橱内的衣服等项将包袱内的宝货一齐调换了出来，只留得两只银元宝和一副金手镯、几十两散碎银子，并贺四老婆自己的几样煮金镀金不值大价钱的首饰，胡乱分打成三个包袱，拿出房外去，与众人分派。

众人帮凶杀死两僧，主意本都在发利市得彩头上的，只因全被美色迷了，遂致偶然疏忽。跑进屋内，未先注意包袱，却都要紧在堂前围观那戚老四的两名押寨夫人。话虽如此，究竟贺、单俩在房内掩紧房门，调换包袱内的东西，开闭橱柜门颇经过些时间，众人围观胡、黄两氏，纵然从头至足仔细观看，品评高下，费时亦不及他俩在房内调包的时间之久，因此遂引起众人中心思较细的人怀疑，粗心的虽尚不觉得，但被那心细的人询问为何不见他俩，遂亦觉得有异。

彼此正在互问，却见贺、单俩提了三个包袱，轻轻开了房门，走出外面来。众人心中不由格外生疑，同时贺、单俩走出房后，即高唤：“众兄弟，且休看女人，大家快来得彩。”说罢，即将三个包袱在堂前大方桌上当众打开，给众人过目。包袱内的首饰、衣服大半都是贺四夫妻俩自己的东西，众人在平时亦曾见过，此时因为心疑，一见遂都明白了，胆小心细怕事的人未敢先开口质问，那心粗气暴胆子稍大的人哪里容忍得住？早已提出责难，抗声冷笑，竟直斥他俩系用的以羊易牛之计将包袱内的东西调换了去，却拿自己的东西搪塞众人，未免太当面欺人。

说着，便有人指着桌上包袱内煮金镀金的首饰和几件旧衣服对众言道：“各位想必都曾见过这衣服、首饰，不是贺大哥平时常穿、贺大嫂往日曾戴过的吗？除非大家都是瞎子，方才会看不出来，相信贺大哥、单二哥两位头儿的话，说这个就是方才所得的彩头。”

说着，又有人接口道：“其实二位头领既爱上了所得的原物，只要对俺们明言一句，俺们大家谁还敢做半吊子不够朋友交情，定要争得那些身外之物呢？”

众人七言八语，说得贺、单俩恼羞成怒起来，按捺不住心头之火，遂高声喝骂，斥责众人诬赖他俩，太以小人之心度君子之腹，把他俩看得太低了。末后又说：“众兄弟如情愿要，就将桌上的东西按人头分派，拿回去发利市；如一定不要，那是自甘放弃权利，可休怪别人。倘再有谁多言支吾，那就休怪俺俩无情。”说罢，虎视眈眈地望着那几个发言责难的人。

众人畏惧他俩的武勇，只得由一个转圜道：“贺、单二位头领平时公道待人，从未爱过一回小，大家因二位为人和易可亲，素来嘻嘻哈哈地诙谐惯了，所以又说起笑话来了。只不过大家说笑话亦应适可而止，不该如此太没遮拦。假使二位认起真来，岂不因此大家恼了交情，都没趣儿吗？贺、单二位头儿请休着恼，莫将玩笑话当作真话，且按名分摊，大家得彩回去发利市是正经。”

贺、单二人本来情虚，见有人转圜，当然就此收科，遂即点了点男女人数，将桌上银钱、衣服、首饰照例摊派平均了。众人忍气吞声、含怨带怒地各拿了分得的东西，询问两人：“还有两名女子，如何办法呢？”

贺四道：“俺和单贤弟才已议过，如将她俩托人转卖往别处去，怕反将俺们的事情破坏了。好在三妻四妾从古即有，她俩忽然会被俺俩截住，这定系天缘巧合，常言：‘天与不取，反受其咎。’故此俺俩决计将她俩各纳一个，作为小星，免得辗转托人，发卖不便。且待会儿看过通书，择定吉日良辰，再当奉请列位阖府同来饮喜酒。”

大众听得，遂都勉强口中称贺：“正应如此办理。”

单丑接着说道：“俺俩的意思，两位妇人姑且作为由俺们托人卖出去，假定每人的身价为二百两，合共应该四百两银子。这笔款项由俺俩停会儿设法拿出来，照例分派给各位，免得各位心中不快活。”

大众闻言，齐说：“既是两位头领自己纳为如夫人，俺们本应送礼恭贺才合道理，哪有反而欲于中取利的理呢？单头领，快休这么说吧！”

单丑随声笑着改口道：“各位既这般说时，俺们不如大家两免了吧！各位省得送礼，俺俩亦省得拿出四百两银子来。只择日设宴，请各位来饮喜酒吧，临时务请各位赏光，切勿推却吝步才好呢。”

众人笑应道：“俗语恭敬不如从命，头领既如此吩咐，俺们大众就都遵命不送贺礼了。只不过各人都白叨扰一顿喜酒，未免有些不过意罢了。”说罢，众人各自散去了。

单丑遂先将桌上自己分得的东西包好了拿着，后即说：“贺大哥，房内橱中的东西俺俩二一添作五，逢二进一十，平分了吧！”

贺四笑应道：“好，贤弟同俺进房内去，拿出来平分就是了。”

单丑应着，跟随贺四走进房门。贺四命他自己去开橱门，将橱内财物一齐拿出来放在桌上分派。单丑依言去开橱门，冷不防贺四安着歹心，乘着他开橱取物、心神均注在财物上面时节，暗从腰间抽出那口短剑来，使足了全身气力，从单丑的后背心直戳进去。单丑猝不及防，等到觉察背后有人暗算，扭转头来看时，已被贺四挺剑刺进，直透过前胸，哎呀一声，扑倒在橱前地下。可怜只瞋目望着贺四，喝了个好字，已是死了。

贺四将剑拔出，故意唤道："单家弟妇快来！单贤弟不知怎的，忽然中恶，跌倒了呢。"

单四的老婆在堂前同着贺四之妻看守着胡、黄两氏，闻得房内响声及唤她的声音，遂抢步赶速跑进房来观看。冷不防被贺四隐身在房门眼里，从她背后挺剑直刺，像才刺杀单丑的样儿大同小异地亦将她戳死了。那单丑家住在贺家隔壁，只共夫妻两口子，别无他人。

贺四将单家夫妻杀了之后，索兴一不做，二不休。恰巧他自己的老婆听得房中响声有异，走到房门外来往内张望，被贺四迎头一剑刺去，正刺在脑门上，他老婆哎呀一声，应剑仰面跌倒，脑浆流出，死在房门外地下。家中人见他忽然杀妻，当作他忽然发病，吓得往四下里乱窜，深恐亦被他杀伤性命。胡、黄两氏看见贺四这副狰狞凶恶可怖的面容，身不由己地亦跟着贺四家中的男女往四处逃避，早被贺四大踏步向前，插剑入鞘，一手扯住了一个，怪嚷道："往哪里走！"

不知胡、黄两氏的性命如何，请待下回分解。

评曰：

本回于百忙中忽然夹写贺四、单丑两假无常鬼生平，不知者以为此不过信手拈来耳，而不知作者之意。盖借两无常之兴灭，以示人事事物物皆应作如是观，明白无常之义尔。

昔袁盎以赵婕妤为祸水而唾之，吾不仅赵氏为然，天下美色固皆祸水也，惜夫世之男子，未之能觉耳。如胡、黄两氏者，归戚而戚妻死，通心善而心善亡，随清心而清心遭劫，从冯、尤而冯、尤被杀，甚至贺四因之而杀单丑夫妇并杀其妻。呜呼！欲不目为祸水，其可得乎，虽然作者传之，固不仅为书中人哀也。

第三十回

倚红偎翠乐哉温柔乡
拳打足踢逝兮痞棍魂

话说贺四双手扯住胡、黄两氏，见两氏都唬得面如纸灰，忙用温言安慰道：“两位美人休惧，俺绝无伤害你们俩的恶意，尽可放宽心怀，只要你们俩好好儿地从俺，俺绝不难为你们。”说着话，坐身在椅上，将两人搂抱在怀内，使两人面对面分坐在他的两腿上，嗅嗅胡氏的粉颊，吻吻黄氏的猩唇，左拥右抱，不由心花怒放，望着她俩哈哈一阵狂笑。

他家下的男女人等见他温言蜜语地安慰妇人，和颜悦色地对待女子，左顾右盼，并无一点儿疯病状态，这才各自心中安定了。同时贺四亦吩咐道：“快将房门外三口尸身一齐打扫了，抬放一边僻静处，待至停会儿晚间，再抬送出去，打坑掩埋了。切切不可将此事泄露出去给外人知道，倘有谁走漏了风声，俺即砍杀了谁。”

众人听得，齐都唯唯应着，忙去打扫尸首，一面贺四一手挽携着一名妙年美妇，同走进房内去，扯着她俩，和他本人并肩坐在炕沿上，满面堆笑地询问她俩的姓氏、年籍，以及因何跟随和尚同逃的来由。

胡氏两人见他贼突嘻嘻地笑容满面，芳心略定，忖念游鱼业已入网，谅来难逃，与其遭受凌虐，徒苦无益，如何好好对待，再从缓设法脱身呢？于是即娇声据实回答，只将与心善私通的事瞒住，推说因山上失火，慌急中从后山逃出。因为不识路径，故此才随从庙中的和尚同行。

贺四遂沉着脸，迫问她俩愿否从自己为夫妻，“你俩不分大小，免得显分彼此。”

她俩至此地位，无可奈何，只得随遇而安，姑且应允。

贺四见她俩业已允诺，心中如获至宝一般，快活已极，嘻开了大嘴，半晌合不拢来，眯缝着两眼，先谛视着胡氏，又注视着黄氏，如此左右各顾盼了片时，这才又搂过二人的粉颈来，左右狂吻了一阵，方才大笑住吻放手，令二人：“不要胆小心忧，只要顺从了俺，事事皆可如意称心。俺这里虽不及戚老四那里房屋宽大，奴仆众多，但是俺们这里比他那里安逸太平，俺待妇女的情义要比他深重上十倍，不像他到处都有相好的女人。讲到本领，俺却和他一样，不分什么高低呢。你们如果跟了俺，怕在此被他哨探得知了下落，要来寻是生非时，俺亦可依从你们俩的意思，迁居离开此地，哪怕即搬家到你们南边去居住，俺即在南方做安分守己的良民，将本求利的商人，为了你们俩，亦都愿意呢。”

胡、黄两氏遇见宏道、宏法两僧，所以顿时亲热的，就是因为在仓促之间，忽然遇见了同乡人。她俩自幼儿既离别家乡，作堕溷之花，任人玷污清白，所以思乡之念比常人为尤切。这时听贺四说肯为了她俩，情愿离去家乡，同她俩往南方去另谋正当生活，这不啻保护她俩回家了。她俩以为得能如此，到家乡后不妨从容设计摆布了贺四，再另嫁正式职业的君子终身，故此不由暂将忧惧惊恐之念转变安慰譬解的心思，遂说：“但愿你肯同我们齐往南边去谋生，我们便情愿终身相从你白头偕老。”

贺四见她俩都说情愿终身相从，和自己同偕到老，当即被她俩的这口迷汤灌住了，不由竟欢喜得笑眯眯地道：“你俩肯终身从俺偕老，俺便愿意在南边居住着过活一辈子，不再回山东原籍来，那将来死在南边，亦愿把骨头葬在南边，日后好和你们合穴同厝在一起，庶几生同罗帐死同坟，修得艳福不浅啊……”

正在笑嘻嘻地说话，忽听外面有人高唤：“贺大哥，单二哥和他嫂子可曾回去了吗?”

贺四闻声，忙走到房门跟前就门隙向外观看，认识来者正是同伙的小头鬼田老九，才在此处分赃回去的。遂走出房门去问道：“田老九，你问单老二两口子为何到俺这里来问呢？人俩早已回去了。”

田老九赔笑道：“大哥且慢着恼，俺如不曾先到他家中去问过，怎会就到此地来呢？皆因俺才到他家去问，他家内门兀自锁着呢。问和他同居的郑老太时，郑老太回称在隔壁尚未回来呢，故此才到此地来请问一声，因为找他俩有紧要的事情。现在既他俩不在此，会着您大哥，亦是一样。因为单二哥和您大哥向来不分彼此惯了的，他的事，您大哥素来可以代他做一半主的。”

贺四遂问何事。

田老九道：“单二哥的妹夫向在平原县居之安客店里当接客的小二，他妹妹亦受雇在该店当老妈，不料在昨晚，他的妹妹得急症医治不及死了，他妹夫曾有义急得要死，因为手头拮据，特地赶来见舅爷、内嫂两口子报信，并商量借点儿款子办理善后各事。俺在门首看见曾有义一路哭了来，彼此曾在单家见过一面，本是相识，俺遂问他因为何故哭得这么哀苦。他将详情告诉了俺，并且因为多时不到此地来了，单二哥新近搬家，迁居在郑老太家中，他并不曾知道，所以见了俺，即请俺引导，俺遂引他同到隔壁，问知他夫妻俩在此未回，故此到来寻问。现在既他两口子已不在此，他妹夫曾有义急于要钱回去办事，倘守他俩回来，怕耽误时候久了，尸首要变，您大哥慷慨好义，善与人同，和单二哥为生死之交，不比旁的人，俺想仰求您大哥帮一回忙，先拨借些银钱，交曾有义拿回去办事要紧，待单二哥夫妻回家，随后您可以好再和他俩照算的。曾有义现等在门外候信呢。”

贺四闻言，又喜又惊，喜的是借此一事，好将单丑夫妻的尸首抛弃在往平原去的路上去，得推作不知被谁在那条路上做了的。惊的是曾有义忽然到来，乃是一个克星，因为曾有义虽然操着微贱的职业，乃是平原城内的一条好汉，精通拳棒，武艺超群，为人任侠尚义，不是轻易可以惹得的汉子。但一转念间，得了个主意，以为倘如拿几十两银子交付给曾有义，打发他立刻动身回去，他定必很感激俺，且知我和单丑是把兄弟，必不疑心俺杀死他两口子，岂非一举两得吗？等到俺和两个美人动身往南边去后，纵使他得知真相，俺亦不怕他了。想定，遂即点头答应。回身进房，拿了一锭元宝，足纹五十两银子，匆匆同田老九走到门首。向外看时，只见曾有义目视门内，怒形于色，虎也似的威武气象，侧立在阶沿石上。一见贺四走出门来，即迎着一把揪住衣襟，劈面一掌，啪的一声，打得贺四口鼻一齐喷血，面上发热，眼内迸出火来。

曾有义口中骂道：“好个拜兄，居然为了金钱美色，亲手刺杀拜弟，俺姓曾的如不将你这背盟负约的狗奴才打死，做天下一切如兄拜弟中途变卦者的榜样，将来世界上换过兰谱的把兄弟还要互相残杀得惨无人道、暗无天日呢！”骂着，抡起醋钵大小的拳头，照着贺四的脑袋上狠狠地像擂鼓般击了几下。

贺四虽曾学过武艺，怎奈平常得紧，毫无一点儿根基，兼又生平未曾经过大敌，焉能承受得起那位平原侠士曾有义的拳头呢？当时他走到门首，看见曾有义的面容有异，即已忖知被田老九所赚。正待扭转身体，往后面屋内去躲避，不料略一打停，已被曾有义当胸一把揪住，揸开五指，赏赐了一下巴掌。这一下嘴巴，已经打得呼痛不已，哎呀连声，意欲挣扎着向曾有义责问何故，并使用凤凰展翅和黑虎偷心的手势打脱曾有义的手，和捶打曾有义的胸口，好脱身逃走。不料曾有义不待他责问，即已喝骂出揪住他痛打的原因来。他正待设词推诿分辩，曾有义已拳如擂鼓般往他顶门上打下来，第一拳已打得他头昏眼花，连呼哎呀，第二拳已经承受不住，待到第三拳打着时，已是晕厥过去，痛得不省人事了。

话休烦叙，贺四当被曾有义一顿拳头迎头痛击，打死在阶沿石上，一阵呼痛求饶和辱骂拳打的声音早已将当地的各家男女惊动了，赶出门外来观看热闹，一见贺四亦被人打死，不禁齐声喝彩道：“打得好，打得好！本来心也太黑，硬吃了众人的份儿，还不算数，连自己的老婆和拜弟夫妻两口子都忍心刺死了，一人独吞财爻，独占美女。好好好，如今可就眼前现报给俺看了，这叫作强中还有强中手啊！”

田老九当曾有义揪打贺四时，知道贺四必死，早已回身进内，直扑奔到房中，打开橱门，看见橱内散乱满放着一橱珍宝金银，遂急急取了几件，塞在怀内，也掖起下裳，兜取了几样，随手将橱门关闭，飞速跑出房门，从贺四家后门逃路出去，不敢回自己家中，径自前往德州城内投客店住着，连日打发小二前往野渡津哨探，并暗至家中送信。直待过了半个月，曾有义已走有多时，事情已经完毕，才敢回家，即将家属人口全体搬到德州城内居住，变卖了所得的几件珍宝首饰，作为资本，在城内开设商铺度日，改姓易名，从此永不再做犯法干禁的勾当。不在话下。

那单丑夫妻及贺四的老婆被杀，外人何以得能尽知呢？皆因大众被贺、单俩硬吞了三大包袱财宝下去，心有不甘，故此走出门外，并未散去，都立在门首，会议出此恶气的计策。大家议定于当夜在别家放火，引诱单、贺两人跑出来救火，大家乘他俩救火时，出其不意，一齐动手，将他俩砍死了，一面由众家妇女乘空跑到贺、单两家去搜寻，将他俩黑心调包吞没下去的珍珠宝石、金银首饰之类完全搜寻出来，大家再公摊分派。

大众正在门外交头接耳、低言悄语地互相计议，才定好计划，忽听得里面有大声呼唤哎呀和高喝叫好的凄厉怪嚷，那声音分明听得是单丑的，大家不由猜疑。接着又听得单丑老婆的哎呀声音，大家闻声惊异，不约而同地探头往屋内张望，忽又听得贺四老婆的惨哀呼声，同时又听得里面男女纷乱的嘈杂声、惊惧喧哗声，并看见男女人等奔逃避让的状况。大家闻声见状，不由都格外动疑，遂有人拟举步进内去探问张望。刚跨进门，已被贺四家中雇用的一名种田长工瞥见有人进来，忙赶到前进阻止，说："里面有事，主家吩咐，无论何人，一概挡驾，不许进去呢。"

那欲进内张看的人被长工阻止，只得退出门外，就中那个田老九最为心细，见有人进去，忽被阻止，料知其中定有道理，遂向前将那长工唤到门外，低声向他探问。那长工生性甚为耿直忠义，见贺四杀死单丑夫妻，独吞财帛，心中已不甘服，及见贺四将老婆杀死，不由将满腹热血为忠义之气所激动，倘非惧怯贺四的武勇和狠辣的神情，早就要高声对贺四痛詈了。此时被田老九仔细探问，秉着满腔义愤，竟忘却了忌讳，遂将贺四刺杀拜弟夫妻及自己的老婆前后情形告诉给田老九知道。说罢，即走回门内，将门掩上了，故此门外众人都已知晓贺四杀妻刺友的狠毒事情，心中各皆不服，但因恨单丑适才帮着贺四黑心吞没众人应得的份头，两口子被贺四杀去，正是单丑黑心行为应得的报应，所以于不服之中各都含着几分欢喜，于是大家约定晚间动手时刻，各自散去。

田老九走回自己家中，刚到门首，恰巧见曾有义匆匆走来。曾、田原系相识，彼此且曾有过往来，这时相见，互问安好，田老九问知，曾有义此来乃是会晤单丑夫妻俩，报告他老婆的身孕业已足月，即将临盆，特来请内兄、内嫂到平原去守养，以免临时或有意外，嗔怪着他。田老九闻说，即将适才单丑夫妻被贺四刺死在房内的事全告诉给曾有义听了。曾有义勃然大怒，即请田老九引导，同往贺家去杀贺四，给单丑夫妻和贺四的老婆报仇。

田老九本垂涎那被贺四独吞的财宝，不知究竟是些什么贵重东西，才致引得贺、单二人红了眼黑了心，故此闻言心中一动，陡生计较，遂拟借曾有义的本领将贺四打死，自己却乘乱里将财宝抢先尽量地拿了就走。想定主意，遂引导曾有义到贺家门外，令他立着等候，由田老九本人进去，捏造了一篇言辞，将贺四赚出门口。果然贺四着了道儿，当被曾有义打死在阶沿上。

田老九趁乱跑进房去，尽量取了些财宝，溜出后门，一边曾有义在贺家门前会合了当地的民众，一同进内，扑奔到房中，翻箱倒笼开橱启柜，纷纷乱乱地搜寻出那些金银珠宝首饰等项来，大家计点人数，由曾有义做主公摊分派，至是才发觉忽然不见了小头鬼田老九，以为他回家去了，特亦给他摊派一份，令人去唤请他的女眷到来，将分得的东西拿了回去。曾有义又当众提议，将贺四家中遗留下的什物田产分作两起，一起给本地民众公管，作为公产，延聘先生，设立书房，教育各家儿童；一起给贺家雇用的男女长工等分派，又从众人名下各提出些现款来，厚殓殡葬了贺、单两对夫妻，遗下的房屋亦给贺家的长工女仆等居住，不愿居此屋的，由那愿居此屋的出资，送给他们作为搬徙费用，如投奔往别处去的，即将所分得的田产什物折价改给现金，由当地随便何人购买承受。

各事都已处置完毕，只尚有那胡氏、黄氏两名少年妇人兀自惊慌失措，流泪满面，低头不语，同坐在炕沿上饮泣。曾有义遂询问大众，对她俩取何态度，意欲如何处置，并令人将她俩唤出房外，问她俩自己的意思各拟如何。

不知众人作何主张，胡、黄两氏怎样回答，毕竟怎么收束，请待下回再表。

评曰：

兵法有先虚而后实者，文法亦有之，如本回之写曾有义，先于贺四暗忖中为之虚写一笔，后于贺被曾杀后实写之。曾之为人如何，吾人仅于贺四暗惊数句之字里行间已可想象得之，及观其处分贺四造孽之遗产，设书房，聘先生，按人分派所得赃，并不因田老九之不在而不分给，更不为自己谋得一赃物，则其人之所行为，诚有足多者矣。

命名曰有义，可谓不负其名。

本回写曾有义掊杀贺四，处分其悖入之动产及不动产，大有陈平分肉之态，盖已为后文张本。

田老九绰号小头鬼，观其所行为，诚如此三字诨号。作者命笔之细，于此可见一斑。

第三十一回

姻缘巧合佳偶庆天成
喜筵盛会吉门来恶汉

话说曾有义见胡、黄两氏泪痕满面，恍如带雨梨花，露出悚忧情状，越觉楚楚可怜，不由打动了仁心慈意、侠肠义胆，遂目视着在场的男女大众和她俩本人，询问双方各个的意思如何。

是时，在场的妇女目见胡、黄两氏的姿容，如月宫仙子，比各人自己的芳范真正高出千百倍以外，不由齐都动了妒念，深恐各人的丈夫对两氏皆生非非想，故此她们的目光视线全注射在丈夫的面上，留神当家的是否偷窥或凝视胡、黄两氏，静听他们的主张，如何处置这两名妖妖娆娆、娇娇媚媚的女子，同时并都各在腹中打稿儿，预备驳斥他们对她俩或有不怀好意的提议。同时各汉子见胡氏、黄氏都生得袅袅亭亭、如花解语，倘非各人的浑家都在身旁监视着，兼畏惧曾有义公正威严时，早就要目不转睛地饱餐秀色，各表示假仁假义，主张留居她俩在此，从容设法，代为择偶嫁人了。只因各有顾忌，所以才都嗫嚅着不即开口回答。

那胡、黄两氏见曾有义英雄气概，适中身材，威仪严肃，品貌端方，年正少艾，虽不足当美男子之称，然而倘以他比较起普通的武生、文士、商人来，却亦颇可称得庸中佼佼，如就目前的各村丁庄汉等贼头贼脑的男子比较，真可算作鸡群中之仙鹤，鸦队中之一凤凰，格外显得眉清目秀、唇红齿白、俊俏驯雅、威而不猛。故此见他询问，她俩反而一时不知应该如何措辞回答，只是不时偷觑着他的面庞暗暗发愣，羞人答答，芳容上顿时各现出两朵红云。因为双颊绯红，遂格外显得她俩的美丽，艳如桃李，惹人怜爱了。

这时，贺家草堂上男男女女，一干人众，大家都嗫嚅着欲言又止，顿时镇静得空气沉默起来。

曾有义见当地男女都不接口作声发表主张，知道男女各有心事，至于她俩不是当事人，身居危难之中，怎么红涨了面皮，亦一语不发呢？这不是奇事吗？莫非她俩心中有何难言之隐，不好意思当众启齿吗？因此，曾有义略一寻思，即发言表示主张道："各位兄嫂，都请听俺一言，各位尊见以为是否片言可以立决，俺想她俩都是南方人，本身虽羁旅在北省，究竟她俩的家中人等都在南边。依俺不如将她俩奉托给由此路过前往江南去的便人，顺便护送她俩回去和父母兄弟等家人团聚。如果大家恐怕不很妥当，不妨公推出两位年高的长辈，陪着一同护她俩回家，庶几可保她俩在路上不致遭受什么危险。除此外，俺想只有将她们俩送到清节堂、恤嫠会、济良所等等救济妇女的慈善机关内去留养，问明了她俩在南边的家乡地名，以及家中父兄等的姓名，即日打发专人捎信去通知，守她俩的父母兄弟等人亲自或派人携带当地官厅商铺或公正忠信绅董等的保证书，随同去的人到本地来，具结请领她俩回家。除此两种办法，别无什么好法则。不过有一层，须得预防，那老四的爪牙耳目左近地方颇多，定必有人去通风报信，他如得到消息，岂肯甘休？必定派人到机关团体内去花钱运动，设法将她俩仍领了去，这是软的。万一他发起当大王的威来，恃仗武艺，率领徒党到她俩居住的所在强抢明劫，她俩亦必被他抢去，这是硬的。"

说到此，曾有义即转口先问各位以为如何，又询问胡、黄两氏道："依你们俩自己的意思，还是回南边去呢，还是暂时住在本地那个慈善机关内，候你们俩家中人得信，到此领了你去呢？"

众人见问，互望着彼此讨论了一番，亦无何善策。

胡、黄两氏见问，低声计议了一会儿，因为走投无路，遂都动了身世之感，不禁悲从中来，一齐掩面放声大哭，起身移步走到曾有义的面前，深深各道万福，跪拜在尘埃。慌得曾有义还礼不迭，忙道："回敬回敬，请起请起，二位有话好说，休行大礼。"

胡、黄两氏含泪道："俺俩多蒙壮士到来相救，得能转危为安，再造之德，俺俩没齿不敢有忘。适才壮士所言，俺俩都已听得，但是，仔细寻思，俺俩幼年被拐匪拐卖到吴乡，离家已久，只恐目下家中早已与昔迥异，或竟全家迁徙到他乡远地，甚至全家人口都已不幸丧亡，目下皆在不可知之数。俺俩如跟随便人回南，一时茫无头绪，竟如在葫芦里摸天，一线光明都没有。倘若居在本地什么招留女子的机关里，诚如壮士适才所言，姓戚的定必要来纠缠不清。因此俺俩左思右想，只有仰求壮士救人救到底，送佛送上天，意欲跟随壮士回去，即在府上借住几时，一面请求壮士设法着人到南方去探听俺俩家中人口的消息，探实后，再求壮士护送俺俩回去。恃仗着壮士的神威，庶几可以保得俺俩的安全。如蒙壮士不弃寒微，不嫌俺俩貌陋，俺俩情愿侍奉壮士，执箕帚，奉巾栉，作第二、第三，均所甘愿，以报大恩，不知壮士可肯应允吗？"

说至此，二人已都羞得面皮通红，连粉颈都涨成赭色，低垂着云鬟雾鬓的脑袋，雪白泛绯的粉颈，良久直不起脖子来，屈膝在地，等候曾有义的答复。

曾有义被二人说得紫涨了面庞，只得含羞带愧地回道："二位且请起来，一切不妨从长计议，俺又不便扶二位起身。"胡、黄两氏见说，这才腼腆着起身，仍去坐下，侧转身体，背过脸去，低垂着头，不好意思和大众面对面地相见。

曾有义又道："承蒙二位见信，意欲寄居在俺家中徐作回南之计，以期保护安全，此事俺却可以答应，尽力担承。至于辱荷二位错爱，情愿屈居第二、第三的话，俺却不敢贸然应诺，只得容俟日后再为计较，这并非俺矫情，实恐本来以义始的，忽然变作以自私终起来，且又家寒年少，遭人物议呢。”

当场男女听得，男子都倒抽一口冷气，自恨形容丑陋、相貌不扬，眼见得两块鲜美的肥羊肉被人家小白脸毫不费力地独占了去。女子却都各将心口的一块石头落了下去，腹内暗忖，究竟她俩是当婊子的出身，所以面皮老，说得出口。倘系别个，虽有此意，亦说不出呢。但大家一看曾有义的仪表，亦不由都暗喝一声彩，腹赞她俩的眼力不差。

男女众人虽个个见解不同，但在表面上却又不得不都随声附和地恭贺曾有义的艳福不浅，称颂他的见义勇为。

大家说笑了一阵，曾有义恐有戚老四方面的人到野渡津来探得消息，赶来劫夺胡、黄两氏，追讨金珠等物。假使她俩被他们劫夺回去，定必结果性命，故此止住了众人的打哈哈，央请贺四家的长工，套起一辆骡车，令胡、黄两氏改扮乡村妇女，立即上车，并将贺四的一头花驴牵出门外，亲自乘驴护送骡车。别过众人，离去野渡津，取路往平原县进发。

曾有义坐在驴背上一路寻思，野渡津男女人众全都是黑心，幸亏俺主持公派各项时给胡、黄两氏亦分摊了一份，否则，她俩此刻几乎完全落空了呢。适才分派各项，俺自己一些也不曾要，居然他们亦毫不客气，及至听得她俩情愿跟俺了，大家仅于口中热闹，并无一人提倡，送俺一份贺礼，可知他们全都是些只进不出的小人呢。想到此，不胜感慨。

当日赶到家门首，从车厢内取出那一包胡、黄两氏所分得那几项首饰珠宝之类，接她俩下车进门，即刻打发赶车和赶牲口的两人回去，一面让胡、黄两氏往宅中房内请坐休息。他老婆单氏听得声音，大腹便便地出房来接，见当家的忽然领了两名花朵相似的女人回来，不由心中诧异。曾有义不待她问，即告知其故，因恐她伤心，故将单丑夫妻被杀的话瞒了。

单氏平素为人贤惠，闻知并不着恼妒嫉，却深悯她俩的境遇，反而自向丈夫劝进，并愿意和她俩结为姊妹，三人同侍一夫，大家和衷共济。当即自取历书，恰巧是日乃系一个黄道吉日，遂挑选了当晚的吉时，敦劝丈夫即晚纳二人为次室。她这么一举动，反而弄得曾、胡、黄三人惭感交萦起来。

曾有义本不欲因胡、黄两氏处境困厄，乘人于危的，至此遂亦不再坚持了。当日他因恐消息走漏，故此一切亲友均未邀请，即便草草行了纳宠礼，结成夫妻，定了名分。单氏是晚将她自己的卧室权让新人安息，次日才另又收拾好两间房间给胡、黄两氏作卧室。

看官阅至此，必吹毛道："编书的错了，田老九对贺四曾言，曾有义是居之安客店的接客小二，试想一个当小二的，哪能养活得起大小三个老婆？家中能有几间房屋呢？"其实不然，编书的本已在上文说过，田老九对贺四讲的原拟信口捏造的，故此他稳住曾有义在门外等候，由他进去赚贺四出外，以免他信口造谣，咒曾有义的老婆急病身死，被曾有义听见，打他的嘴巴。

讲到那个贺四，并非排行第四，实系他母亲养他的那年，适逢他父亲四十岁，才取此乳名儿，以为纪念。及至长成了，亦未另再取名儿，所以人才唤他为贺大哥，附记之以免读者指摘。

至于曾有义，乃是平原县城内一条好汉，按诸当时习俗，有两句谚语可以证明，叫作"穷念书，富考武"。曾有义既是学过武艺的，他的家道哪至十分穷困呢？

原来曾有义的父亲曾大有，早年原任过守备，家道本称小康，退职回家，即在平原城内开设居之安客店，并在客店内附设有记镖局，专一安寓过路的仕宦客商，并给各旅客担任保镖。当时平原曾家镖在北五省亦颇负盛名呢。

其时，单丑的父亲适在居之安客店里充当接客小二，勤苦耐劳，颇得曾大有的信任。单丑的父亲因蒙东家关爱，无可报答，遂将女儿许字给曾有义，后来曾大有死了，曾有义守制终丧，才迎娶单氏过门。即在单氏于归曾有义的那年，单丑的父亲病殁了。曾有义因单丑在乡间做那盗斗剥猪的生活（术语，称断路劫财而剥去行人衣服者，曰剥猪猡），颇不道德，屡次见面，总规劝他洗手改行。单丑老不听信，故此曾有义鄙视他内兄，平时非有不可避免的事情接洽，不常见面，并不要单氏时常归宁娘家。单氏因乃兄做窃贼，亦屡次劝谏不听，兄妹感情亦很平常。

那天曾有义去乡间会晤内兄、内嫂，请来守养，乃系延至无可再延方才前往的。平时曾有义因鄙贱野渡津地方的人，不欲招接他们，故此对于他们诡称自己系在居之安客店充任接客小二，借此搪塞他们，免他们知道自己是店掌柜，常来住店，甚或常来称贷，诸多麻烦，所以贺四、田老九等只知他是接客小二，不知他是开设客店的财东、出门保镖的镖客。他家中住宅的房屋前后共总三进，前进为灶屋一房，中进为客厅书斋，后进为正宅上房，所以有空闲着的房屋。夫妻俩勤俭持家，家中只有一名老仆，系跟曾大有往年在守备任上当二爷带了回来的之外，别无第二名男仆，另雇用一名老妈，曾有义每天往居之安客店或保镖出门去后，家中只剩有主仆三人。三进房屋本很冷静，自从曾有义将胡、黄两氏带回家后，单氏方才有了伴儿，破除了往时的寂寞。又恐事多了，只一名老妈不敷差遣做活儿，遂买了一名婢女伺应使唤。

不多日，单氏临盆分娩，生了一个男孩儿，啼声雄伟，阖家大喜。曾有义在堂前谢神祭祖后，给小孩儿取名大雄。

光阴荏苒，不觉已是弥月，所有亲友都来祝贺，只不见单丑夫妻到来。

单氏问丈夫何以兄嫂均不见到。曾有义见问，附耳信口回道：“他两口子因为犯的案子多了，风声紧急，早已在二十几天前搬家往南边去了。临行俺并不知道，到他们动身后，乡下有人来，住在俺们店内，俺问起他俩来，方才得知其事。当天回来本欲告诉你的，因恐你在月子内身体尚未复原，骨肉情重，记挂着未免伤人，故此隐瞒着未告诉你。今日你如不问，俺还不说呢。”

单氏信以为真，即亦不过问了。她本拟满月后循俗例回一次娘家的，至此遂将归宁之意打消。因小孩儿弥月，亲友来贺，大家都曾看见过胡、黄两氏。

曾有义遮瞒不住，只得令两妾对众亲长平辈等依次逐一行礼，诡称："两妾姓安，乃是先父的同寅安大昌之女。安大昌死后，家道式微，两女遭受后母虐待，将有不利的行动，恰巧俺此次被聘，往南边去保镖，便道到安家去给老伯请安，不料安家庶母与两女正在争吵，俺到安家，才知安老伯身故，遗有两女，被庶母虐待的一切情形。俺和她俩从小儿本是青梅竹马，在一起儿嬉戏玩耍惯了的，见面之下，得知此事，故将她俩救援了携带回来。贱内和她俩感情极好，结拜为异姓姊妹，她们情投意合，商量个办法，遂学那娥皇、女英的故事。俺因拙荆正届分娩之时，家中人口少，无人忙，故未敢惊动亲友。原定守到弥月之后，再择日补请亲友宴饮的。"

大众听得，一片声恭喜，要求饮纳宠喜酒，即刻要曾有义定期。曾有义被众亲友嬲着，当即择定在后日大请亲友。众亲友回去，又忙着各备贺份礼物，补送将来。

曾有义因此两事，忙碌了三五日方才完毕。这新纳两位如君补请喜酒的事被各亲友回去互相传说，不多日，已传遍了平原城厢内外，各亲友好热闹的，又各在家择日轮流着邀请胡、黄两氏，行新亲上门的宴会礼，顺便邀请单氏，将大雄亦带了去上门见面。因此一来，曾有义夫妇、儿子五众东家上门，西家赴宴，足足地热闹了一个多月，方才事毕，遂又择日还席，在家大集亲友，宴饮高会。

那日正在坐席，男女宾客由曾有义夫妻四人分别招待着行酒上菜，由临时雇用的掌礼在旁嚷称主人奉酒谢客时，忽然那老仆从外面匆匆进来，见主人回禀道："外面来了三人，为首的是一个中年汉子，自称姓戚，系从德州黄河渡口来的，说有紧要事情和大爷相见呢。"

曾有义听说来人姓戚，中年岁数，由德州黄河渡口到此，不由心中一愣，暗想此人莫非就是称霸黄河的戚四儿吗？遂问老仆道：“来者三人，以前可曾来过呢？何等装束模样，你怎样回复他的呢？”

老仆道：“来的三人，为首的武生打扮，两个后生平民衣巾。三人从未来过，并无一个认得。俺因大爷从不在家见客，客人亦从不到家来求见过，所以俺大胆自作主张，回复他：‘今天主人在家请酒，宴饮亲友，有事不能见客。并且俺们大爷向不在家接见宾客，无论何人有事接洽，都在镖局里会见，请改日到镖局里去相见吧。’那人不待俺说完，即说：‘烦你进去回禀一声，不论你主人在家见客不见客，俺来了，不见亦得见的。再则俺未到此地来时，先已到居之安客店里去过了，那里的人回称财东在家有事，曾有言关照，有人来访，请他到家相见，所以俺才到这里来的啊。’俺因听来人这么说，未知真伪，或许大爷果真曾在店里吩咐过，所以那人才到家中来的。”

曾有义怒道：“好大口气，他来了，不见亦得见，难道说，俺如不见，他敢打进来不成？你出去传俺的话，就说俺吩咐的，无论何人何事，明儿下午到店里会，此时无暇见客。他如定要往内闯时，你可稳住了他，你可进来禀。”

老仆领命，往外就走。不多一会儿，转身复又进来回禀道：“那厮出言无状，声称倘大爷再不出去，他就闯进来了。纵作白天躲过，晚间亦避不过的呢。”

曾有义听罢大怒，吩咐老仆出去传话：“叫那厮在门外待着，俺马上就来。”

老仆领命出去，曾有义忙对席间亲友招呼过一句：“各位自请多用一杯，失陪一会儿，稍停即来。”说罢出席，跑进单氏房中，更换过足上快靴、身上华丽衣衫，改穿了平日出门走镖的衣服，将护心镜暗藏在胸口，衣底下暗藏了两口世传的雌雄宝剑，袖口内暗将袖箭装好，衣袋内暗藏了三支钢镖，这才缓步走往前面去。

戚老四同那随来的两人正在门首等得不耐烦，对着老仆吆五喝六地出言不清不楚，老仆望着里面，见主人出来了，即冷笑恶声回道：“三位站稳了，俺们大爷出来了。”

欲知戚老四何以到平原来，同来二人是谁，和曾有义见面后，曾否动武，结果怎样，请待下回续写。

评曰：

作者下笔甚细，绝不稍苟，用富学武一语，解释曾有义之家道，以明其非真作接客小二，更追叙曾、单联姻之缘由，交代清楚，附及贺四之排行乳名，具见细腻，免为读者求疵，是曰匠心。

胡氏、黄氏归曾有义月余，亲友始知之，排日轮宴，又经月余，凡数十日矣，而戚驷始得踪迹而来。此不仅戚驷所亟欲知，即戚驷在此数十日中情况，亦读者所亟欲知之者也，故作者遂借其饮酒高会，答谢亲友时，为之交代，兼借此以逗起戚之入邪教，遇仇人等事焉，是为本书一大关键。

第三十二回

探悉芳踪登门索逃妾
结得奥援持柬请高人

话说曾有义家门首来者首从三人，为首的那个中年汉子正是独霸黄河渡口、占山为寇、投在中官门下的那个贼酋戚驷，随来的两个后生乃是他新结识的两个朋友，这两人乃上文东方德的结义兄弟，亦吃镖行饭，此次保一支镖从大名前往凤阳府交纳，东方德因他俩初次出道，各处尚未留过交情，诚恐他俩在路上出岔，故此于他俩临行前亲笔写了两书信给他俩随带着，好于前途路上投递，拜会结交。一书系投递在皖北一带享有盛名的绿林巨魁，外号镇皖北的寿州人成仁美，给他俩拉场相见，拜托成仁美就近照应，并就近引荐几位著名英雄，倘二人遭逢不幸，被人截劫，仰求他就近帮忙援助索回失镖的；一书系投递戚老四，用意和写给成仁美的相同。

这两人是同宗从兄弟，兄名凤际云，年二十二，弟名凤凌云，年二十一，兄弟俩都生得身材中等，只不过兄胖弟瘦，兄性急，弟性缓，兄面雪白，弟面黄黑罢了。两人都从名师学习，各练就一身极顶武功，皆能登高如履行平地，驰马如逐电追风。新近武艺练成回家，和东方德同里居住，早年原已相识，至此学成回来，彼此志同道合，气味相投，故此感情非常融洽，经时未久，往还遂密，渐由普通朋友结成知交，换谱联盟，遂作如兄拜弟，即由东方德罗致在镖局内充任镖客。此番出门保镖，东方德因他俩本领了得，心中很为信任，所以并未偕行。但恐过于托大，沿途难保不遇着初上线、不懂规则、不讲交情的新人物。为给他俩拉场开路，安一就近呼援求救的根起见，才亲笔修此致戚、成两人的手书，随信并备妥大名本地的贵重土物作为礼品，各奉送戚、成两人一份，以作千里鹅毛之意。

他俩带了书信礼物，率领伙伴，押运镖车，从大名动身，在河北境内，有东方德的镖旗插在车上，即不向当地各阶级人物招呼，行过境拜谒结交的手续亦不妨事，何况又照例结交，并不稍微托大呢？

他俩一行人众到达德州境内，兄弟俩率众先行到戚驷庄上投帖拜谒。宾主相见后，他俩方才取出东方德交他俩捎的信来，面递给戚驷，并令从人将随身带来的礼物取出奉献上来。戚驷看罢书信，收好礼物，当即传命整备酒席，款待他俩一行，并将他俩及众人留居在庄上盘桓着。

适巧是时有戚驷派出去探访胡、黄两氏及天齐庙内各僧散后消息的人从平原县回来，见戚驷请过安后，悄悄背人回禀，说："俺在平原探闻曾有义新纳两位姨太太，都是南边人，据说是同胞姊妹俩，性安，和曾有义幼年相识，因被庶母虐待，被曾有义仗义援救回家。她俩感恩，自愿屈居妾位，和曾有义的正妻单氏结拜成异姓姊妹，同嫁曾有义。和曾有义成亲的时候，曾家的亲戚朋友无一人得知其详，直待单氏养的儿子弥月，外人方能得悉其事，于是大家热闹着排日宴请两位新姨太上门。俺闻说那两妾的姿容身段，实可称为美人胎子，曾家亲友排日宴请她俩，暗中亦颇含有欣慕赏鉴她俩的颜色之意。俺闻平原人都议论纷纷地称她俩为画中美女，不由亦动了企仰的心，特地访实她俩这天往哪家去上门赴席，赶奔到那家门首去探望。等候她俩宴毕，由里面出来，果然极其媚秀俊俏，不仅她俩美丽如画中人，就是那个单氏，容貌亦生得不错，比她俩虽不及，比别人却标致得十百倍呢。那个曾有义的面貌身材实亦可称得起个佳字，难怪他的艳福比常人好出数倍呢。这种论调见解，乃是当地人在彼时张见他夫妻四人上马登车时，背后互相私议羡慕的。俺因见那两个新姨太和此地走失的两位姨太太面容腰肢颇有些相似，更因您老令俺去平原哨探时，曾吩咐打听是否真有人家新娶妾的事，那两妾的形貌如何来头，是否由曾有义而得，现在却是着落在曾有义本人身上，俺又亲自偷看过，大约此事颇有几分相像呢。赶速回来禀报，该当如何办法，请您老自己酌量办吧。”

戚老四闻言，心中那一股酸溜溜的味儿直透脑门，觉得非常难受，怒恨妒嫉一时互集，几乎迸出泪来。忙回转头去强忍住，朝那人一摆手，命他退下去，待一会儿领赏。

原来戚驷自从那夜追杀死心善又在林内杀死那七名和尚，看见山上火起，绕往后山，又从山上绕火场奔下前山。回至庄上时，他因在前后山都不曾见有和尚，忽然间方才想起，庄院住宅和庙内方丈，原本筑有地道房屋可通的，怪不得不见清心的人影子和其余别个僧众呢。因为想到此层，故此急急赶回庄上，往地道内去寻来，亦空劳往返了一阵。回出地道，目睹家下男女的死伤情状和被盗的情形，心中极其难受，不由伤心落泪。呆了一会儿，末后只得咬牙忍痛，先去东边屋内将被杀的男女逐一敷药医治，一面自去各屋寻觅，将那躲在暗陬未被伤害的仆人唤将出来，办理善后。时已天明，直乌乱到日中，方才完毕安定。戚驷忙令人出去，在近处地方，先将那早日散去的人召集几名来，帮忙办事，一面派人往左近各处去访查各僧下落、两妾去向。

不多几日，已被戚老四派出打听的人探实山上各僧逃下后山去的踪迹，以及野渡津发生的事情。戚驷接据报告后，亲去寻见几名和尚，问出当夜情形，互相对证，知是清心的鬼，两妾已在平原。于是又派人往平原去访，至此方才得报。

当日戚驷令探子人退去后，一面于当天招待两凤饮食时，趁席间无第四人，戚驷亲给他俩奉过几巡酒后，遂向两凤提出请求，邀他们："随同本人前往平原县去走遭，会会那个曾有义，看他究竟具有多大本领，居然斗胆敢占夺了人家的爱宠，在家故事招摇宴会，散布消息，扬他的威风，灭人家志气，实属令人可恼。休说俺本人听得心中难受，便是二位听见，亦当给俺愤恨呢。"

两凤见他没头没脑地说出这几句话来，不知所指，一时莫名其妙，遂执杯请问所因何故。戚驷见问，一声长叹，将两妾忽然失踪的前后情形改头换面地告诉两凤知道，末尾咬定曾有义是蓄意摆威，存心夸耀，要求他俩帮忙助阵。

两凤见他口口声声都说曾有义存心招摇，借此卖弄他自己的本领，夸张他的能为，遂转问道："姓曾的莫非和您老有何怨恨在心吗？"

戚驷摇头道："不，俺和他对面不认识，哪有什么怨恨可言呢？只因俺在黄河两岸，及山东省境内，比别人的名望稍微大些，他是吃镖行饭的，和俺的地位恰巧是可以相友、可以相敌的地位。他为自己扬名、招揽顾客、扩展买卖起见，据闻他早就蓄有战胜戚某、扬名各地、独霸山东的野心了，在外边颇有许多不中听的话流布各地。俺在前闻得此言时，因为平原离此极近，兔儿尚且不食窠边草，何况俺是人呢？再则耳传之言，难于凭信，何苦计较呢？不料他得寸进尺，竟以为俺的不理会是畏惧他的，遂索兴潜至山上放火，趁火打劫，偷冷将她俩盗去，并杀死俺家中男女人等数十余名口。她俩被盗至他家中，他先则瞒得各亲友紧紧的，半丝风声也不泄露，后来瞒不住了，才推说是从南边带了回来的，一面在江湖中人面前却又故意借此大肆招摇，明言系占夺的戚某之妾，向俺挑战。不知则已，既已知晓，岂能一忍再忍、三让四让、认真地尽量留他在背后放野火不成？不过因为单纱不成线，独木不成林，俺一人前往，或中了他的暗箭，故此要求二位，请伴俺同去走遭。"

二凤听罢，不禁一齐大怒，同言："岂有此理，真正欺人太甚！俺俩准陪您老前去，将他收拾一顿，教训一番，使他将您老的两位如夫人立刻献送出来。”

戚驷大喜称谢。当日席散后，即同两凤各收拾好盘缠银两、应用兵器，乘马动身，一路紧紧加鞭，急急赶路，人不离鞍，马不停蹄地飞速赶程而行。直赶到天色昏黑，鼓打初更，方才到达平原城外七里店镇上，遂在镇上落店，进食休息。

住了一夜，次日清晨即行。早餐时分，已经赶到城内。戚驷早已知道平原城居之安客店乃是曾家开设的一爿最清洁卫生、设备最完全华美的大客店，凡是道经平原、寄迹在江湖的人，无有一个不投宿在居之安，但因自己三人此来，本系和他相敌对的，诚恐被他侦知，预先在饮食内下毒，或是在半夜间行刺，反而着了他的道儿，故此不同两凤到居之安客店投宿，改至别家落店。用罢早点，休息过一会儿，三人遂同往居之安去，访晤曾有义，诉称和曾有义是契友，此来因有急事相商。店内伙计不知来者是谁，因何到此，且素知小东家在外向无仇怨，只有交情恩义，遂据实回答，明告三人，说曾有义在家，还席回敬，宴会亲友。

戚驷听到“还席回敬”四字，按不住醋火高炎，酸愤大发。即两凤闻言，亦暗代戚驷愤恨。三人忙又向那伙计问明曾有义家宅地址，以及前往路由，也不谢别那伙计，即转身依那伙计所言的路由，寻问到曾有义家住宅门首。果见门首停歇有不少马匹、骡车、小轿等项，景况颇为热闹。

戚驷引两凤同到门前，那老仆正侧身敧立在门边和别家来的几名仆从男女在那里闲谈，见有三个陌生人来，即迎住询问来意。戚驷自己通名，说明来访会曾有义的话后，老仆见他的面色不佳，神情有异，遂即不假思索地一口回绝了他，令他改日往店里去相会。戚驷大怒，声言一定要见，要他立速进去回禀。老仆见拒却不得，只得进内报禀。奉命出外照回过戚驷，戚驷更怒，开言便骂，使出那上门寻事的态度声口来，大言：“倘曾某一定躲避不见，他白天纵能躲过，夜间必难回避。倘再不出来，俺们就打进去，看他躲向哪里去?”

老仆见不是事儿，只得依了主人的吩咐，将他们三人稳住在门口，再往内回。出来转知三人，令他们等着。

不多时，曾有义从里面走出来了，老仆指着戚驷等三人对曾有义道：“就是这三位。”

曾有义走向前去，抱拳对戚驷道：“尊兄就是戚爷吗？一向少亲近，请教台甫是怎样称呼？尊兄枉驾寒舍，不知有何见教?”

戚驷带怒自己通名毕，即扬声道：“曾有义，你休得假作痴聋，今日你为了何事在家请酒宴饮亲友呢？俺已说明了，还用多讲吗?”

曾有义故作不知，冷冷地道：“什么叫作假作痴聋？难道说俺在家宴请亲友，干得你甚事吗？这可不是奇谈吗?”

戚驷大怒道：“你扬言从南边带回来的两个小老婆，不是从野渡津地方劫夺了回来的吗？她俩本系俺姓戚的小老婆，被你用强暴手段胁迫回家霸占着，俺已访查了两个多月了，才知被你占夺在家。今日特来找你要人……”

曾有义不待词毕，即扬声笑道：“俺的姨太太，你却硬说是你的，俺且问你，既是你的如夫人，怎么会不在你的家中，却反到野渡津去了呢？这真是当面扯谎、欺人之谈啊！亏你有这张厚面皮，开口说得出这种不怕羞的话，分明诬栽硬赖、强拉混扯，还不赶快给俺滚开去吗?”

戚老驷被骂得面红耳赤，胸中那个醋气万难再容忍得住，大喝一声，抡拳冲着曾有义便打。曾有义侧身让过，正待还手，早被凤氏兄弟抢步近前，将两下遮隔着劝住道：“两位且慢动手，有话且从长计议。”

看官，你道两凤因何忽然劝住曾、戚双方呢？皆因两人先只听得戚老四的片面之词，说是被曾有义潜到天齐庙放火，趁着本人上山救火时，他却溜进住宅，将两妾劫架了回去，直至目下，方才访查出来。故此二人亦很给他抱着不平。哪知随他到此，和曾有义见面后，从戚老四质问曾有义的话内，听出两妾系被曾有义从野渡津地方占夺回家的。这岂非前言不对后语、自相矛盾、颇有可疑吗？所以两人上前扯劝双方住手，有话好说。意欲问明双方真相，究竟内容如何，再定调解办法。

讲到戚老四因何不据实告知两凤，却虚构事实呢？皆因戚老四深恐两凤得知真情后，讪笑他的帷薄不修，两妾跟和尚卷逃，于他自己的面子上太难为情，所以才断章取义地捏词相告，意欲激怒他俩，帮助自己夺回两妾。不料两凤一听话因可疑，遂即扯劝双方，细问根由，反致弄巧成拙，本系请来助拳的人反而作了排解说项的调停人，这亦真非戚驷的意想所及啊。

当时曾、戚双方被二凤隔开，戚老四被凤凌云竭力劝住，附耳道："听曾有义所说的话固然很令人着恼，但他是从南边带回来的，您老的两位如君却是在半夜里被盗劫失踪的，显然判分为两件事。您老才问他野渡津的话，先前并未对俺们俩说过，究竟您老的两位如夫人是被曾有义亲自到府上劫掳了去的呢，还是先被别人劫到野渡津，再从野渡津被曾有义劫去的呢？您老还应调查清楚了，再和他计较才好。"

同时曾有义亦被凤际云阻住，询问："究竟尊兄所纳的两妾是何来历？果系从南边带回来的，那还罢了，倘系明知是戚某的姬妾，尊兄却攘为己有、霸占着了不肯送还，未免于礼上说不过去呢。"

曾有义坦然道："真人面前不说假，俺的两妾乃系从野渡津地方一家强盗巢穴内，被俺救援出险，带回来的，至于她俩愿意从俺并非俺强迫，乃是出于她俩自愿。"

戚驷被凤凌云劝阻着问长问短，不由瞋目大怒道："什么话？俺如不仔细探明白了，就冒昧到此地来上门寻事吗？老弟请休劝阻，容俺打死了这厮，再闯进里面去，将那两个贱人抓出来当街摔死了，方才出得心头之火。"

在这当儿，曾家里面坐席的亲友们已纷往门口来看，那门口街道上的行人亦立伫了脚步看热闹。见双方都握起拳头，意欲厮打，便随着两凤之后，力劝两下休伤和气。亲友们扯挽了曾有义进内不必理睬这厮，两凤同街坊行人亦力劝戚驷回去。

戚驷举目见曾家亲友人数众多，大半都穿着武生装束和镖客的服式，两凤又不肯助劲。相形之下，正是彼众己寡，白天交手恐难取巧，因此心中一转念，决计夜间撇下两凤，独自寻曾有义厮杀。想定主见，遂依劝同着凤家昆仲回客店里去。那集聚在曾家门首内外的闲人遂即亦相继散了。

曾有义回进里面，不再更衣，即让请亲友入席，敬酒告罪。众人询问来者是谁，因为何故。

曾有义道："来人即是那个十里铺牧童出身的大盗首领戚四儿，此来系闻悉俺新纳两妾人品颇俊，忽然异想天开，到此冒认，说她俩本系他的押寨夫人，定要俺交出还他。试想天下哪有这种一厢情愿的随便之事？故此俺即一口拒绝，严词斥责。他竟无理取闹，恃蛮到底，料想他此刻虽走，停会儿定必再来。"

大家听说来人就是戚老四，不由各吃一惊。因见曾有义本人很镇定，遂亦安心了许多，只紧紧询问："假使他心不死，仍旧再来，却如何对付呢？"

曾有义笑道："他停会儿不来，是他的运气，如果再来，乃系他自寻死路，别人怕他，俺是绝不含糊回避他的。"

众人道："话虽如此，您老亦该防备他用野蛮的手段才好呢！"

曾有义点头道："言之有理，俺心中正在思量，该如何才好对待他呢。"

席间，宾主宴饮，互相发言，面上虽各安定，心中究因此事挂怀，不能尽兴欢饮。故此不多时，即已住杯传饭，终席各自匆匆散去。

曾有义送亲友走了，即令老仆留神："倘戚驷再来，可将他稳住，待俺回来交手，切勿让他擅自进来。"

吩咐毕，即刻飞步前往居之安客店内去，会集手下保镖的伙伴，以及店内一切伙计人众，令他们分为日夜两班，专司消防事务，谨防有人放火。一面令两名伙计，拿自己的名帖，飞速去邀请两位尼姑和一位丐头到来相见，请求两尼、一丐帮助自己退敌。

须臾，三位异人已应邀而至。

究竟两尼、一丐是何许人物，请待下回续写。

评曰：

借戚以引出两凤，又借东方德以引出成仁美，更借曾有义引出两尼、一丐，是为层层相因法，亦即隔年下种意也。

两凤受戚请同往曾氏之门，读者阅曾更衣等句时，必以为双方将大决斗矣，殊不料两凤反为双方做和事佬。此不仅读者所不料，即书中人亦未克前知也，斯曰奇情奇文。

今人每有因受辱而请人同往问罪，忽为所请之人临时倒戈，反助对方以斥己不是。读本回两凤忽作鲁仲连，以证世人之所遭，不禁为之掷书一叹。

第三十三回

蒸庶婶机心张情网
杀遗孤辣手用钢针

话说平原侠客曾有义秉承家学渊源，练成内外功夫，讲本领实已不在那独霸黄河、投身奸阉门下的戚老四之下，只因他灵心谦抑，不敢自满，谨记他先父曾大有的遗教，持身以“克己复礼、正心修身”八字为金科玉律，凡事非至忍无可忍、让难再让，绝不和人敌抗，故此他家居平原，离黄河渡口戚老四的巢穴程途非遥，却始终未和戚驷的手下以及戚驷本人发生过冲突，即是守的人不犯我、我不犯人主义，遵是而论，曾有义在江湖上的人缘交情不必细言，已可推想而知了。

此番戚驷亲偕两凤昆季寻上他的门来，他料知来者不善，本来金钱美色为人生三不肯让中的两项，胡、黄两氏携带金珠珍宝等价值巨万的财货潜行逃跑，正是犯了这两项。两氏嫁他为妾，他虽然只实在到手的那卷带出来的三大包袱中之极少数财宝，但是在戚驷的心中，未必就肯相信。况且两氏明已跟他，戚驷纵不在乎争那失去的财宝，岂肯不争那两位美貌佳人呢？这便是三尺孩童亦能料及，何况于他呢？因此他于家中客散后，急急赶到居之安客店里，召集有记镖局内走镖的各位镖师和全体伙计，及客店内全体员役，告知他们适才戚驷来登门寻衅经过，令他们组成两班分别负责，赶速预备消防的一切设施，防敌人到来放火，请各镖师担任指挥。并从店局两机关全体同人员役内挑选了四名伙计、两位镖客往他住宅内去帮助他防备敌人，所幸居之安、有记两机关内的全体伙计大半都是曾大有在日所雇用的旧人，往日闲暇时，皆曾跟从曾大有学过几路拳棒，以作各人自卫和保护住本店的行旅安全，押送镖银动身在路的沿途平安，并锻炼身体提倡尚武精神。那一小半新人亦皆从曾有义学过武艺，所以全体同人胆量都很豪壮，不比得懦弱的平常人一听得有强盗来光顾便唬得手忙足乱，心惊胆怕。

当时大家得了曾有义的言语，立即分头办事，赶紧将门内外各太平水缸、水桶等一切救火的设备，马上都安排舒齐，同时那被挑选往住宅内去帮助防守御敌的四伙计、两镖师，都由曾有义命他们六人飞速先取一切应用兵器，赶往家中去筹设各项消防器具，挑满太平缸水，提防救火。六人奉命去后，曾有义一面又取名片，吩咐两名伙计分头前往，邀请两位尼姑、一位丐头即刻到居之安客店内相来会，请求僧俗三位帮助，防御戚驷。

讲到两位尼姑和那一位丐头，乃是平原地方的三位无名英雄，平原从未有人注意得能知道他们是有奇才异能的高人，倘然曾有义别有慧心、独具巨眼，真将致三位终老，平原社会上尚无有能知晓他们三位呢，这真所谓惺惺惜惺惺，英雄知英雄。编书的因这三位奇侠于本书均有极大关系，不得不趁他们和读者诸君相见之初，详细各为记叙一下以向读者报告。

原来这两位尼姑并非平原本地城内人氏，乃系河北代州易水县东门外荆卿庙地方武举人双福全的长幼两个女儿，长名玉芙，次名玉蓉，乃是孪生姊妹，一般都生得姿容艳美，体态轻盈，面貌酷肖，身材中等。姊妹俩立在一起，简直无稍差异，倘非玉蓉的眉心当中有一粒朱砂红痣可以判别时，几乎除却她俩本人外，无人可以辨识得出她俩谁是姊谁为妹。双福全的正夫人梅氏所生子女虽多，无如都是生而不育，统计前后共生了四子三女，只存得她姊妹两个和最后生的一个小儿子庆喜。如夫人狄氏虽亦曾开过怀，先后共生过三名男女，但不幸都是夭殇，故此双福全夫妻老两口子极其珍爱她姊妹俩及幼子庆喜，早年庆喜尚未诞生，双福全因膝下无子，故对两女格外钟爱，视同男孩一般看待，装束亦和男孩无异，借以譬解自慰。因此她姊妹俩于针黹女红、攻书习字外，同时并跟着天伦各学会了一身武艺，都练得弓马娴熟，拳棒精通，父母们平日闲暇，率领家将等众常在郊外驰马射箭，围场打猎，校艺比武，姊妹俩擅能的武功不仅练得马步皆精，即飞檐走壁、登高纵低亦练成如履平地一般，迅疾非常，声息全无。直至她俩年已长成，庆喜方才出世，不料双福全、梅氏夫妻俩即于庆喜周岁后，相继同染喉症而亡，遗下一份家业，全权都在狄氏手中。

那狄氏姿容艳冶，其时年纪虽已三十有一，但因平时饮食营养得好，衣饰装扮得佳，故尚颜色未衰，正合着两句成语，叫作徐娘半老，风韵犹存。她本系门户中出身，平日搔首弄姿惯了的，这时中年守寡，孤眠独宿，空闺清寂，焉能耐得？因此不多几时，即已和双福全的近房本家侄儿名双少卿的发生了苟且暧昧之事。

那双少卿幼年亦曾学过武艺，经过名人指教，练成一身内外软硬马步登高及金钟罩、铁布衫功夫，年前曾应过武考，获中下武生功名，生得眉清目秀，唇红齿白，因此人送外号，叫他作赛西门。他因见族叔双福全家产巨万，心中企图得他的全部遗产，故此时常到双福全家中来走动，向福全夫妻俩及狄氏姨婶亲近讨好，希望被立为嗣子。不料梅氏忽然诞生那个老来子庆喜，遂致双少卿大失所望。及至福全与梅氏病死，他到福全家中来吊丧，襄助治理丧事。恰巧狄氏正恨寡鹄清凄，因在丧中日与少卿见面，爱他年少英俊，忽然动了邪念，因之每次见面，总得故意设词多问些闲事，借此好多延挨些时光，得能于眉目间示意传情。双少卿初还不甚觉得，待至有两三次后，方始觉着有异，于是遂暗自留了心，下次见面，却很注意，果然所料不差，于是遂打动了他夺产的灵机。

随后不多几次，双方即已相目成，男女两个衣冠禽兽郎情妾意，似漆投胶，两下数番陈仓暗度之后，打得火热，双少卿遂趁机进行他的第二步计划，暗令狄氏设法谋害那个年才周岁的孤哀子，立自己为嗣，占夺全部产业。狄氏恋奸情热，自然言听计从，因即密命那个乳哺庆喜的乳母闻氏，设法害死庆喜，应许她害死庆喜之后，酌谢她二百两银子。

闻氏本系狄氏娘家的穷亲，由狄氏娘家引荐到双府来充当乳母的，平时原以趋承呵奉狄氏，得能沾光叨惠，因她善于阿谀，故能深得狄氏的欢心，认为自己的心腹，不时多有赏赐，闻氏亦时露感恩图报的言语。当日领下狄氏的密命之后，心中急欲得那二百两纹银，穷思极想，忖度多时，忽然眉头一皱，计上心来，当即取下根极细极小的绣花针，悄悄从庆喜的肚脐眼内刺了进去。那绣花针是跟着血行的，刺进腹中后，哪消两个时辰，针已随血深入脏腑，可怜庆喜是个尚在襁褓、不会说话的小孩儿，被针刺入脐眼，只能尽量地哭闹个不休。本来小孩儿啼哭乃是常情，故此起初并无一人注意，直待庆喜哭闹不休，愈哭闹愈甚，方始有人注意。但还只当作有病，赶紧延请大夫诊治开方服药，乌乱下一阵，焉能见效？那庆喜自张口大哭大闹之后，直哭闹到半夜，可怜已是死了。

狄氏见庆喜已死，心中大喜，当场假哭下一阵，即忙着亲自动手，连夜从厚收殓，于天光明亮后，便匆匆将庆喜装入一口精致的小棺木，命人抬送了出去，埋葬在双福全、梅氏夫妻俩合穴的墓脚下面。

双玉蓉姊妹俩见胞弟忽然得病身亡，手足情重，直哭得死去活来，整整地哭了一夜。小棺木抬送出去，姊妹俩亲自哭着送到父母坟上，守埋葬事毕，化过纸锭，方才随众哭回家中。经狄氏婉劝了许久，才将她俩劝住。

庆喜既死，双少卿谋夺家产的障碍已除，当晚遂向狄氏怂恿，择日邀集族人，立本人为双福全的嗣子。狄氏劝他切莫性急，且稍缓几时，免得旁人疑惑，反而欲速不达，惹起意外事情来。

双少卿笑道："怕什么呢？大丈夫既怕不做，既做了亦即不怕，俺们双家虽系大族，但是有功名的人很少，平时谁不是树叶儿落下来怕打破了头的，哪个敢出面来多事干预呢？"

狄氏道："话可不是这样讲，利之所在，谁肯轻轻放过呢？同年班辈的近房本家很多，临时各本家凡是有承嗣资格的，定必大起争执。再则庆喜才死，俺就马上立你为嗣，两个女儿又都未嫁，哪得不启人疑呢？"

双少卿点了点头。恰巧闻氏进房向狄氏开口，支取那应许给她的二百两银子，说是预备明后天托便人送回家去，应付用项。狄氏见她来讨，便开银箱取二百两银子给她，另又取了一对儿赤金耳环送给她作为路费。闻氏千恩万谢地收受了银子、耳环，移步走出房去。刚走到堂屋内，猛见窗外檐下有两个人影儿一晃，不由一惊，随口喝问："谁在窗口干什么？"

她这个问法，乃是故意暗递消息给双少卿、狄氏两人，好使他俩闻言防备。不料那窗外两个黑影子同声应道："是俺们俩，在此看你领取银子呢。"说罢，随又接着喝骂道："好个丧尽天良的乳母，真赃实犯都已现在俺们的眼内，待往哪里走？俺们同你一齐往易水县衙门内去，面见县令，打场人命官司。"

闻氏听声音，乃是玉芙、玉蓉姊妹俩，不由大惊失色，不敢走出窗外，慌忙转身轻移足步，往后便跑。转至屏风背后，拉开那贯通后进的中间腰门，往后进屋内逃奔。急急开了后进房屋通屋外火巷的侧面小门，黑地里飞速逃出火巷，掩身避入火巷隔壁的一家豆腐铺内去躲藏。

那豆腐铺内的东家夫妻及伙计人等，本和双家男女上下全都认识，闻氏每天黎明总亲到豆腐铺内买一碗豆腐浆回去当点心，因走近路，总出后门火巷，所以这条路闻氏非常熟悉。此时豆腐铺内东伙们正在那里做活儿，煮豆上浆，忽见闻氏进来，神色有异，气喘吁吁，即问她因何夤夜来此，浆还不曾好呢。闻氏回头见背后并无人影儿追来，心中略定，遂扯谎道：“俺们家姨太太娘家有个侄儿，前年害病死在此地，一向甚好，不料近来忽然作起怪来，俺被唬得无处躲避，不敢在家睡，故此溜出后门，跑到你们铺子里来，权且借宿一宵。”边说边向豆腐铺后进住屋内走道：“你们东家太太此刻已安息了吗？俺今夜来搅扰她了。”

那豆腐铺东家见她仓皇奔来，往后进就走，不知她究竟为了何事，欲待拦阻她吧，又有些怕难为情，当面拿不下意来，只得欲言又止，任凭她走往后进内去。

闻氏走将入内，诚恐有人追来，被众人据实回答，反致逃跑不成，心忖如托他们休说吧，又怕他们疑猜，只得硬着头皮，不作一声，走进后面坐下身体，提心吊胆地静候天亮。刚才坐下身体，忽然听得双府内响声大作，人声嘈杂，同时外面做活儿的东伙亦接着惊呼道：“哎呀，不好了，双府里走水了！”

闻氏听得喧嚷，忙抬头向天井里一望，只见天井里已是照见一片红光，不禁走到窗口抬头观看。只见天空中烟雾迷漫，一阵阵火星夹杂在黑烟内，顺风飞扬，被吹刮往西北角上去。那火老鸦等被风吹刮着，落在左近人家的屋顶上，这豆腐铺的屋上、天井内等处亦被火星烟雾等波及，幸喜是瓦屋平房，倘系草屋，早将被那火鸽子等落下来烧起了。

闻氏本拟走到天井当中仰视的，因见火鸽子一片片从天空中不住地落下来，深恐落在身上，烧毁了衣衫，打破了头颅，不敢走出檐口，步下台阶。在这当儿，豆腐铺内东伙人等早已齐将活计停住，纷纷乱乱地跑进后边来，忙着抢取物件，吆唤那些酣睡未醒觉的男女老幼人口一齐起身穿衣，提包袱扛箱笼，抬什物。大家抖战着先后往前乱走。那豆腐铺东家夫妻俩见大众男女乌乱纷纷，诚恐在乱哄哄当中，把货物财帛细软等项碰撞损害遗失了，遂高声唤住众人，且慢乌乱，回来看那火势如何再走，又说万一果真烧得厉害了，须将东西寄在某处某家。

说话间，远近救火的人已闻得锣声报警，先后陆续集队奔来灌救，四面八方如飞奔至。

闻氏在豆腐铺内看见那东家夫妻俩以下各男女人众纷乱的情状，以及外面各处的灌水救灾、坍屋倒墙、栋折梁崩、人呼犬吠、往来奔跑等种种声响，喧哗杂遝、震耳欲聋，尤其是那各种哭嚷叫唤的声音，入耳格外觉得凄凉哀楚。闻氏心存危惧，怀着满腹鬼胎，可怜腿都唬软了，呆立在屋檐下，遍体似筛糠般抖战，几如失去知觉一样。不料抖战太甚，忽然将收藏在怀中的那包二百两纹银及一对儿赤金耳环跌落下来，当的一响，从石头台阶上暴跳到天井内大方青皮石上去，幸喜银子、耳环是用一方青布包的，未曾跌破。闻氏被这一包东西跌落的声响惊觉，赶速下阶拾起收好，因此方才想着不趁此时乱里逃走，难道还在此等候两位小姐追来不成？想到此，遂谢别了豆腐铺里东伙人众，走出铺子，急急往街头行走。

街头尽处，有一卖淫的暗娼人家七十鸟，亦姓闻，和闻氏乃是本家姊妹。闻氏走至她家门口，寻思此时东方未明，回去路颇难行，且恐到家后被双府两小姐派人追至，反而不妙，不如借着逃避火灾为名，暂到她家躲避，守明日白天再酌。想定，即敲门进内，和那当老鸨的姐姐见面，说系主家忽遭回禄，幸尚未眠，空身逃去，特来借宿。老鸨慰问过她后，即将她留下，和本人同榻。闻氏解衣就寝，取出那包银子放在里床，因为隔夜刺杀庆喜，直忙到本日上午才息，本夜又遭逢此事，两夜辛苦未眠，疲乏已极，因此身体睡下，口中和那鸨儿谈着心，已是呼呼沉睡。

那鸨儿于她解衣卧下时，见她将那个四方的青布小包袱放在里床枕头边，很觉那张棕棚子被震得颇为沉重，料知包内定系包的银两。这时见她鼾声呼呼地睡熟了，遂故意伸腿到她枕边，踢着那个小青布包儿，果然分量沉重，因即抽身坐起，爬过去，伸手将那个小包儿提将过来，打开一看，只见里边放着四锭足纹银元宝，另纸包着一副足赤金耳环，不由见财起意，陡然生了吞没她的歹心。遂即轻轻起床，将元宝逐一另外用纸分别包起，开启皮箱，将元宝连同耳环齐收好在皮箱内，另又将那方小青布包袱用剪刀剪破，扯成数块放在抽屉内。收拾完毕，这才上床安眠。

次日，闻氏直睡到晌午时分方才起身，穿衣下床，寻枕头边取那包银子时，连影子也不见了。忙在被窝内、枕头边连褥垫、帐脚、床底下各处一齐都翻转过来仔细寻觅，亦毫无踪影。这一惊非同小可，心中惊慌忧急，遍体汗液交流，顿时面容失色，忙将那个当鸨儿的族姊唤进房来，低声询问她可曾代为收好保存着。

那鸨儿早已成竹在胸，见问，即严词正色地一口回绝，速将那颗脑袋像自鸣钟的摆一般摇摆个不休道："你昨夜逃避火灾，空身从火窟里逃走出来，哪曾带有什么银钱、首饰、青布小包儿？你想是在哪里性急慌忙地丢失了，却到俺这里来问长问短，你再细想想看，别胡乱冤枉人。不怕你多心见气，俺们家金银首饰、珍珠宝石、金簿金叶、金条银条、金银元宝，什么不曾见过有过，谁还怎样小家子气贪爱你这个小包儿内的外快财爻吗？"

闻氏急得发狠道："俺记得清清楚楚带在身边，临睡前放在床上枕头里边的，哪会忘记在别家？况且俺并未顺便先往别处呢，的确俺并不曾记错。倘系俺胡言乱语，将无作有，冤赖你年老的姐姐时，俺定必恶死在火里水里。"

那鸨儿勃然怒道："你这是什么话？真正岂有此理！难道俺偷取了你的，吞没了你的不成？并非俺小谅你、看轻了你的话，你在双府里不过当一个奶妈，平日能几何工资？休说才做得一年多，就狮子大开口，信口说已积有四只元宝、一副金圈，便是你做双府的奶妈一辈子，也挣不满这四只元宝、一对儿金耳环呢！这不是你在那里做一厢情愿的清秋梦吗？"

闻氏被她这么一顶撞，直气得发昏，愣望着那黑心老鸨，半晌说不出一句话来。

要知她俩如何结束，请待下回分解。

评曰：

才写凤氏兄弟，又写双氏姊妹，两两对照，互相辉映，妙在有意无意之间。

于二小姐之出家为道姑也，与双氏姊姊之出家为尼姑，其造因不同，而结果尤迥不相侔，可谓各极其妙，写来细腻，恰到好处。小说作法有所谓状甲显乙法者，即此类是也。

双少卿因谋夺家产，遂至倒行逆施，烝淫狄氏，谋杀庆喜，斯诚人头而畜鸣者，宜其死于非命已。虽然，今世之因谋夺遗产而效少卿之为，且又加甚焉者，其罪固尤浮于少卿也，惜乎世无玉芙姊妹，为手刃之快举耳。读本书至此，不禁因以废卷扼腕。于戏！

第三十四回

眼前报应造孽钱被窃
身后纠纷遗巨产起衅

话说闻氏气得发昏，不由遍体抖战，手足寒冷，面色死白，愣怔呆望着半晌说不出话来。良久良久，方才挣出几句道："姐姐这话真也太不把人放在目中了，俺虽在双府里当乳母，工资有限，不及你因为家中所养的艳美女儿多，挣得的金钱容易，只要装腔作势向那些花钱买笑的大爷、少爷、老爷、太爷等各种客人们于枕席间一要挟，酒食时一恳求，马上便能得着成百上千论万的银子，自然见多识广，不会贪财爱小了。只是俺在双府里当奶妈究竟身份不比得别个被雇的庸人，说句您老不见气的话，究竟挣得的银钱要比你们所挣得的干净百二倍呢。凭天良说，昨夜委实系随身带来一包银子、一对儿耳环，清清楚楚、明明白白放在枕边的。你当时坐身在床上，和俺对面谈心，亲目所睹，岂得不知？你此刻忽然一口赖清，真也未免太厉害狠毒了些。俺如冤诬硬栽了你，你叫俺死无葬身之地。"

那鸨母被她赌神发咒地一口咬定，口中虽亦学着发咒绝对不肯承认，究竟腹中心亏情虚，那张满生雀斑、额起皱纹、密圈儿相似的黑麻面皮早已不禁红紫着涨得面容变成猪肝般颜色。

两人在房内呶呶争辩，早已将各房间中的妓女和昨晚在此住夜、尚未走去的各狎客闻得争论的声音，便都不约而同地先后赶来，询问劝解。

闻氏因这一包银子、耳环乃是拿一条小性命去换得来的，忽然会不翼而飞，当时见问，陡然想起得来不易，以及隔夜的情形，忍不住一阵心酸，泪如雨点儿般滚落下来。

那鸨儿因事已弄僵，只得持蛮到底，竟索兴破口大骂，扯闻氏出房道：“你这不要脸的贱妇，俺和你往双府上对质去。”

闻氏被她拖拖拉拉地走着，猪猪狗狗地骂着，心中亦按捺不住，竟致将本身所担着的危险忘记了，遂亦揪住她破口大骂，说她黑心吞没了二百两纹银、一副赤金耳环。

两下从房里揪扭着同到堂前，那鸨儿扬声骂道：“俺把你这存心讹诈的贱货拖到双府去对质，将你的嘴巴撕烂了，再问你的罪名。你夜间空手到此借宿，俺好意留你同榻，你却忽然信口诬赖，硬栽俺们窃取你的二百两银子和一副金圈，这真是“狗咬吕洞宾，辜负好人心”。你们一看呀，这婊子穷极无聊，竟无凭无据地胡拉混扯，平白地冤赖好人，真正太不要脸了！”

边嚷骂着边扭着闻氏往大门前街道上就走。早已惊动了里面男女、外面行人、左右邻舍，闻声先后赶来，围立在大门外街心里。好像筑了一堵肉墙壁，拥挤在大门内客堂中，颇似设了一座肉屏风，人头攒动，愈聚愈多，大家言三语四地问长问短。

那鸨儿趁此放松了闻氏，立在门口石头台阶上，抢先对众诉说出本人的一篇大道理来。末后说：“各位请想，她不过是一个当奶妈的，哪来这许多银子？果如带有二百两银子和赤金耳环，怎样半夜行走，见了俺的面，哪会不亲手交付给俺代为收好？俺亲见她脱衣服上床，怎会连影子也不曾看见呢？况且她诬赖俺的话亦说得理由欠足，试想她所哺乳的那个小主人已在前夜死了，她家女主人怎么会不怨恨她，反而重赏她呢？这种言辞，岂不是自打嘴巴的话吗？”

门内外众男女老少人等听罢那鸨儿的话，竟有大半一齐嗔怪闻氏不该忽然异想天开，希图讹诈。只有小半因那个七十鸟虽然词锋锐利，但是面色有异，况且她身为鸨母，本非什么好人，就此两点推测，其情不无可疑。于是遂向闻氏询问银子、耳环的来头，有无记认。

闻氏在气愤头上，哪还能顾得到忌讳呢？当即据实告诉，说："都系狄氏姨太太赏给俺的，因为小孩儿已殇，无再雇俺在府的理由了。蒙姨太太的恩典，感叹太息说小孩儿夭亡，乃是生死大数，不能独责乳母大意，究竟乳母辛苦了一年多光阴，虽然劳而无功，吃力不讨好，依情理而论，实亦非当乳母的本心，故此特示宽大，赏给俺二百两银子。另又将她本人的一对儿耳环赏送给俺，算是解除了俺的职务，打发俺于夜间收拾，明天即可卷起铺盖行李，打好包袱回家，或另受别家的雇。当时俺称谢收受，用一方青布包好，放在怀里，正拟走回俺住宿的卧房内去，适巧忽然不幸失火，急忙中俺只得抛撇下行李包袱，慌促逃跑出外。因怕遇见打闷棍的贼人，不敢独行夜路，才投此借宿。不料被她见财起意，趁俺睡熟之际，偷取了去。"

大家听双方理由各执，闲人谁能断定她们的是非呢？除去温言劝解她俩，看在本家姊妹分上，不要争闹，彼此各凭天良，一个不要硬栽，一个不要硬赖，有即说有，带即说带。仅凭从人说了几句解劝空言，哪能劝解得住呢？

正在这双方争论当儿，忽然从街心人群背后挤进一位武生装束的俊美少年，走至闻氏面前。大家看见，当有过半人数认识，来者乃是本地有名的赛西门双少卿，都说："好了，双大爷来得正巧，给她俩判断一回曲直吧！"

说话间，双少卿已对闻氏道："区区二百两银子，能值几何呢，何苦在此争天夺地？你的这个本家姐姐既黑心吞了你的，你尽可以看破些，待至日后再为从容和她算账，有俺做证，谅情不怕她不原璧奉赵。俺找你有别项要紧事情，不可再此耽延，你快些随了俺走吧！果真她不肯认你的银子、耳环，都由俺担认赔偿你的，再由俺向她进讨，不怕她逃跑。"说罢，又对众人道："这乃是俺昨夜亲目所睹的事，实系俺们族婶狄姨母亲手取出，赏给奶妈的。”说着，手指那鸨儿冷笑骂道：“你敢黑心吞没人家的辛苦血汗钱，真正太无心肝，放乖巧些，快将原物取出来还她，否则俺叫你早晚留心些，试试俺的手段看吧！”说罢，在前引导，唤那闻氏同行。

闻氏见他说认偿她的已被失去的银子、首饰，心中大喜，陡然精神高涨，得此硬证，哪肯不发一回威武再走呢？遂即手指那个鸨儿，痛骂了一阵，才发脚移步，往圈子外面去。

那老鸨被骂得昏天黑地，心中大怒，因畏惧双少卿在面前，不敢回骂，只恨恨连声地手指闻氏，连说了几个好字。

闻氏已跟随着双少卿挤出围外，急行出街头去了。大众到此，才确知鸨母欺心，腹中都不直其所为，遂互相议论着各自散去。

那鸨母掩好大门，回身进内，诚恐用了这笔款子，事后难以太平，故此回进房内，悄悄地将那撕破的青布拿去抛弃了。又将四锭元宝和自己家中的现款合并了放在一起，两只耳环亦合并在自己的首饰匣内，消灭了痕迹，预防或有后患。

那乳母闻氏跟随着双少卿同走出荆卿庙镇市的街头上，回顾背后并无人尾着，闻氏忍不住低声向双少卿请问夜间之事，火从哪间屋起的，火起后情形怎样。双少卿见问，即将夜间经过各事告知闻氏。

原来，双少卿、狄氏见闻氏走出房外，在堂前黑地里忽然惊问外面何人，接着又听得窗口檐下有两个女子的怒声回答。那声音乃是玉芙姊妹俩，不由大吃一惊，知道秘密已全被她姊妹俩窥破。双少卿唬得赶紧往床后躲闪，狄氏亦唬得面容失色，手慌足乱，不知该如何是好。

凑巧双少卿躲身到床后，走过床头前，抬头看见床柱子上挂着一口宝剑，因此忽然急中生智，伸手从床柱子上摘下那口宝剑来，亮剑出鞘，迈步往房外便走。恰值双玉芙姊妹俩推开堂屋里的玻璃窗冲将进来，双玉芙追往屏风后面去赶那闻氏乳母，玉蓉却往狄氏房中走来，两下正在堂屋中相值。双少卿随手一剑，劈面刺去，玉蓉慌忙侧身闪让。双少卿刺落了空，遂趁势纵身过去，挺剑直刺玉芙的后心。

玉芙正往屏风后走，猛听得背后声响，回头望时，已见宝剑刺来。虽然堂屋里未点灯火，但是房内的亮光从房门口射出来，亦颇能看得清晰，故此玉芙一回头即已看出来人是族兄少卿，手中执的兵器是一口宝剑，遂即将身体往旁边一闪，让过了宝剑。

姊妹俩皆因为手内空着，又见少卿悍泼勇狠，诚恐反被他伤害了，故此不敢迟慢，即已趁闪让之势，移步往窗外天井内退走。到得天井里，转身飞步往前进房屋内跑去。到得前进屋内，不敢停步，即又鱼贯着往她俩自己的绣房内奔去。边跑边娇声呼唤："大家快往后面姨太太的屋内去拿刺客，捉强盗，大家快去，休得被那强盗逃跑了！"

家下男女奴仆等众人闻得呼声，一齐大惊，胆小的唬得体抖腿软，隐身回缩到本人住的房间内去还来得及，谁敢进后面去拿贼？那胆大的虽然不怕，不像胆小的一般逃躲，但因不知虚实，不明白后进姨太太屋内的强盗共有多少人数，系从何处来的，所以大家闻得两位小姐的呼声后，只是口中大嚷"捉贼！拿人！"成为一片，却并无人大胆敢往后进屋内去。

双少卿将两位族妹杀退后，并未追赶，即已回身穿过堂屋，转向屏风后面去追闻氏。不料直追到了最后进的屋内，并未看见闻氏的人影儿。因为少卿之意，诚恐闻氏被人拦阻捉住了，据实供出谋死庆喜的罪状来，坏了自己谋夺家产的大计，故此在后追赶，意欲将闻氏追上，先使辣手将她杀死了，灭却活口，庶可死无对证，所以才从床柱子上摘下宝剑，出房追赶。当时因未能追上闻氏，回身复往前面走去，瞥见那旁通火巷的侧门开了，忖知她业已从侧门出火巷逃跑了，料想一时难能追上。

在这当儿，只听得前面一片声嚷叫拿人捉贼。双少卿寻思，本人的秘密已破，闻氏又逃跑了，事已至此，无法挽回，不如赶往前面去，约了狄氏，将所有贵重的衣服首饰以及现存的款子和一切房屋田地金钱文据契纸一齐卷带了逃走。倘如那两个丫头追赶到来，即回身将她俩杀了。想罢，遂提剑回至前面，奔进狄氏房中。

狄氏正在那里瑟瑟抖着，没作理会处，一见少卿到来，慌忙问他如何办法。少卿忙令她收拾金银细软，一切契据，随了自己卷逃，免得在此结果无趣。狄氏依言立即收拾，翻箱倒笼，启柜开橱，共打了两个大包袱，交给少卿背着，又将双福全在日收藏账簿文契的一只精小的皮箱交给少卿提着。她自己却将一只装首饰和金银的小皮箱提在手内，跟了少卿就走。

因两人在房内收拾细软一耽搁，前面胆大的各男仆已各自寻觅了一件兵器，陆续齐集在前进屋内，就中间的腰门向后张望。见后面除去房内有杂乱的声响之外，别无其他声息，一时窥探不出后面究竟有多少强贼，仍旧不敢冲杀进后面来。但那虚张声势的空嚷拿捉的声音却是仍旧连续着发如贯珠。

双少卿正拟举步出房，因听得前面嚷拿喝捉的声音，忽然心动，遂伸手在桌上将烛台拿起，奔到床前，凑在帐子上一点，又将挂在房内板壁上的字画点燃起来，复又向那半截短窗槅上一点，这几处点着，顿时全房间熊熊火起。双少卿低呼狄氏快走，他本人却一手掌着烛台，一手提着账箱，在前先行。走出房外，即又将挂在堂前板上的字画放火烧将起来。转过屏风，奔至后进屋内，又随手趁便放火。如此边走边烧，直走到那通火巷的边门口，才将烛台扔了。两人抬头看时，烈焰腾空，火已经冒穿屋顶，刮刮杂杂、噼噼啪啪地大烧起来。

双少卿引导着狄氏溜出火巷，潜行到左近一座尼庵内去，推说忽被火灾，只抢得一点儿要紧的东西，到此投身，权且借住。那庵中尼姑统共只有一师两徒，本是荆卿庙地方一家富绅家的家庵，庵内甚是清净，平日连来庵烧香的人都没有，只每逢朔望，才有少数信男子、善女人到来焚香礼拜。那当家的老尼姑本和双少卿的母亲是一表三千里的表姊妹，平时双少卿的母亲和那老师太原是常常往来的，双少卿因他母亲的关系，平时亦常到庵里来走动，所以和那尼姑师徒三人颇为熟识，且很有感情。

当夜，老尼见两人提箱背包而来，遥见火光烛天，口中忙念着："阿弥陀佛，观世音菩萨!"招呼狄氏进自己房内去，和自己同眠，并安顿下两人身上、手内的东西。

双少卿既已安顿好狄氏，寄存好物件，遂和狄氏附耳言明，明日白天来见，再定办法。即别了老师太，匆匆走出尼庵，仍取原路，奔往双府去，装作得信赶来探望，和帮助救火的模样，借此探听消息，以及玉芙姊妹俩的举动，闻氏逃出后的下落。

究竟双氏姊妹俩因何奔往前进，跑回绣房内去后并未再往狄氏房中来呢？双少卿所探知的情形如何？请待下回再表。

评曰：

双氏姊妹与于二小姐同为本书中女侠，不过其出处不同，经过及结果均异耳。作者非欲铺张于、双，实为大王庙客店中行刺之女侠作引耳，明乎此，然后始许为知作文法。

前既写天齐庙之火矣，此又写双府之火，虽同为人所故纵，然其写法不同，结局亦异。而胡、黄两氏卷逃后与狄氏之卷逃后，其经过及结局亦危安各殊，是作者故意明犯重，而又绝不犯重者也。倘非名手，曷克能此？

第三十五回

鸿飞冥冥弋人何慕
精赤条条之子无裳

话说双玉芙、玉蓉姊妹俩自从父母相继去世，因为家政操之于庶母手内，各事已远不如往日在生母当家时代的自由安乐了。最为二人所关心的，果有两件大事，即系弱弟庆喜和她俩本身的婚姻，曾经姊妹俩商量定妥，意欲同往梅府去，面托生母的弟妇，请舅母来见狄氏说明她姊妹俩年已及笄，正是待字择偶的时代，倘如有人来给她俩作伐，务须先征得她俩的同意后，再出八字给人家去请星相家推算合婚，倘如姊妹俩未曾同意，切不可贸然应允人家的请求，以免弄出不好的结果来。但是她俩虽然有此决议，却因现在服中，断不致就有人来提说亲事，且待有人来作伐，庶母并不征求她俩自己的同意时，再提抗议未晚。况且女孩儿家总有畏羞怕丑的习惯，她俩虽比普通女子不同，但是那怕难为情的心理，却并不因之而减。有此两种原因，故遂将那往见舅母，请她代表抗议的事暂且搁置了下来。只不过自在暗中留意，并密令二人房中贴身服侍并伴读的心腹侍婢名唤谷中兰的，不时往上房内去走动，哨探狄氏的言行，尤注意她在暗中如何筹议，拟怎样待承自己姊弟三人，令其一得消息，即须随时报告。除令谷中兰每日充当间谍之外，自己姊妹俩亦不时到乳母闻氏的住房内去，借事和闻氏交谈，暗中监视她哺乳喂食等事，以防闻氏或有粗率大意之处。

其时，双少卿每日忽然来得甚勤，借事和狄氏见面，暗中眉语目笑，明里谈心说话，双方调情的神态时流露于不自觉，早被那个俏丽伶俐的侍婢谷中兰冷眼旁观瞧出了破绽。因为此事关系太重，又兼她本人是处于未出闺阁的地位，怕难为情，故此虽已看出了苗头不正（术语，犹言谚语不是好路道之意），却因觉得羞人答答地碍难出口，所以只得暂且忍耐着，姑且看在眼内，记在心头。

及至不多几日，竟又已被谷中兰于黄昏时在暗地里看见双少卿掩入狄氏房内去，和狄氏俩在房内低声有说有笑，暗中摸索，并不点灯火。直到晚饭后，才见双少卿偷偷摸摸地又掩了出去。谷中兰当时隐身在暗陬之处，偷听房内二人窃窃私语，喁喁情话，以及其他杂碎的声响，直待到双少卿去了，谷中兰方才潜行回转两位小姐的香闺，一五一十地回禀了两位小姐。

双玉芙、玉蓉姊妹俩据报后，羞得满面发热，暗暗流泪，一面令谷中兰仍旧好生留意，随时报告，一面又亲自出马，常往狄氏房中去走动，故意和狄氏谈心说话，老腻着不走，意在使双少卿见房中无空闲，不好冲进来。

如此接连两日，谷中兰见她俩此举非但招怨惹恨，弄得成事不足，败事有余，遂竭力将她俩劝住，休得打草惊蛇。她俩依言，才不再往狄氏房去做惹厌的人，仅令谷中兰去侦探。

迨到庆喜忽然下午得病，得病后哭闹不休，到夜间即已死了。她俩因见得病后哭闹起，直哭闹到临死，一息都不曾停过，遂生了疑心，认定庆喜病死得很为蹊跷，故此当晚密令谷中兰去上房侦视，她俩自己却往闻氏房中去察看究问。才拟动步，即被谷中兰劝住道：“二位小姐如往乳母房中去，那乳母倘如果然谋害庆喜，岂有不收拾干净、毁灭痕迹之理？二位小姐岂非成为白跑吗？”姊妹俩被她劝住，遂止步对坐在房内，等候谷中兰的消息。

不多时，谷中兰到来，悄悄回禀说：“双少卿又来了，在姨太太房内，正和姨太太俩在房中谈笑着呢！”

姊妹俩得报大怒，又觉着羞愧，遂迈步同往狄氏房外，并肩同立身在屋檐下石头阶沿上，就着窗棂格孔，舐湿戳破了两个小眼儿，二人各据一孔，向内张望，并留意听里面所谈的言辞。

听了好半会儿，只隐约听得双少卿说道：“现在阻碍虽已除去，但是老放着两个丫头在家，究竟终非好事，很有许多不便，不如索兴亦设法做倒了她们俩，免得她俩在家讨厌。”

狄氏点头应是。除此几句话外，都因两人说笑的声音极低，竟不能分辨得出。

如此又立身张望了一会儿，忽然见闻氏进房向狄氏两人请过晚安，即向狄氏提说拟于明日托人寄银子回家去应用，免得又须自己回乡下跑一腿冤枉路。

狄氏听罢，即刻取出四锭银元宝及一对儿金耳环赏给闻氏，称谢她的才智功劳。又见双少卿羼言道：“且待俺的计策成功，定必再重重地厚赏你，谢你此次干的大功。”

闻氏口中谢着，手中已将金银两项接过观看，并用一方大青布汗巾包扎好了，收在怀内，告别出房。

姊妹俩在外耳闻目见，按捺不住心头之火，遂移步到堂屋檐下玻窗外面向内张望，意欲当场执住闻氏，问出她谋害小主性命的罪状来，送进城内易水县衙门办罪，并好从闻氏身上追究那唆使谋害的人来，一同送官治罪。不料正朝窗内探望，即已被闻氏看见，大声呼唤。姊妹俩因正在气急头上，一时疏于计较，即便高声喝骂，唬得闻氏飞步逃跑。

二人本拟即进窗来拿人，因为素知少卿擅能武艺，空手不敢造次，意欲回身去取兵器，并唤齐家丁，同来内宅拿人，又怕被少卿逃走了。再则嫡女捉庶母之奸，未免遗羞先人，有伤伦理，故此两人立在窗外低声计议。因这一商量，耽延了片刻时间，遂致被闻氏从后面逃跑。

二人在窗外向内一张，陡然不见了闻氏，因为已成打草惊蛇之势，只得空手赤拳地推窗冲进堂屋，分往后进及房内。却不防少卿提剑从房中出来，劈面就刺，玉蓉让过，少卿跃过追上玉芙，又仗剑直刺，玉芙忙亦让过。这口宝剑乃是双福全在日常佩的防身兵器，两面开口，锋利无比，真有断金切玉、吹毛不过的快利。玉芙姊妹俩是素所知的，此刻见少卿手中的宝剑，寒风阵阵、冷气逼人，已知是盗用的先人遗物，漫言二人都是空手不能对抗，便是手中都有兵器，亦不敢交锋。因为那口宝剑的锋口善能斩钉截铁，寻常钢铁打成的兵器简直只要被那口宝剑锋口削着，或是尖端刺着，立能缺口折头、毁身断体、成为废物。故此二人见少卿的那种勇泼悍狠的神态，不敢空手交战，只得退身出屋往前进房屋逃跑，边跑边嚷捉贼拿刺客。意思是大声呼唤，惊动了各家丁，各拿兵器拥进后面屋内去，或许使狄氏、双少卿、闻氏等人惊慌失措，乱下主意，脱逃不易，都被拿住。万不料家丁们胆小的反因闻声逃躲了，胆大的又都一时慌乱不知所可，净口嚷身不动，不敢冒险往后面去。

混闹了一会儿，足有半个多时辰，人不曾捉得，反被双少卿放火烧屋、狄氏卷带逃跑。

其时，双玉芙、玉蓉姊妹俩奔进绣房，万想不到自己两人的心腹丫鬟谷中兰曾趁空在自己的房内和情人幽会，那一对儿无耻男女正在谷中兰本人睡的小床上干那禽兽勾当，研究人生最不可思议的一件奇幻问题，发展他俩的性欲。

玉芙姊妹俩匆匆进房，急欲各取本人的应手兵器，所以并未留意。不料二人做贼的心虚，一见她俩进来，竟唬得在床上遍体如筛糠般抖战，口中却连续着呼唤道："二位小……小……小姐恕罪，俺……俺……俺们俩一……一……一时糊涂，仰……仰……仰求小……小……小姐宽宥，俺……俺……俺们俩下……下……下次不敢。"

姊妹俩陡然听得这种惊呼的哀求抖战声音，一时尚不知是何人何事，忙各从墙上摘下一口剑来，由玉芙执起桌上灯亮，走往谷中兰的小床面前去，晓得两人在帐子内杀猪价乱嚷起救命饶命来。姊妹俩见帐子内的人混嚷乱叫，心中更疑。玉芙遂使宝剑尖儿挑起了帐门，即将灯亮往帐内一照，慌得两人忙使双手扯起被角遮掩面膛，口中不住声哀求小姐饶命。

姊妹俩挑起帐门灯光一照，看见谷中兰和一个小厮上下都脱得没条丝，精赤条条地睡在被内。因为被角被扯起往上，遂致顾上不能顾下，将下面露了出来。她俩乃是千金小姐，从来未曾见过这种光着身体奇丑毕呈的阵仗，当时见了，忙将身体急往后退，连吐了几口唾沫，忙把灯盏放在桌子上，坐下身体，气得半晌作声不得。

良久，方才由玉蓉开言喝骂道："还不赶速穿老衣，下床滚蛋呢，难道当真要俺们唤了家丁们进来将你们一齐捆送到官吗？"

那床上的两口子被这两句话提醒了，果然忙着穿衣，趿鞋下床，一溜烟往门外逃跑。那小厮走至玉芙面前经过，早被玉芙飞起一脚，踢在后腿弯里。那小厮遂应脚向前跌跪了下去，可怜连膝盖都被跌碎了，血染裤管，不住口地呼唤起痛来。

谷中兰在后随行，见情人已先被一脚踢跌，跪倒在地，料定难逃出去，只得老了面皮，冲着两位小姐跪下，叩头如捣蒜一般求饶，陈诉自此后，决计改过，不敢再犯。

双氏姐妹俩见了他们这副惶恐可怜的面容，已是又好气又好笑，忍不住笑出声来。玉芙喝问那小厮的姓名、年岁、籍贯，以及谷中兰因何如此胆大，竟敢领人到此地来安眠同睡。现在名目尚是处女已经如此大胆，将来怕不要秘密卖淫，在家充当暗娼吗？那还了得。

谷中兰见问，急忙代那小厮回答，供述过姓名、年岁、里居后，即又叩头哀求宽赦，发誓赌咒地自陈悔罪，以后绝不再犯。又说："俺们俩乃是未婚夫妻，在从小时候即已订下亲事了。近来不料被母亲听信人言，忽然嫌贫爱富，硬要逼迫他家退婚，要回年庚另将俺许配给代州甄家，做变相的小老婆，叫作什么育子之妻。俺们因婚姻将被压迫而拆散了，俺们所以屡次在背后计议，无法可以自全，只得用这条恶劣的下愚之计使俺母亲知道了，死了那条退婚另嫁的心。同时亦可使那个代州的甄家得知俺已不是全璧，亦死了那条心。双方倘能都不见逼，岂非俺们俩的大幸吗？无如平日老没有机会空闲，凑巧此时却有了，所以才大胆的。”

两位小姐见她陈述婉委，遂不由一齐注视到那小厮的面容上去。羞得那小厮面皮紫涨，只低头跪着，口中不住哀求恕罪。两位小姐见那小厮生得亦还清秀，和谷中兰却亦可称得起是一对儿佳偶，因此睹景感怀，想起了自己俩的婚姻，陡觉心中生了无数感触，遂即喝令谷中兰送那小厮出去。

二人因这件意外的风流事情耽延了好半会儿，发落完毕了，二人才得各将兵器完全取出来，有的佩挂或暗藏在身上，有的提曳或执拿在手内。收拾齐备，正拟往后面去和双少卿交手捉拿闻氏，不料耳边已猛听得喊声大震，齐声嚷着火字。接着又听得外面各处报警锣声响亮，唬了一跳。抬头一望，只见已红了半边天，空中火星夹在烟雾里，随风纷纷乱滚，姊妹俩便大惊失色。再看那被火烧着的房屋，正是狄氏庶母住着的正屋上房，料定必系双少卿和狄氏借此脱身，并可以卷逃的，于是二人拔步往那火炽的房屋前面奔去，慌忙督率家下男女众人飞速扑灭灌救，一面跃身上屋，登高望远，探看双少卿、狄氏、闻氏等逃走的方向。

看了半天，不能见三人去的痕迹，只得又跳下屋去，忙着指挥督率领导大众男女慌忙迅速地灌救。幸喜房屋高大，每进相隔的天井都很宽阔，两旁屋外都建有风火墙，又各留着太平火巷，前后各进房屋都有消防器具，设备颇称齐全，故此火势虽很猛烈，并未延烧多进，左右邻舍亦均幸未波及。

双氏姊妹督率众人将火扑灭了，点查人数，统共不见了妇女三名，乃是狄氏姨太太、乳母闻氏、侍婢谷中兰，失去的物件一时难查，人口幸无死伤。火场内尽量寻觅，并无狄氏、闻氏主仆们的尸首，分明已是逃走。

那谷中兰忽然不见，却曾留有一张字条儿，禀明两位小姐。说系因为夜间之事，自觉无颜再在此地，故此不得已，携带了某某几项物件，偕同未婚夫回家了却心愿，所有感沐恩德之处，容当后报云云。

姊妹俩看罢留条儿，遂亦不再追究，当即令人分往各本家家中去邀请族长以下，如长辈、平辈等众人到来，共议善后。二人当众宣布双少卿淫蒸狄氏以及他俩嗾使闻氏谋死庆喜的经过情形，请众本家主持公道，共同为庆喜报仇，追还失赃，捉拿人犯。众本家谁不垂涎双福全的遗产？只因他有庆喜，不好力争自己应立为双福全的嗣子，只得暂忍着。此刻见说庆喜已死，大家遂都首先询问家中的一切财产簿据，庶好照簿据追究，开列失单到官，报案请缉人犯。

本家中和双少卿有亲厚的，即代他开脱道："少卿的事关系俺们族中全体的名誉，俺以为应该将少卿的事一笔勾销了，不做在禀单呈文之内，就是狄氏姨太卷逃一事，亦不必提起，只将失去的物件全推在被火烧了，庶可保全本族的全体颜面。再则少卿和狄氏私通的事，并无别人看见，毫无凭据，哪能得到官厅批准呢？与其状子被驳了回来，不如不说为妙。"

大家听他说得头头是道，齐称有理，即请族长拟好状子底稿，交给大家过目，斟酌字句。一面那几个凡为双福全的族侄，凡有承嗣资格的，无不希望轮着自己，都在暗中向族长咕噜，要求族长提议，谋立本人为嗣，允许事成后，奉送若干现款给族长。族长见争的人太多，思忖倘只分了给一人承受，众人必然不服，定要发生事故。不如将双福全的遗产按各本家户数，按户派分，提出一部分来给他的两个女儿作日后遣嫁的妆奁，如此办理，既很公平，即族长本人亦不吃亏。想定，遂将此意对众说明。这话被玉芙、玉蓉两人听得，不由一齐大惊，怒恨交并，深恼众本家太回护少卿，不将自己姊妹俩放在目中，更太重视遗产，轻视逆伦、谋产、害孤等重大罪案，此而可忍孰不可忍，于是即当众批驳那族长的提议，带哭带诉地力争，定要递状控告双少卿逆伦谋产、教唆杀人、放火劫财，狄氏恋奸卷逃、帮助放火劫财，闻氏杀害遗孤，应请一体缉拿到案究办。

不知众本家肯依她姊妹俩之见，状告三人否？请待下回交代。

评曰：

家人死而无嗣，其遗产最足惹起族人之竞争，即有后而尚在髫龄，其为族人暗中谋算角逐者，亦实繁有徒。如书中人之纷扰，且至烝淫庶室、谋杀遗孤，同所计划者，盖无所不用其极也。噫！世之守财虏，而为儿孙作马牛者，观此其亦可以省诸。

谷中兰引一小厮至闺中奸宿，终且席卷所有以从，此与狄氏之于双少卿固相伯仲耳。而因其写法不同，能使读者只觉有后先辉映之妙，而绝无犯重之感，斯诚非俗手所能为也。

狄、双之与谷、厮，同一淫奔，其表虽相差甚微，而究实则大相径庭，盖狄、双为兽欲，而谷、厮为情侣也。谚云：“差之毫厘，谬以千里。”吾于此两事，亦云然。

图书在版编目(CIP)数据

石破天惊录. 第一部 / 张个侬著. -- 北京 :中国文史出版社, 2021.3

(民国武侠小说典藏文库. 张个侬卷)

ISBN 978-7-5205-2314-1

Ⅰ. ①石… Ⅱ. ①张… Ⅲ. ①侠义小说-中国-现代 Ⅳ. ①I246.5

中国版本图书馆 CIP 数据核字(2020)第 183516 号

点校整理:清寒树　旷　野
责任编辑:薛媛媛

出版发行:**中国文史出版社**
社　　址:北京市海淀区西八里庄路 69 号院　邮编:100142
电　　话:010-81136606　81136602　81136603(发行部)
传　　真:010-81136655
印　　装:北京新华印刷有限公司
经　　销:全国新华书店
开　　本:720×1020　1/16
印　　张:19.75　　　字数:249 千字
版　　次:2021 年 3 月第 1 版
印　　次:2021 年 3 月第 1 次印刷
定　　价:66.80 元